ERIK AXL SUND

Scherbenseele

GOLDMANN
Lesen erleben

Als Kriminalkommissar Jens Hurtig aus einem Kurzurlaub nach Stockholm zurückkehrt, legt ihm Polizeichef Billing eine neue Fallakte auf den Tisch: Mehrere Jugendliche haben sich auf ungewöhnliche, spektakulär inszenierte Weise das Leben genommen. Allen Suizidfällen scheint gemeinsam zu sein, dass die jugendlichen Selbstmörder eine alte analoge Musikkassette in ihrem Besitz hatten und die darauf gespeicherte Musik hörten, während sie sich das Leben nahmen. Der Interpret nennt sich »Hunger«. Während Hurtig nach »Hunger« sucht, wird an einem nahe gelegenen Strand ein alter Major a.D. erschossen. Eigentlich nicht Hurtigs Zuständigkeitsbereich – doch als Gegenstände aus dem Besitz des Majors an die Stockholmer Polizei geschickt werden, ist klar: Der Mord hängt mit den Suiziden zusammen …

Weitere Informationen zu Erik Axl Sund
sowie zu lieferbaren Titeln des Autors
finden Sie am Ende des Buches.

Erik Axl Sund

Scherbenseele

Psychothriller

Aus dem Schwedischen
von Nike Karen Müller

GOLDMANN

Die Originalausgabe erschien 2014
unter dem Titel »Glaskroppar«
im Ordfront Förlag, Stockholm.

Dieses Buch ist auch als E-Book erhältlich.

MIX
Papier aus verantwortungsvollen Quellen
FSC® C014496

Verlagsgruppe Random House FSC® N001967
Das FSC®-zertifizierte Papier *Super Snowbright* für dieses Buch
liefert Hellefoss AS, Hokksund, Norwegen.

1. Auflage
Deutsche Erstausgabe Oktober 2015

Published by agreement with Salomonsson Agency
Umschlaggestaltung: UNO Werbeagentur München
Umschlagmotiv: Getty Images/Daniel Cummins;
FinePic®, München
Redaktion: Leena Flegler
AG · Herstellung: Str.
Satz: DTP Service Apel, Hannover
Druck und Bindung: GGP Media GmbH, Pößneck
Printed in Germany
ISBN 978-3-442-48333-4
www.goldmann-verlag.de

Besuchen Sie den Goldmann Verlag im Netz

PHASE I: Schock

Life is meant to be more than this
and this is a bum trip.

Fahr zur Hölle

Salem

Sie heißt wie Jesu Mutter und wohnt im Süden Stockholms in Salem – das sind zwei Silben aus Jerusalem.

Das Haus, das Gott vergessen hat, denkt sie, während sie den Radweg entlangschlendert und auf das graue Mietshaus zusteuert. Das gesamte Viertel liegt wegen eines Stromausfalls im Dunkeln. Es ist schon der dritte in dieser Woche. Der Türcode funktioniert auch nicht, also nimmt sie den Schlüssel.

Ihre Hände zittern. Sie weiß nicht, ob es Angst ist oder Vorfreude.

Sie hat eine Plastiktüte dabei. Darin liegen ein Dreiviertelliter geschmuggelter russischer Schnaps und ein Liter Chlorreiniger.

Maria schließt die Wohnungstür auf und betritt die dunkle Diele, holt ein paar Stearinkerzen, stellt sie auf den Wohnzimmertisch und zündet sie an.

Dann greift sie zum Telefon. Der letzte Mensch, mit dem sie redet, muss einer sein, dem sie vertraut, und Vanja ist die Einzige, die sie vielleicht verstehen kann. Sie war auch ganz unten.

Ganz unten ankommen – die Formulierung trifft es nicht annähernd. Ganz unten ist nur noch Dreck, ein Morast aus Sinnlosigkeit, und je mehr man versucht, sich wieder nach oben zu kämpfen, desto tiefer sinkt man darin ein.

Maria lässt es lange klingeln, aber Vanja nimmt nicht ab.

Sie wartet. Wählt noch ein paarmal Vanjas Nummer – ohne Erfolg.

Aber sie braucht jetzt jemanden zum Reden, und mangels

Alternativen entscheidet sie sich für Isaak. Sie haben sich seit dem letzten Workshop in der Lilja nicht mehr gesehen und kennen einander nicht besonders gut, aber sie mag ihn.

Er hebt kurz vor dem vierten Freizeichen ab.

»Hej, Maria«, sagt er, und sie hört sofort, dass er draußen an der frischen Luft ist. Der Wind pfeift ins Mikrofon seines Handys. »Wie läuft's?«

Seine Stimme vertreibt die Kälte in ihrem Körper ein wenig, und sie sieht kurz zu der Plastiktüte hinüber.

»Alles gut«, antwortet sie. Eine Lüge. »Ich bin gerade mit dem Selbstporträt fertig geworden, du weißt schon …«

Im Hintergrund Wellenrauschen und kreischende Möwen.

Ganz anders als ihr eigener Soundtrack.

»Ist ja klasse! Ist die Nase was geworden?«, fragt er und lacht. Maria muss daran denken, wie sie sich stundenlang damit abgeplagt haben, ihre schiefe Nase im richtigen Winkel zu treffen. »Ja, ich glaub schon«, sagt sie und kämpft gegen den Wunsch an, ehrlich zu sein und zu erzählen, wie es ihr wirklich geht. Von der Müdigkeit und der Dunkelheit. Zu erzählen, was sie vorhat.

Aber das geht nicht. Die Worte sind wie eine Mauer zwischen ihr und der Welt, und er würde sie für eine schrecklich banale Person halten.

Ihre Wirklichkeit ist eben nicht seine Wirklichkeit. Ihr Mount Everest ist für ihn nur eine kleine Anhöhe.

»Es ist echt gut geworden«, sagt sie, zwingt sich zu unterdrücken, was aus ihren Tränenkanälen dringen will, und nimmt das Telefon vom Mund, damit er ihre Verzweiflung nicht hört.

Dabei will sie, dass er ihren stummen Hilferuf wahrnimmt, und weil er das nicht tut, kommt die Kälte langsam, aber sicher wieder zurück. Sie hat überhaupt nichts gemalt. Keinen Pinselstrich. Hat keine Lust gehabt. Sein Kurs hat sie nicht inspiriert, so gut er auch gewesen sein mag.

Sie hat zu gar nichts Lust gehabt.

Trotzdem erzählt sie, dass sie große Pläne hat und dass sie endlich einen Weg sieht, der auf ein Ziel zuführt.

Alles Lügen.

Sie beenden das Gespräch, und sie fühlt sich ebenso leer wie kalt.

Eine Motte verirrt sich in eine Kerzenflamme. Es zischt, und das Tier fällt auf die Tischplatte. Angesengt, aber noch nicht tot. Sie lässt es liegen.

Sie nimmt eine der Kerzen mit hinüber in ihr Zimmer und holt ihr Tagebuch.

Keiner darf lesen, was sie geschrieben hat, und als sie wieder auf dem Sofa sitzt, reißt sie die Blätter raus, eins nach dem anderen, und knüllt sie zu kleinen Kügelchen zusammen.

Plötzlich scheint die Luft dicker zu werden. Es knackst in der Küche, dann surrt es. Das muss der Kühlschrank sein. Der Strom ist wieder da.

Sie pustet die Kerzen aus, macht die Stehlampe an und geht zurück in die Diele, um den Walkman aus ihrer Jackentasche zu holen. Als sie das Gerät und die Papierkugeln auf den Tisch legt, geht die Stehlampe wieder aus. Der Strom ist wieder weg.

Es wird das letzte Mal sein, dass sie sich wehtut.

In dem Haus, das Gott vergessen hat, obwohl es nur zwei Silben von Jerusalem entfernt liegt, mischt Maria Alvengren sich im Dunkeln einen Cocktail, ohne dass etwas danebengeht.

Ein Deziliter Wodka, ein Deziliter Chlorreiniger.

Als sie den tödlichen Drink hinunterkippt, muss sie nicht einmal würgen. Auch nicht beim nächsten Glas. Oder beim nächsten.

Sie kommt sich vor wie ein Kind in den Tagen vor Weihnachten. Ein Kind, das die Hände nicht stillhalten kann und jedes verheißungsvoll bunt verpackte Geschenk befühlt und befingert.

Ein kalter Windstoß strömt ihr um die Knöchel, als sie die Balkontür aufmacht.

In ihrem Kopf ist Hunger.

Die hinteren Oberschenkelmuskeln spannen sich an. Das liegt an der Höhenangst. Sie weiß, das ist ihr Fluchtreflex.

Sie ist ein Tier, das gejagt wird.

Hurtig

Runmarö

Das letzte Tageslicht färbt die Klippen und Baumkronen rosa. Das Wasser jenseits der Bäume sieht in der Dämmerung graublau aus, nur die Vogelbeeren leuchten noch rot.

Zwei Rinderfilets, je eine Ofenkartoffel, ein halbes Baguette – das alles mit einem Liter Bier runtergespült – lassen sieben Grad plus an der herbstklammen Ostsee fast angenehm erscheinen. Der stellvertretende Teamleiter, Kriminalkommissar Jens Hurtig, sitzt gut, wo er sitzt: Zurückgelehnt in einem überwinternden Sonnenstuhl auf dem Bootssteg, einen Steinwurf von dem Haus entfernt, das sie gemietet haben, fühlt er sich genauso behäbig wie einer der riesigen Findlinge auf der Insel.

Hurtig lässt seinen Blick über die Klippen schweifen. Der Geschichte nach hat der rote Stein dieser Insel den Namen gegeben. *Rudhme*, das altschwedische Wort für Rötung. Es trifft exakt, was er vor sich sieht.

Er hört, wie Isaak sich besorgt verabschiedet, dann Schritte auf dem Steg. Hurtig hat versucht, nichts von dem Telefonat mitzubekommen, und trotzdem nicht umhingekonnt, das eine oder andere aufzuschnappen.

»Eins der Mädchen. Sie wollte bloß reden«, sagt Isaak und setzt sich in den Stuhl neben Hurtig.

Hurtig nickt nur und nimmt zwei weitere Dosen Bier aus dem Wassereimer auf dem Steg.

»Wenn sie sagen, dass es ihnen gut geht, muss man besonders aufpassen.« Isaak macht seine Bierdose auf. Es zischt leise. »Andererseits … Vielleicht mache ich mir auch nur unnötig Sorgen.«

»Wer war denn überhaupt dran?«

»Maria.«

»Kennst du sie gut?«

Isaak fährt sich mit der Hand durchs Haar und nimmt ein paar Schlucke Bier, bevor er antwortet: »Nicht besonders. Sie wohnt in Salem und hat bei ein paar Workshops mitgemacht, die ich in der Lilja gegeben habe. Sie ist nicht sonderlich gesprächig. Ich glaube, wir haben noch nie so lange geredet wie jetzt, und gerade das beunruhigt mich.«

»Mit meiner Schwester war es genau umgekehrt«, sagt Hurtig, und eine fünfzehn Jahre alte Erinnerung taucht wieder auf. »Sie hat eigentlich immer gern geredet. Aber unser letztes Gespräch war sehr kurz.« Hurtig ist das Mitgefühl in Isaaks Blick unangenehm. Er dreht sich weg und blickt übers Meer, bevor er fortfährt: »›Ich liebe dich, Bruderherz‹, hat sie gesagt. Das war alles.«

Dann hat sie aufgelegt und sich erhängt.

Er kann Isaaks Atemzüge hören, langsam und regelmäßig – im Gegensatz zu den rauschenden Windböen in den Bäumen. Ein Ast schlägt gegen das Blechdach des Hauses. Der Wind frischt auf.

»Das ist schön«, sagt Isaak nach einer Weile. »Ein schöner Abschied.«

»Ja, vielleicht.«

»Glaubst du, ich muss mir Sorgen um sie machen?«

»Keine Ahnung«, gibt Hurtig zurück und denkt nach. »Du machst dir doch ohnehin Sorgen, und Mitgefühl zu empfinden ist doch nur menschlich.«

»Was ist das eigentlich, Mitgefühl?«

Hurtig mag seine Art, die Dinge zu hinterfragen, und lässt sich gerne auf Isaaks Gedankenspiel ein. »Mitgefühl bedeutet, man möchte nicht, dass einem anderen geschadet oder wehgetan wird.« Er überlegt einen Augenblick. »Es bedeutet, sich in die Empfindungen anderer Menschen hineinzudenken.«

»Zu vermeiden, seine Mitmenschen negativ zu beeinflussen«, kontert Isaak. »Und deshalb kann ein Politiker nie völlig menschlich sein – und vielleicht auch kein Künstler. Für diese Berufe muss man ein Soziopath sein – vielleicht sogar ein Psychopath.«

Hurtig lacht. »Du meinst, du bist ein Psychopath, nur weil du Künstler bist? Oder macht es dir einfach nur Spaß, dich um Kopf und Kragen zu reden?«

»Na ja, als Künstler übe ich nun mal auf alle möglichen Leute Einfluss aus. Da muss ich doch die Verantwortung für die Konsequenzen meiner Arbeit von mir weisen, oder nicht?«

»Und ich dachte, in der Kunst geht es um Kommunikation.«

»Das sagst *du*, ja. Aber wie viele sprechen diese Sprache? Nein, Kommunikation wäre das, was ich gern mit Maria gehabt hätte. Ich fühle zwar mit ihr, aber ich weiß nicht genau, was ich mit diesem Mitgefühl anfangen soll. Ich gebe wirklich mein Bestes, aber ich finde einfach keinen Draht zu ihr – und deshalb ist Mitgefühl in diesem Zusammenhang sinnlos. Außerdem ist Maria destruktiv. Empathie ist schwierig, wenn jemand sich selbst hasst, finde ich.«

Isaak mustert ihn mit einer Selbstverständlichkeit, die Hurtig gleichermaßen beneidet wie bewundert. Vielleicht liegt das am Alter. Isaak ist noch keine dreißig. Hurtig selbst ist fast vierzig.

»Als meine Schwester starb, hab ich mich auch gehasst«, sagt er nach einer Weile. »Für mich hat sich damals alles nur noch um meine Eltern gedreht. Empathie kann ein sehr selektives Gefühl sein. Ist das nicht beängstigend?«

»Es war ja auch eine außergewöhnliche Situation für dich.«

»Möglich. Aber gibt es dieses Selektive nicht überall um uns herum? Die Menschen bezeichnen sich als empathisch, dabei bestimmen sie selbst, wo die Grenze verläuft. Sie haben Mitgefühl für diejenigen, die ihnen nahestehen, aber um alle anderen scheren sie sich einen feuchten Dreck.«

Unter dem Steg gluckst das Meer, und der Geruch der brackigen Ostsee wird plötzlich salziger. Der Wind hat zugenommen, ebenso wie die Heftigkeit, in der die Äste auf das Blechdach schlagen. Hurtig tippt auf Sturm.

»Ich mag dich, Jens«, sagt Isaak und lächelt schief.

»Gleichfalls«, entgegnet Hurtig.

Das restliche Bier wird schweigend getrunken, und der Abend schlummert ein, während das Meer erwacht. Schaum auf den Wellenkämmen und rosafarbener Dunst über den felsigen kleinen Inseln vor Nore.

Isaak erzählt, dass Strindberg seinen Roman *Am offenen Meer* in einem Sommerhaus auf der Insel zu schreiben begann. Hurtig meint zu verstehen, warum, und schlägt vor, dass sie sich morgen das Haus ansehen sollten. »Was auch immer davon noch übrig ist.«

»Ich muss zurück in die Stadt«, sagt Isaak und stellt sein Bier zur Seite. »Ich will noch ein bisschen arbeiten, bevor ich nach Berlin fahre.«

Hurtig denkt an Isaaks vergangene Besuche in der deutschen Hauptstadt. Jedes Mal ist er mit neuen Ideen wiedergekommen: Bilder, die er malen, und Ausstellungen, die er auf die Beine stellen wollte. Aus Schweden und der beschränkten, inzestuösen Kunstwelt auf Östermalm rauszukommen war für ihn jedes Mal wie eine Vitaminspritze.

»Willst du, dass ich mit zurückfahre?«

»Nein, das musst du nicht. Außerdem sehen wir uns ja noch, bevor ich am Freitag abreise. Genieß es doch einfach, dass du mal freihast. Du kommst schließlich nicht allzu oft raus aus der Stadt.«

»Die erste freie Woche seit den zwei Urlaubstagen an Mittsommer«, stellt Hurtig fest und zuckt mit den Schultern. »Eigentlich gar nicht so schlecht im Hinblick auf unsere dezimierte Mannschaft.«

»Urlaub in den Schären Ende Oktober. Man nimmt, was man kriegen kann.«

»Oder eher das, was man zugeteilt bekommt. Trotzdem hab ich ein schlechtes Gewissen, weil ich hier jeden Abend mit einem Bier in der Hand dasitze.«

Isaak lässt den Blick übers Meer schweifen. »Da brauchst du wirklich kein schlechtes Gewissen zu haben«, sagt er und legt Hurtig die Hand auf die Schulter.

Der Ast schlägt erneut aufs Dach.

»Werd ich zum Augenblicke sagen: Verweile doch! Du bist so schön!«

Kriminalkommissar Jens Hurtig lacht. »Was war denn das?«

»Bloß eine Liebeserklärung«, sagt Isaak. »Aus Goethes *Faust.*«

Vanja
Södermalm

Im Westen von Södermalm ist die Journalistendichte schwedenweit am höchsten. Fast drei Prozent der Anwohner gehören hier mehr oder weniger der schreibenden Zunft an.

So wie das Viertel östlich der Götgatan historisch bedingt Knogsöder – »Plackerei-Söder« – genannt wird, heißt der westliche Teil aufgrund all der zwielichtigen Machenschaften Knivsöder – »Messer-Söder« –, selbst wenn in letzter Zeit im Zuge der zunehmenden Gentrifizierung und rasant steigender Immobilienpreise immer öfter auch der Name »Hummerzangen-Söder« fällt.

Vanja Hjorth ist fast sechzehn und wohnt mit ihren Adoptiveltern Edith und Paul in Knivsöder.

Für ihren Heimweg hat sie Stunden gebraucht.

Drei misslungene Versuche, in ebenso vielen Kneipen Starkbier zu bestellen, hat sie mit zwei Pils auf dem Basketballfeld des Åsö-Gymnasiums kompensiert. Inzwischen ist sie auf dem Weg zum Geldautomaten an der Katarina Bangata und stellt fest, dass sie ihre Karte verloren hat.

Sie will gerade umkehren, als sie den alten Mann bemerkt. Er steht allein mit seinem Rollator vor dem Geldautomaten.

Sie sieht, wie er mehrere Fünfhunderter zusammenfaltet und in seine Brieftasche steckt und diese dann in die Henkeltasche legt, die vorn an seinem Rollator in einem Korb steht. Dann schlurft er langsam um die Ecke und biegt in die Bondegatan ein.

Sie geht ihm nach. Als sie direkt hinter ihm ist, klingelt ihr

Handy, und der Klingelton schrillt von den Backsteinhäusern zu beiden Seiten der fast menschenleeren Straße wider.

Verdammt, denkt sie, als der Mann innehält, sich umdreht und sie taxiert. Sie lässt es klingeln.

Sieht die Gelegenheit. Packt sie am Schopf.

Während das Handy weiterklingelt, reißt sie die Tasche an sich und rennt los.

Das irritierende Klingeln übertönt das Gejammer des Alten und verstummt erst, als sie um die nächste Straßenecke biegt.

Sie sprintet auf die Östgötagatan – und sieht den Streifenwagen. Zehn Meter weit entfernt. Die Umrisse zweier Köpfe auf den Vordersitzen. Zurück kann sie nicht mehr, aber einfach so vorbeirennen kann sie auch nicht. Sie hofft, dass keiner gesehen hat, wie sie um die Ecke geschossen ist.

Sie wird langsamer und geht so unbeteiligt wie nur möglich auf die Streife zu.

Die Rufe des alten Mannes sind verhallt. Vielleicht schafft sie es bis zur nächsten Querstraße, bevor er hinter ihr die Straßenecke erreicht.

Da klingelt das Handy erneut. Sie reißt es aus der Tasche und stellt es stumm.

Sie geht weiter.

Noch ein paar Meter. Links in die nächste Straße – und jetzt rennt sie wieder. Die Åsögatan entlang zurück zur Götgatan.

Erst als sie sich der U-Bahn am Medborgarplatsen nähert, hört sie auf zu laufen.

Es ist, als würde ihr Herz den Brustkorb sprengen. Sie spürt, dass sie lebt.

Als Maria zum dritten Mal anruft, sitzt Vanja in der U-Bahn, die Tasche des Alten auf dem Schoß. Sie nimmt das Handy in die Hand und will schon rangehen, überlegt es sich dann aber anders.

Sie schafft es einfach nicht. Maria kann manchmal richtig nerven.

Bevor sie an der U-Bahn Slussen umsteigt, hat Vanja festgestellt, dass die Tasche außer einer Brieftasche mit sieben Fünfhundertern noch eine Schachtel Kopfschmerztabletten und einen abgewetzten Kalender enthält.

Sie beginnt, darin zu blättern.

Zu jedem Tag gibt es Notizen: genaue Wetterbeschreibungen, und aus irgendeinem Grund hat der alte Mann aufgeschrieben, welche Lkws unter seinem Fenster vorbeifahren.

Sie spürt, wie ihr die Tränen in die Augen steigen, doch obwohl das Abteil so gut wie leer ist, hält sie sie zurück. Tränen sind Privatsache.

An der Glaswand vor ihr klebt ein Reklameposter von einem großen Kosmetikkonzern. Eine schöne Frau lächelt sie mit gebleichten Zähnen an, und Vanja sieht ihr eigenes Spiegelbild daneben in der Glasscheibe. Strohiges rabenschwarzes Haar und dunkle Schatten unter den Augen. Manche behaupten, sie sähe süß aus, doch Vanja weiß genau, dass das nicht stimmt. Sie zieht einen Stift aus der Tasche und erinnert sich an einen Blogeintrag, den sie vor Kurzem gelesen hat.

Schmink dich, bis du nicht länger zu erkennen bist! Vergiss die Schamlippen nicht!, schreibt sie über das Frauengesicht und fügt dann hinzu: *Wenn du Cellulitis hast, lass es bleiben!*

Am Zinkensdamm steigt ein ziemlich düsterer Typ ein. Er hat einen Stapel Flyer in der Hand und legt einen davon auf den Sitz neben sie, bevor er zu den restlichen Fahrgästen im Abteil weitergeht.

Ein kleines Kind ist darauf abgebildet, daneben ein paar Worte über Krebs und Armut.

Sie legt sechs der sieben Fünfhunderter auf den Sitz, steht auf und stellt sich an die Tür.

Sie schafft es auszusteigen, ehe er ihr Geschenk bemerkt.

Vor den Ausgängen der U-Bahn-Station Hornstull herrscht wegen der Umbauarbeiten des heruntergekommenen Taxiplatzes das reinste Chaos. Irgendwelche Politiker haben beschlossen, dass Hornstull ein Facelift braucht, aller Proteste der Anwohner zum Trotz. Vanjas Adoptiveltern Edith und Paul waren unter den Lautesten, die versuchten, die Baupläne zu stoppen – vergebens. Jetzt ragt ein neues Einkaufszentrum aus Glas und Beton auf dem alten Platz in die Höhe.

Das hier ist ihr Stadtviertel. Hier hat sie gelebt. Und hier wird sie sterben.

Bald. Sobald das Paket ankommt.

Sie wirft die Tasche des Alten mit der leeren Brieftasche und den Kopfschmerztabletten in einen der Säcke mit Bauschutt. Den Kalender behält sie. Sie will ihn mit in die Lilja nehmen und Aiman bitten, ihr dabei zu helfen, ihn neu einzubinden.

Aiman ist ihre Betreuerin, wie es vormundschaftsmäßig so schön heißt, und eine der wenigen Personen, denen Vanja vertraut. Aiman weiß, wie es ist, nicht dazuzugehören, und sie hat etwas Geheimnisvolles an sich. Das gefällt Vanja.

Sie steckt die Hand in die Tasche. Der Stift, der Fünfhunderter – aber nur noch eine einzige Zigarette.

Sie biegt links ab, betritt den Ica-Supermarkt am Bergsundsstrand, schnappt sich einen Einkaufskorb und geht die Regalreihen entlang. Als der Korb voll ist, schlendert sie zur Kasse und stellt sich hinter einen Mann mit dicken Brillengläsern und einem mürrischen Gesichtsausdruck. Sie legt den Warentrenner aufs Band und beginnt, ihre Einkäufe daraufzulegen, streckt sich nach den Zigaretten und nimmt drei Päckchen, die sie ebenfalls aufs Band legt. Dann greift sie sich an die Stirn. »Ach ja, genau …«, murmelt sie leise, legt die Waren wieder in den Korb und geht noch mal zurück, holt noch ein Päckchen Kaffee, schiebt die Zigaretten in ihren Jackenärmel und geht wieder zur Kasse.

»Kaffee vergessen?«, stellt der Kassierer fest.

Vanja macht das nicht zum ersten Mal, und sie weiß, dass sie jetzt nicht unfreundlich rüberkommen darf, wenn es klappen soll.

Die Rippen drücken auf die Lunge, und jeder Atemzug strengt an. Schweiß dringt durch den Pullover. Sie klaut die Zigaretten nicht, weil sie kein Geld hätte oder zu jung wäre, um sie zu kaufen.

Sie will nur noch ein kleines bisschen länger leben.

Während der Kassierer die Waren scannt, packt Vanja sie in eine Plastiktüte, und als sie damit fertig ist, durchsucht sie ihre Taschen.

»Mist, zu blöd«, sagt sie, seufzt und befühlt den Fünfhunderter in ihrer Tasche. »Ich hab mein Geld zu Hause vergessen … Kann ich die Tüte kurz hier abstellen?« Sie deutet auf den Platz neben dem Kassierer. »Ich bin in fünf Minuten wieder da.«

Der Kassierer lächelt verständnisvoll. »Gib sie rüber.«

»Danke, das ist sehr nett«, sagt sie und geht.

Vor dem Supermarkt kommt ihr ein Junge entgegen, den sie kennt, aber sein Name fällt ihr nicht mehr ein. Er tut so, als würde er sie nicht bemerken. Sie weiß genau, dass er sie gesehen hat. Seine Art wegzugucken täuscht sie nicht darüber hinweg. Hau ab, oder du stirbst, denkt sie.

In der Neunten war er in ihrer Parallelklasse, und sie ist mit ihm im Bett gewesen, weil er ihr damals leidgetan hat. Keiner sollte fünfzehn Jahre alt werden müssen und immer noch Jungfrau sein. Sie hat ihn sogar dazu überreden müssen, so nervös war er. Später an jenem Abend schrieb er auf seiner Facebook-Seite, sie wäre eine Hure.

Vanja bleibt stehen, beobachtet seinen selbstsicheren Schritt die Straße hinauf, bis er in einen Hauseingang verschwindet.

Sie wohnen in einer Vierzimmerwohnung ganz oben. In einer renovierten Eigentumswohnung. Vanja fragt sich, was Edith und

Paul für das verdienen, was sie schreiben. Edith, die in ihren Büchern Nabelschau betreibt, und Paul mit seinen sogenannten investigativen Reportagen. Engagement für die Gesellschaft, heißt es gern, dabei findet Vanja, dass sich alles nur um die beiden dreht. Zwei egozentrische Menschen, die sich als links bezeichnen, aber Kronleuchter für fünfundzwanzigtausend Kronen auf Firmenkosten zu Hause hängen haben. Alles nur Geschwätz und Theorie, keine Taten.

Alles Lüge.

Als sie die Diele betritt, hört sie Stimmen aus der Küche. Holger Sandström ist zu Besuch. Vanja ahnt, dass er mal wieder Geld vorbeigebracht hat. Das tut er manchmal. Verleiht mal eben ein paar Tausender, wenn es nicht so recht vorwärtsgeht mit dem Schreiben und die Kasse leer ist. Er ist fast siebzig, aber arbeitet immer noch und verdient offenbar gut.

Im Sommer vor vier Jahren hat sie zwei Wochen lang bei Holger gewohnt, als Edith und Paul im Urlaub waren. Er war nett, hat sie ins Skansen und nach Gröna Lund mitgenommen. Es waren zwei gute Wochen.

»Wie geht's Vanja?«, fragt er. Sie haben nicht gehört, dass sie hereingekommen ist. »Wird es denn besser? Kommt ihr jetzt besser miteinander aus?«

»Sie geht in die Lilja, zusammen mit Maria, ihrer besten Freundin.« Das ist Ediths Stimme. »Sie sagt nicht viel, aber ich denke mal, dass in der Schule alles in Ordnung ist, und …«

»Blödsinn«, fällt Paul ihr ins Wort. »Das Mädchen ist faul. Punkt, aus. Sie ist wirklich nicht dumm, aber viel zu bequem. Das Einzige, das sie am Leben hält, sind ihre Musik und Nudeln.«

Holger lacht. »Ja, ja. Und jetzt könnt ihr euch das ja auch wieder leisten.« Er macht eine kurze Pause. »Zumindest die Nudeln, meine ich.«

»Du kriegst jede Öre wieder, sowie das Buch erscheint«, erwidert Edith säuerlich, und Vanja wird das Lauschen unbehaglich. Vorsichtig macht sie die Wohnungstür noch mal auf und schlägt sie laut hinter sich zu.

»Das ist sie bestimmt«, sagt Paul, und Vanja hört, wie Besteck auf den Teller gelegt wird.

Sie sitzen am Küchentisch. Edith raucht einen Zigarillo, und Paul steckt sich gerade eine Mentholzigarette an.

Nur Oberschicht und Unterschicht rauchen drinnen, denkt sich Vanja. Sie wollen damit doch nur zum Ausdruck bringen, dass sie auf keinen Fall zur schnöden Mittelschicht gehören.

»Das Essen ist kalt geworden«, sagt Paul. Sie sieht ihm an, dass er verärgert ist. Die Ader an seinem kahlen Kopf ist dick wie ein Regenwurm.

»Ich wollte noch einkaufen, konnte aber meine Bankkarte nicht finden, und ich hatte kein Geld dabei.«

Edith drückt den Zigarillo aus. »Ich gehe schon … muss mir sowieso die Beine vertreten.«

»Nein«, widerspricht Paul. »Ich gehe, aber das ist jetzt wirklich das allerletzte Mal.« Er steht auf, wirft Holger einen resignierten Blick zu und geht hinaus in die Diele. Edith ringt sich ein Lächeln ab. Durch ihre spitzen Gesichtszüge und die dunklen Augen sieht sie irgendwie gemein aus, obwohl sie das gar nicht ist.

Maria sagt immer, Edith wäre schön, aber Vanja findet, sie sieht aus wie eine Hexe. Das aschgraue schnittlauchglatte Haar reicht ihr bis zur Hüfte.

»Wieso bist du so spät dran?«

»War spazieren«, gibt Vanja zurück, zuckt mit den Schultern, kehrt Edith und Holger den Rücken und geht in ihr Zimmer.

Sicherheitshalber schließt sie die Tür ab.

Vom Fenster aus kann sie die Lilja, das Haus der Projekte, und auf der anderen Seite das Wasser sehen. Wie klein die Welt doch ist.

Sie zieht die Kiste unter dem Bett hervor, nimmt den Deckel

ab und räumt Glückwunschkarten, Briefe von Freunden und Feriensouvenirs aus Kindertagen beiseite, die obenauf liegen. Zwei Uhren, Silberschmuck, eine Brosche aus echtem Gold, drei Handys und allen möglichen anderen Krimskrams, von dem sie gar nicht mehr weiß, warum sie ihn überhaupt geklaut hat. Außerdem liegen dort rund zweitausend Kronen, von einer Büroklammer zusammengehalten, und sie klemmt den Fünfhunderter des Alten dazu, bevor sie den Deckel wieder schließt und die Kiste zurück unters Bett schiebt.

Sie tritt vor ihr Bücherregal und greift nach dem Tagebuch, das zwischen zwei Harry-Potter-Bänden steht, die sie von Holger bekommen hat, als sie dreizehn beziehungsweise vierzehn wurde. Die Buchstaben sind zwar vor ihren Augen hin- und hergehüpft, aber sie hat die Bücher trotzdem gelesen.

Inzwischen weiß sie, dass sie Legasthenikerin ist. Damals dachte sie, sie wäre einfach nur bescheuert.

Aiman hat ihr erklärt, dass sowohl Agatha Christie als auch Ernest Hemingway Legastheniker waren und dass es beim Schreiben darum geht, etwas zu erzählen.

Vanja setzt sich auf den Boden, steckt das Kopfhörerkabel in den PC und lehnt sich mit dem Rücken gegen das Bettgestell. Ein pulsierender Bass, der knarzt, als würden die Saiten unter Strom stehen.

Sie schlägt ihr Tagebuch auf und fängt an zu schreiben. Nicht, weil Aiman sie dazu aufgefordert hätte, sondern einfach, weil der Impuls da ist.

Und weil sie Maria versprochen hat zu schreiben.

Was macht man, wenn man keine Träume hat?

Hunger hilft ihr dabei, sich auszudrücken, und sie hofft, dass das Paket mit der Kassette bald kommt. Dann wird sie endlich vor die konkrete Wahl gestellt.

Leben oder sterben.

Gefallener Engel

Liljeholmsbron

In den frühen Morgenstunden ist auf den Straßen nicht viel los, und der Lieferwagen, der aus östlicher Richtung auf die Liljeholmsbron zusteuert, fährt viel zu schnell. Der Körper, der gegen die Windschutzscheibe prallt, fliegt fast fünfzig Meter weit durch die Luft und landet auf der Gegenfahrbahn ein Stück weiter die Brücke hinauf. Die Bremsspur des Lasters ist fast genauso lang. Als der Fahrer aussteigt, steht er unter Schock. Sein Puls rast, sein Atem geht stoßweise, und ihm bricht eiskalter Schweiß aus.

Als der erste Wagen am Unfallort anhält, sitzt der Fahrer auf der Leitplanke und raucht.

Ein weiterer Wagen hält, und jemand ruft die Polizei und den Notarzt.

Der Mann auf der Leitplanke zündet sich die nächste Zigarette an. Jemand packt ihn an der Schulter. Er will etwas sagen, schafft es aber nicht. Es ist, als würde ihm die Luft abgeschnürt.

Nichts ist passiert, denkt er. Überhaupt nichts.

Schwarze Melancholie
Saltsjö-Bahn

Eigentlich wollte ich mit Fabian Modin noch warten, aber als ich ihn unten in der U-Bahn Slussen sehe, nutze ich die Gunst der Stunde. Konsequenzen abzuschätzen war noch nie meine Stärke.

Der Entschluss, mein Schicksal anzunehmen, ist richtig gewesen. Es gibt eine höhere Gerechtigkeit als die der Gesetze. Ich werde einer Sache dienen, die größer ist als das Leben, größer als alle menschlichen Gefühle. Größer als die Liebe.

Aber zu töten ist nun mal nicht einfach. Auch nicht, wenn eine hehre Absicht dahintersteckt.

Der Risikokapitalist Fabian Modin steht mit dem Rücken zum Gleis am Ende des Bahnsteigs, wahrscheinlich will er sich in den letzten Waggon setzen. Was mir sehr entgegenkommt.

Ich sehe auf die Uhr. Der nächste Zug nach Saltsjöbaden ist einer der letzten an diesem Abend, und ich weiß, dass das, was ich vorhabe, davon abhängt, dass in dem Zug alles in etwa so ist wie an den drei Tagen, an denen ich die Abfahrten kontrolliert habe.

Ich taste über meine Innentasche. Das Messer ist da. Das Probenröhrchen ebenso.

Als der Zug hält und die Türen sich öffnen, betrete ich denselben Waggon und nehme ein paar Reihen von ihm entfernt Platz. Er ist betrunken, und ich bin überrascht, dass er keinen Tag älter geworden zu sein scheint als bei unserer letzten Begegnung.

Ich war sechs Jahre alt, als Fabians Frau in der Garage gefunden wurde und Papa mir erklärte, dass Selbstmörder zusammen mit anderen Mördern im siebten Kreis der Hölle landen. Während Mörder in Blut vor sich hinschmoren, wachsen Selbstmörder an Bäumen fest, damit sie sich nichts mehr antun können.

Als ich gefragt habe, was mit den Mordopfern passiert, antwortete er, dass sie in den Himmel kommen, vorausgesetzt, sie sind selbst keine Sünder. Ein Selbstmörder begeht eine zweifache Sünde.

Ich saß auf dem Perserteppich in Papas Bibliothek und blätterte in den Büchern, die vor mir lagen. Aus dem Nebenzimmer waren die Stimmen der Alten zu hören. Papa redete am meisten, aber von Zeit zu Zeit sagte auch Fabian irgendwas. Sie stritten zwar nicht, waren sich aber offenbar auch nicht einig.

Fabian war dafür, zu expandieren und sich einen Standort in der Innenstadt zu suchen, während Papa der Meinung war, sie sollten noch ein wenig abwarten und die Gemeinde langsam wachsen lassen. Vergiss nicht, dass Jesus das Himmelreich mit einem Senfkorn vergleicht, sagte Papa, und Fabian brummelte nur. Das ist das kleinste unter allen Samenkörnern; wenn es aber gewachsen ist, so ist es größer als alle Kräuter und wird ein Baum.

Papa sagt, Fabian ist ein Spaßvogel, und das weiß ich auch, denn er und Mama lachen immer, wenn Papa den Müll runterbringt. Fabian ist voller Einfälle, und er nimmt uns Kinder mit in den Grimstawald, wo wir nach Insekten suchen und uns vor den Trollen verstecken.

Ich spüre sein unrasiertes Kinn auf meinem Bauch. Es kitzelt nicht annähernd so, wie er denkt, dass es kitzelt. Es kratzt und tut weh und riecht nach Käse, Staub und Leder.

Als der Zug losfährt und den Bahnhof verlässt, ist das Abteil halb voll. Die meisten Fahrgäste sind Teenager auf dem Heimweg nach einem Kneipenabend, aber es sind auch ein paar Rentner darunter. Wir fahren über die Zugbrücke am Danvikstull, und die Lichter von Sjöstad spiegeln sich in der dunklen Wasseroberfläche des Hammarby sjö. Das Fenster wirft sein Spiegelbild zurück, und es sieht aus, als nicke er allmählich ein. Das Kinn sackt auf die Brust, und er atmet schwer. Neben mir hängt die Karte mit dem Streckenplan der Saltsjö-Bahn, und ich kann sehen, dass ihm noch vierzehn Haltestellen im Leben bleiben.

In Nacka steigt die Hälfte aus, und niemand steigt zu. Auf dem Bahnsteig sitzen ein paar Halbstarke und rauchen. Im Zug sitzen jetzt nicht mal mehr zehn Personen.

Der Schaffner kommt, um die Fahrscheine zu kontrollieren, während eine blecherne Stimme kaum hörbar durchsagt, dass wir in Kürze in Saltsjö-Järla halten.

Ich drehe den Kopf weg, als der Schaffner meine Magnetstreifenkarte kontrolliert.

Wir halten in Lillängen und Storängen. In der Nähe von Östervik sehe ich ein paar Rehe, die unter einem großen, gespenstischen Baum mit merkwürdig abstehenden Ästen äsen.

Beim Halt in Fisksätra zuckt Fabian Modin zusammen und blickt auf.

Ich nahm die dicke Familienbibel mit dem braunen Ledereinband aus dem Regal, legte sie auf den weichen Teppich und las das Deckblatt. »Biblia, die Heilige Schrift auf Schwedisch, auf Befehl von König Carl dem Zwölften«, stand da auf Altschwedisch.

Ich blätterte gern darin und sah mir die Bilder an. Am besten gefiel mir das Bild der Steinigung des Heiligen Stefan, des ersten christlichen Märtyrers.

Einer derjenigen, der an der Steinigung teilnimmt, ist Paulus. Er zeigte später Reue und wurde bekehrt.

Ich war sechs Jahre alt und machte mir Gedanken über Jesus. Er ging tolerant und liebevoll mit allen um. Sollte man deswegen intolerant und gehässig sein gegen all jene, die nicht an ihn glaubten?

Mama kam rein und fragte mich, ob ich ein Brot wollte. Sie war dick; ich sollte bald ein Geschwisterchen bekommen. Ich hätte keinen Hunger, sagte ich und sah mir wieder die Bilder an.

Ich stecke die Hand in die Innentasche und spüre den kalten Stahl. Die scharfe Klinge.

Der Druck im Kopf nimmt zu, und ich merke, wie sich die Kiefermuskeln verkrampfen – wie das, was sich in meinem Hirn festgesetzt hat, wächst und um die Macht über meinen Körper kämpft. Anfangs war es nur eine fixe Idee, dann wurde ebenjener Albtraum daraus, vor dem ich am meisten Angst gehabt hatte. Nicht mehr Herr über meine Gedanken zu sein.

Meinen eigenen Körper nicht mehr steuern zu können.

»Igelboda. Reisende nach Solsidan bitte hier umsteigen.«

Wir sehen einander an. Fabian Modin erkennt mich nicht wieder. Er rülpst leise und kramt in seiner Jackentasche.

In Neglinge steigen erneut ein paar Fahrgäste aus, und am Ringvägen sind wir die Letzten, die jetzt noch im Zug sitzen.

In Saltsjöbaden zücke ich das Messer.

Sich schuldig zu fühlen sei die Aufgabe und schwere Bürde der Unschuldigen, antwortete Fabian Modin, als ich ihn nach Paulus fragte.

Simon
Vägaren-Viertel

Er hört, wie jemand im Wohnzimmer gähnt. Eine Decke wird zurückgeschlagen, dann behäbige Schritte, die das Zimmer durchqueren und ins Bad verschwinden, wo sich prustend Wasser ins Gesicht geklatscht wird.

Er schiebt die Decke weg und steigt aus dem Bett. Sein Haar riecht säuerlich von dem Bier, mit dem sie einander angespuckt haben. Er weiß noch, dass ein paar verwirrte Gestalten mit zu ihm nach Hause gekommen sind, Jungs mit sorgfältig zusammengestellten Outfits, und als er zu ihnen sagte, dass sie nicht echt seien, flippten sie aus. Er hofft, dass sie mittlerweile verschwunden sind.

Er reckt sich nach dem Buch. *Anleitung für einen Vater* von Peter Kihlgård. Er erinnert sich an die Leere, die der Sohn empfindet, der behauptet, er sehe zu seinem Vater auf, dessen Vollkommenheit er insgeheim jedoch verabscheut. Alles, was der Vater ihm mitgegeben hat, sind ein Gefühl von Schuld und ein schlechtes Gewissen, weil er den Ansprüchen nicht genügt. Man verfehlt beim Weitsprung den Balken, traut sich nicht, vom Fünfmeterbrett zu springen, oder versteht nicht, warum eins hoch null gleich eins ist, so was Krankes wie ein leeres Produkt.

Man taugt einfach zu nichts.

Er hört, wie die Badezimmertür ins Schloss fällt, und legt das Buch wieder aus der Hand.

»Simon, ich gehe jetzt.« Øystein steckt den Kopf durch die Tür: die Augen blutunterlaufen und immer noch schwarz von all der Schminke, und Simon bemerkt die frischen Verletzungen an

Øysteins Armen. Ein paar Schnitte scheinen richtig tief zu sein. Vielleicht war es ja trotz allem ein guter Abend.

Der Auftritt in Uppsala war so lala. Halbherzig. Hunger nicht würdig.

Simon schlüpft in seine Jeans, bleibt mit den Zehen in einem Loch über dem Knie hängen, und der Stoff reißt ein. »Ich brauch was für heute Abend. Kannst du was organisieren?« Er stellt sich an die Kommode. »Wenn du das hinkriegst, ist der Rest für dich. Okay?«

Øystein nickt, und Simon weiß genau, dass er ihn bescheißen wird. Er wird genau so viel oder so wenig kaufen, wie er meint, dass Simon haben will, und sich den Rest in die eigene Tasche stecken. Der Stärkste überlebt. Kein Löwe würde zu einem schwachen, kränkelnden Wasserbüffel Nein sagen. Wer schwach ist, hat keine Existenzberechtigung mehr und muss sterben. Dazu muss man Stellung beziehen, ob man will oder nicht.

»Aber sieh zu, dass du vernünftiges Zeug kriegst«, fügt er hinzu.

Die Suboxone- und Methadonprogramme haben dazu geführt, dass manche Dealer ihren Stoff fast schon verschenken, um an neue Kunden zu kommen, und um die Kosten niedrig zu halten, verlängern sie ihn mit fast allem: von Zucker über Chinin bis zu lebensgefährlichen Herzmedikamenten.

Simon schließt die oberste Kommodenschublade auf. Vor ihm liegen vier Etuis. Er klappt eins davon auf und reicht Øystein zwei Fünfhunderter.

»Krass, wie viel Kohle du hast.«

Simons Vater zahlt ihm für seine Abwesenheit zehntausend im Monat, was die Kosten für Miete und Lebenshaltung decken soll. Simon muss sich als Gegenleistung lediglich fernhalten, aber das ist kein allzu großes Problem. Eher eine Befreiung.

Øystein nimmt das Geld, und sie verabreden sich für später.

Als Øystein weg ist, geht Simon in die Küche. Drei Jungs liegen dort in unterschiedlichen Zersetzungsstadien auf dem Boden, und er gibt einem von ihnen einen Tritt in den Rücken. »Aufstehen, verdammt.« Wenn Øystein nicht da ist, ist er hier das Alphamännchen, auch wenn er bloß ein Strich in der Landschaft ist.

Der junge Typ rollt sich auf den Rücken und streckt sich. »Sorry …« Dann grinst er. »Mann, war das gut gestern! Hunger war echt cool.«

Simon schnaubt. »Er hatte schon bessere Auftritte.«

Der Typ setzt sich auf und reibt sich die Augen. »Er? Das könnte genauso gut eine Frau sein. Bis jetzt weiß ja wohl keiner, wer es ist, oder?«

»Keine Ahnung. Ist ja auch egal. Weck deine Kumpels und haut endlich ab.«

Der Typ gähnt und streckt dabei seine trockene gelbbraune Zunge raus. »Lebst du hier?«

Simon sieht verächtlich und mitleidig auf ihn hinab. »Nein«, gibt er dann zurück. »Derjenige, der hier wohnt, ist so gut wie tot.«

Hurtig
Sibirien

Vor rund hundert Jahren kam ein Umzug in den Nordosten von Vasastan der Deportation in ein fernes Arbeitslager gleich. Bis heute trägt das Viertel den Spitznamen »Sibirien«.

Jens Hurtig wohnt in einer Zweizimmerwohnung mit siebenundfünfzig Quadratmetern, die ihm klein und verlassen vorkommen.

Er wacht noch vor dem Radiowecker auf, aber er ist unausgeschlafen. Das ist bei ihm immer so am ersten Tag nach dem Urlaub, und er bleibt noch eine Weile im Bett liegen, bevor er sich etwas überzieht und ins Wohnzimmer geht. Den gestrigen Spaziergang auf Runmarö spürt er immer noch in den Beinen.

Isaak liegt auf dem Sofa unter zwei Decken. Er scheint die Kälte aus dem Sommerhaus in den Schären mitgenommen zu haben in die Stadt. Vier Grad waren es, als sie dort ankamen, und das Thermometer ist kein einziges Mal über siebzehn Grad hinausgeklettert.

Er muss an seine Eltern in Kvikkjokk denken.

Siebzehn Grad Innentemperatur im November sind für sie der reinste Luxus. Wenn sie frieren, hat das andere Gründe. Eine Tochter, die Selbstmord begangen hat, macht das Leben kalt, und es spielt keine Rolle, dass seitdem fünfzehn Jahre vergangen sind.

Er geht in die Küche, stellt die Kaffeemaschine an, und als der Kaffee anfängt durchzulaufen, hört er Isaak gähnen. Kurz darauf kommt er mit der Morgenzeitung unterm Arm in die Küche.

Isaak musste aus seiner alten Wohnung ausziehen, und solange er auf der Suche nach einer neuen ist, übernachtet er gelegentlich auf Hurtigs Sofa. Bei der Wohnungsmisere in Stockholm ist man auf gute Freunde angewiesen.

Er findet, Isaak sieht blass aus und irgendwie krank. Da hilft es auch nichts, dass er wie gewohnt seine Gesichtscreme aufgetragen und sein langes Haar glatt gekämmt hat. Auf seinem Oberarm prangt ein Nikotinpflaster. Vielleicht ist er so schlapp, weil er versucht, mit dem Rauchen aufzuhören.

»Ich fühle mich, als hätte ich verschlafen«, sagt er. »Wie viel Uhr ist es?«

»Erst Viertel nach sechs. Nur keine Eile, du kriegst deinen Zug. Du hast doch nur deshalb bei mir übernachtet, damit du nicht von deinem Atelier in Västberga zum Bahnhof hetzen musst.«

»Doch nicht deswegen …«

Isaak setzt sich an den Tisch und macht das Radio an. So ist er nun mal. Er braucht eine Geräuschkulisse. Bei Hurtig ist das anders. Er kann besser denken, wenn es still ist.

Im Radio wird von einem Mord in einem Nahverkehrszug berichtet, draußen in Saltsjöbaden.

Hurtig dreht das Gerät lauter und fragt sich, wer von seinen Kollegen das zweifelhafte Vergnügen gehabt haben mag, hinter einem Dutzend Messerstichen herzuräumen. Er tippt auf Schwarz oder Åhlund.

Isaak ist beunruhigt.

»Was ist los?«

Er druckst herum. »Ich bin mir nicht sicher, ob Berlin jetzt das Richtige ist. Ich hab schon seit Ewigkeiten nichts Brauchbares mehr zustande gebracht. Es kommt mir vor, als würde ich mich allmählich meinem Verfallsdatum nähern.«

Hurtig findet es schade, dass Isaak es so wichtig nimmt, was andere Künstler machen.

»Fahr nach Berlin. Das wird bestimmt gut. Vielleicht hast du ja wieder so viel Glück wie beim letzten Mal.«

Vor vier Jahren hat Isaak ein paar Geschäftsleute getroffen und sie mit ein wenig Überredungskunst dazu gebracht, ihn und seine Arbeit zu unterstützen. Sie ließen ihm ein anständiges Sponsoring zukommen.

»So ein Glück hat man nur einmal«, entgegnet Isaak. »Ich hab noch gar nicht richtig angefangen, an dem Werk zu arbeiten. Sie hatten wirklich keine Ahnung, wofür sie bezahlt haben. Aber jetzt ist sowieso alles anders. Meine Freunde sind nicht mehr da – nicht mal Ingo, und ich dachte, der würde für den Rest seines Lebens in Berlin bleiben. Ich werde mich dort ganz schön einsam fühlen.« Isaak sieht ihn ernst an. »Könntest du nicht mitkommen? Es wäre schön, jemanden dabeizuhaben, den man gut kennt. Nimm einfach noch ein paar Tage frei oder lass dich krankschreiben. Scheiß auf die Pflichten.«

»Du weißt, dass ich nicht mitkommen kann«, erwidert Hurtig, auch wenn er sich wünschte, dass er könnte.

Isaak seufzt, fängt an, in der Zeitung zu blättern, und Hurtig beobachtet ihn.

Eine von Isaaks besten Eigenschaften ist, dass es ihm leichtfällt, Menschen nahe zu kommen; sie fassen zu ihm Vertrauen. Jens schätzt Isaaks soziale Ader. Er selbst schafft es einfach nicht, ein Feuer am Brennen zu halten, wenn er kein wirklich gutes Holz zur Verfügung hat.

Hurtig meint, erste Bitternisfältchen um Isaaks Mundwinkel zu entdecken, aber sie verschwinden wieder, als er den Blick hebt und aufsieht. Er ist von Natur aus ein wenig launisch. Jetzt wirkt er neugierig und belustigt. »Ach«, sagt er, legt die Zeitung aus der Hand und wedelt mit einem Abholschein von der Post. »Was ist denn das?«

»Computerkram«, flunkert Hurtig. Er weiß genau, dass es sich dabei um eine der beiden Spielkonsolen handelt, auf die er sehnsüchtig wartet. Isaak würde ihn auslachen, wenn er wüsste, welche Summe er für schlichte Nostalgie zu zahlen bereit ist. Ein Atari Home Pong aus dem Jahr 1975 für hundert Dollar, eine Coleco Telstar von 1977 für siebzig Dollar. Beide hat er bei Online-Auktionen erworben.

»Du bist fast vierzig, zehn Jahre älter als ich«, lacht Isaak. »Trotzdem bist du derjenige, der auf Einser und Nuller steht. Es ist ein Videospiel, gib's zu!«

Hurtig will schon mit einem Kommentar über Computerspiele als legitime, aber leider unterbewertete kulturelle Errungenschaft kontern, als die Nachrichten im Radio einen Unfall auf der Liljeholmsbron am Hornstull melden.

Ein Mann ist von einem Lkw überfahren worden, konnte aber bislang nicht identifiziert werden.

Aiman
Vägaren-Viertel

Ihre Reise begann in Almaty, damals noch Alma-Ata, und führte über Teheran, Minsk und Gävle in eine Wohnung an der Folkungagatan in Stockholm.

Sie schuf sich ein geregeltes Leben als Bibliothekarin, widmete sich der Buchbinderei und erlaubte es sich, ihrer Neigung nachzugeben, sich an Kleinigkeiten aufzuarbeiten. Mit der Zeit schwand der Wunsch nach den ganz großen Plänen, und schließlich vergaß sie ihre Träume vollends. Die Zeit raste, und mit einem Mal schienen mit einem Wimpernschlag zwanzig Jahre vergangen zu sein.

Das Haus, in dem Aiman Chernikova wohnt, seit sie in Stockholm ist, ist ein gigantischer orangefarbener Plattenbau mit winzigen Fenstern direkt gegenüber vom U-Bahn-Aufgang Medborgarplatsen. Es zählt zu den hässlichsten Gebäuden der Hauptstadt und dient der Hochschule für Architektur auf Östermalm regelrecht als Mahnmal.

Obwohl sie findet, dass das Haus an einen Aufbewahrungskarton aus den Siebzigern erinnert, mag sie es. Ihre Wohnung ist großzügig geschnitten, der Innenhof wirklich schön, und auch wenn die Fassade fast schon als grotesk bezeichnet werden kann, sieht man sie von drinnen schließlich nicht.

Bevor sie die Straße überquert, schaut sie zu ihren drei Fenstern hoch. Hinter der Wohnzimmerjalousie steht ihr Fernglas. Von der Straße aus sieht man nur einen schwarzen Schatten, der auch als Lampe durchgehen könnte.

Sie mag es, die Welt durch den einäugigen runden Zylinder

zu betrachten. Ihr verletztes Auge kann sich dann ausruhen, und sie fühlt sich geborgen. Sie spioniert und observiert schließlich nicht, sie richtet das Fernglas nie auf die Fenster auf der gegenüberliegenden Straßenseite. Was dahinter passiert, geht sie nichts an. In seinen eigenen vier Wänden soll man seine Ruhe haben dürfen, während man unten auf der Straße damit leben muss, gesehen zu werden.

Sie gibt den Türcode ein und nimmt die Treppe anstelle des Fahrstuhls.

Seit sich das Kind in ihrem Bauch in Form von ein paar zusätzlichen Kilos an Oberschenkeln und Hüften zu erkennen gibt, achtet sie penibel darauf, sich so viel wie möglich zu bewegen.

Als sie den Laubengang erreicht und sich ihrer Wohnungstür nähert, kramt sie in ihrer Handtasche nach den Schlüsseln und wirft einen Blick in Richtung Küchenfenster. Hinter dem Fensterglas erahnt sie einen schwarzen Schatten und ein gelbes Augenpaar. Sie hört den Kater maunzen, als er zwischen den Blumentöpfen über die Fensterbank balanciert.

Als sie die Schlüssel gefunden hat – eingekeilt zwischen Puderdose und Kalender –, geht die Tür zur Nachbarwohnung auf.

»Hej«, sagt sie.

Ein junger Mann tritt auf den Gang. Er dreht sich zu ihr um, nickt stumm hinter seinem schwarzen Haar und senkt dann den Blick. Sie fragt sich kurz, ob er wohl vorhat, sich für das Fest in der vergangenen Nacht zu entschuldigen – ein Heidenlärm, der sie bis in die frühen Morgenstunden wach gehalten hat.

Schließmechanismen und Schlüsselbunde rasseln synchron, und sie hört, wie der Kater drinnen am Türstock die Krallen wetzt.

Sein Gesicht ist bleich, sein Blick leer. »Deine Katze heißt Behemoth, oder?«

Dies ist das allererste Mal, schießt es ihr durch den Kopf, dass sie miteinander reden. »Ja … meistens aber nur Motte.«

»Nicht, wenn sie dir auf die Nerven geht.«

Er schiebt die verschlissene Lederjacke zur Seite und zeigt ihr sein T-Shirt. *BEHEMOTH*, steht da in gotischer Schrift über einem Symbol aus Kreuzen und Raubvogelflügeln.

Dann wendet er sich ab und geht. Als seine hochgewachsene Silhouette mit den dünnen Beinen um die Ecke biegt, schiebt sie die Tür auf. Motte sitzt auf dem Flurteppich und miaut.

Sie legt den Hidschab ab und hängt ihn an die Garderobe, löst die Haarspange und stellt sich vor den Spiegel, um ihr Haar zu ordnen.

Man sieht ihr die Schwangerschaft nicht an, und das liegt nicht allein an den bauschigen Kleidern. Das ist immer schon so gewesen in ihrer Familie. Generationen von späten Erstgebärenden mit kleinen Bäuchen, und jetzt ist eben sie an der Reihe, mit dreiundvierzig Jahren und einem kaum erkennbaren Bäuchlein, obwohl sie schon im sechsten Monat ist.

Sie betrachtet ihr Gesicht in dem kalten elektrischen Licht der Deckenlampe. Aiman bedeutet »schön wie der Mond«, aber sie findet, das ist wohl Ansichtssache. Natürlich ist der Mond schön, wenn man in der richtigen Stimmung ist, aber wenn nicht, sieht man nur schroffe Krater und eine blassgelbe kranke Farbe. Aknenarben und den gelblichen Teint ihres südkasachischen Gesichts, das viele Schweden irrtümlich für ein persisches oder pakistanisches halten. Ihre Hautfarbe kommt stärker zur Geltung, wenn sie einen weißen Hidschab trägt, deshalb entscheidet sie sich meist für einen schwarzen. Damit wirkt ihr Gesicht heller, schwedischer.

Die Pupille ihres verletzten Auges sieht ganz klein aus, wenn das Licht senkrecht von oben fällt, aber eigentlich ist sie vergrößert.

Behemoth schnurrt und streicht ihr um die Beine. Sie bückt sich, und seine Nase berührt ihre Hand.

In *Der Meister und Margarita* ist Behemoth eine Katze, die

spricht und auf den Hinterbeinen geht und in Begleitung des Teufels nach Moskau kommt. Ferner heißt so eine Bestie aus der Bibel – geboren in den feuchten Winkeln der Unterwelt. Ein Dämon mit Röhrenknochen wie Kupferrohre und Gliedmaßen stark wie Eisenstangen.

Das Handy surrt und reißt sie aus ihren Gedanken.

Es ist ein Kollege aus der Lilja, und während sie sich unterhalten, räumt sie nebenbei ein bisschen auf, klaubt ein paar Kleider in der Diele auf und hängt ihren Hidschab zu den anderen in den Schlafzimmerschrank.

Der Kollege erwähnt, dass er sich Sorgen um Maria macht. »Hast du was von ihr gehört?«

»Nein«, antwortet sie. »Wir kennen uns nicht besonders gut, ich arbeite ja hauptsächlich mit Vanja. Aber vielleicht weiß Isaak was. Hast du mit ihm geredet?«

»Ja, er hat auch schon versucht, sie zu erreichen, aber ohne Erfolg. Und jetzt ist er unterwegs nach Berlin.«

Berlin?, denkt sie und muss daran denken, wie sie Isaak vor ziemlich genau vier Jahren kennengelernt hat. Kurz darauf hat er sie Ingo, einem Künstler, einer Autorin namens Edith und dem Journalisten Paul vorgestellt – die sich später als Vanjas Adoptiveltern entpuppten: eine schwedische Clique, die in Berlin eine kleine kreative Enklave gebildet hatte.

Jetzt ist die Lilja ihr gemeinsamer Nenner, auch wenn Ingo dort nicht mehr unterrichtet, seit er krank wurde. Seit er an seinem fünfundsechzigsten Geburtstag eine Hirnblutung erlitt, wohnt er in einem Pflegeheim in Strängnäs, und sie hat ein schlechtes Gewissen, weil sie ihn dort schon lange nicht mehr besucht hat. Vielleicht sollte sie Isaak vorschlagen, mal zu ihm rauszufahren.

Der Kontakt zu Edith und Paul ist ebenfalls sporadischer geworden und beschränkt sich mittlerweile auf gelegentliche Telefonate, in denen es meist um Vanja geht.

»Ich bin heute mit Vanja in der Lilja verabredet«, sagt Aiman zu ihrem Kollegen. »Sie hat mit dem Buchbinden angefangen. Ich kann sie ja mal fragen, ob sie weiß, wo Maria steckt.«

Als sie das Gespräch beendet haben, fällt ihr aus irgendeinem Grund Isaaks einstige Gesprächseröffnung ein. Sie hatten sich in einer Hotelbar im alten Ostberlin kennengelernt. »Ich liebe dich«, hatte er gesagt, und als sie ihn fragte, wie er denn darauf komme, antwortete er nur, dass er den Satz lediglich einübe.

In jener Zeit fühlte sie sich unbeschreiblich verwundbar. Als würde sie auf einem Glasdach balancieren und Todesangst davor haben, es könnte einbrechen. Vielleicht lag es an diesen drei Worten, dass sie sich Isaak gegenüber öffnete? Ich liebe dich. Sie ist sich nicht sicher. Aber zumindest hat sie Isaak erzählt, dass sie sich in Berlin aufhielte, weil sie vor ihrem Bruder geflüchtet wäre.

Nachdem sie Behemoth ein bisschen Trockenfutter hingestellt hat, greift sie nach dem Fernglas und nimmt die Linsenklappe ab.

Manchmal kommt es ihr so vor, als würden die Fremden auf der Straße ein Ersatz für richtige Freunde sein.

Sie sieht den Briefträger in einen der Hauseingänge gegenüber treten – ein junger Mann, der sich oft ungewöhnlich lang in diesem Haus aufhält, und Aiman hat allmählich den Verdacht, dass das an einer Frau liegt, die dort wohnt. Er ist sicher noch keine zwanzig, während die Frau schon sichtlich in die Jahre gekommen ist.

So gut wie jeden Tag kommt es zu einer fruchtbaren Begegnung zwischen dem, was spät, und dem, was früh erblüht, und all das weiß Aiman, ohne je das Fernglas auf die Wohnung der Frau gerichtet zu haben.

Sie ist schließlich keine Voyeurin.

Irgendwann kommt der Briefträger mit einem Lächeln auf den Lippen wieder heraus, es beginnt zu regnen, und die Passanten suchen Schutz oder eilen die Bürgersteige entlang. Ein Mann mit einem angeleinten Zwergpudel ist vom Regen überrascht worden, hält sich die Lederjacke über den Kopf, sein Hund läuft neben ihm her, und an der Bushaltestelle steht eine Frau unter einem Schirm, während ein kleines Mädchen unbekümmert in eine Pfütze auf dem Fußweg hüpft. Kinder und Tiere finden Regen toll.

Auf der anderen Straßenseite entdeckt sie einen Mann, der genauso aussieht wie ihr Nachbar. Er ist so gekleidet und hat das gleiche lange, dunkle Haar. Der Regen scheint ihm nichts auszumachen.

Vanja
Knivsöder

»Leiser, verdammt!«, brüllt Paul ins Zimmer hinein.

Vanja dreht sich um und sieht ihm in die Augen. »Stört dich das?«, fragt sie und schenkt ihm ihr freundlichstes Lächeln. Sie will ihn provozieren und aus der Reserve locken. Der Riss in der Fassade sein, das Haar in der Suppe. Er ist besonders reizbar, wenn er getrunken hat, und das tut er in letzter Zeit öfter.

Paul marschiert zur Stereoanlage und schaltet sie aus. »Was zum Henker hörst du da überhaupt?«, fragt er und setzt sich auf die Bettkante.

»Nichts, was du kapieren würdest«, gibt sie immer noch lächelnd zurück. »Dafür bist du viel zu *politically correct.* Hast viel zu viel Angst.«

»Wieso Angst?«

»Du traust dich nicht, die Welt zu sehen, wie sie ist.«

»Aber du traust dich, ja? Oder wer immer das ist, den du da hörst.«

»Ja.«

»Wie heißt die Band?«

»Das ist keine Band. Das bin ich mit Maria.«

»Wieso hast du uns davon denn nichts erzählt?«

»Hast du gefragt?«

»Wie heißt der Song?«

»*Den ruttnande hjorden* – verwesende Erde. *Hjorden*, wie sie es im Mittelalter geschrieben haben: mit h.«

»Und ich bin einer davon, von den Verlorenen? Oder wie ging der Text gleich wieder?«

Sie sieht sein aufgesetztes Lächeln und weiß genau, was er jetzt denkt. Er ist aus der Rolle gefallen, und jetzt will er wieder Waffenruhe herstellen, indem er sich interessiert gibt. Eine gute Gelegenheit, um ihn auf die Palme zu bringen. Sie blättert in ihrem Tagebuch, findet Marias Text und liest daraus vor: »Ohne Menschen auf der Erde haben Gut und Böse keine Bedeutung. Nur was existiert, macht Existenz aus, ganz gleich, ob es die Kakerlake ist oder der Homo sapiens. Existenz braucht nicht zu sein. Sie kann sogar Vakuum sein. Ohne Menschen auf der Erde würden alle Lebewesen leben. Ohne Menschen auf der Erde wäre die Moral nicht Inhalt aller Regeln eines Lebens, sondern ein Handicap. Der Schwache dürfte nicht leben. Ohne Menschen auf der Erde wäre Ethik Eitelkeit und Luxus.«

»Ich bin vielleicht altmodisch, aber sollten sich Songtexte nicht reimen?«

»Jetzt kommt ein Break. Maria liest, und wir haben die Tonhöhe runtergeregelt, damit ihre Stimme tiefer klingt.«

»Runtergeregelt?«

»Ja, um ein paar Töne runtergedreht. Das geht seit Neuestem.«

»Gut, lass hören.«

Immer noch interessiert, denkt sie. Heute ist er hartnäckig.

»Die Erde ist ein Quell des Schmerzes und der Agonie. Ein Werk Satans, als wäre sie von Gott erschaffen. Ohne Menschen auf der Erde wäre Gott nicht umsonst da, sondern mit einem Sinn für seine Existenz. Und mit einer Kontaktlinse über der Iris denke ich, dass Blindheit nur etwas für die Sehenden ist. Hell, Satan. Hell, Sinnlosigkeit. Es lebe alles, was mit der Bestimmung geboren ist zu sterben. Es lebe die Leere, die Finsternis und die Sehnsucht nach Schmerz. Omega.«

Sie legt das Tagebuch aus der Hand.

»Bist du jetzt Satanistin?«, fragt er, und da ist sie wieder, die Ader an seiner Schläfe.

»Du spinnst ja«, sagt sie.

Fünf Sekunden Schweigen. Sie nimmt an, dass er sich schwer beherrschen muss, um sich wieder zu beruhigen.

Sie nimmt die Kopfhörer und steckt das Kabel in die Anlage. Als sie die Musik wieder anstellt und die Lautstärke aufdreht, erhebt Paul sich vom Bett und geht aus dem Zimmer.

Er sieht traurig aus.

Als sie die Augen aufschlägt, ist es vollkommen dunkel. Sie versucht, nicht zu denken.

Maria hat das Paket bekommen, und sie hat's getan.

Maria hat sich getraut.

Sie will nicht an das Telefonat mit Marias Mutter denken. Die Tränen, die Verständnislosigkeit und die Lügen – dass sie ja keine Ahnung gehabt hätte.

Blöde Fotze, hat Vanja gedacht, aber den Mund gehalten.

Sie hätte besser sagen sollen: Ich weiß genau, dass du weißt, warum Maria sich umgebracht hat. Du, du fette, chipsabhängige Hure – du säufst, und Maria hat es irgendwann ganz einfach nicht mehr fertiggebracht, deine Kotze aufzuwischen. Sie wusste nicht mehr, was sie noch sagen sollte, wenn dein Chef angerufen hat, um zu fragen, warum du schon wieder nicht zur Arbeit gekommen bist. Die Lügen sind ihr ausgegangen, und sie wusste nicht mehr, was sie der Krankenversicherung, dem Arbeitsamt, eurem Vermieter, der Bank, dem Gerichtsvollzieher und weiß der Teufel wem noch sagen sollte.

Aber Vanja hat nichts von alledem gesagt. Stattdessen hat sie nur geschwiegen und geschnieft.

Sie blinzelt. Es ist egal, ob sie die Augen offen oder geschlossen hält. Schwärzestes Schwarz – und sie weiß, wenn man sich in einem fensterlosen Kellerraum befände, wäre es dort noch fünftausendmal schwärzer, sowie die Sonne erlischt.

Mit anderen Worten: totale verdammte Finsternis. Genau wie jetzt.

Eine Schwärze, die man mit dem Messer zerschneiden könnte. Eine Schwärze, die man essen kann.

In der totalen Finsternis sind alle gleich, denkt sie. Keiner ist schön, und keiner ist hässlich. Weder groß noch klein. Totale Finsternis ist gerecht, und alle sind, was sie sind.

Blindheit muss das Höchste sein.

Einem Gerücht zufolge hat Hunger sich mit einer Stricknadel die Augen ausgestochen. Dafür soll es sogar Bildbeweise geben. Alles, um die totale Gleichgültigkeit zu schaffen, in der nur noch Ideen wesentlich sind.

In der Finsternis sind wir alle gleich, denkt sie und hofft, dass ihr Paket nie ankommt.

Ich will leben, weil mein Wunsch zu sterben so groß ist. Dieses Gefühl will ich so lange wie möglich genießen.

Hurtig
Kronoberg-Viertel

Der erste Tag nach dem Urlaub ist meistens hart, aber diesmal fällt es Hurtig schwerer als erwartet, sich wieder in den Arbeitsalltag einzufinden. Die Tage draußen auf Runmarö waren nicht ganz die Wohltat für die Seele, die er sich erhofft hatte. Zwar war er viel an der frischen Luft, lag faul herum und war mit Isaak in netter Gesellschaft; trotzdem ist da etwas, was ihn bedrückt. Er überlegt, ob er gerade dabei sein könnte, vor die berüchtigte Wand zu fahren – in diesen apathischen Zustand zu versinken, der fast schon zur Volkskrankheit geworden ist.

Er muss an Jeanette Kihlberg denken, seine Chefin, die im Augenblick wegen Burn-out vom Dienst befreit ist. Sie ist jetzt schon seit einem knappen Jahr nicht mehr da, und er befürchtet, dass sie womöglich gar nicht mehr wiederkommt.

Worin besteht eigentlich der Sinn bei unserem Job? Die uniformierten Kollegen verwenden ein Prozent ihrer Arbeitszeit darauf, draußen zu patrouillieren, obwohl alltägliche Straftaten im öffentlichen Raum achtzig Prozent aller Anzeigen ausmachen. Burn-out, denkt er, ist da eine völlig natürliche Reaktion.

Er legt den Bericht auf den Stapel mit der Ausgangspost. Schon in ein paar Stunden wird er in einem ähnlichen Korb für die Eingangspost liegen, auf einem ganz ähnlichen Schreibtisch, hinter dem der Staatsanwalt sitzt.

Im jüngsten Fall geht es um eine besonders grausame Misshandlung, die mit großer Wahrscheinlichkeit nicht zu einer Verurteilung führen wird – nicht einmal zu einer Anklage. Das Opfer ist die bessere Hälfte des Täters, und dass der Mann so etwas wie ein Promi ist, hat dem Fall eine gewisse Medienpräsenz verschafft, besonders in den einschlägigen Boulevardmagazinen, die immer neue Themen brauchen, über die sie schreiben können. Wahr, falsch oder reine Spekulation – das spielt keine Rolle. *The show must go on*, und will man das Spiel mitspielen, muss man es eben nach bestimmten Regeln tun, denkt er, als die Tür aufgeht und sein Vorgesetzter, Polizeichef Dennis Billing, eintritt.

Billing rückt den Besucherstuhl zurecht und nimmt Platz.

»Åhlund meint, du bist mit der Misshandlung fertig und hast sonst nichts weiter um die Ohren«, sagt er und legt einen Papierstapel auf Hurtigs Schreibtisch. »Stimmt das?«

Hurtig nickt. »Der Bericht liegt da drüben«, antwortet er. »Nichts weiter um die Ohren?« Er wirft einen Blick auf die Uhr. »Stimmt, seit ungefähr zehn Sekunden.«

»Gut. Dann kannst du dich ja hiermit befassen.« Billing zeigt auf den Papierstapel.

»Worum geht es?«

»Ein paar Selbstmorde.«

»Selbstmorde?« Hurtig runzelt die Stirn und hebt resigniert die Hände. »Warum muss ausgerechnet ich das machen? Gib das doch Schwarz oder Åhlund.«

»Die sind mit was anderem beschäftigt. Schwarz überprüft einen Kerl, der am Hornstull von einem Lkw überfahren wurde, und Åhlund kümmert sich um den Raubmord in der Saltsjö-Bahn.«

So wurden die Radionachrichten also verteilt, denkt Hurtig und quittiert es mit einem Nicken.

Billing zieht einen Plastikbeutel aus der Manteltasche. »Ich will dich auf diese Selbstmorde ansetzen, weil sie komplizierter zu sein scheinen als der Raubmord.« Er zwirbelt an dem Beutel herum. Darin liegt eine Kassette.

»Was ist das?«

»Der gemeinsame Nenner und das, was das Ganze so verwirrend macht.«

»Erzähl«, fordert Hurtig ihn auf. Trotz allem ist er neugierig geworden.

»Es fing alles vor rund einem Jahr in einer kleinen Gemeinde oben in Gästrikland an. Ein junger Bengel aus Kungsgården wurde in der Scheune auf dem Grundstück seiner Familie tot aufgefunden. Er hatte sich auf eine hohe Leiter gestellt, sich eine Schlinge um den Hals gelegt, Kopfhörer aufgesetzt und das Seil an der Decke befestigt. Dann hat er gewartet. Laut Bericht der örtlichen Polizei war die Leiter etwa fünf Meter hoch und über eine Kette mit dem Tor verbunden. Als der Vater mit dem Traktor in die Scheune fahren wollte, ging das Tor auf, und die Leiter ist umgekippt. Der Junge ist zwei, drei Meter tief gefallen. Er war sofort tot. Genickbruch.«

»Unheimlich«, murmelt Hurtig. »Und das da ist die Kassette, die er gehört hat?« Hurtig deutet auf den Plastikbeutel in Billings Hand.

»Genau.«

»Warum in aller Welt hatte er die Musik auf Kassette aufgenommen und nicht auf dem Handy gespeichert oder auf einem mp3-Player?«

»Das ist noch nicht alles.« Der Polizeichef holt tief Luft. »Es gibt noch mehr Fälle mit der gleichen Handschrift. Junge Menschen, die sich auf die gleiche …« Er sucht nach Worten. »… auf die gleiche ausgeklügelte Art das Leben genommen haben. Und alle haben Musik gehört, während sie starben.«

»Dann gibt es also auch mehrere Kassetten?«

»Bis jetzt sind es vierzehn, aber wer weiß, es könnten noch mehr auftauchen. Die anderen sind bei der Spurensicherung. Du kriegst das Ergebnis im Lauf des Tages. Diese hier ist schon gecheckt. Das Ergebnis aus der Technik liegt bei den anderen Berichten.«

»Okay.«

Trotz seiner Neugier hat Hurtig Zweifel, ob er sich hiermit beschäftigen will. Seine Gedanken wandern von seiner Schwester zu Isaaks Jugendarbeit in der Lilja. Junge Menschen, die mit ihrem Leben hadern, das noch nicht einmal richtig angefangen hat. Manchmal überleben sie, manchmal geben sie auf.

»Ich lese mal rein in den Fall«, sagt er, »und wenn ich dir recht gebe, dass da was nicht ganz koscher ist, mache ich weiter. Ansonsten musst du jemand anderen darauf ansetzen.«

Der Polizeichef nickt. »Was Neues von Janne Kihlberg?«

»Nichts – außer dass sie immer noch zu Hause ist.«

»Schrecklich, wirklich schrecklich.« Billing seufzt und steht auf. »Meld dich, wenn du fertig bist.« Er geht, ohne die Tür hinter sich zuzumachen.

Hurtig nimmt den Plastikbeutel zur Hand und starrt auf die Kassette hinab, eine Maxwell C-90. Er weiß noch, wie er selbst in seiner Jugend Musik aus dem Radio auf solche Bänder aufgenommen hat. *THE SMITHS*, steht auf der einen Seite. Auf der anderen: *THE JESUS AND MARY CHAIN.*

Er ruft in der Technik an und bittet den Kollegen, einen Kassettenrekorder zu organisieren und so schnell wie möglich damit zu ihm ins Büro zu kommen.

Er reckt sich nach dem Papierstapel, legt ihn vor sich hin und beginnt zu lesen.

Der Junge aus Kungsgården hatte vor seinem Selbstmord mehrmals Kontakt mit der Kinder- und Jugendpsychiatrie, weil er sich wiederholt selbst verletzt hatte. Hurtig war bislang der Ansicht, dass sich nur junge Mädchen in die Arme ritzen. Aber es gibt natürlich auch Jungen, die so etwas tun.

Die Vernehmung der Eltern hat keine neuen Erkenntnisse zutage gefördert – außer dass der Selbstmord nicht gänzlich überraschend kam. Wieder muss Hurtig an seine Schwester denken. Bei ihr war es genau umgekehrt. Zweier Selbstmordversuche zum Trotz hat niemand geglaubt, dass sie es erneut versuchen würde. Es gab schließlich Anzeichen des Fortschritts. Sie war auf dem Weg hinaus aus der Depression.

Im nächsten Fall geht es um ein Mädchen aus Värmland, das sich vor einen Zug geworfen hat. Auch sie hatte Kopfhörer auf und hörte Musik, während sie dem Tod in Form eines herandonnernden Güterzugs auf dem Weg zur Rüstungsfabrik Bofors in Karlskoga entgegensah.

Das gleiche Verhaltensmuster bezüglich der Selbstverletzungen, gleichermaßen hilflose Eltern.

Der dritte Bericht beschreibt, wie vierzehnjährige Zwillingsbrüder sich in der Garage ihrer Eltern einschlossen und bei laufendem Motor vergasten. Zwei Kassettenrekorder, zwei Paar Kopfhörer, zwei Bänder. Dem Bericht zufolge war die Musik auf einer der Kassetten exakt eine Minute kürzer als auf der anderen, und Hurtig muss sich widerstrebend eingestehen, dass er Billings Auffassung teilt. Hier geht es um mehr als um Selbstmord.

Der Techniker kommt mit einem ausgemusterten Tonbandgerät, das früher bei Vernehmungen verwendet wurde, und stellt es auf Hurtigs Schreibtisch. Kurz nachdem er gegangen ist, klopft es erneut an der Tür. Diesmal ist es Åhlund.

»Wie läuft's?«, erkundigt sich Hurtig.

»Es geht nicht vor und nicht zurück.«

Hurtig steht auf und zieht den Besucherstuhl zur Seite. »Setz dich und erzähl mir von dem Raubmord im Zug.«

Åhlund seufzt. »Zwölf Stiche in den Brustkorb wegen ein paar Hundertern. Krass.«

»Seid ihr euch sicher, dass es ein Raub war?«

»Ja, zumindest deutet einiges darauf hin. Wir haben bei dem Opfer keinen Geldbeutel gefunden. Die Polizei dort draußen glaubt, dass es sich um eine Jugendgang handelt und der Täter längst in irgendeinem Register geführt wird. Wir werden den

Fall lösen, auch wenn wir nicht viel in der Hand haben … keine Zeugen, und der Zug wurde nicht videoüberwacht.«

»Und das Opfer?«

»Heißt Fabian Modin. Risikokapitalist. Kein ganz unbeschriebenes Blatt, wenn ich das richtig sehe.«

Aus Armut erwächst Gier, und aus Gier erwächst Gewalt, denkt Hurtig. Aber er bringt es nicht über sich, das zu kommentieren. Hat nicht genug Kraft, um Stellung zu beziehen. »Wie viel hast du zu tun?«

»Zurzeit herrscht Stillstand.«

Hurtig berichtet von seinem Fall und bittet Åhlund zu prüfen, ob es weitere Selbstmordfälle gegeben hat, bei denen Kassetten eine Rolle gespielt haben. »Frag auch bei den Kollegen in Norwegen, Dänemark und Finnland nach. Man kann nie wissen.« Åhlund nickt, und Hurtig fügt hinzu: »Billing hat erwähnt, dass Schwarz mit einer Sache am Hornstull beschäftigt ist. Worum geht es da?«

»Ein Mann ist kurz vor der Liljeholmsbron von einem Lkw überfahren worden. Verdacht auf Fahrlässigkeit, fahrlässige Tötung vielleicht, aber womöglich war es auch einfach nur ein Unfall. Schwarz überprüft gerade den Typen, der überfahren wurde. Ausländer, keine Papiere, abgerissene Klamotten – und ziemlich übel zugerichtet. Im Hinblick auf die Schädelfrakturen könnte er misshandelt worden sein, bevor er überfahren wurde.«

Nicht weit vom Haus der Projekte, wo Isaak arbeitet, denkt Hurtig. Ein altes Fabrikgebäude auf Liljeholmen, das inzwischen als Jugendzentrum genutzt wird. Dort haben viele einen Migrationshintergrund.

»Ungefähr so wie der Typ, der vor vier Jahren in Salem überfahren wurde«, fährt Åhlund fort. »Das Rückgrat gebrochen, genau wie bei diesem Opfer. Damals sind wir von schwerer Körperverletzung ausgegangen.«

Hurtig denkt nach. Damals war es ein Flüchtling ohne Papiere aus irgendeinem ehemaligen Sowjetstaat. Er wurde auf dem Parkplatz vor dem Friedhof in Salem tot aufgefunden, und die Sache wurde schließlich als Unfall mit Fahrerflucht zu den Akten gelegt. Nur den Vornamen hatten sie damals herausgefunden. Dima, meint er sich vage zu erinnern.

Nachdem Åhlund gegangen ist, schließt Hurtig die Tür und steckt die Kassette in den Rekorder.

Es ist mehr als zehn Jahre her, seit er zuletzt ein ähnliches Gerät benutzt hat. Er erinnert sich wieder an die vielen Stunden, die er davorgesessen und sich Aufnahmen von Vernehmungen angehört hat. Nach Widersprüchlichkeiten in der Aussage eines Verdächtigen gesucht hat. Nach einer unnötig langen Pause, nach einem leicht veränderten Tonfall, der eine Lüge oder Halbwahrheit entlarven mochte. Die Arbeit war langweilig. Heute sieht sie zwar nicht gänzlich anders aus, aber durch den technischen Fortschritt kostet sie wesentlich weniger Zeit.

Er spielt das Band ab, doch zu seiner Verwunderung hört er nur Rauschen. Minutenlang wartet er darauf, dass irgendwas passiert – aber nichts, nur leises weißes Rauschen. Er spult vor, dreht die Lautstärke auf. Immer noch kein Geräusch.

Könnten die Techniker die Aufnahme aus Versehen gelöscht haben?, denkt er im selben Moment, als das Zimmer in ohrenbetäubendes Gebrüll getaucht wird.

Schwarze Melancholie
Studio

Den Tag nach dem Auftritt verbringe ich im Studio.

Manche glauben, es läge irgendwo in Jämtland, aber das stimmt nicht. Andere sagen, in Dalarna, aber auch das ist verkehrt. Die Diskussion ist sinnlos. Wildnis kennt keine Grenzen.

Es ist ein kleines, klaustrophobisches Zimmer, an dessen Längswand ein Regal mit gebrauchten Kassettenrekordern steht. Einen alten Walkman kriegt man schon für ein paar Zehner, und da sind Kopfhörer meist dabei.

Als ich mich am späten Nachmittag in meine kleine Höhle zurückziehe, denke ich über den Auftritt nach.

Das Publikum will sehen, wie ich mich ritze, obwohl die meisten wissen, wie es sich anfühlt, ein Teppichmesser zu benutzen. Es ist, als würde man eine offene Tür eintreten.

Den Unwissenden will ich den Schmerz nahebringen.

Er muss echt sein, und es braucht jahrelange Übung, dorthin zu kommen.

Die Alten saßen draußen in der Stube bei irgendeinem wichtigen Treffen. Ich musste mucksmäuschenstill sein, wenn ich dabei sein wollte, wenn es später Mandelgebäck und Himbeerlimonade gab. Papas Stimme war besonders oft zu hören, und ich war stolz, weil die anderen, die ein paar Jahre älter waren als er, ihm zuhörten.

Ich war allein im Arbeitszimmer, der Perserteppich war meine Bühne. Der Rekorder, der vor mir auf dem Boden stand, war ein Marshall. Ich hatte Kopfhörer auf, und die Musik, die in meinem Kopf dröhn-

te, war nie zuvor in diesen vier Wänden gehört worden, denn sie war verboten. Donner und Basstrommeln, dann sägte sich einem die Gitarre in den Schädel, und danach ging alles so schnell, dass man kein Gefühl mehr für Geschwindigkeit und Gleichgewicht hatte.

Reyning bladd from ä lessereyted skai,
bliiding its horror, krieyting mai stracktscher.

Ich tat, als hätte ich eine E-Gitarre und spielte, bis meine Fingerkuppen bluteten, während das Publikum am Bühnenrand besinnungslos johlte.

Nau ai schäll reyn in bladd!

Ich nehme eine gelbe Sony aus dem Regal. Ich habe sie extra für ihn ausgesucht. David Litmanen aus Blackeberg.

Ich setze mich an den Schreibtisch und fahre den Computer hoch. Der Lüfter springt mit einem leisen Surren an, ich drehe die Lautsprecher auf und lege eine neue Datei an: »Haut, für Wunden gemacht«.

Er will es so haben.

Er ist es, der über sein Leben entscheidet und damit auch über seinen Tod.

Die Menschen sehen nur Äußerlichkeiten, und ich glaube, dass das Aussehen von großer Bedeutung ist für das Selbstbild und für die persönliche Entwicklung.

Als ich klein war, haben immer alle gesagt, ich hätte Klavierfinger. Also bin ich Musiker geworden.

Sie sagten auch, dass ich blass und schwächlich aussähe, und deshalb dachte ich, die Sonne könnte mir schaden. Sie behaupteten, mein Körper wäre so zerbrechlich, dass er bei der kleinsten Berührung zerspringen würde.

Manchmal kommen diese Gedanken wieder. Dann schließe ich mich ein und bleibe tagelang in der Finsternis. Verlasse nicht einmal das Bett.

Es dauert keine zehn Minuten, die Drums zu programmieren.

Ein einfaches Sample aus Basstrommel, Wirbeln und Hi-Hat. Nach jedem vierten Takt deute ich den Taktwechsel mit einem Becken an. Keine Mätzchen, nur ein einfacher Rhythmus, und das Becken ist eigentlich ein Topfdeckel, den ich auf die Erde geworfen habe, aber es klingt gut. Leer und hohl.

Ich schließe die Gitarre an die Soundkarte an. Stimme sie runter auf D, bevor ich die Aufnahmetaste anklicke. Ich kann das Stück schon hören. Es soll exakt eine Minute und zwei Sekunden lang sein.

Details, die wichtig sind. Wegen der Echtheit.

Drei donnernde Akkorde, kein Refrain. Keine Bridge, keine Pause. Dann der Bass – die gleiche Tonlage wie die Gitarre. Ich spiele weiter, wieder und wieder die gleichen Töne.

Ich habe mir die Freiheit genommen, Teile aus »Guten Abend, gut' Nacht« von Johannes Brahms zu klauen. Ich wollte, ich hätte Brahms' Gehör. Schon als Kind konnte er ganze Werke auswendig spielen. Bei einem Konzert soll er auf einem verstimmten Flügel gespielt und Beethovens Sonate in c-Moll spontan um einen Halbton auf cis-Moll transponiert haben. Ich bewundere Brahms, auch wenn ich das niemals offen zugeben würde. Er variierte sein Motiv und entwickelte die strenge Sonatenform weiter, zu etwas Größerem. Er hat die Sonate seziert. Hat sie auseinandergeschnitten, um allen zu zeigen, wie sie tatsächlich aussieht.

Als ich endlich zufrieden bin mit dem Bass, was mehrerer Wiederholungen bedarf, nehme ich ein kleines hölzernes Spielzeug-Xylofon, das ich auf einem Flohmarkt in Vårberg entdeckt habe, lege es auf den Schreibtisch und ziehe den Mikrofonständer näher, damit das Mikrofon den Klang besser erfasst. Das bisschen Hintergrundrauschen und der quietschende Schreibtischstuhl machen die Aufnahme nur noch lebendiger.

Ich folge in jedem zweiten Takt den Grundtönen, und das Ganze klingt traurig. Dann wechsle ich zur Septime, auch das klingt schön traurig. Nach dreißig Sekunden nehme ich die Quinte, und da reiben die Töne aneinander, dass es schmerzt. Die letzte halbe Minute folge ich wieder dem Takt, spiele dabei aber frei nach Gefühl. Es klingt falsch, und die Töne tun weh.

Als ich mit dem Xylofon fertig bin, unterlege ich alles mit einem massiven metallischen Hall, um genau die richtige Einsamkeit zu kreieren. Es soll schließlich keine Musik zum Genießen sein. Die Klänge dienen dem Sterben.

Eine Minute und zwei Sekunden für einen Jungen aus Blackeberg mit wenig Selbstbewusstsein.

Ich halte das Mikrofon an den Mund, räuspere mich und bereite mich darauf vor, sein Requiem zu singen.

Haut, für Wunden gemacht. Sein Text und das Letzte, was er hören wird, ehe der Schmerz abebbt.

Die zweite Strophe genau wie die erste. Abwechselnd brülle und flüstere ich die Botschaft. Sie soll auf keinen Fall missverstanden werden, und ich will den Text in verschiedenen Stimmungen ausdrücken.

Hass ist Gesetz. Der Hass unter dem Willen. Hass ist der Wille.

Melancholie ist Gnade und das Glück zu trauern. Melancholie ist Revolte und Entfremdung, und schwarze Melancholie ist die vollkommene Befriedigung des Willens zu sterben. Der Welt zu sagen, dass sie zur Hölle fahren soll.

Dieser Junge, David heißt er, versteht all das.

Der Song steht beim ersten Take. Das ist ungewöhnlich, aber wann immer das passiert, liegt es nur daran, dass der Text gut ist. Dass ich an die Worte glaube.

Zum Schluss kopiere ich sämtliche Tonspuren und lege sie über die Originalspur, allerdings mit einer minimalen Verzögerung. Das genügt. Eine Endbearbeitung ist nicht nötig.

Diese Kassetten sind magnetische Speicher des Todes. Der Kommunikation über den Tod.

Die Hülle ist ebenfalls wichtig.

Für das Cover habe ich einen schwarzen Filzstift genommen. Ein Gesicht, das schreit. Dann habe ich es sieben-, achtmal kopiert, sodass die Schwarz-Weiß-Kontraste härter und schmutziger wurden.

Ich stecke die fertige Kassette in einen Umschlag und frankiere ihn mit den Briefmarken, die David Litmanen aus Blackeberg beigelegt hat, als er mir den Brief mit seinem Anliegen schickte.

Ich lege den Umschlag beiseite und öffne eine weitere Tondatei.

Das Stück habe ich bereits letzte Woche fertiggestellt. Ich betrachte es als mein Opus magnum.

Die einzige Vorgabe, die ich hatte, war, dass es exakt zwölf Minuten und siebenundzwanzig Sekunden lang sein sollte und dass es darum geht, denjenigen zu töten, den man liebt.

Hurtig
Kronoberg-Viertel

Der Verzweiflungsschrei geht in ohrenbetäubenden Lärm über.

Eine Mauer aus merkwürdig gestimmten, verzerrten Gitarren und einem Trommelrhythmus, der so exakt kommt, dass es sich dabei um eine Maschine und nicht um einen Schlagzeuger aus Fleisch und Blut handeln muss. Niemand kann so taktsicher sein, das begreift sogar ein so unmusikalischer Mensch wie ich, denkt Hurtig und hört sich mit wachsender Faszination die eigenartige Mischung aus gröliger Endzeitmusik und elegischer Poesie an.

Ich tappe in diesen dunklen Räumen umher, meine Finger spüren die scharfe Kante der Klippe.

Er erinnert sich daran, wie er in jungen Jahren in seinem Zimmer oben in Kvikkjokk saß und sich davonträumte. Sich nach einem Ort sehnte, der nicht mehr nur Wildnis und Kälte war, nach einem Dasein, das sich nicht von vornherein nur um Jagd, Fischen und Schneeskooter drehte.

Ich kratze meine hochgereckten Hände, bis sie den gefrorenen Wolkenfetzen entgegenbluten.

Dann verstummt die Musik ebenso plötzlich, wie sie eingesetzt hat, und es bleiben nur das weiße Rauschen und ein leises Murmeln draußen vor seiner Bürotür. Der Digitalanzeige des Rekorders zufolge ist das Stück zehn Minuten und zweiundzwanzig Sekunden lang, inklusive Anfangsrauschen.

Die Gedanken an seine Kindheit in Norrland führen ihn wieder in die Gegenwart. Er sollte Isaak anrufen und sich erkundigen, ob er gut in Berlin angekommen ist. Isaak hat wie immer den Zug genommen. Er hat Flugangst. Seit er in Kopenhagen umgestiegen ist, haben sie keinen Kontakt mehr.

Isaak geht sofort ans Telefon und erzählt, dass das Zimmer, das er gemietet hat, noch schöner ist als auf den Bildern. »Ich bin allerdings ein bisschen im Stress«, sagt er dann. »Ich bin gleich mit einem Galeristen von Kunstwerke verabredet.«

Sie haben das Gespräch gerade beendet, als das Telefon erneut klingelt. Der Anruf kommt aus der Technik.

»Hej, Emilia Svensson hier. Ich bin die Kassetten durchgegangen, die Billing geschickt hat.«

Hurtig hat die Stimme noch nie gehört, und der Name ist ihm nicht geläufig. Sie muss neu sein, denkt er, will aber nicht fragen und lässt sie weiterreden.

Sie haben drei verschiedene Fingerabdrücke gesichert, sagt Emilia Svensson. »Abgesehen von den Abdrücken des Toten hab ich noch zwei weitere gefunden, die ich durchs Register gejagt habe.«

»Und …«

»Na ja, unser System ist nicht ganz wasserdicht, wenn man es so sagen will. Seit wir von der Inspektion einen Anpfiff gekriegt haben, haben wir an die einhunderttausend Personen rausgenommen – bis dato lediglich diejenigen, die verstorben sind oder aktiv darum gebeten haben, zum Beispiel nach einem Freispruch. Das bedeutet, dass wir nur noch halb so viele Abdrücke haben, die wir abgleichen können. In unserem alten Register waren auch Leute geführt, die auf passiv gesetzt wurden: bei mehreren Identitäten beispielsweise, oder wenn jemand aus dem Ausland stammte, aber hier unter verschiedenen Personennummern lief.«

»Danke für die Vorlesung«, fällt Hurtig ihr ins Wort und lacht. »Aber haben Sie denn etwas gefunden?«

»Zuerst nicht, aber dann hab ich die Einwanderungsbehörde hinzugezogen, und da gab es einen Treffer.«

»Und wer ist es?«

»Aiman Chernikova. Politischer Flüchtling aus der ehemaligen Sowjetunion, gemeldet in der Folkungagaten.«

Aiman
Vägaren-Viertel

Ein Buchbinder aus dem neunzehnten Jahrhundert würde sich in ihrer Werkstatt wie zu Hause fühlen: eine mehr als hundert Jahre alte Buchpresse, eine hölzerne Heftmaschine, die von Unwissenden gern für einen Tischwebstuhl gehalten wird, bogenweise Einbandmaterial, diverse Falzbeine und Schneidewerkzeug, Scheren, Pinsel und Stahllineale sowie zahllose Stücke Ziegen- und Kalbsleder. Der Raum ist eigentlich viel zu klein, aber ihr reicht er vollkommen aus.

Über der Werkbank hängen zwei Regalreihen voller Bücher, die gerade in Arbeit sind, von antiquarischen Bänden bis hin zu Taschenbüchern. Auch ihre privaten Aufzeichnungen stehen dort: fünfundsechzig Notizbücher, ein Projekt, das nicht abgeschlossen sein wird, solange sie lebt.

Aiman Chernikova knipst die Lampe über der Werkbank an und setzt sich.

Vor ihr liegt ein Papierfächer. Vor ein paar Tagen hat sie ein kleines Geschäft in Gamla Stan mit reduzierten Tapeten und Einbandpapieren aus den Sechziger- und Siebzigerjahren entdeckt.

Auf dem Tisch liegt außerdem ein Fotoalbum mit Bildern aus Kasachstan. Sie schlägt es auf und betrachtet die erste Fotografie. Ein magerer kleiner Junge mit nacktem Oberkörper und blauen Shorts, im Hintergrund der ausgetrocknete Aralsee an einem sonnigen Sommertag.

Tränen steigen ihr in die Augen. Mit ihrem verletzten Auge ist es besonders schlimm. Es wird fast blind von der Nässe.

Dima hatte Schrott auf dem ausgetrockneten Grund des Sees gesammelt, der nach fünfzig Jahren künstlicher Bewässerung zu einer Salzwüste mit gestrandeten Schiffswracks und Raketenköpfen von den Testsprengungen der Russen geworden war. Radioaktiver Müll aus dem Weltraumbahnhof am östlichen Seeufer.

»*Moj malenkij maltjik*«, hat Mama mit einem Silberstift in den blauen Himmel auf dem Foto geschrieben. Mein kleiner Junge.

Der Leim unter den Plastikecken, die das Foto auf dem Papier gehalten haben, ist inzwischen vertrocknet, und sie braucht sie nur leicht anzuheben, damit sie sich lösen. Ständig lockert sich ein anderes Bild; in ihrem Wohnzimmer stehen noch fünfzehn weitere Fotoalben mit schlecht klebenden Plastikecken. Die müssen dringend aufgearbeitet werden. Vielleicht kann sie dafür das neue Einbandpapier verwenden.

Auf einem anderen Foto ist sie selbst mit Dima zu sehen. Sie stehen hinter einem kleinen Stand auf einem Markt in Teheran und verkaufen kasachische Häkeltücher und Topflappen in den Farben ihres Familienklans: Rot, Schwarz und Grün.

Seit Dima gestorben ist, ist ihre Familie so gut wie ausgelöscht.

Das Handy surrt; widerwillig schlägt sie das Fotoalbum zu und nimmt den Anruf entgegen. Ein gewisser Jens Hurtig von der Stockholmer Polizei will, dass sie aufs Präsidium kommt, um ein paar Fragen zu beantworten. Er schickt eine Streife vorbei, um sie abzuholen.

Simon
Vägaren-Viertel

Simon liegt auf dem Bett. Nein, er ist daran festgenagelt. Mit einem schweren Metallbolzen durch den Brustkorb. Es bedarf einer übermenschlichen Kraftanstrengung, um sich nach der Kassette auf dem Nachttisch zu strecken.

Simon ist im selben Moment gestorben, da er fertig war.

Er wird es sich schon bald anhören – Hunger hören –, und dann hat alles ein Ende.

Stunden vergehen, bis endlich das Telefon klingelt.

Es ist Øystein, der Bescheid gibt, dass für den Abend alles geregelt ist. Schlagartig hat Simon Schmetterlinge im Bauch. Bald wird er wieder euphorisch sein, sich unbesiegbar fühlen, und er wird sich einsauen und kotzen.

Aber es wird ihm gut gehen.

Er streicht sich über den Arm. Allein bei dem Gedanken an die Kanüle spürt er das Scheuern der abgebrochenen Nadel, die seit bald zwei Monaten unter der Haut in der Armbeuge steckt.

Er zieht sich an, geht hinaus und schlendert die Folkungagatan entlang. Am Tabakladen an der Kreuzung Östgötagatan leuchtet eine Schlagzeile Schwarz auf Gelb.

IMMER NOCH KEINE SPUR VOM SALTSJÖ-BAHN-MÖRDER!

Ivo
Pathologisches Institut

Rechtsmediziner Ivo Andrić hat immer noch das Bild von Fabian Modins übel zugerichteter Leiche vor Augen, als er die Bahre mit der jungen Frau hervorrollt und sie mittig im Raum postiert. Er schaltet die Arbeitsbeleuchtung an und legt sich das notwendige Werkzeug zurecht. Abgesehen von dem monotonen Brummen des Kühlaggregats ist es vollkommen still. Mit dem neuen Leichnam sind es jetzt insgesamt drei Obduktionstische aus rostfreiem Stahl.

Drei junge Menschen, die Selbstmord begangen haben. Ein Junge und zwei Mädchen. Alle stammen aus den südlichen Vororten Stockholms. Farsta, Rågsved, und das neue Mädchen kommt aus Salem.

Ivo Andrić erinnert dieses Szenario an eine Art Epidemie, und die Auffassung teilt offenbar auch die Polizei, denn die will, dass er die Leichen vergleicht und nach gemeinsamen Nennern für die Todesfälle sucht.

Er wird vermutlich wenig finden. Was die drei jungen Menschen hauptsächlich miteinander verbindet, ist, dass sie sich das Leben genommen haben. Und dass sie dies nicht zum ersten Mal versucht haben.

Es gibt keine zuverlässige Statistik über Selbstmordversuche, aber es heißt, dass die Dunkelziffer um das Zehnfache höher sein dürfte als die Anzahl der registrierten Selbstmorde.

Er sieht sich die Arme des neuen Mädchens an. Tiefe Narben parallel zu den Adern, nicht quer, was bedeutet, dass sie wusste, was sie tat. Der Junge hatte nach einem missglückten Versuch, sich zu erhängen, einen Genickbruch und das zweite Mädchen eine geschädigte Leber von den zahlreichen Versuchen, sich mit Alkohol und Tabletten das Leben zu nehmen.

Die Leichen erzählen, wie das Leben zuvor ausgesehen hat.

Ivo Andrić weiß aus Erfahrung, dass Suizid ansteckend ist. Im Bosnienkrieg hat er das aus nächster Nähe erfahren müssen. Ausnahmezustand – und ganze Familien brachten sich um. Er fragt sich kurz, was eigentlich ein Ausnahmezustand ist, und vermutet, sich in der Welt verlassen zu fühlen, der Fähigkeit beraubt zu sein, das Gute in ihr zu sehen. Und dafür braucht es keine Kriege.

Er beginnt mit dem, was er über das neue Mädchen weiß. Maria Alvengren, siebzehn Jahre alt. Eine Krankengeschichte aus der Psychiatrie. Diesmal hat sie sich einen Cocktail aus Wodka und Chlorreiniger gemischt und ist vom Balkon gesprungen, fünf Stockwerke tief gestürzt und mit dem Rücken auf einen Fahrradrahmen aufgeschlagen. Der menschliche Körper ist nicht gemacht für derartige Herausforderungen.

Andrić hat eine Theorie, warum sie erst diese Mischung getrunken hat. Es könnte der Versuch gewesen sein, Chloralhydrat herzustellen, ein Schlafmittel, das früher in sogenannten Irrenanstalten ausgegeben wurde, in Schweden aber seit rund zwanzig Jahren nicht mehr verwendet wird. Das Chlor reagiert mit dem Ethanol, das zu Acetaldehyd oxidiert, und die Menge, die das Mädchen getrunken hat, war gelinde gesagt gesundheitsschädlich.

Bleibt die Frage, ob sie noch etwas anderes eingenommen hat. Das Mädchen auf der Bahre daneben hat zwei Schachteln Rohypnol mit einer Flasche Hochprozentigem runtergespült.

Fünf Minuten später starrt Ivo Andrić auf den geöffneten Bauch des Mädchens hinab.

Das darf doch nicht wahr sein, denkt er.

Der Magensack ist mit einer grauen Masse gefüllt.

Papier.

Papier, das sich allmählich in Wodka, Chlorreiniger und Magensäure zersetzt, und zwar so viel, dass er fast schon vermutet, die junge Frau hätte ein ganzes Buch verschluckt.

Hurtig
Kronoberg-Viertel

»Es sieht wirklich so aus, als wäre sie schon einmal obduziert worden«, sagt Ivo Andrić, und Hurtig glaubt zuerst, dass er sich verhört hat, weil die Telefonverbindung so schlecht ist. Außerdem haben ihn der Name des Mädchens und ihr Wohnort stutzig gemacht. Er muss schnellstmöglich klären, ob es eine Verbindung zur Lilja gibt. Eine Maria Alvengren aus Salem, der es schlecht ging und die sich nun umgebracht hat. Er hofft, dass es sich dabei nicht um dieselbe junge Frau handelt, mit der Isaak zusammengearbeitet hat.

»Marias Bauch ist voller Papier«, erklärt Ivo und fährt mit der ihm eigenen Umständlichkeit fort: »Laut Gesetz muss alles, was der Leiche entnommen und nicht als Beweis geführt wird, nach der Obduktion wieder an seinen Platz zurückgelegt werden. Aber in den Paragrafen steht nichts darüber, *wie* dies zu geschehen hat, was zur Folge haben kann, dass die aufgeschnittenen Organe im Körper ein einziges Durcheinander bilden. Und dort, wo Platz ist, wird eben Papier dazwischengestopft. Mit dem gebotenen Respekt geschieht dies selbstverständlich mit Sorgfalt – aber kaum ein Kollege macht sich die Mühe, weil es schlicht und ergreifend ineffizient ist. Sie tun lediglich das, was das Gesetz ihnen vorschreibt, und kein bisschen mehr. Ich finde diese Einstellung verwerflich und kann dieses ewige Papiergeknülle nicht ausstehen.«

»Ich steh auf der Leitung«, geht Hurtig dazwischen. »Maria Alvengren ist also schon obduziert worden?«

»Ich sagte, es sieht so aus, als wäre sie schon einmal obduziert worden. Aber sie hat das Papier selbst geschluckt. Es sind sogar noch Textfragmente erhalten. Ich werde sehen, ob da noch irgendetwas lesbar ist – aber das kann dauern. Ich melde mich wieder.«

Nachdem sie aufgelegt haben, wendet Hurtig sich wieder den bizarren Berichten über die Selbstmorde zu.

Die Erinnerung an seine Schwester ist die ganze Zeit über präsent. Das Loch in ihrem Herzen war zu tief, die Dunkelheit zu kompakt. Die Schnur, die ihre Rettungsleine hätte sein sollen, wurde ganz allmählich spröde, und er muss sich eingestehen, wie sehr es ihn frustriert, wieder mit der Mutlosigkeit junger Menschen konfrontiert zu werden. Mit denen, die nicht mehr mitmachen wollen. Die sagen: Nein danke.

Nachdem sich die erste unmittelbare Trauer gelegt hatte, war er nur noch wütend auf sie. Es war, als hätte sie ihn aus ihrem Leben verbannt. Und jetzt sitzt er hier mit vierzehn Berichten, in denen es um junge Menschen geht, die das Gleiche getan haben.

Hurtig greift wieder zum Hörer. Nach zwei Minuten hat er die Bestätigung, dass die tote Frau identisch ist mit jener, die Isaak draußen auf Runmarö angerufen hat. Bei dem Sturz vom Balkon ging ihr Handy entzwei, aber die Techniker konnten es weitestgehend wieder zusammensetzen.

Isaak war der Letzte, mit dem Maria Alvengren gesprochen hat, und Hurtig weiß nicht, wie er ihm das beibringen soll. Nicht jetzt jedenfalls, denkt er.

Außerdem ist eine Streife unterwegs, um Aiman Chernikova zur Vernehmung zu holen. Sie müssten in einer halben Stunde zurück sein, vielleicht ein wenig später, wenn man den Feierabendverkehr berücksichtigt.

Er legt eine weitere Kassette ein. Auf dem Cover steht *PECKA AND THE PECKERS* und *LOS BOHEMOS*. Er hat die Namen nachgeschlagen. Offenbar sitzt einer der beliebtesten Musiker Schwedens in einer dieser Bands am Schlagzeug. Beide Gruppen waren in den Achtzigern in Gävle aktiv, und nachdem er sich über Aiman Chernikova schlaugemacht hat, klingt das naheliegend. Er hat mit der Migrationsbehörde Kontakt aufgenommen und Kopien von den Vernehmungen mit ihr erhalten, die sie dort über sich hatte ergehen lassen müssen, nachdem sie um politisches Asyl ersucht hatte. Sie hat eine Zeit lang in Gävle gewohnt.

Aus dem Rekorder dringt erst ein Knacken, dann Klaviermusik. Ein paar wehmütige Töne, die an Volksmusik erinnern. Eine Melodie, die sich monoton wiederholt.

Dann eine verzerrte Gitarre und eine Stimme, die brüllt:

Oh, meine Nägel reiße ich mir von den Fingern, meine Hände kratze ich blutig, an Felsen und dunklen Wäldern, an schwarzem Himmelseisen und an der kalten Erde!

Diesen Song hat sich ein Fünfzehnjähriger aus Kalmar angehört, als er in der Badewanne lag und sich die Pulsadern mit einem Teppichmesser aufschlitzte, das er sich von seinem Vater geliehen hatte. Ein alleinstehender Bodenleger, der für vier Kinder sorgte, seit seine Frau an Krebs gestorben war. Der Junge war der jüngste der Geschwister. Gute Schulnoten, aber anders als seine Mitschüler. Blieb am liebsten für sich. Hatte keine Interessen außer der Musik und dem Computerspiel World of Warcraft.

Die Streife gibt durch, dass sie und Aiman Chernikova gleich da sein werden.

Hurtig schaltet das Tonbandgerät aus, um sich auf das Treffen mit der Frau vorzubereiten, die ihm vielleicht erklären kann, warum ihre Kassetten bei vierzehn jungen Menschen gefunden worden sind, die sich umgebracht haben.

Angst, Angst ist mein Erbteil, die Wunde meiner Kehle, der Schrei meines Herzens in der Welt.

Der Song ist zehn Minuten und fünfundzwanzig Sekunden lang.

10:25.

Aiman
Kronoberg-Viertel

»Aiman Chernikova? Geboren 1970?«

Sie nickt. »Das stimmt.« Sie rutscht auf ihrem Stuhl hin und her. Irgendwie findet sie diesen Polizeibeamten unangenehm. Das Gefühl ist nicht direkt unbehaglich – eher befremdlich, wie Ameisenkribbeln auf der Haut. Schon als sie in sein Büro geführt wurde und sie einander begrüßt haben, wurde ihr an Hals und Dekolleté ganz warm. War das Nervosität? Nein, und warum sollte das auch der Fall sein? Ihr wird nichts vorgeworfen, also sollte sie sich auch nicht so fühlen. Trotzdem schlägt ihr Puls schneller.

Er sieht sie wohlwollend an, bevor er anfängt zu reden. »Unseren Angaben zufolge wurden Sie im kasachischen Alma-Ata geboren, sind im Alter von drei Jahren nach Teheran gezogen und dann mit acht nach Minsk. Ist das korrekt?« Er lehnt sich mit dem langen Oberkörper im Stuhl zurück und fährt sich mit der Hand durch sein blondes Haar. Sie findet, er sieht muskulös aus, stark.

»Ja, nur dass Alma-Ata inzwischen Almaty heißt.«

Er geht nicht darauf ein. »Sie haben bei einem Onkel gewohnt, Michail Chernikov«, fährt er fort, befeuchtet die Fingerkuppe und blättert weiter. »Warum haben Sie den Iran für die Sowjetunion verlassen?« Seine Stimme ist freundlich und ruhig. Aber warum will er das alles wissen?

»Ich habe fast sieben Jahre bei Misja in Minsk gewohnt«, erklärt sie ihm. »Damals besuchte ich das Institut für Kunstturnen. Deshalb bin ich aus Teheran weggezogen – um zu turnen.«

Allerdings ist das nur die halbe Wahrheit. Ihre Eltern sind unter dem letzten Schah, Mohammad Reza Pahlavi, in der Gefangenschaft umgekommen, und der Einzige, der sich damals um sie zu kümmern vermochte, war ihr Onkel Misja.

Sie fragt sich, ob sie ausführlich genug gewesen ist, und fügt hinzu: »Und um eine gute Kommunistin zu werden, natürlich.«

Das steht sicher auch in seinen Unterlagen. Was dort vermutlich aber nicht steht, ist, dass Tausende Iraner in der Sowjetunion um ein Aufenthaltsrecht ersucht haben unter dem Vorwand, treue Kommunisten zu sein, tatsächlich aber dem Schah entkommen wollten und nach ihm dem Ajatollah. Die meisten kamen vom Regen in die Traufe. Nicht so Aiman. Sie hat sich einigermaßen gut geschlagen.

Von ihren Eltern hat sie sich nie verabschieden können. Damals kam lediglich ein Telegramm in Minsk an, eine knappe Nachricht, so formell und unpersönlich wie eine Agenturmeldung.

Ein Vater und eine Mutter, an Ruhr verstorben, in einem staatlichen Gefängnis. Das war auch schon alles.

Der Polizeibeamte sieht sie interessiert an, ehe er wieder in seinen Dokumenten blättert. »Ja, ich sehe, Sie waren an diesem Institut«, sagt er schließlich. »Und ich sehe auch, dass Sie eine hervorragende Turnerin waren – die sich während eines Wettkampfs in Malmö nach Schweden abgesetzt hat. Warten Sie … 1984? Zuerst haben Sie in Gävle gewohnt, und 1989 sind Sie nach Stockholm gezogen.«

Wieso fragt er überhaupt, wenn er das alles ohnehin schon weiß?, denkt sie.

Sie wundert sich, dass er keine einzige Frage zu ihrem Hidschab stellt. Dass er nicht hören möchte, ob sie Muslima ist. Dabei wollen das die meisten hören.

»Was machen Sie beruflich?«

»Ich gebe Buchbinderseminare und Seminare in Kreativem

Schreiben in der Lilja. Das ist ein Projektzentrum für Jugendliche. Zusätzlich arbeite ich in der Stadtbibliothek und in der Kungliga Biblioteket.«

Plötzlich wirkt er überrascht. »In der Lilja?«, fragt er. »Dann kennen Sie vielleicht Isaak Swärd?«

Sie nickt.

»So ein Zufall«, sagt er. »Isaak ist einer meiner besten Freunde.« Er sieht so aus, als wollte er noch etwas sagen, aber dann überlegt er es sich anders. »Die Formalitäten hätten wir dann also schon mal«, stellt er stattdessen fest. »Jetzt geht es nur noch darum, warum Sie hier sind.« Er steht auf, nimmt einen kleinen Karton aus dem Regal und stellt ihn auf den Schreibtisch, bevor er sich wieder setzt. Dann öffnet er den Deckel und nimmt eine Kassette heraus. »Kennen Sie die?«

Sie erkennt die Kassette sofort wieder. »Ja, das ist …« Sie überlegt kurz. Sie war damals siebzehn und im dritten Jahr am Gymnasium, an der Vasaskolan in Gävle. Derjenige, der ihr die Kassette geschenkt hat, war zwei Jahre jünger als sie. Unter Garantie war er in sie verliebt, aber das hat sie damals nicht interessiert. »The Smiths und Jesus and Mary Chain«, sagt sie und fragt sich, was wohl aus dem Schulkameraden geworden ist. »Aber wie kommt die hierher? Vor einem Jahr ungefähr hab ich ein paar Tüten in den Secondhandladen an der Götgatan gebracht – Klamotten, alte Videofilme und alle möglichen Kassetten.«

Er nickt. »Ja, ungefähr so was hab ich mir schon gedacht.«

»Ich verstehe das nicht … Wo haben Sie die gefunden?«

Er wirkt bedrückt. »Diese Kassette hier stammt von einem Bauernhof in Kungsgården.«

Sie spürt, dass ihm das Erzählen schwerfällt, und die Stimmung ist gedrückt, als er ihr mitteilt, was die Polizei bislang weiß. Sein Blick sagt ihr, dass er in diesen Fällen eigentlich gar nicht ermitteln will, und sie versteht nur zu gut, warum das so ist.

»Das ist ja ungefähr wie damals, als Goethes Roman über den jungen Werther erschien«, sagt sie, als er mit seinen Ausführungen fertig ist. »Der Protagonist nimmt sich das Leben, und zahlreiche junge Menschen tun es ihm gleich, nachdem sie das Buch gelesen haben.«

Er sieht nachdenklich aus, geht aber nicht auf ihre Bemerkung ein. Vielleicht ist es auch ein wenig zu weit hergeholt.

»Kennen Sie ein Mädchen namens Maria Alvengren?«, will er dann wissen, und sie fühlt sich, als hätte sie einen Schlag in die Magengrube abbekommen. Sie nickt und weiß intuitiv, dass er als Nächstes sagen wird, dass Maria nicht mehr am Leben ist. Sie will es gar nicht wissen. Sie will weiter in der Vorstellung leben, dass Maria gerade in der Lilja Gitarre spielt, mit Vanja in der Cafeteria einen Tee trinkt und dann auf die Terrasse geht, um eine Zigarette zu rauchen.

Ungeschickte Züge, bei denen der Qualm im Mund verbleibt.

Aber so ist es leider nicht. Als Jens Hurtig es ausgesprochen hat, schickt er noch ein paar Höflichkeitsfloskeln hinterher.

Ob sie nach Hause gefahren werden möchte?

Nein danke. Sie muss wieder an die Arbeit und will die U-Bahn nach Liljeholmen nehmen.

Ob sie etwas trinken möchte? Eine Tasse Kaffee?

Vielleicht stellt er ihr all diese Fragen aus Fürsorge. Weil er sie auf andere Gedanken bringen will, weg von dem Mädchen, das nicht weiterleben wollte.

Oder um seiner selbst willen.

Sie will gern etwas trinken, aber keinen Kaffee. Schließlich erwartet sie ein Kind. Ein Glas Wasser wäre nett, wenn das nicht zu viele Umstände machte.

»Sie sind schwanger?« Mit einem raschen Blick streift er ihren Körper. »Das sieht man Ihnen gar nicht an«, fügt er hinzu und steht auf. »Warten Sie, ich hole einen Krug.«

Warum habe ich es ihm erzählt?, fragt sie sich. Niemand sonst außer ihr selbst und dem Arzt aus der Schwangerenbetreuung weiß, dass sie ein Kind erwartet.

Als Hurtig das Büro verlassen hat, sieht sie sich um. Eine Collage mit Bildern aus alten Zeitschriften. »Herzlichen Glückwunsch, Bruder!«, steht da in einer Sprechblase. Daneben hängt die Fotografie einer jungen Frau. Ansonsten wirkt das Büro fast unpersönlich. Wenn dieser Mann an seinem Arbeitsplatz ist, dann scheint er auch wirklich zu arbeiten.

Als er kurz darauf mit einem Glas und dem Wasserkrug zurückkommt, lächelt er sie verlegen an. »Entschuldigen Sie, dass es ein bisschen gedauert hat. Ich bin falsch gegangen.«

Sie nimmt das Glas entgegen, und er schenkt ihr Wasser ein. »Falsch gegangen?«

»Ja, Sie haben vielleicht bemerkt, dass nicht mein Name an der Tür steht.«

Das hat sie tatsächlich. *JEANETTE KIHLBERG, KRIMINALKOMMISSARIN.*

»Ich bin aus lauter Trott in mein altes Büro gegangen«, erklärt er. »Ich vertrete sie jetzt zwar schon seit fast einem Jahr, und trotzdem biege ich immer noch falsch ab. Besonders wenn ich ein bisschen müde bin wie jetzt gerade.« Er nimmt wieder hinter seinem Schreibtisch Platz. »Was ist eigentlich mit Ihrem Auge passiert? Eine alte Verletzung?«

Sie nickt wortlos.

Hurtig
Kronoberg-Viertel

Sie ist misshandelt worden, denkt sich Hurtig, nachdem die Frau wieder gegangen ist. Er kennt solche Verletzungen am Auge. Meist ist Gewalteinwirkung die Ursache, und der Täter kommt aus dem näheren Umfeld. Das ist der Normalfall. Die Eltern oder dieser Onkel – der im Übrigen in der Sozialistischen Sowjetrepublik Weißrussland für den KGB gearbeitet hat. Den Angaben in seinen Unterlagen zufolge war und ist sie nicht verheiratet, aber sie erwartet ein Kind. Vielleicht hat sie ja einen Freund.

Hurtig ist sich darüber im Klaren, dass er gerade einen Menschen getroffen hat, der viel erlebt hat. Wenn das verletzte Auge von Gewalteinwirkung zeugt, dann gilt für das gesunde Auge das Gleiche. Das kann er gut, solche Dinge erkennen, besonders nach dem, was er vor ein paar Monaten selbst erlebt hat. Ihm fällt die Veränderung jeden Tag wieder im Spiegel auf. In seinem Blick.

Der Fall mit den Einwandererjungen.

Wenn man diese Art von Verbrechen aus der ersten Reihe mitverfolgt hat, ist es nicht weiter verwunderlich, dass so etwas Spuren hinterlässt. Um leichter vergessen zu können, hat er versucht, wenigstens in Teilen ein anderer Mensch zu werden. Während der laufenden Ermittlungen lernte er damals im Söders Hjärta an der Bar Isaak kennen, und sie wurden Freunde. Jens Hurtig, ein Landei aus dem finstersten Norrland, freundete sich nicht nur mit einem Schwulen an, sondern mit einem Schwulen, der obendrein Künstler war. Einer, der mit Farbe um sich spritzte und in der großen weiten Welt herumreiste.

Er brauchte neue Erlebnisse, neue Ideen, und Isaak kam ihm damals wie gerufen. Daran hat sich bis heute nichts geändert.

Er weiß immer noch nicht genau, wer er wirklich ist. Dieses Projekt, sich selbst kennenzulernen, dauert wohl lebenslänglich.

Er zückt seine Brieftasche und nimmt den Abholschein von der Post heraus.

Am besten holt er die Spielkonsole jetzt gleich auf dem Rückweg ab. Vielleicht kann er sich damit ja noch ein bisschen mehr von seinem erwachsenen Ich distanzieren. Und aus einer alten Erfahrung eine neue machen.

Vanja
Lilja

Das Haus der Projekte befindet sich in einem alten Fabrikgebäude aus rotem Backstein mit Blick auf die Liljeholmsbucht und die Zugbrücke, die den Stadtteil mit Södermalm verbindet. Vanja sitzt draußen auf der Terrasse der Cafeteria, raucht eine Zigarette und sieht den Booten und Autos zu. Bisweilen wird die Brücke hochgezogen, um größere Wasserfahrzeuge hindurchzulassen.

Aiman ist spät dran, aber das macht nichts, das ist sogar gut, weil Vanja auf diese Weise länger Zeit hat, um sich auszuweinen.

Maria ist nicht mehr da, und daran ist nicht zu rütteln. Vanja weiß, dass sie bald keine Tränen mehr übrig haben wird.

Du musst hart sein, denkt sie sich. Sonst gehst du unter.

Du musst ausharren.

Sie wünscht sich, dass sie nicht nüchtern wäre. Und dass sie weniger Zeit zum Nachdenken hätte.

Sie hat keine Lust, in die Cafeteria zurückzugehen. Zu viele sogenannte Freunde sitzen dort, um zu plaudern. Sie zündet sich an der Glut ihrer Zigarette eine neue an. Einer der Betreuer kommt zu ihr heraus, nimmt sie zur Begrüßung in den Arm und lässt sich ihr gegenüber am Tisch nieder.

»Ich hab dir eine Decke mitgebracht«, sagt er und reicht ihr eins der Plaids, die ein paar Mädchen aus Bredäng in der Werkstatt genäht haben. Die Fußballbräute, die jeden Abend bis zum Abwinken Reihe für Reihe stricken, um sich irgendwie zu beschäftigen, und Vanja stellt sich vor, dass sie sich dadurch nur noch schlechter fühlen. Die Handarbeit an sich wird für sie zur

Wirklichkeitsflucht, zum mechanischen Aufschieben der Probleme.

Maria ist nie eine dieser Strickerinnen gewesen. Sie wollte ihre Gefühle immer auf andere Weise kanalisieren.

»Ich schaffe es nicht, auf die Beerdigung zu gehen«, sagt Vanja und hüllt sich in die Decke. Ich schaffe es einfach nicht, denkt sie, weil ich ein schlechter Mensch bin.

»Bist du dir sicher?«, fragt er und schnorrt sich eine Zigarette. Das ist nicht das erste Mal. Er ist der einzige Erwachsene, den Vanja kennt, abgesehen von Säufern und Obdachlosen, der eine Sechzehnjährige nach einer Zigarette fragt.

Sie reicht ihm die Schachtel. Wie konnte es nur so weit kommen?, fragt sie sich. Sie hatte doch alle Voraussetzungen für ein gutes Leben. Bevor sie beschloss, dass es ihr schlecht geht.

Anfangs hat sie nur so getan, als würde es ihr schlecht gehen, weil sie sich dadurch wichtiger vorkam und sie im Mittelpunkt stand. Irgendwann ging es ihr dann wirklich schlecht, weil sie sich schämte für das, was aus ihr geworden war.

Vermutlich ist sie auch der Grund, warum Paul so viel trinkt.

Alles ist ihre Schuld, und jetzt denkt sie schon wieder nur an sich. Obwohl Maria diejenige ist, die tot ist.

Aiman kommt auf die Terrasse, und der andere Betreuer steht auf. Vanja sieht, dass seine Tränen immer noch nicht versiegt sind. Dass er immer noch Gefühle hat. Vanja wird mit einem tröstenden Blick bedacht, bevor er sich entschuldigt und zu den Strickerinnen zurückgeht.

»Wie geht es dir?«, fragt Aiman.

Und Vanja erzählt – nicht im Detail –, wie es ihr geht. Dass Marias Mutter ihr am Telefon alles erzählt hat und dass sie sich übergeben musste, sowie sie aufgelegt hatte. Dann ein ganzer Tag im Bett, ehe sie beschloss, wieder herzukommen.

»Hast du geschrieben?«

»Nein, nichts. Ich kann nicht.«

»Erinnerst du dich noch an den Text, den du mir vor einer Woche gezeigt hast?«

Vanja nickt. Sie erinnert sich sogar noch gut daran, so sehr hat sie um die richtigen Formulierungen gerungen.

Ich kann nur dann manchmal atmen, wenn ich schreibe. Wenn ich schreibe, geht es mir besser, fast gut, aber sowie ich den Stift aus der Hand lege, verschwindet dieses Gefühl. Oft hasse ich meine Worte. Ebenso oft finde ich, dass sie banal sind und nichts bedeuten. Aber selten, ganz selten, ist es, als würde ich darin einen Sinn sehen. Ich spüre Vorfreude, eine Art Befriedigung, so als finge ich an, mich selbst zu verstehen.

»Mir geht es genauso«, sagt Aiman und beugt sich über den Tisch. Sie fröstelt, und als sie fortfährt, hat sie die Stimme gesenkt, als wollte sie Vanja ein Geheimnis verraten.

»Schreiben ist wie Leben, und das zu lesen, was ein anderer geschrieben hat, ist, wie ein anderes Leben in seinem Innern zu leben.«

Vanja weiß, dass Aiman orientierungslosen Jugendlichen hilft, indem sie sie an ihrem eigenen Leben teilhaben lässt. An ihrer eigenen Orientierungslosigkeit.

Sie fragt sich, ob Aiman das Gedicht verstanden hat, das sie ihr gezeigt und dann an Hunger geschickt hat.

Zerrissen zwischen zwei Leben.
Auf einer Brücke zwischen Hoffnung und Verzweiflung.
Zwischen Lilja und Knivsöder.

Aiman
Lilja

Sie geht in die Cafeteria und füllt den Wasserkocher. Meistens trinkt sie drei oder vier Becher Tee, wenn sie abends in der Lilja arbeitet, grünen Tee, reich an Antioxidantien, das ist sicher auch gut für das Kind. Zurück in der Werkstatt stellt sie sich hinter Vanja und betrachtet mit dem dampfenden Becher in der Hand die ambitionierte Arbeit der jungen Frau.

Nach Damaskus und *Ein Traumspiel* von Strindberg in einem Band. Ein Taschenbuch, eigentlich nicht mehr besonders ansehnlich, mit einer billigen Klebebindung, das Druckbild leicht verschmutzt, und wegen des schiefen Satzes wirken die Buchseiten irgendwie eingezwängt. Aber es ist einigermaßen gut erhalten, und Vanja gefällt die Zeichnung auf dem Umschlag: ein ernst dreinblickender Strindberg im Halbprofil in Schwarz-Weiß. Das Licht kommt von rechts und lässt ein Auge traurig blicken – das gleiche Auge wie Aimans verletztes –, während sein zweites Auge klar und wach aussieht.

»Die Widmung ist fantastisch«, sagt Vanja und hält sie Aiman hin. »So unglaublich pathetisch.«

Auf der Seite steht lediglich: »Ich liebe dich.« Kein Name, keine Anrede, nur diese Liebeserklärung.

»*Nach Damaskus* mag ich eigentlich nicht besonders«, meint sie. »Das Stück ist eher eine Übung für *Das Traumspiel*.«

»Dann nehmen wir *Damaskus* einfach raus«, entscheidet Vanja, nimmt eins der Messer und richtet es gegen das Buch. »Nicht nur der Titel wird weggeschnitten, sondern das ganze Stück. Mein Buch wird nur *Das Traumspiel* enthalten.«

Aiman macht Vanjas dickköpfige Kreativität Spaß, und offensichtlich hat sie nicht gelitten, obwohl das Mädchen gerade erst eine gute Freundin verloren hat.

»Voltaire hat das mit den Romanen von Rabelais auch so gemacht«, sagt Aiman und erzählt, dass der Schriftsteller die Seiten herausgeschnitten haben soll, die ihm gefielen, und sie anschließend zu seiner ganz eigenen Version von *Gargantua und Pantagruel* gebunden hat.

»Ich finde, dass diese gloriose Widmung einen besonderen Platz auf der Rückseite bekommen soll. Französischer Einband, karmesinrot, mit Prägung.« Vanja hält das Skalpell erneut in Richtung Buch, dreht es so, dass ihr Handgelenk frei liegt, und für einen kurzen Augenblick denkt Aiman, dass sie die Klinge dort ansetzen will.

Doch dann streicht Vanja mit dem Messer über den Rückseitentext und kichert. »Nein, ich denke, wir nehmen das ganze Zitat. Hör mal: ›Alles Ungereimte wird wahrscheinlich. Menschen schimmern an mehreren Punkten hervor und werden skizziert, die Skizzen fließen zusammen, dieselbe Person löst sich in mehrere auf, die wieder zu einer zusammenfließen. Zeit und Raum existieren nicht, eine Minute ist wie viele Jahre; keine Jahreszeiten: der Schnee liegt in der Sommerlandschaft, die Linde wird gelb und grünt‹.«

»Träume sind nun mal ein logisches Sammelsurium, und das ist die passende Beschreibung dafür«, sagt Aiman und findet, die Worte eignen sich genauso gut, um die Erinnerungen an ihr eigenes Leben zusammenzufassen. Die kasachische Steppe, die Reise nach Teheran in einem rostigen Auto. Dann Minsk und eine Turnhalle. Schwarze Tage in Gävle und dann helle in Stockholm, doch auch die wurden am Ende schwarz. Die Flucht nach Berlin. Erinnerungschaos. Dima ist tot, und trotzdem lebt er.

Vanja legt das Buch aus der Hand. »Ich hab noch was anderes dabei, was neu gebunden werden müsste.«

Sie macht ihre Tasche auf, nimmt einen zerfledderten Kalender aus braunem Kunstleder heraus und legt ihn auf den Tisch. »Der ist von einem alten Mann, der Tag für Tag das Wetter und den Lkw-Verkehr beschreibt.«

Aiman nimmt den Kalender in die Hand. Blättert darin und sieht, dass Name und Adresse des Mannes ganz hinten stehen. »Wie sollen wir ihn aufarbeiten?«

»Edel«, entgegnet Vanja und sieht weg.

Simon
Vägaren-Viertel

Er wacht auf wie ein Wolf. Ohne Tränen, ausgehungert, mit trockener Zunge.

Er ist auch vorher schon so aufgewacht, mit einem kribbeligen Gefühl, dass es endlich so weit ist, aber dann ist er jedes Mal enttäuscht worden. Weder er noch die anderen hatten genügend Energie, um ihre hochfliegenden Pläne in die Tat umzusetzen. Es war zwar wirklich, aber nie wirklich großartig.

Alles bricht in sich zusammen.

Nicht nur ich, sondern alles, denkt er und zieht sich die Decke über den Kopf. Wie können alle über diesen Dreck hinwegsehen, über den Verfall und das unausweichliche Ende, das ihnen unmittelbar bevorsteht?

Die Luft wird stickig unter der Decke, und er überzeugt sich davon, dass es so seine Richtigkeit hat. Alles verfault.

Der eigentliche Grund, warum er aufgewacht ist, ist jedoch, weil er sich übergeben muss. Er ist gelähmt davon, sich am falschen Ort, in der falschen Welt zu befinden.

In der Wohnung ist es still. Simon geht davon aus, dass Øystein und die anderen inzwischen weitergezogen sind. Am Abend haben sie drei Black-Metal-Typen aus Falun getroffen. Wahrscheinlich werden sie sich wiedersehen, bei irgendeinem Konzert. Die Szene ist größer denn je, weil das Bedürfnis nach Antworten größer ist denn je.

Die Welt ist unbegreiflich. Eine Rasierklinge macht alles zumindest ein bisschen greifbarer.

Er streckt sich nach dem College-Block. *Ich bin, was ich tue, alles andere ist Luft und Energieverschwendung*, schreibt er und hebt eine Rasierklinge auf, die neben dem Bett liegt. *Nur durch meine Handlungen bin ich lebendig.* Er drückt den scharfen Stahl auf seinen linken Arm und führt die Klinge langsam bis zum Handgelenk. Die Haut wölbt sich nach oben und zur Seite, und aus dem tiefen Schnitt kommt zuerst gar nichts. Die Schnittränder sind weiß. Er kommt sich vor wie ein mittelalterlicher Flagellant, der versucht, die Pest zu bekämpfen. Dann endlich kommt das Blut.

Das erste Mal, als er sich geritzt hat, war wie sein erster Schuss. Alles danach war nur mehr eine blasse Kopie, aber zumindest eine Erinnerung an jenes erste Mal.

Mit dem Heroin war es Liebe auf die erste Kanüle. Das Heroin hat ihn verführt und wurde zu seinem Spielkameraden. Mittlerweile ist es ein Monster, das ihn von innen auffrisst.

Er geht ins Bad und sucht nach einer Mullbinde, wickelt sie sich stramm um den Arm, bevor er sich auf das Wohnzimmersofa setzt. Er fühlt sich befriedigt, auch wenn er weiß: Das Gefühl ist nur vorübergehend. Verdammte verfluchte Höllenscheiße.

Wenn alle anderen Türen verschlossen sind und die Schlüssel fehlen, hat man ein Recht darauf, aufzugeben. Es ist witzlos, dem Gegner ein Remis anzubieten, wenn die Aufstellung auf dem Brett klar und deutlich zeigt, dass man die Partie nicht mehr gewinnen kann.

Durch die bleierne, kompakte Stille im Wohnzimmer schrillt die Sirene eines Rettungsfahrzeugs, das auf der Folkungagatan vorüberfährt. Es hält kurz an und setzt dann seine Fahrt in Richtung Götgatan fort. Das Geräusch hallt von den Wänden wider und wandert in die Diele, hinaus auf den Laubengang und lässt einen Rest unverhoffter Nähe und ebenso plötzlichen Verschwindens zurück.

Stille ist nicht die Abwesenheit von Geräuschen, denkt er. Eher der Mangel an Geräuschen. Erst wenn man keine Geräusche mehr hört, nimmt man die Stille wahr. Bis dahin ist Stille nur ein Teil des Seins. Man kann mitten in einem grölenden Fußballfanblock ebenso gut eine ohrenbetäubende Stille erleben, wie ein kahler Abhang im öden Fjäll voller Geräusche sein kann.

Simon fallen die langen Wanderungen in den Wäldern bei Vitvattnet in Jämtland wieder ein. Meistens war er allein, manchmal aber auch mit Øystein zusammen. Fast immer schwiegen sie, und wenn sie sich unterhielten, dann nur gedämpft. Fast flüsternd.

Die Fragen, die er sich damals stellte, sind heute immer noch dieselben.

Macht ein Baum im Fallen Lärm, wenn niemand da ist, der ihn hören kann?

Lebt man, wenn man nicht gesehen wird? Oder lebt man nur aufgrund der Tatsache, dass man gesehen wird?

Aus dem gleichen Grund, warum eine Legende nicht in ein Dasein ohne Publikum hineingeboren werden kann, benötigt der Held einen Spiegel. Der Spiegel ist Zeuge, und ein Held ist kein Held, sofern ihn niemand als solchen anerkennt.

Simon hat Sommer um Sommer in Vitvattnet verbracht und dort auch Øystein kennengelernt, dessen Eltern ebenfalls eine Hütte hatten, und gemeinsam haben sie sich fortgeträumt, wollten die Welt erobern, und wenn ihnen das misslänge, schworen sie einander, würden sie so viele Menschen töten wie nur möglich. Und das hätten sie wirklich tun können. Øysteins Vater besaß zwei Jagdgewehre und einen alten Revolver aus dem Zweiten Weltkrieg. Sie hätten einfach ins Dorf gehen können, egal an welchem Tag, und so viele umbringen können, wie sie gewollt hätten. Der Waffenschrank in der Stube war nicht mal abgeschlossen.

Er hört ein zweites Rettungsfahrzeug. Als die Sirenen draußen verhallen und nur mehr die Leere da ist, die der Lärm eben noch zerschnitten hat, taucht das Wohnzimmer wieder in seine alte Blässe.

Seine Eingeweide explodieren gleich, die Muskeln ziehen sich zusammen, als wäre sein Körper ein Lappen, der ausgewrungen wird.

Er geht in die Küche und schaltet die Kaffeemaschine ein. Der Rausch ist immer noch angenehm sinnlos, und er setzt sich an den Tisch, zündet sich eine Zigarette an und wartet, während der Kaffee durchläuft.

Auf dem Geländer draußen vor dem Laubengang liegt die schwarze Katze der Nachbarin im fahlen Licht. Er überlegt, wie es sich wohl anfühlt, ein Tier zu töten.

Er denkt an seine Nachbarin. Oft sitzt sie auf einer Decke im Innenhof und liest. Er selbst macht das mitunter auch, allerdings auf der Bank neben dem Spielplatz. Sie ist schön und sieht aus, als käme sie aus dem Nahen Osten, obwohl ihr Nachname russisch klingt.

Er schnippt Asche von seiner Zigarette, schenkt sich eine Tasse Kaffee ein und wartet darauf, dass ihm übel wird.

Es gibt diese Professoren, die Taxi fahren oder als Reinigungskraft arbeiten, und seine Nachbarin ist womöglich eine Chirurgin, die gezwungen ist, sich hierzulande als Krankenpflegerin durchzuschlagen.

Im selben Moment, als er darüber nachdenkt, springt die Katze vom Geländer, und er hört, wie die Tür der Nachbarin aufgeht. Dann kommt die Übelkeit, viel eher als erwartet.

Er schafft es nicht mehr bis ins Bad. Kotzt in die Diele, an die Wand, ehe es ihm gelingt, den Klodeckel hochzureißen, und sich ihm der Magen erneut umdreht.

Hurtig
Sibirien

Er reißt das Paket mit der Spielkonsole auf, sowie er seinen Mantel abgelegt hat. Das Telstar von 1977. Er legt es beiseite, schaltet im Vorbeigehen den Fernseher an, verkabelt ihn aber nicht. Hat weder Lust noch Energie, und außerdem interessiert er sich mehr für das ältere und teurere Atari.

Stattdessen ruft er Isaak an, um sich zu erkundigen, wie es ihm geht. Ob er alles im Griff hat. Das Gespräch am Nachmittag wurde so abrupt unterbrochen.

»Ich hab ein paar Leinwände grundiert«, erzählt Isaak. Er klingt niedergeschlagen. »Und jetzt stehe ich vor drei unfertigen Bildern und muss mir eingestehen, dass meine Kunst nicht mehr aktuell ist. Sie ist zu statisch.«

Hurtig versucht, ihn aufzumuntern, und erinnert ihn an das Bild von der East Side Gallery. Das letzte Überbleibsel der Berliner Mauer, die längste Galerie der Welt, die sich fast anderthalb Kilometer an der Spree entlangstreckt. Hurtig weiß zwar nicht mehr, welches Bild Isaak dort gemalt hat, erinnert sich aber noch an die Zerstörung, die damit begann, dass irgendjemand mehrere große Steinbrocken aus dem Werk herausgeschlagen und jemand anderes es mit einer Spraydose übermalt hat.

»Es ist in einem Sack voll Bauschutt gelandet«, sagt Isaak und lacht trocken, »weil dieser Teil der Mauer für eine neue Sportarena abgerissen wurde. Der Bruch ist über ganz Berlin verteilt worden, als Füllmaterial. Aber du hast recht. *Das* war interessant. Nicht das Bild an sich.«

Hurtig weiß, dass er seinem Freund von dem toten Mädchen

erzählen sollte, aber ihm ist auch klar, dass Isaak jetzt andere Dinge im Kopf hat, und überhaupt kommt er ihm ziemlich niedergeschlagen vor. Er beschließt, noch ein bisschen damit zu warten.

Sie legen auf, Hurtig stellt den Fernseher lauter, und schon bald gesellt sich eine Nachrichtensprecherin zu ihm ins Wohnzimmer. Als sie die Geschehnisse des Tages abgehandelt hat, ist es Zeit für die Wettervorhersage und für die Sportschau.

Er macht sich ein Bier auf und setzt sich aufs Sofa. Der Wetterdienst vermeldet, dass es im Großraum Stockholm den ganzen Tag geregnet hat. Er sieht aus dem Fenster. Hier regnet es nicht. Knastertrockenes Herbstlaub raschelt dort draußen im Wind.

Der Sport beginnt, als er das Bier ausgetrunken hat. Er empfindet die inhaltsleeren Interviews und endlosen Aufzählungen der Ergebnisse als beruhigend. Irgendjemand redet, aber man muss ihm nicht zuhören.

Er wollte, er würde sich für Musik interessieren. Dann könnte er jetzt hier sitzen und Bach oder Mozart hören.

Er hat noch nie viel für Musik übriggehabt. Er glaubt nicht, dass das einzig und allein daran liegt, dass er so unmusikalisch ist. Er kann nicht genau sagen, warum, aber er hat irgendwie das Gefühl, dass auch Musik eine Art Verführung ist, der Religiosität nicht ganz unähnlich, und sich einer solchen Sache ganz und gar hinzugeben fällt ihm nun mal schwer. In seiner Jugend hat er ein paar unbeholfene Versuche unternommen. Hat einfach das genommen, was zur Hand war – Dire Straits und Status Quo aus dem Plattenregal eines Freundes. Er konnte damit nichts anfangen.

Hurtig steht auf, geht in die Küche und holt sich ein neues Bier. Nur noch das eine. Er braucht seinen Nachtschlaf. Diese vermaledeiten Selbstmorde machen ihn mürbe und zehren an ihm, weil er sich keinen Reim darauf machen kann.

Als er ins Wohnzimmer zurückkehrt, läuft im Fernsehen eine Doku zum Thema Arbeitsmarkt, und irgendein Experte behauptet, die Hälfte allen Potenzials bleibe in schwedischen Unternehmen ungenutzt, weil die richtige Person am falschen Platz sitzt.

Witzig, denkt er. Ich bin vermutlich für diese Ermittlung völlig ungeeignet. Musik und Selbstmord – nicht gerade meine Stärken.

Er schaltet um. Eine Natursendung über die Fauna rund um Spitzbergen passt besser zu seiner Stimmung. Dann muss er wieder an seine Schwester denken, und ihm ist klar, dass es für heute gelaufen ist und die Nacht nicht sonderlich erholsam werden wird.

Eine knappe Stunde später ist klar, dass es auch mit dem Bier gelaufen ist. Vor ihm steht mittlerweile das vierte, und neben ihm auf dem Sofa steht ein Karton, den er aus dem Garderobenschrank zutage gefördert hat. Ein Karton mit Erinnerungen: Briefe, Postkarten und Fotos, ein paar alte Jahreshefte seiner Schule. Ein Stapel Fantômas-Comics, die er aus der *Norra Västerbotten* ausgeschnitten hat. Und die Untersuchung des Selbstmords seiner Schwester durch das Amt für Familie und Soziales – eine Handvoll Seiten, in denen konstatiert wird, es gebe keine eindeutigen Hinweise darauf, dass die Psychiatrie der Provinz Norrbotten im vorliegenden Fall versagt hätte.

Er ist heute noch genauso verwirrt von der gestelzten Beamtensprache wie damals.

Nach der Beurteilung der Vorfälle und der ergriffenen Maßnahmen durch die Institution stellt das Amt für Familie und Soziales gemäß seiner Untersuchung Folgendes fest: Aus den Akten geht hervor, dass zwischenzeitlich kein Selbstmordrisiko mehr bestand. Worauf diese Beurteilung fußte, ist nicht mehr nachzuvollziehen. Die Patientin hatte zuvor zwei Selbstmordversuche unternommen.

Klar war also, dass die Aufsichtsbehörden keine Ahnung hatten. Wie sollte er selbst dann daraus schlau werden?

Er schiebt die Dokumente zurück in das braune Kuvert vom Provinzialamt und legt es zur Seite. Eigentlich hat er nach etwas anderem gesucht, und er kramt weiter.

Da ist sie ja. Zuunterst im Karton.

Nachdem er den ganzen Tag mit Kassetten beschäftigt war, ist es nur naheliegend, dass ihm diese hier wieder in den Sinn gekommen ist. Sie steckt in einer spröden Plastikhülle. *LINA SCHREIT*, steht auf dem Etikett.

Was mache ich hier eigentlich?, denkt er, klappt die Hülle auf und nimmt die Kassette heraus. Er weiß genau, dass er sie sich nicht anhören sollte.

Seine Schwester war kein halbes Jahr alt, als sie unfreiwillig zum Requisit bei einer Schulaufführung wurde, bei der er als Unterstufenschüler teilnahm.

Er weiß beim besten Willen nicht mehr, worum es in dem Stück ging, nur an das Schreien aus dem Kinderwagen auf der Bühne kann er sich noch erinnern und daran, dass der Kassettenrekorder unter einer Puppendecke lag. In der halb leeren Schulaula in Kvikkjokk schrie Lina wie am Spieß. Genau wie sie es gleich in einer einsamen Wohnung in Sibirien tun wird.

Simon
Vägaren-Viertel

»So geht das nicht.« Øystein sieht ihn verächtlich an. »Kein verdammter Entzug. Du musst verdammt noch mal zusehen, dass immer was da ist. Zumindest bis wir wieder aus Skåne zurück sind.«

Er will nicht mal darüber nachdenken, nach Skåne zu fahren. Er kriegt rein gar nichts mehr auf die Reihe. Außerdem braucht er was, um die Zahnschmerzen zu lindern. Seine Kiefer fühlen sich an wie mit einem Schraubstock fixiert, und früher oder später muss er wohl doch wieder auf den Medizinerkontakt seines Vaters zurückgreifen.

Er versteht immer noch nicht wirklich, wie Øystein tickt. Manchmal setzt er sich einen Schuss – nie sonderlich viel. Ihm geht es auch nie richtig dreckig, was eigentlich ein Ding der Unmöglichkeit ist.

Eine Erklärung dafür wäre allerdings, dass er heimlich Suboxone nimmt – wo immer er das herkriegt. Von der Straße oder von irgendeinem unseriösen Arzt. Mittlerweile ist es fast schon ein Ding der Unmöglichkeit, einen Platz in einer Entgiftungsklinik zu bekommen. Simon weiß, dass dies daran liegt, dass er und Øystein vom Gesundheitswesen für Abschaum gehalten werden. So gesehen ist ein Arzt, der einem Suboxone verschreibt, kein schlechter Arzt.

Einen Schuss später pumpt sein Herz die Energie in ihn zurück.

Øystein verschwindet, und Simon ist wieder allein. Manchmal fragt er sich, ob Øystein wirklich existiert oder ob er nur ein eingebildetes Verbindungsstück ist zwischen Simon und dem Heroin.

Er geht ins Schlafzimmer und zieht die Nachttischschublade auf. Die Kassette ist noch da. Hunger wartet auf ihn. Wartet darauf, dass seine Stunde schlägt.

Schwarze Melancholie
Studio

Ich bin ein einsamer Mensch. Ich zähle nicht einmal meine Seele als Freund, weil wir nur zwei Kadaver sind, die sich ein Grab teilen.

Das Heroin verstärkt die Melancholie. Legitimiert sie. Ich weiß, dass alles disharmonisch ist, aber Chaos ist nun mal die Voraussetzung für Ordnung.

Melancholie kommt aus dem Griechischen und bedeutet »schwarze Galle« – einer der Säfte aus der Vier-Säfte-Lehre.

Zwischen Körper und Seele soll Balance herrschen. Harmonie zwischen Herz, Hirn, gelber Galle der Leber und der schwarzen Galle der Milz.

Schwarze Melancholie ist somit eine Tautologie. Schwarze schwarze Galle. Ich sterbe. Bald werde ich sterben.

Meine einzigen Freunde sind meine Zuhörer, und es ist mein größter Wunsch, dass auch sie sterben. Wie David Litmanen aus Blackeberg. Und das Mädchen aus Morgongåva, die am dritten November Geburtstag hat. Das ist morgen, und das bedeutet, sie ist die Nächste.

Ich bin aufgekratzt, als ich mich an den Computer setze. Ich hab noch nicht mal mit dem Backing-Track für die Aufnahme angefangen. Sie soll exakt in eine Stunde und zehn Minuten passen und ein Extra-Set von weiteren zehn Minuten enthalten. Ich weiß, dass ich nicht viel mehr schaffen kann als das. Es hängt davon ab, ob ich die letzte Nummer noch vor der Pause hinkriege. Zwölf Minuten Entzug, dann verliere ich meistens die Kontrolle. In dem Stück geht es um meine Mutter.

Alles begann an einem schönen Sommertag, als meine Mutter mich in den Arm nahm und mit mir zur Bahn hinunterging.

Ich war fünf Jahre alt, und sie sagte, ich sei genau wie sie, eigentlich sei ich sogar derselbe Mensch wie sie, und was wir gleich zusammen tun werden, sei eine heilige Tat. Gott habe ihr aufgetragen, es zu tun, und das klang schlüssig, denn Gott sagt uns immer, was wir tun sollen: nicht fernsehen, nicht länger als fünf Minuten unter der Dusche stehen, weil das Wichtigste ist, sauber zu werden, und nicht, es sich warm und behaglich zu machen.

Später behaupteten die anderen, dass ihr der Teufel in anderer Gestalt erschienen sei.

Ausgekochter Blödsinn. Mama lebte. Ich lebte. Nie waren wir zusammen lebendiger gewesen, und mein ganzes Tun dreht sich darum, zu diesen Minuten mit Mama unten an den Bahngleisen zurückzukehren.

Leben ist Tod. Tod ist Leben. Warum versteht das keiner?

Das Gefühl, gleichzeitig tot und lebendig zu sein, wird nie stärker, als wenn man es mit jemandem teilt. Tod und Leben sind zwei. Wie Kopf und Zahl. Wie Nacht und Tag. Wie Sommer und Winter.

Wir taten es gemeinsam, sie und ich.

Alles ist leichter, wenn man zu zweit ist.

Wenn man zusammenhält.

Ich saß zusammengekauert auf Mamas Schoß. Ihr Haar flatterte leicht im Wind, und ich konnte das Knirschen eines sich nähernden Zuges hören.

Ich konnte ihren Duft riechen. Den Geruch von Rost und Metall, der den Tod verhieß, und ich spürte die Wärme der Sonne und die von Mamas Schoß. Die Vibrationen in den Schienen, die Schläge der Fugen auf der Erde und die Schwingungen in den Schwellen unter den Schienen.

Dann das pfeifende Signalhorn und ein Admiralsschmetterling, der vorüberflog.

Ich war fünf Jahre alt und wollte nicht sterben.

Ich brauche keine fünf Minuten, um aus dem Backing-Track etwas zu machen, was man zumindest als Basis verwenden kann, aber danach bin ich völlig am Ende.

Dabei fängt der Abend gerade erst an.

Aiman
Vägaren-Viertel

Sie betet nicht fünfmal am Tag zu Gott, weil sie nicht um des Betens willen betet.

An diesem Abend betet sie für Dima, und das Gebet ist eine Privatangelegenheit zwischen Gott und ihr.

Es ist Freiheit – genau wie ihr Entschluss, den Schleier zu tragen.

In der Sowjetunion, wo ein säkulares Leben gesetzlich vorgeschrieben war und einem die öffentliche Ausübung der Religion Kopf und Kragen kosten konnte, kam es einem Protestakt gleich, einen Hidschab zu tragen, und der Schleier repräsentiert für sie auch heute noch – dreißig Jahre später – Freiheit.

Aiman schläft unruhig in dieser Nacht, und gegen drei Uhr wird sie wach.

Sie kann nicht wieder einschlafen, schaltet die Nachttischlampe an und angelt nach dem Karton unter ihrem Bett. Sie weiß, dass Vanja einen ähnlichen unter ihrem Bett versteckt hat.

Zwei Wochen, bevor Misja vor fast sechs Jahren starb, schickte er ihr diesen Karton, der neben sieben Schleiern in verschiedenen Farben Erinnerungsstücke an ihre Zeit in Minsk enthielt. Alles, was sie zurücklassen musste, als sie in den Westen floh. Die alten Gymnastikschuhe und die roten Trikots der Nationalmannschaft mit Hammer und Sichel, die Pokale von den Wettkämpfen in Moskau, Rostow und Sankt Petersburg. Erinnerungen an die Heldin ihrer Kindheit, die Turnerin Olga Valentinovna Korbut: signierte Fotos, Briefmarken, Zeitungsausschnitte und eine Videokassette mit einer Aufnahme von den Olympischen

Spielen in München 1972, wo der Spatz von Minsk dreimal Gold holte.

Sie macht den Deckel wieder zu, schiebt den Karton unters Bett, löscht das Licht und denkt über ihr Leben im Exil nach.

Trotz ihrer isolierten Jugend in Minsk und den vorangegangenen Strapazen ihrer Kindheit, der Flucht aus Almaty und der schweren Zeit in Teheran findet sie, dass sie nicht klagen kann. Es hätte schlimmer kommen können, viel schlimmer. Und trotzdem fehlt etwas. Sie weiß nur nicht genau, was. Wurzeln? Ein Fixpunkt?

Es ist nicht so, als hätte das Leben es ihr schwer gemacht. Es ist vielmehr so, dass das Leben sie vergessen hat. Sie hat im dreifachen Exil gelebt, und wenn sie ihr Leben von außen betrachtet, ist es, als hätte sie die ganze Zeit über in einer Ecke gesessen und zugeschaut. Zugehört und beobachtet, aber nicht daran teilgenommen.

Der Traum, der nächste Spatz von Minsk zu werden, starb in dem Augenblick, da sie ihren Fuß auf schwedischen Boden setzte. Aber sie ist nicht bitter über all das, was sie verloren hat. Sie könnte eine ganze Reihe von unglücklichen Umständen aufzählen, die sie dazu gezwungen haben, dem Leben zu entsagen, aber sie tut es nicht.

Der Rucksack voller Erfahrungen ist keine Last für sie, denn sein Inhalt besteht überwiegend aus Milchpulver und gefriergetrockneten Speisen. Was man eben gut brauchen kann auf Reisen.

Das dreifache Exil hat ihr überdies ein gutes Ohr für Sprachen beschert. Aiman beherrscht fünf Sprachen fließend, kann sich in drei weiteren verständigen und sich durch rund zehn weitere mehr oder weniger hindurchbuchstabieren. Ihre erste große Lektüre war *Verbrechen und Strafe* von Dostojewski, und sie wünschte sich, dass alle dieses Werk auf Russisch lesen könnten.

Wieder halb in der Traumwelt hört sie, dass es an der Wand klopft.

Simon
Vägaren-Viertel

Durch den Rausch fühlt er sich beobachtet, als hätten die Wände Augen. Wenn es für Heroin einen Gott gibt, dann ist das Satan, und dann ist es auch Satan, der über ihn wacht.

Simon klopft leise an die Wand. Dann lauter. Irgendwas scheppert in seinem Schreibtisch. Dann Stille, die Ruhe danach.

Sein Glaube hat ihm kein Leben ohne Trauer beschert, sondern ein Leben, in dem der Glaube die Trauer gedeihen lässt, sie überhaupt erst hervorgebracht hat.

Er weiß, dass Jesu größte Trauer die Abwesenheit Gottes war. Er hing am Kreuz, festgenagelt, und schrie seine Verzweiflung hinaus. *Eli, eli, lema sabachthani!* Wie verraten er sich vorgekommen sein muss. Und dieser Verrat ist über Jahrtausende gepredigt worden, um die Existenz Gottes zu beweisen.

Die Existenz Satans wird er nie anzweifeln. Er ist in jedem Wecker, der klingelt, bevor man ausgeschlafen hat und aufstehen muss, um seinen gesellschaftlichen Pflichten nachzugehen, in jedem peitschenden Regenschauer aus Nordwest, in jeder stechenden Irritation, die hinter den Pupillen liebevollster Eltern lauert.

Das Christentum ist unter Garantie die intelligenteste Erfindung Satans, denkt er. Eine Überzeugung zu schaffen, bei der die Erlösung genauso monotheistisch ist wie die Schuld polygam, ist doch der teuflischste Einfall, den man nur haben kann.

Geht es dir schlecht? Hab Einsicht und bekenne deine Sünden. Bekenne deine Sünden, und Gott wird dir vergeben.

Geht es dir immer noch schlecht? Bekenne mehr.

Das Christentum ist wie Anorexie. Ein erniedrigendes System der Erpressung, dessen Grundstein die Schuld ist.

Er kennt sich nicht mehr aus und hat sich verloren. Und es gefällt ihm in der Ungewissheit.

Zweifelnd beobachtet er die Welt aufmerksamer, was aber auch schwierig ist, weil das Rationale permanent danach strebt, einen Weg aus der Dunkelheit zu finden. Dabei will er doch hierbleiben. Das Heroin hilft ihm dabei.

Nicht klein beizugeben.

Am Anfang sei der Mensch ein Lügner gewesen, schrieb Augustinus.

Er schrieb auch, dass die Hoffnung zwei Töchter habe: Mut und Wut. Wut darüber, dass die Dinge so sind, wie wir sie sehen. Und Mut, um sie so umzugestalten, wie sie sein sollten.

Schwarze Melancholie
Strängnäs

Die Nacht hat sich über den kleinen Weiher gesenkt. Ein weiches blaues Dunkel liegt über dem Ort, und ein Windstoß fährt in das trockene Laub auf dem schmalen Uferstreifen, wo Ingo kniet, nur einen Meter von mir entfernt. In der Jackentasche habe ich das Probenröhrchen, das für sein Blut bestimmt ist.

Eigentlich hätte er der Erste sein sollen, aber die Launenhaftigkeit des Schicksals hat dafür gesorgt, dass er der Zweite ist. Das ist nicht ganz perfekt.

Ingo murmelt wie ein Schlaftrunkener vor sich hin, und sein muskulöser Rücken hebt und senkt sich mit jedem Atemzug. Hin und wieder benetzt er sein Gesicht mit dem dunklen Wasser aus dem Weiher.

Ich weine nicht länger um ihn. Nicht nach dieser Nacht.

Das Ding, das mich innerlich auffrisst, beschert mir chronische Kopfschmerzen, aber ich habe mich an den anhaltenden Schmerz gewöhnt. Er erinnert mich daran, dass ich sterblich bin.

Die Alten draußen im Wohnzimmer und wir auf dem Boden im Arbeitszimmer. Ich und mein kleiner Bruder auf dem Perserteppich, jeder mit einem Buch auf dem Schoß.

Gewichtige Stimmen durch die Tür, als Papa, Fabian Modin und Ingmar Gustafson schwadronierten, was jetzt mit Mama werden solle, jetzt, da sie in der Klinik war, und was mit uns Kindern werden solle.

Ich hatte Auf der Suche nach der verlorenen Zeit halb durch und fand, das Buch hatte kaum angefangen, obwohl ich schon beim vier-

ten Band war. Nur alte Männer konnten so langweilig und selbstgerecht sein, dass sie auf ein Backwerk zurückgriffen, auf dass die Erinnerung in Gang komme. Es genügte doch, mit der Hand den eigenen Hintern zu berühren, um zu spüren, wie sehr es schmerzte.

Mein kleiner Bruder war vier, fast fünf. »Wollen wir fliegen?«, fragte er, und mir war klar, dass er spielen wollte.

Das Spiel, das wir immer spielten.

Ingo füllt die hohle Hand mit Wasser und benetzt noch einmal sein Gesicht. Seine Bewegungen sind routiniert, obwohl sein Hirn längst verloren ist. Es bewältigt nur mehr das Grundlegende, Gewohnte und Reflexhafte. Wie auf Autopilot.

Ich weiß, wie sein Kopf funktioniert.

Ingo hebt den Blick, lässt ihn über den Weiher schweifen und scheint sich zu entspannen. Sitzt still vor mir und macht tiefe, ruhige Atemzüge.

Der Weiher ist schwarz und vollkommen still, wie Ingos Silhouette, und die Bäume recken sich in den Nachthimmel: ein Wirrwarr aus Stämmen und Ästen, als wären sie ein einziger großer, überwucherter Reisighaufen.

Die Mondsichel hinter einem rauchigen Wolkenschleier.

Nur Bilder, keine Gedanken.

So ist das. Ich denke an nichts Großes oder Wichtiges. Der Moment ist genauso platt und eindimensional wie die spiegelblanke Wasserfläche des Weihers, und ich denke rein gar nichts. Nichts als banale Bilder, die sich mit Worten ausschmücken lassen.

Bilder von meinem kleinen Bruder, der auf dem Perserteppich vor mir kniet, genau wie Ingo auf dem Seeufer mit dem Laub.

Ich nahm ihn in den Arm und roch den süßen, warmen Duft seines flaumigen Haars. »Jetzt fliegen wir«, sagte ich, und der Teppich hob vom Boden ab.

Die braunen Dielen aus Kiefernholz waren die Inseln im Heiligen Land. Wir flogen von Süden, von Idumäa, über Judäa und die Stadt Hebron weiter nordwärts am Ufer des Toten Meers entlang, und ich erklärte, dass es so heiße, weil es so salzig sei, dass nichts darin überleben könne. Dann sahen wir den Ölberg und Jerusalem am Horizont. »Erzähl mir mehr«, bettelte er. »Erzähl von Lilith …«

Die Christen behaupten, Lilith gäbe es gar nicht, aber ich und mein kleiner Bruder, wir wussten, dass das nicht stimmte.

Ich drückte ihn noch fester an mich und erklärte ihm, dass es Lilith sei, die ihn nachts heimsuche. Adams erste Ehefrau, ein Nachtdämon. »Es ist ihre Schuld, dass du nachts schreist«, sagte ich. »Es ist nicht deine Schuld, egal was Papa sagt.«

Dann erzählte ich ihm, dass es anders werde, wenn Mama erst einmal unser Geschwisterchen zur Welt gebracht habe.

»Der Nachtschrecken wird dich in Ruhe lassen und auf das neue Kind übergehen.«

Wir machen das zusammen, er und ich.

Alles ist leichter, wenn man zu zweit ist. Wenn man zusammenhält.

Ich nehme die Pistole aus der Tasche und entsichere sie.

Dann halte ich die Mündung an die linke Seite seines Kopfes, direkt über dem Ohr.

Ivo
Pathologisches Institut

Der junge Mann, der laut Polizeibericht bei einem Autounfall auf der Liljeholmsbron ums Leben kam, ist infolge der hohen Auslastung durch neu eingetroffene Leichen in der Warteliste nach hinten gerückt. Nebeneinander aufgereihte Leichen, von höchster Priorität bis nebensächlich. Ivo Andrić schlägt die Decke über dem Toten zurück.

Der Mann hat sich im Prinzip sämtliche Knochen gebrochen, die man sich nur brechen kann, und die inneren Verletzungen sind so gravierend, dass es auf der Hand zu liegen scheint, dass sie allesamt von dem Lkw verursacht wurden.

Ivo braucht keine zwanzig Minuten, um mindestens drei potenzielle Todesursachen zu finden: Kälte, Erstickung und massive Gewalteinwirkung.

Das ist kurios, denkt er sich. Zumindest auf einer Brücke mitten in einer Stadt.

Fakt ist, dass alle drei Todesursachen an sich nicht außergewöhnlich sind – bei Bergsteigern. Massive Erfrierungen, mangelnde Sauerstoffzufuhr aufgrund der dünnen Luft oder ein Sturz aus großer Höhe. Oder auch, wie bei diesem Mann, alles auf einmal.

Vanja
Knivsöder

Vanja wird wach, als Holger Sandström draußen in der Küche seine Stimme hebt. Ihre Zimmertür ist nur angelehnt, und unfreiwillig hört sie, was gesprochen wird.

»Ich bin schockiert«, sagt Holger.

Dann Pauls Stimme. »Ich hab gar nicht gewusst, dass du Fabian Modin kanntest.«

Vanja hört schlurfende Schritte aus der Küche. Das muss Edith sein. Der Wasserhahn wird aufgedreht. Jetzt ist es schwerer zu verstehen, was sie sagen. Irgendetwas darüber, dass Holger vom Inhalt eines Artikels, den Paul geschrieben hat, nicht begeistert ist, und dann dämmert es Vanja, dass es um den Raubmord in der Saltsjö-Bahn geht.

Sie hat keine Lust mehr, ihnen zuzuhören, macht die Nachttischlampe an und schlägt ihr Tagebuch auf. Liest, was sie gestern Abend nach ihrem Treffen mit Aiman geschrieben hat.

Das letzte Mal, als ich das Leben mochte, war im Sommer, als ich zwölf wurde. Das ist jetzt vier Jahre her. Warum war es damals okay und ist es heute nicht mehr? Die einzige Antwort, die mir dazu einfällt, ist, dass ich in jenem Sommer begriffen habe, dass ich bald erwachsen werde. Nichts ist so gekommen, wie ich es mir vorgestellt habe.

Die Erinnerung an meinen dreizehnten Geburtstag ist vollkommen ausgelöscht.

Sie schämt sich, als sie den Text liest, kann es aber nicht lassen, weiterzulesen. Dass er schlecht ist, macht nichts. Sie kann den Mist ja wegwerfen. Die Seiten rausreißen und verbrennen.

Ich bin so dermaßen verwöhnt – ich habe alles gehabt. Massenweise Freunde, die ich vergrault habe, weil ich mich wie ein Aas verhalten habe. Einen Jungen, in den ich sogar verliebt war, hab ich vergrault, weil ich ach so tiefgründig und kompliziert wirken wollte. Ich habe tatsächlich geglaubt, dass er dächte, ich wäre geheimnisvoll, wenn ich mich nur komisch und schwermütig gäbe, dabei hat er bloß Angst vor mir bekommen. Ich habe immer versucht, eine andere Person zu sein, weil ich mich so, wie ich eigentlich war, gehasst habe. Waschlappen, Beckenrandschwimmer, Feigling. Inzwischen ist alles ein einziges Chaos, und aus mir ist ein Nichts geworden. Ich weiß nicht mehr, wer ich bin, und hasse mich dafür umso mehr.

Die Geräusche vom Flur stören sie. Kleiderbügel klirren, dann fällt die Tür ins Schloss. Holger ist gegangen, und Edith und Paul reden in der Küche weiter. Es spielt keine Rolle, worüber.

Das Schlimmste, was ich getan habe, ist, dass ich mich verkauft habe, nur um mich schlecht zu fühlen. Als ein Typ auf einer Party mich fragte, ob ich ihm für einen Hunderter einen blasen würde, habe ich Ja gesagt. Weil ich irgendetwas tun wollte, damit ich mich schlechter fühlte.

Mein Leben als Hure kulminierte darin, dass ich am selben Abend, als ich nach Hause kam, Paul fragte, ob auch er wollte, dass ich ihm einen blase. Da hat er gar nichts mehr gesagt. Zuerst dachte ich, er würde über den Vorschlag nachdenken, aber dann habe ich gesehen, dass er weinte.

Er hat nichts gesagt. Er, der sonst so verdammt viele Fragen stellen kann, hat nichts gesagt!

Seitdem habe ich nicht mehr rumgehurt. Been there, done that.

»Ist es nicht Zeit aufzustehen?«

Ihr Magen verkrampft sich, und sie schlägt das Tagebuch mit einem Knall zu. »Hast du mich erschreckt!«

Paul steht im Türrahmen, und sie spürt, wie ihr ganz heiß wird im Gesicht.

»Schon mal was von Anklopfen gehört?«

»Ich möchte mit dir reden.«

»Worüber?«

»Zieh dich an und komm in die Küche, dann erzähle ich es dir.«

Sie schlüpft in ihren Bademantel. Edith will gerade gehen, nimmt Vanja flüchtig in den Arm und murmelt eine Ermahnung, bevor sie verschwindet.

»Setz dich«, sagt Paul, und Vanja findet, dass er scheinheilig aussieht, aber sie beißt sich auf die Zunge, um nichts Gehässiges zu sagen. Sie will jetzt nicht fies zu ihm sein. Er hat keinem je erzählt, was sie ihm an jenem Abend vorgeschlagen hat. Zumindest nicht Edith.

Sie setzt sich an den Tisch und gießt sich eine Schüssel Dickmilch ein.

»Ich möchte dir was anvertrauen.« Er beugt sich über den Tisch. »Ich habe eine neue Artikelserie am Start …« Dann hält er inne.

»Über Morde in Vorortzügen?«

Er sieht sie überrascht an. »Nein, nein … nicht über Morde, sondern über Selbstmorde.«

Vanja erstarrt, sagt aber nichts. Denkt an Maria.

»Es ist so«, fährt er fort. »Wenn die Polizei ihre Voruntersuchungen macht, landet das unbrauchbare Material in einem Archiv, das nicht öffentlich zugänglich ist und Ausschuss genannt wird. Durch einen Kontakt im Präsidium habe ich Zugang dazu bekommen. Im letzten Jahr ist die Zahl der Selbstmorde alarmierend angestiegen. Ich denke da nicht nur an Maria … Es gibt mehr, viel mehr, und die meisten sind jung.«

»Worauf willst du hinaus?«

Er überlegt kurz, bevor er fortfährt. »In den Zeitungsredaktionen gibt es landesweit ebenfalls so etwas wie einen Ausschuss. Meldungen, die aus den unterschiedlichsten Gründen nie veröffentlicht wurden. Da gibt es genauso viele Berichte über Selbstmorde. Es wird inzwischen sogar von einer Suizidwelle gesprochen, aber niemand schreibt darüber, weil das tabu ist und alle befürchten, dass es immer mehr Nachahmungstäter inspirieren könnte. Aber ich glaube nicht an das Schweigen. Ich glaube an die Wahrheit, an die Aufklärung. Dass eine richtig gute Artikelserie den Lesern die Augen öffnen könnte. Und genau an dieser Stelle kommst du ins Spiel.«

Vanja weiß nicht, was sie sagen soll.

»Ich will dich interviewen. Nicht sofort – ich hab noch nicht genügend Material zusammen –, aber demnächst irgendwann, und ich möchte, dass du dir überlegst, was du beitragen willst. Was wichtig sein könnte.«

Vanja wird es eiskalt.

Was zum Teufel sagt er da?

»Ich möchte eine Perspektive einnehmen, die der Wahrheit so nah wie möglich kommt«, ergänzt er. »Ihr wart doch im Grunde gar nicht so verschieden, Maria und du. Du hast die gleichen Interessen und hast sie gut gekannt.«

Sie unterdrückt den Impuls, ihm die Dickmilch ins Gesicht zu schleudern.

Ihr wart doch im Grunde gar nicht so verschieden?

Dieser eingebildete, selbstgerechte, alkoholisierte, völlig ignorante Trottel!

Stattdessen fixiert sie ihn mit ihrem Blick. »Fahr zur Hölle«, zischt sie und presst die Lippen zusammen. »Fahr zur Hölle, du aufgeblasener, verfluchter Idiot!«

Fahr zur Hölle
Morgongåva

Halb sieben. Ihre Mutter schläft tief und fest. Normalerweise tut sie das bis in den späten Vormittag, aber an diesem Morgen wird sie von Polizeisirenen geweckt werden oder davon, dass jemand an die Tür hämmert. Irgendein verstörter Nachbar.

Leise tappt Carita über den Teppichboden am Zimmer ihrer Mutter vorbei, ohne hineinzuschauen. Sie will sie jetzt nicht sehen. Sie könnte einen Rückzieher machen. Schwach werden beim Anblick des friedlichen Gesichts und der rundlichen Gemütlichkeit ihrer Mutter. Einer Mutter, die nie klagt und immer für sie da ist.

Sie geht ins Bad. Aus dem Spiegel starrt sie ein bleiches Gesicht an, umrahmt von schwarzem Haar. Pickel sind uncool, sagt Justin Bieber in der Werbung. Aber dieses Proactiv hilft einfach nicht. Ihr Gesicht ist von der verfluchten Creme geschwollen und nur noch hässlicher.

Hunger hat ihr geholfen zu verstehen, was sie tun soll, auch wenn sie selbst es war, die die Details festgelegt hat.

Carita nimmt den breiten Filzstift, der so extrem nach Lösungsmitteln riecht.

Sie fängt mit der Stirn an. Dann Nase, Mund, Kinn, Hals und Wangen. Dann streicht sie die Haare zur Seite. Zum Schluss kommen die Ohren an die Reihe. Es brennt, ein kribbeliges Gefühl auf der Haut wie bei einer Akupunktur. Hitze, die sich gut anfühlt. Jetzt ist die Akne weg.

Es ist mittlerweile Viertel vor sieben. Sie zieht sich an. Das schwarze Sweatshirt von Hungers Auftritt in Uppsala und die

Jeans mit den Blutflecken, die sie seit fast zwei Jahren besitzt und noch nicht ein einziges Mal gewaschen hat. Wenn ihre Mutter wüsste, was sie alles getan hat! Sie wird es nie erfahren.

Carita schleicht wieder in ihr Zimmer zurück. Alles, was sie braucht, steckt in ihrer Armeetasche: die Rolle mit Klavierdraht – der dickste, den sie auftreiben konnte, zwei Millimeter Durchmesser –, zwei robuste Nietengürtel und der Kassettenrekorder, der knallgelbe Sony-Walkman aus den Achtzigern mit der Kassette, die sie gleich hören wird.

Analoges Rauschen, so echt, dass man danach greifen möchte.

Sie geht hinaus in die Dunkelheit. Es ist fünf vor sieben.

Die Morgenkühle fühlt sich geradezu elektrisch an auf ihrer wunden Gesichtshaut. Der Rasen ist mit einer stahlgrauen Raureifschicht bedeckt. Es knistert unter ihren bloßen Sohlen, als würde sie über Glasscherben gehen.

Sie überquert die Straße. Das Auto der Nachbarn steht auf seinem gewohnten Platz vor dem Garagentor und ist vom Haus aus nicht zu sehen. Jonny, der dort mit seinen Eltern wohnt, gehört zu denen, die sie »Kotze« nennen.

Eine Zeit lang hat sie sich den Pony wachsen und über die Augen hängen lassen, aber er hat sie natürlich durchschaut und geschnallt, dass sie sich für ihre schlechte Haut schämte.

Wie konnte er das kapieren, wo er doch sonst so dermaßen bescheuert ist?

Sie befestigt den Klavierdraht an der Anhängerkupplung. Es ist der Firmenwagen von Jonnys Vater. Dann geht sie zur Straße hinunter, wickelt den Draht von der Rolle. Sie wirft einen Blick in Richtung Küchenfenster. Das Licht brennt, und ihr ist klar, dass sie bereits aufgestanden sind. Dass sie bald losmüssen. Dass sie alsbald zum Auto gehen.

Verdammt, wie ich euch hasse.

Die Straßenlaterne wird halb verdeckt von dem Gehölz an der Kreuzung.

Der Klavierdraht reicht genau.

Zwei Minuten später sitzt sie mit dem Rücken an die kalte Laterne gelehnt da, und der Frost aus dem Gras am Straßenrand dringt durch ihre Jeans. Die Nietengürtel sind um den Pfahl gewickelt, um ihren Brustkorb und um ihren Hals, und den Hals hat sie dreimal mit Klavierdraht umschlungen.

Sie wirft einen Blick auf die Uhr. Vier Minuten nach sieben. Sie setzt sich die gepolsterten Kopfhörer des gelben Walkman auf. Die Musik muss alle anderen Geräusche übertönen.

Sie kann sehen, wie sich hinter dem Plexiglas das Band dreht. *METAL MEAN MACHINE*, steht in ordentlicher Handschrift mit blauer Tinte darauf.

Jetzt ist Hunger in ihrem Kopf, und sie weiß genau, was sie in den folgenden elf Minuten und drei Sekunden hören wird, denn so lange dauert die Tonspur. Hunger schafft Spuren, keine Songs.

Zuerst hört man nur leises Hintergrundrauschen, dann ein elektrisches Knistern, gefolgt von ein paar Sekunden, in denen sie glaubt, ein Knarzen und Atemzüge zu hören. Sie macht die Augen zu und stellt sich Hunger vor.

Es heißt, er wohnt irgendwo in Skåne auf dem Land und geht tagsüber nie nach draußen. Obwohl sie bei mehreren seiner Auftritte dabei war, weiß sie immer noch nicht, wie er aussieht, aber sie stellt ihn sich so vor wie auf der Bühne. Weiß, beinahe durchsichtig, mit nacktem Oberkörper und Blut, das ihm an Kopf und Armen hinabläuft. Es heißt, er sei blind.

Hunger hat ihr elf Minuten und drei Sekunden gegeben. Eine Tonspur für sie allein.

11:03.

Bald macht Jonnys Vater die Haustür hinter sich zu und geht zum Auto. In knapp zehn Minuten fährt er rückwärts aus der Einfahrt. Nach zwanzig Metern wird er an der Kreuzung anhalten. Die hohe Hecke versperrt ihm die Sicht, er muss also aufpassen, ehe er in die Hauptstraße einbiegt. Bis dahin wird noch eine weitere Minute verstrichen sein.

Sie schaudert, als der runtergestimmte Bass losdonnert, zuerst langsam, dann im Takt mit ihrem Herzschlag, dann immer schneller und schneller. Eine Trommel und ein rasselndes Geräusch wie von Ketten, die über Steine geschleift werden.

Die Worte stammen von ihr. Es ist unbeschreiblich schön, sie so zu hören.

Und schließlich das Geräusch, das Hunger ausmacht: Es klingt wie Gitarren, aber sie vermutet, dass es etwas anderes ist. Sie weiß nicht was, aber es ist Absicht, dass man es nicht erkennt.

Bald ist es überall, und es schreit in ihr. Ein einziger Strom, ein verzweifeltes Heulen, die Angst der ganzen Welt in einem einzigen grausamen und wunderbaren Brüllen, das ihre Angst absorbiert, über ihre Angst lacht. Sie daran erinnert, dass die Gefühle der Menschen wertlos sind.

Herzlichen Glückwunsch zum Geburtstag, Carita, denkt sie und sieht, wie Jonnys Vater die Autotür aufzieht.

Hurtig
Kronoberg-Viertel

Die ältesten Gebäudeteile von Stockholms Polizeizentrale sind hundert Jahre alt. Das Haus ist eines der wenigen schwedischen Beispiele für einen Imperialstil, der überall auf der Welt immer dann gewählt wurde, wenn eine gewisse gesetzliche Autorität verfestigt werden sollte. Gegenwärtig repräsentieren die Polizeibeamten Schwarz und Åhlund ebendiese Autorität. Sie stehen auf der Treppe vor dem Präsidium und unterhalten sich mit einem Kollegen.

Schwarz grinst übers ganze Gesicht, als er Hurtig entdeckt. »Fall gelöst«, ruft er.

Hurtig bleibt auf der Treppe stehen. »Was meinst du?«

»Der Unfall auf der Liljeholmsbron.«

»Ach ja? Was ist passiert?«

»Nichts Neues eigentlich. Das gab es auch schon zweimal in New York, 2000 und 2007.«

»Dass ein Mann überfahren wurde?«

Åhlund, der bessere Menschenkenner von den beiden, merkt sofort, dass Hurtig nicht zu Scherzen aufgelegt ist. Trotzdem fährt Schwarz fort: »Nein, verflucht, sondern dass ein blinder Passagier aus einem Flugzeug stürzt. Stell dir vor: Er hat den ganzen Weg von Afrika bis hierher zurückgelegt, nur um über der Liljeholmsbron abzustürzen. Da soll man nicht drauf landen, sondern runterspringen.«

»Ach was. Wenn, dann sollte man von der Västerbron springen«, wirft Åhlund ein.

Hurtig geht zusammen mit seinen Kollegen rein, und Schwarz

erläutert, dass die Liljeholmsbron unterhalb der Einflugschneise von Bromma liegt. Der Mann hatte sich vermutlich hinter dem Fahrwerk versteckt, und als es ausgefahren wurde, wurde er aus dem Flugzeug geschleudert.

»Er war bereits tot«, sagt Schwarz. »Soweit ich weiß, sind die Stauräume für die Flugzeugräder nach dem Start nur noch eine Stunde lang warm, danach sieht es übel aus. Wenn er nicht erfroren ist, dann ist er erstickt.«

Åhlund weiß überdies zu berichten, dass es sich bei dem Mann um einen homosexuellen Nigerianer handelte, der schon einmal vor zwei Jahren in Schweden eine Aufenthaltsgenehmigung beantragt hat, die allerdings abgewiesen wurde. Die Einwanderungsbehörde sieht Homosexualität nicht als validen Grund für einen Asylantrag an.

»Nachdem in Nigeria Homosexualität unter Todesstrafe steht«, sagt Hurtig bitter, »muss man sich früher oder später entscheiden, ob man lieber im Zölibat leben oder die Biege machen will.«

An gewissen Orten auf der Welt ist Homosexualität nach wie vor gesetzeswidrig, und Schwule hinzurichten gilt dort als völlig legitim. Andernorts ist das zum Glück anders. In seiner Heimat wurde dieser Mann wie Luzifer persönlich angesehen; nun ist er als gefallener Engel auf der Liljeholmsbron gelandet.

»Dann weiß ich ja, dass du erreichbar bist, wenn ich dich heute noch brauche«, stellt Hurtig trocken fest und wendet sich an Åhlund. »Und wie läuft's mit dem Mord in der Saltsjö-Bahn?«

»Noch nichts Neues. Aber ich stelle im Laufe des Tages das Material zusammen, das wir haben, und sehe nach, ob uns irgendwas durch die Lappen gegangen ist.«

Während sich die Kollegen trennen und Hurtig sein Büro ansteuert, trifft ein wattiertes Kuvert am Empfang des Präsidiums ein. Zwanzig Minuten später sieht Hurtig sich gezwungen, das Ermittlungsmaterial zum Todesfall Fabian Modin neu zu sichten.

Ivo
Pathologisches Institut

Carita Hallgren aus Morgongåva wird Ivo Andrić in zwei Teilen geliefert. Ihr Kopf wurde durch einen zwei Millimeter dicken Klavierdraht und die zweihundert PS eines Mercedes vom Rumpf getrennt.

Ihre Kleidung und die persönlichen Gegenstände – ein T-Shirt, eine Jeans, zwei Nietengürtel sowie ein Walkman inklusive Kopfhörer und Kassette – sind in die Technik geschickt worden und werden später auf Jens Hurtigs Schreibtisch landen.

Ivo Andrić hat den Bericht der gestrigen Obduktion des Mädchens aus Salem so gut wie abgeschlossen. Trotz des Cocktails aus Wodka und Chlorreiniger, den sie vor ihrem Selbstmord getrunken hat, konnte er mehrere Fragmente handgeschriebener Texte aus dem Papierbrei in ihrem Magensack retten. Es deutet einiges darauf hin, dass es sich dabei um ein Tagebuch oder etwas Ähnliches handelt. Jetzt aber erst mal Morgongåva.

Die Obduktion ist diesmal einfacher. Nichts im Magensack außer ein bisschen Dickmilch und Müsli. Er nimmt Blut- und Gewebeproben. Ein Teil davon wird in flüssigem Paraffin versenkt, das aushärtet und die Proben konserviert. Der Rest der Proben landet in einer Gendatenbank und wird bis zu zwanzig Jahre lang archiviert.

Wie traurig, denkt er. Diese Proben werden älter, als es das Mädchen wurde. Keiner sollte so früh sterben müssen. Das kann doch nicht der Wille Gottes sein.

Er zieht den Reißverschluss des kleineren Leichensacks auf – dem mit dem Kopf. »Himmel, hilf«, murmelt er, als ihn daraus ein schwarz angemaltes Gesicht anstarrt. Die Augen sind weit aufgerissen und von einem dünnen Blutschleier bedeckt.

Als er fertig ist, wäscht er sich die Hände und geht zurück in sein Büro. Auf dem Schreibtisch liegen rund zehn Fotos von Papierresten. Von rotem Kugelschreiber auf liniertem Papier.

Hurtig
Kronoberg-Viertel

Das Kuvert auf Hurtigs Schreibtisch enthält die Brieftasche des ermordeten Fabian Modin, und es sieht ganz so aus, als fehle rein gar nichts. Führerschein, Kreditkarten, zwei Hunderter und eine Handvoll Münzen. Es handelt sich also nicht um einen gewöhnlichen Raubmord.

»Was glaubst du?«, fragt Åhlund.

»Ohne Absender. Abgestempelt in Stockholm-Årsta. Es könnte jemand sein, der das hier gefunden hat und aus irgendeinem Grund anonym bleiben will. Er oder sie weiß vielleicht, dass Fabian Modin tot ist, und will nicht mit hineingezogen werden.«

»Oder es ist der Täter. Vielleicht hat er Gewissensbisse ...«

»Jemand, der mit einem Messer zwölfmal auf einen anderen einsticht, hat keine Gewissensbisse. Hier will uns jemand vorführen. Ich nehme mir das Material noch einmal vor, und du könntest in der Zwischenzeit herauskriegen, wo genau dieser Umschlag abgestempelt wurde.«

Åhlund nimmt seine Mappe und lässt ihn allein.

Es gibt Zeugen, die ein paar pöbelnde Jugendliche im Zug gesehen haben, eine Liste der Personen, die für die besagte Fahrt Online-Fahrscheine gekauft haben, und eine entsprechende Auflistung von Magnetstreifenkarten-Abbuchungen. Sämtliche Namen sind nach der ersten Überprüfung ad acta gelegt worden.

Nur Schall und Rauch, denkt sich Hurtig. Nichts Hilfreiches. Nichts von den Überwachungskameras, die es auf der Strecke gibt. Und trotz des immensen Blutverlusts haben die Techniker nicht einmal einen Sohlenabdruck sicherstellen können.

Fabian Modin und der Mörder – oder die Mörder – waren allein im Waggon. Die Teenies sind laut Zeugenaussagen an der vorletzten Haltestelle ausgestiegen, aber niemand hat angeben können, ob sie von dort aus direkt nach Hause gegangen sind oder einfach nur das Abteil gewechselt haben. So gesehen dürfen sie also noch nicht endgültig zu den Akten gelegt werden. Bisher konnten sie allerdings noch nicht identifiziert werden. Die Polizei sucht nach fünf jungen Männern, vier von ihnen mit Migrationshintergrund. In einer der Zeugenaussagen heißt es: »Ein Neger, drei Araber und einer, der aussah, als könnte er Anders heißen.«

Keiner weiß etwas, und ein Brief ohne Absender führt auch nirgends hin.

Lauter Sackgassen.

Aber auf diesem Spielfeld soll Åhlund sich tummeln, solange Billing ihn nicht vom Platz pfeift.

Ein kurzes Klopfen am Türstock. »Der Brief kann in ganz Stockholm aufgegeben worden sein«, sagt Åhlund. »Oder auf Gotland.«

»Gotland?«

»Ja, das Mädel, mit dem ich geredet habe, meinte, dass die Post von dort unten zum Sortieren nach Stockholm kommt. Dann wird sie wieder dorthin zurückgeschickt. Wenn jemand in Visby seinem Nachbarn eine Weihnachtskarte schickt, macht diese Karte also eine Reise von fast fünfhundert Kilometern.«

Outsourcing und Wegrationalisierungen, denkt Hurtig.

»Ich bringe den Umschlag in die Spurensicherung«, sagt Åhlund, ehe er geht. »Und dann heißt es warten.«

Hurtig mag Åhlunds lakonische Art. Nicht, dass ihn an Jeanette Kihlberg irgendwas gestört hätte, aber ihr Bedürfnis, ständig über alles Bescheid zu wissen, hat ihn manchmal gestresst.

Hurtig selbst muss über Salem, Kungsgården, Trelleborg, Robertsfors, Oslo, Imatra in Finnisch-Karelien und eine ganze Reihe von Stockholmer Vororten nachdenken. Und jetzt auch noch Morgongåva, eine kleine Gemeinde im Verwaltungsbezirk Uppsala.

Eine Sache, die Hurtig gelinde gesagt erstaunlich findet, ist, dass niemand, der den jungen Menschen nahestand, zu wissen scheint, woher diese Musik stammt, die sie gehört haben, oder auf welchem Weg sie an die Kassetten gekommen sind. Dahinter Ignoranz zu vermuten wäre zu kurz gedacht. Vielmehr scheint dahinter eine Art Untergrundbewegung zu stecken, die im Verborgenen agiert.

Eben hat er mit Ivo Andrić gesprochen. Carita Hallgrens persönliche Habe soll spätestens um drei Uhr nachmittags bei ihm ankommen, vermutlich sogar noch eher. Und dann ist da immer noch dieses Mädchen aus Salem.

Er sieht sich die Fotos an, die dem Bericht des Rechtsmediziners beigefügt sind. Zwölf Bilder mit Papierfragmenten aus dem Magensack des Mädchens.

Heute hab ich gehört … Ich hab ihm den Text in einem normalen Brief geschickt … Kristian Tyrann, glaub ich … Alles andere auf dem Stück Papier ist unleserlich, zersetzt und verblichen.

Kristian Tyrann?

Ivo hat die Vermutung geäußert, dass es sich um ein Tagebuch handelt, und Hurtig fragt sich, was Isaak ihm über die junge Frau erzählen könnte. Vielleicht weiß er ja etwas über die Musik, die sie gehört hat.

Er muss ihm dringend erzählen, dass sie gestorben ist.

Weitere Textfragmente, die Ivo Andrić sichergestellt hat, lauten folgendermaßen:

… das Konzert gestern … Ich liebe dich, Papa, aber … nennt mich Hure … hoffe … Sklavenverhältnis, und Mama geht es nicht … ein gesunkenes Schiff … VIXI … hat mir begreiflich gemacht, dass ich

sterben muss … Chlorreiniger, den kann man kaufen … Fahr zur Hölle …

Hurtig ahnt einen vagen Zusammenhang. Ein paar interessante Anhaltspunkte gibt es immerhin. Sie hatte mit jemandem Kontakt, und ein anderer Jemand – vielleicht war es aber auch ein und dieselbe Person – hat sie davon überzeugt, sich umzubringen.

Dann grübelt er darüber nach, was VIXI bedeutet. Er hat das Gefühl, dass es wichtig sein könnte. Schließlich legt er den Bericht wieder zur Seite. Er muss schleunigst den Secondhandladen in der Götgatan anrufen.

Er erklärt der Dame am Telefon sein Anliegen und erfährt, dass Kassetten sich nicht mehr besonders gut verkaufen, aber dass hin und wieder doch einmal ein Käufer auftaucht.

»Und die Walkmen?«

»Die bekommen wir nur noch selten, aber es kommt natürlich vor«, antwortet die Dame.

»Und welche Kunden interessieren sich dafür?«

»Meistens ältere Menschen …« Die Dame denkt nach, dann fügt sie hinzu: »Männer im mittleren Alter. Technikaffine Nostalgiker, die eine Kassette und einen Bleistift noch zusammenbringen.«

Hurtig fühlt sich ertappt. Die Spiele für seinen Commodore 64 produzieren auch manchmal Bandsalat. Dann dreht er das Band mit einem Bleistift wieder auf.

»Keine Stammkunden?«

»Eher nicht. In den meisten Fällen sind es Gelegenheitskäufer.«

Als das Gespräch beendet ist, ruft er Schwarz an und bittet ihn, die Stockholmer Live-Szene für die Art Musik unter die Lupe zu nehmen, die auf die Kassetten aufgespielt wurde.

Er will die Agonie mit eigenen Augen sehen.

Carita Hallgrens Habe kommt schon mittags. Nur die Kassette ist noch in der Analyse. Er packt den Karton aus, der die übrigen Gegenstände in versiegelten Plastikbeuteln enthält. Ein gelber Sony-Walkman, zwei Nietengürtel und eine schwarze Jeans.

Als er die Tüte mit dem T-Shirt der jungen Frau hochhält, ist seine erste Reaktion Ungläubigkeit, auch wenn sie sich sofort wieder legt.

Quer über der Brust steht mit Tipp-Ex geschrieben:

VIXI.

Simon
Sabbatsberg

Der Sabbatsberg ist ein Viertel in Vasastan, das nach dem Wirt Valentin Sabbath benannt wurde, dem der Grund im achtzehnten Jahrhundert gehörte. Heute liegen hier das Krankenhaus Sabbatsberg und das Eastman-Institut, das Zahnbehandlungen für Kinder durchführt.

Diejenigen der über dreitausend Heroinabhängigen Stockholms, die wissen, wie es ist, sich mit dem Entschluss herumzuschlagen, aufzuhören oder doch nicht aufzuhören, wissen vielleicht auch, dass in der Entgiftungsstation am Sabbatsberg der Rekord, aufgenommen, entlassen und wieder aufgenommen zu werden, anderthalb Stunden betrug.

Mittlerweile ist die Abteilung geschlossen worden. Simon war früher häufiger dort. Inzwischen kommt er nicht mehr in die Gegend, um wegen seiner Drogenabhängigkeit behandelt zu werden, auch wenn sein heutiger Besuch durchaus mit dem Heroin zusammenhängt.

Horse macht durstig, und der Körper verlangt nach Zucker, was wiederum schlecht für die Zähne ist, und ein Zahnarzt – ein Bekannter seines Vaters – hat sich bereit erklärt, ihm etwas Schmerzstillendes zu verschreiben.

Eine breite Treppe mit Portaleinfassung führt zum Eingang des Eastman-Instituts. Dahinter steht eine Skulptur, die »Mutterglück« heißt. Davon wird ihm regelmäßig schlecht, und er dreht den Kopf zur Seite, als er die protzige Eingangshalle durchquert. Mutterglück ist Egoismus und Verlogenheit.

»Wie kann ich Ihnen helfen?«

Die alte Schwester mustert ihn misstrauisch.

»Olof Thörngren. Ich habe einen Termin. Meine Milchzähne sind wieder nachgewachsen und müssen gezogen werden. Sie jucken.«

Die Schwester scheint keinen Spaß zu verstehen. »Sie haben einen Termin bei Olof Thörngren?« Sie schüttelt missbilligend den Kopf, greift aber zum Telefonhörer.

Zwanzig Minuten später hat er ein Rezept für zwei Schachteln eines starken Schmerzmittels in der Tasche.

Als er wieder geht, wirft er einen letzten Blick auf den Klinikkomplex. Nie wieder wird er hierher zurückkehren, weder wegen des einen noch wegen des anderen Anliegens.

Wenn die Probleme mit den Zähnen schlimmer werden, muss er sie sich eben ziehen. Das hat er auch früher schon mal gemacht. Zwei Eckzähne, eine Hufzange und eine Flasche Wodka. Das Heroin macht ihm keine Probleme mehr. Nicht, wenn es ihm so gut geht wie jetzt gerade.

Oder so schlecht.

Schwarze Galle ist Disharmonie.

Hurtig
Kronoberg-Viertel

Hurtigs erster Gedanke ist, dass VIXI vielleicht der Name der Band sein könnte, die auf den Kassetten zu hören ist. Es steht zumindest auf dem T-Shirt und in den Tagebuchaufzeichnungen zweier Opfer, die die Musik während ihres Suizids gehört haben.

Er beginnt zunächst mit einer gewöhnlichen Google-Suche.

Der erste Treffer stammt aus einem Nachschlagewerk, und er erfährt, dass *vixi* lateinisch ist für »ich lebte« oder »ich habe gelebt«. In diesem Zusammenhang nicht weiter überraschend.

Dann klickt er sich durch ein paar Musik-Webseiten, auf denen man Lieder herunterladen kann. Zuerst die legalen, dann die illegalen. Nichts. Wenn es eine Band oder einen Song namens VIXI gibt, dann scheint es nicht der größte Hit zu sein.

Aber was hat er erwartet? Kein Einziger aus dem nahen Umfeld der Toten konnte erklären, was für Musik das gewesen ist. Ein paar verwiesen auf Death Metal und Black Metal, und ein paar Zeugen konnten sogar ein paar Bands nennen, aber darunter war keine mit dem Namen VIXI.

Nichts in der CD-Sammlung der Opfer und bislang auch nichts auf den Computern, die derzeit durchleuchtet werden. Nur gebrauchte, alte Kassetten, die einmal Aiman Chernikova gehört haben.

Er ruft bei Åhlund an, der zusammen mit Schwarz an VIXI dranbleiben soll.

Åhlund brummt etwas von einer Sackgasse, aber Hurtig meint, dass es genauso gut umgekehrt sein könnte. Wenn sie verstehen, was die Bezeichnung bedeutet, wissen sie vielleicht auch, wonach sie suchen müssen.

Sie müssen sich auch die Angehörigen noch mal vornehmen. Es ist immerhin nicht ausgeschlossen, dass jemand irgendetwas weiß. Vor allem Carita Hallgrens Mutter, deren Tochter das T-Shirt getragen hat.

So wird's gemacht. Aber zuerst Isaak. Bei ihrem letzten Gespräch klang er irgendwie bedrückt. Er muss endlich erfahren, dass Maria Alvengren sich das Leben genommen hat.

Aiman
Blauer Lotos

Mit Träumen ist es genauso wie mit Zufällen. Sie ähneln sich dahingehend, dass es eine verschwommene Grenze gibt zwischen dem logisch Nachvollziehbaren und dem Unwillkürlichen. Es liegt in der Natur der Sache, dass ein Traum unlogisch und schemenhaft ist, und die Geschehnisse scheinen planlos arrangiert zu sein. Was Zufälle betrifft, scheint es oftmals keine äußere Logik zu geben, aber diejenigen, die Antennen dafür haben, haben mitunter das Gefühl, dass ein Zufall durchaus eine Bedeutung haben könnte. Andere tun ihn als belanglos ab.

Sie hat eine gewisse Ader für Koinzidenzen, und als sie um kurz vor fünf ins Blå Lotus in der Katarina Bangata geht, denkt sie an all diejenigen, die sie im Laufe des Tages wahrgenommen hat. Sie bestellt sich am Tresen die Tagessuppe und setzt sich an einen freien Tisch.

Die vier Stunden in der Bibliothek haben ihr gleich zwei Zufälle beschert. Der erste ereignete sich, als sie die Bücher aus dem Rückgabewagen zurückstellte.

Sie hatte gerade beschlossen, auswärts essen zu gehen, und zwar im Blå Lotus, als sie plötzlich einen Comic in der Hand hielt. *Der Blaue Lotos*. Ein Tim-und-Struppi-Abenteuer. Sie blätterte ein bisschen darin, und aus dem Vorwort ging hervor, dass der Band für eine große Wende im Werk des belgischen Zeichners Hergé stand und dass er sich darin zum ersten Mal die Frage stellte, wie er Kulturen fremder Länder darstellen sollte. Die Frage ging wohl auf eine gerade erst erblühende Freundschaft mit einem jungen Chinesen zurück, der ihm dargelegt hatte, dass die Menschen in China weder Schwalbennester aßen noch Säuglinge in Flüsse warfen – zwei weitverbreitete Vorstellungen im Europa der Dreißigerjahre.

Der Comic erinnerte sie an Isaak, der vor vier Jahren, als sie sich gerade kennengelernt hatten, nur eine vage Vorstellung von Kasachen, ehemaligen Sowjetbürgern und Muslimen hatte. Einmal fragte er sie, ob es denn stimme, dass man in der Sowjetunion als zurückgeblieben betrachtet werde, wenn man beispielsweise während eines Spaziergangs durch Minsk ohne ersichtlichen Grund anfange zu lachen.

Sie traute ihren Ohren nicht, als Isaak ihr erzählte, dass diese Information aus dem weltweit größten Reiseführerverlag stammte, von Lonely Planet, und wollte auch ihren Augen nicht trauen, als sie die Angaben später kontrollierte.

Der zweite Zufall des Tages ereignete sich in ihrer Kaffeepause. Da las sie einen Artikel über den Mord in der Saltsjö-Bahn, der von Paul Hjorth signiert war – Vanjas Vater.

Das Telefon reißt sie aus den Gedanken, und sie wundert sich kurz, weil ausgerechnet Isaak dran ist, nachdem sie doch gerade erst an ihn gedacht hat. Sie hat schon länger nichts mehr von ihm gehört.

Isaak erzählt, dass er soeben mit Jens Hurtig gesprochen und erfahren hat, dass Maria tot ist. Außerdem hat Jens ihm von seiner Begegnung mit Aiman im Präsidium erzählt.

»Ich glaube, du würdest dich gut mit Jens verstehen«, sagt er. »Was für einen Eindruck hattest du von ihm?«

Sie denkt einen Augenblick nach. »Es war ja kein privates Treffen … aber er wirkte sympathisch.«

Nachdem sie ihm erzählt hat, auf welchem Wege ihre alten Kassetten in die polizeilichen Ermittlungen geraten sind, erkundigt sich Isaak nach Vanja.

»Sie ist natürlich traurig, aber ich glaube, sie hat sich einigermaßen unter Kontrolle. Wir haben uns getroffen und an ein paar Büchern gearbeitet. Die Arbeit bringt sie auf andere Gedanken.«

»Apropos Bücher, ich hab da ein paar entdeckt … Ich würde mich freuen, wenn du sie für mich restaurieren könntest. Ich weiß ja, wie gut du darin bist.«

Er klingt bedrückt. Sie spürt, dass er etwas auf dem Herzen hat. »Was denn für Bücher?«, will sie wissen, und als er sagt, dass es sich um zwei Romane von Lewis Carroll handelt, zuckt sie zusammen. Schon wieder ein Zufall. Das waren ihre Lieblingsbücher in der Kindheit. Seit Jahren hat sie nicht mehr daran gedacht.

Isaak verstummt. Sie hört ihn seufzen und dann tief Luft holen. »Das Pflegeheim hat angerufen«, sagt er schließlich. »Ingo ist tot.«

Die Bedienung bringt die Suppe. Aiman schafft es nicht, das Lächeln der jungen Frau zu erwidern.

»Er hat sich erschossen«, fährt Isaak fort. »Unten am Weiher hinter dem Heim. Hat sich offenbar irgendwann nachts hinausgeschlichen.«

Ihr wird eiskalt. Sie hört, dass Isaak weint.

»Es tut mir sehr leid, das zu hören«, flüstert sie.

»Es ist einfach so traurig, dass ich nicht mehr zu ihm rausgefahren bin. Wenn ich es getan hätte, dann … Bei Maria war's genauso. Zwei Selbstmorde innerhalb kurzer Zeit …«

»So darfst du nicht denken«, entgegnet sie. »Das bringt überhaupt nichts.«

»Nein, ich weiß …« Er hat sich wieder gefangen. »Ingo wird am Freitag beigesetzt. Ich würde mich freuen, wenn du dazukämst.«

Die Wärme kehrt allmählich in ihren Körper zurück. »Am Freitag?«

»Ja. Ingo stammt aus Skåne – und es gibt dort ein Familiengrab neben einer Kirche auf der Bjäre-Halbinsel. Soweit ich weiß, hat er keine Angehörigen mehr, aber der Pastor dort hat bereits alles in die Wege geleitet. Es gibt ein kleines Hotel nicht weit von der Kirche entfernt. Edith und Paul kommen auch, vielleicht sogar Vanja. Und ich will Jens fragen, ob er auch mitkommen mag.«

Isaak hat längst entschieden, dass ich ebenfalls mitkomme, denkt sie und spürt im selben Augenblick, wie der Junge in ihr wach wird. Es zieht und blubbert in ihrem Bauch.

Als Aiman unter den kahlen schwarzen Bäumen der einsamen Allee entlanggeht, muss sie an Ingo denken.

Ein Künstler, genau wie Isaak. Nach einer Hirnblutung war er wieder wie ein Kind. In seiner Kunst hat die Religion immer eine Rolle gespielt, und irgendeine christliche Vereinigung hat seine Arbeit unterstützt.

Als sie in die Nytorgsgatan einbiegt, hat sie den Beschluss gefasst, ihren Sechsstundendienst im Magazin der Kungliga Biblioteket ausfallen zu lassen und stattdessen noch heute Abend einen Flug nach Ängelholm zu buchen.

Sie wird den weißen Schleier tragen. Denjenigen, den sie gewählt hätte, wenn sie damals die Möglichkeit gehabt hätte, bei der Bestattung ihres Bruders anwesend zu sein.

Malenkaja durnaja Dima, denkt sie. Kleiner, dummer Dima.

Simon
Vägaren-Viertel

Tage und Nächte sind eins, und er weiß nicht mehr, welcher Wochentag ist. Aber er weiß immerhin noch, dass er die Fenster geputzt hat. Ein beschissener Job für November.

Er geht in die Küche und macht sich eine Coladose auf. Die neuen Schmerztabletten helfen. Die Zahnschmerzen sind weg, da kann er ja einfach weitermachen wie gewohnt. Die Zähne können ruhig verrotten. Er könnte irgendjemanden bitten, sie ihm rauszuschlagen, und sich eine Prothese besorgen. Øystein würde ihm den Gefallen sicher tun.

Er will bloß nicht so werden wie sein Vater, der bei jedem Zipperlein jammerte, während er selbst die schlimmsten Qualen litt, ohne zu klagen. Ein Vater, der kein Verhältnis zu Schmerzen hat, kann auch die Schmerzen anderer nicht nachvollziehen. Weder die physischen noch die psychischen.

Er setzt sich aufs Sofa. Bereitet alles für einen neuen Schuss vor. Diesmal dauert es fast zehn Minuten, bis er eine Vene gefunden hat. Von Mal zu Mal dauert es länger, und er denkt kurz darüber nach, sich die Nadel einfach in den Hals zu rammen.

Dann fällt er in ein Loch, in sein inneres Loch, in dem er unverwundbar ist.

Und sieht Hunger vor sich.

Die Scheinwerfer am Boden der Bühne sind auf eine hochgewachsene Gestalt gerichtet, mit langem schwarzem Haar und einem nackten, geschlechtslosen Körper, der so weiß ist, dass er den Betrachter regelrecht blendet.

Simon empfindet Angst und Bewunderung gleichermaßen.

Hurtig
Kronoberg-Viertel

Wie so oft macht Jens Hurtig Überstunden. Das hat er sich von Jeanette Kihlberg abgeguckt, die dem Begriff Überstunden eine ganz neue Bedeutung verlieh. Er hört, wie draußen auf dem Gang jemand mit dem Kopierer kämpft – vermutlich Åhlund. Auch der kann den Überstunden etwas abgewinnen, obwohl er heute eher erschöpft gewirkt hat, während Schwarz sich immer aus dem Staub macht, sobald sich die Gelegenheit bietet.

Das Telefonat mit Isaak war mühseliger, als er es sich vorgestellt hatte, und es war nicht ganz leicht, ihm die polizeilich-sachlichen Fragen zu stellen. Isaak wusste, dass Maria schrieb und dass sie Musik hörte, wie so viele andere Teenager aus der Lilja auch, aber etwas Neues hatte er nicht zu berichten. Sicher, er hat sie mal mit Kopfhörern und einem Walkman gesehen, aber er wusste nichts über die Musik, die sie hörte, außer dass sie irgendwie anders klang. Fremd in seinen Ohren.

Seine Gedanken wandern wieder zu Aiman Chernikova. Er ist auf eine Art fasziniert von ihr, die er schon lang nicht mehr erlebt hat. Seit dem Tod seiner Schwester sind derlei Gefühle irgendwie verebbt, und in Ermangelung einer treffenderen Beschreibung würde er sich fast als asexuell bezeichnen.

Er lässt seine Gedanken weiterschweifen, von Aiman Chernikova über die Kassetten zu Carita Hallgren aus Morgongåva und schließlich zu der Mutter des Mädchens, die nicht die leiseste Ahnung hatte, was auf dem T-Shirt ihrer Tochter stand, ganz zu schweigen davon, was die Aufschrift bedeutete.

Sie ist eine psychisch labile und verwirrte Frau.

Eine Epidemie, denkt sich Hurtig und blättert in den Ausdrucken, die Schwarz für ihn zusammengestellt hat. Eine Übersicht über Selbstmordserien und deren kulturelle Ausdrucksformen.

Der erste Fall ist literarisch. Den hat auch Aiman Chernikova erwähnt. Goethes Roman aus dem Jahr 1774, *Die Leiden des jungen Werther*, hatte unter jungen Männern, die sich mit dem unglücklichen Protagonisten identifizierten, eine regelrechte Selbstmordwelle ausgelöst. Der Roman hat überdies den Begriff für diese Art von Selbstmordepidemien geprägt. Seither sprechen Experten vom sogenannten Werther-Effekt.

Was die Verbindung von Musik und kollektiven Selbstmorden anbelangt, gibt es ebenfalls ein hervorstechendes Beispiel. »Das Lied vom traurigen Sonntag« – in der Version von Billie Holiday und unter dem Titel »Gloomy Sunday« besonders weit verbreitet – wurde von einem Ungarn komponiert, der sich vom Unglück verfolgt fühlte und sich in den Sechzigern umbrachte. Es gibt rund zwanzig Suizide, die in direkter Verbindung damit stehen sollen, und der Song stand im britischen Rundfunk bis 2002 auf der Schwarzen Liste.

Hurtig sieht darin nur Gerüchte. Keine Beweise für die Existenz eines Werther-Effekts.

Es gibt Fälle, da ungewöhnlich viele Selbstmorde innerhalb eines bestimmten Radius und innerhalb eines bestimmten Zeitfensters auftreten. Äußere Faktoren wie Krieg, Armut oder religiöser Fanatismus spielen dabei keine herausragende Rolle. Aber es gibt auch keine andere glaubwürdige Theorie über die Ursachen.

Ein Kult, überlegt er. Religion. Götzenverehrung.

Es klopft, und Schwarz steckt den Kopf zur Tür herein. Er hat einen Ausdruck in der Hand, den er auf Hurtigs Schreibtisch legt.

»Du bist noch da?«

»Du hast mich doch gebeten, Auftritte von Metal-Bands in

der Stadt zusammenzustellen. Das hier hab ich gefunden – das ist morgen.«

Hurtig überfliegt den Ausdruck. Das Schwarz-Weiß-Bild eines Bocksfußes. Drei Bands spielen am Donnerstag um zehn Uhr abends in einem Schuppen namens Gleis drei.

»Gleis drei? Kommt mir irgendwie bekannt vor …«

»Das ist der Teil der City-Bahn, der nie fertiggebaut wurde. Ein Tunnel unter Södermalm.«

»Und da finden offizielle Konzerte statt?«

»Auf der Homepage des Clubs steht, dass die Stadt Stockholm einen Teil des Tunnels für Auftritte und ähnliche Veranstaltungen zur Verfügung stellt. Der Kultusminister ist wohl auf Stimmenfang unter Jungwählern. Man zahlt Eintritt und geht einfach rein.« Schwarz hält inne, dann fügt er grinsend hinzu: »Du bist clean, und der Club hat keine Altersbeschränkung. Du kommst also auf jeden Fall hinein.«

Hurtig lächelt matt zurück, bedankt sich und sieht sich den Ausdruck genauer an. Die drei Bandnamen werden geheim gehalten, aber der Veranstalter verspricht, dass es sich um große Nummern handelt.

Er beschließt hinzugehen und vertieft sich wieder in das Material auf seinem Schreibtisch.

Er ist gerade beim Selbstmord von Kurt Cobain angelangt, der andere zum Suizid inspiriert haben soll, als sein Handy in der Tasche vibriert.

Es ist Isaak.

»Ich komme heute am späten Abend in Stockholm an«, hört er am anderen Ende. »Ich sitze schon im Zug.«

Hurtig kommt nicht ganz mit. »Schon heute Abend?«

»Ja. Ingo ist tot. Er hat sich erschossen, der Idiot.«

Schwarze Melancholie

Studio

Mich interessiert nur der Backing-Track. Da muss was Neues her, und endlich weiß ich auch, was. Es soll Babygeschrei sein, Geschrei von Säuglingen, die sich darüber beklagen, dass sie geboren wurden. Die Tonspur wird »F53.1« heißen und meiner Mutter gewidmet sein.

Wir besuchten Mama in Beckomberga und hatten Weintrauben und Schokolade in einer braunen Tüte dabei. Die hatte uns Fabian Modin am Kiosk vorn am Eingang besorgt.

Nachdem Mama krank geworden war, zog er so gut wie bei uns ein, genau wie Ingmar Gustafson. Wenn wir mit ihm redeten, sollten wir ihn Onkel Ingo nennen.

Manchmal passte auch Major Ljung auf uns auf, wenn von den anderen gerade keiner Zeit hatte. Die Alten machten mit uns abwechselnd Ausflüge in den Grimstawald.

Aber bald würde Mama wieder nach Hause kommen. Dann würde alles wieder so werden wie früher.

Ich weiß, dass ich ein anderer Mensch geworden wäre, wenn sie es nicht getan hätte. Im Klassifikationssystem ICD-10 zählt die postpartale Psychose, also die Wochenbettdepression, zur Kategorie F53.1.

Wegen ebendieser Psychose hat sie mich zu den Gleisen mitgenommen. Das behaupteten sie jedenfalls in der Psychiatrie, und denen glaubte ich mehr als der Version der Alten.

Ich hörte mir Mamas Erklärung vor der Gemeinde an. Sie hatte rot geweinte Augen.

»Das Kind ist von Gott auserwählt«, sagte sie. »Sein wahrer Vater ist Jesus, und alles, was ich tue, geschieht im Willen Gottes.«

Ich stand neben ihr. Mein Mund lächelte zwar nicht, aber meine Augen müssen gestrahlt haben.

Ich habe es genossen.

Genossen, dass alles zum Teufel ging für unsere Familie.

Nach ungefähr einer Stunde ist der Backing-Track fertig, und ich bin erschöpft. Ich muss an Maria Alvengren aus Salem denken, an Carita Hallgren aus Morgongåva und all die anderen.

Ich bin fast ein bisschen neidisch auf sie.

Über Selbstmorde steht nur selten etwas in der Zeitung – auch diesmal nicht. Kein einziges Wort über das Mädchen mit der schlechten Haut. Ich weiß trotzdem, dass sie es getan hat.

Achtzig Prozent aller Medien sind rechts, auch wenn die meisten Journalisten links sind. Diejenigen, die rechts sind, nennen sich Gesellschaftsexperten, und das sind diejenigen, die bestimmen. Die wissen, dass es nicht gut für die Gesellschaft ist, von einem Suizid zu berichten. Wie damals in dem kleinen Grubenörtchen Bridgend in Wales. Die Presse bauschte ein paar Selbstmorde von Jugendlichen auf, und weil der Wunsch zu sterben nun mal ansteckend ist, endete die Sache damit, dass mindestens neunundsiebzig Menschen in der Grafschaft und Umgebung sich das Leben nahmen.

Am Abend spielten wir wieder auf dem Perserteppich. Ich war ein maurischer König, und wir flogen von Spanien in Richtung arabische Halbinsel. Als wir ankamen, verkündete ich, ich hätte da was, und holte das Paket hervor.

Der Einband des Buches war dunkelgrün mit einem orientali-

schen Muster, und unser Atem ging schneller, als die goldene Schrift auf dem Buchdeckel uns entgegenglänzte.

Der Heilige Koran.

Vanja
Knivsöder

Vanja hat nicht mehr mit Paul geredet, seit sie ihm gesagt hat, dass er sich zum Teufel scheren soll, aber er hat offensichtlich mit Edith gesprochen, die Vanja nun um Verzeihung bittet.

»Paul ist manchmal ein bisschen ungeschickt. Aber er ist ganz Feuer und Flamme für diese Artikelserie.«

Vanja starrt unverwandt auf die Mattscheibe. Eiskunstlauf, übertragen aus irgendeinem Land in Osteuropa. Sie ist froh, dass Paul zurzeit nicht zu Hause ist. Edith ist versöhnlicher. Und ihre Opferrolle gibt Vanja Oberwasser.

»Vielleicht rafft er ja jetzt, wie das ist – wo doch einer von euren Typen sich den Schädel weggeblasen hat.«

Edith setzt sich auf dem Sofa zurecht und zündet sich einen neuen Zigarillo an. »Weißt du schon, was du wegen der Beerdigung machen willst? Du hast Ingo ja auch gekannt.«

Verhandeln, denkt Vanja.

Hunger hat am Tag der Beerdigung einen Auftritt im Kristian Tyrann in Ängelholm, und wenn sie Glück hat, wird es eine gute Woche. Morgen im Gleis drei, dann tags darauf im Kristian Tyrann.

»Nur weil er ein paar Vorträge in der Lilja gehalten hat, kannte ich ihn noch lange nicht«, sagt sie. »Aber meinetwegen, ich komme mit, allerdings nur unter einer Bedingung: dass ich einen alten Freund besuchen darf, wenn wir sowieso schon mal in der Nähe sind.«

Edith schluckt den Köder. »Na klar! Es ist immer gut, den Kontakt mit alten Freunden zu pflegen.«

Jackpot. Die beiden russischen Eisläufer umarmen einander, das Publikum jubelt.

Edith fragt nicht mal, wer dieser Freund ist, sondern wechselt stattdessen das Thema.

»Du … Du hast es ja nicht so leicht gehabt in letzter Zeit. Mit Maria und so …«

Und so?, denkt Vanja. Sie wird wütend, lässt Edith aber weiterreden.

»Ich hab da was für dich … Das habe ich gefunden, als ich kürzlich ein paar Unterlagen durchgegangen bin. Ich hab schon gar nicht mehr daran gedacht …«

Edith drückt den Zigarillo aus, steht auf und geht ins Schlafzimmer. Sie kommt mit einem Foto zurück, das sie auf den Tisch legt. Vanja lässt missmutig den Blick vom Fernseher zum Foto wandern.

»Und wer soll das sein?«, fragt sie.

»Das bist du«, antwortet Edith.

Jetzt starrt Vanja die Fotografie an. Sie kann es einfach nicht glauben, dass sie das sein soll. Dann stellt sie die Frage, die sie schon so viele Male zuvor gestellt, auf die sie jedoch nie eine Antwort erhalten hat: »Weißt du irgendwas über meine richtigen Eltern?«

Vanja weiß, dass sie Edith verletzt, wenn sie ihr zu verstehen gibt, dass sie sie nicht als einen richtigen Elternteil betrachtet.

»Nein … nur so viel, wie die Adoptionsvermittlungsstelle uns zwischen den Zeilen mitgeteilt hat. Dass deine leibliche Mutter psychische Probleme hatte.«

Vanja schluckt. »Das hast du nie erwähnt.«

»Nein, aber jetzt weißt du's ja.«

Sie betrachtet das Foto.

Das im Hintergrund könnte eine Bibliothek sein. Regale aus dunklem Holz voller Bücher.

Ein Mädchen sitzt auf einem Perserteppich am Boden.

Aiman
Vägaren-Viertel

Sie zieht sich die Jacke über, bevor sie in den Innenhof geht, um Behemoth reinzuholen. Es wird allmählich kalt, und sie wundert sich, weil der Kater nicht sofort kommt, als sie ruft.

Sie geht über den Hof bis zum Spielplatz unter dem großen Wandbild. Sie probiert es mit einer anderen Stimmlage – die gleiche, mit der sie ihm Futter hinstellt. Aber selbst das hilft nicht. Sie dreht noch eine Runde über den Hof, bevor sie aufgibt und wieder hineingeht.

Im Treppenhaus trifft sie auf ihren Nachbarn, der sich an der Wand entlangdrückt. Die langen schwarzen Haare hängen ihm ins Gesicht. Sie sieht noch, dass er sich umdreht und ihr einen Blick zuwirft, bevor er durch die Tür nach draußen verschwindet.

Ein paar Minuten später sitzt sie in ihrem Arbeitszimmer. Sie will sich für ein paar Stunden ihren Büchern widmen.

Zuerst legt sie eine beschädigte Seite in ein flaches Plastikgefäß mit Wasser. Während sie ein paar Tropfen Essig hinzugibt, denkt sie, dass sie eigentlich die Geschichte dieser Bücher vernichtet, indem sie sie restauriert. Sie beseitigt Grasflecken, Erde, Wein-, Kaffeeränder oder was auch immer etwas über das Leben eines Buches und seines Besitzers verraten könnte: Sandkörner zwischen Taschenbuchseiten, Telefonnummern und andere Notizen, hastig auf die Titelseite gekritzelt, oder eigene Gedanken über den Inhalt des Buches auf der Innenseite der Buchdeckel. Der Geruch von Mottenkugeln kann von einem Aufenthalt auf dem Dachboden oder in einem Keller zeugen, während Damenparfüm für ein paar Nächte auf einem Nachttisch spricht.

All das löscht sie aus.

Gegen elf ruft Isaak an und gibt Bescheid, dass er wieder in der Stadt ist. Er hat in der Lilja vorbeigeschaut und ihr zwei Ausgaben von *Alice im Wunderland* auf den Schreibtisch gelegt.

Sie unterbricht ihre Arbeit und geht noch einmal hinaus auf den Hof. Öde und verlassen liegt er da – nichts als eiskalter Regen. Ihre Rufe nach Behemoth verhallen auch diesmal ungehört.

Hurtig

Kronoberg-Viertel

Der Beiname des dänischen Königs Kristian II. lautet »Tyrann« – ein Attribut, das ihm seit dem Stockholmer Blutbad anhaftet. Vom achten auf den neunten November 1520 ließ Kristian achtzig Menschen auf dem Stortorget vor dem Schloss hinrichten. Bischöfe, Bürgermeister, Gemeinderäte, Adlige und Bedienstete, darunter auch zahlreiche Kinder, wurden mit dem Schwert geköpft oder erhängt. Ferner machte sich der König der Störung der Totenruhe schuldig, indem er das Grab von Sten Sture dem Jüngeren im Kloster Svartbrödra öffnen ließ, um dessen Leiche zusammen mit den anderen Opfern des Blutbads auf dem Scheiterhaufen zu verbrennen.

Nahezu exakt fünfhundert Jahre später steht erneut ein Blutbad bevor, und auch dieses Mal kommt es aus Dänemark: ein Tiefdruckgebiet mit rötlichem Regen aus Nordjütland, das in der Nacht die schwedische Westküste und am darauffolgenden Morgen Stockholm ereilt.

Der Blutregen wird seit dem Entstehen der Zivilisation als Vorbote des Todes und des Unheils angesehen und kann verschiedene Ursachen haben. Bisweilen werden verpuppte Larven vom Wind erfasst, und wenn sich die Schmetterlinge befreien, wird ein Tropfen rötlicher Flüssigkeit freigesetzt, der zu Boden fällt. Eine weitaus prosaischere und geläufigere Erklärung ist jedoch, dass das Tiefdruckgebiet Sandpartikel aus den Wüsten mit sich führt, wie auch in diesem Fall – genauer gesagt: aus dem Westen Afrikas.

Die ersten Blutstropfen schlagen um zehn Uhr vormittags an

Jens Hurtigs Bürofenster. Vorboten für das Begräbnis. Isaak hat ihn überredet, mit nach Skåne zu fahren. Als Freund. Als seelische Stütze. Fast sechshundert Kilometer in Isaaks Volga, und Hurtig wird auf der Fahrt alles über Berlin zu hören bekommen, was er hören will, und noch einiges darüber hinaus. Er hat Ingo nie kennengelernt, und Isaak wird ihn mit ausführlichen Hintergrundinformationen versorgen. Hurtig hat das dumpfe Gefühl, dass sich früher oder später jeder einzelne Mensch in diesem Land umbringen wird. Die Gründe dafür scheinen vielfältig zu sein.

Man kann verhindern, dass Mörder andere Menschen töten – aber wie zum Teufel stoppt man Selbstmörder?

John Ingmar Gustafson ist in einem Pflegeheim untergebracht gewesen. Krank – physisch und psychisch –, und er hat sich erschossen.

Hurtig weiß, dass Schweden mit seinen zwei Millionen registrierten Schusswaffen eines der Länder mit der höchsten Waffendichte der Welt ist. Aber wenn Ingo keinen Zugang zu einer Waffe gehabt hätte, dann hätte er sich vermutlich erhängt.

Hurtig hofft, dass er Isaak heute Abend noch auf einen Sprung treffen kann, bevor er das Konzert im Gleis drei besucht.

Was die Kassetten anbelangt, gibt es immer noch nichts Neues, aber Emilia Svensson hat ihm für Anfang der kommenden Woche einen vollständigen Bericht versprochen. Ihre norwegischen und finnischen Kollegen sind nicht ganz so fix, und Hurtig bezweifelt überdies, dass sie auch nur annähernd so korrekt arbeiten. Das Beste wäre, wenn sie ein Koordinationstreffen hier in Stockholm einberufen könnten, da das Epizentrum der Selbstmordwelle ohnehin hier zu liegen scheint.

Er geht auf den Flur hinaus, um sich einen Kaffee zu holen, und läuft Åhlund in die Arme. Er hält einen Ordner in der Hand und sieht übernächtigt aus.

»Kaffee? Du siehst aus, als könntest du einen brauchen.«

Åhlund nickt, und sie schlendern nebeneinander her in die Kaffeeküche. Als der Automat die zwei Plastikbecher ausspuckt, erkundigt sich Hurtig, ob die Spurensicherung auf dem Umschlag mit Fabian Modins Brieftasche irgendetwas gefunden hat.

Die Kaffeemaschine beginnt zu surren.

»Sie sind noch nicht fertig«, erwidert Åhlund und geht mitsamt Kaffee und Ordner zurück in sein Büro, während Hurtig noch eine Weile in der Kaffeeküche sitzen bleibt.

Er denkt über die Kassetten nach und über den wattierten Umschlag und fragt sich, ob es Zufall sein kann, dass sich alles, woran sie momentan arbeiten, um Kommunikation zu drehen scheint.

Aber vielleicht ist es auch so, dass sich im Ernstfall einfach immer alles darum dreht.

Um Kommunikation.

Aiman
Vägaren-Viertel

Sie leert das Essigbad und legt die Buchseiten zum Trocknen auf die Spüle. Am Küchenfenster kleben immer noch rostrote Spritzer vom Blutregen aus der Sahara.

Am Nachmittag war sie kurz in der Lilja und hat Isaaks Bücher abgeholt. Sie liegen jetzt auf ihrem Schreibtisch und lenken sie von der Tatsache ab, dass Behemoth immer noch verschwunden ist.

Wie schön sie sind, denkt sie und fährt mit den Fingern über die Buchdeckel.

Alice im Wunderland und der Folgeband *Alice hinter den Spiegeln*, farbig illustriert, mit einem passenden Spielkartendeck. Isaak hat ausrichten lassen, dass sie damit tun und lassen darf, was immer sie will.

Als Erstes wird sie eine behutsame Restaurierung vornehmen. Beide Ausgaben sind abgegriffen, und *Wunderland* hat ein paar hässliche Stockflecken, aber sie hat schon eine Idee, wie sie ein Stück Spiegelglas in die neuen Einbände einsetzen will.

Sie sieht das Endprodukt bereits vor sich – eine Art Kiste aus violettem Samt, mit Innenseiten aus Spiegelglas und ausreichend Platz für beide Bücher, die ebenfalls in Samt und Spiegelglas gebunden werden. Sie hofft, dass sie so einen Spiegeleffekt erzielen kann. Wenn man den Deckel öffnet, soll es so aussehen, als enthielte die Lade einen langen Tunnel, in dem zahllose Bücher stehen. So etwas würde zu Lewis Carrolls Geschichten über ein Mädchen passen, das in einen Kaninchenbau fällt und fantastische Dinge erlebt.

Aber zuerst die Instandhaltung. Stockflecken zu entfernen und zerfledderte Buchseiten zu flicken ist eine monotone Tätigkeit, für die man unendlich viel Geduld aufbringen muss. Aber sie mag das. Die Stunden verstreichen angenehm langsam, zehn Minuten scheinen so lang wie dreißig, und das bedeutet schließlich, dass die Arbeit das Leben verlängert.

Sie blättert noch ein wenig in den Büchern. Jetzt weiß sie wieder, warum sie als Kind so großen Gefallen daran gefunden hat. Die Erwachsenen verstanden davon rein gar nichts, und es war, als hätte sie ein Geheimnis und wüsste etwas, wovon die Alten keine Ahnung hatten.

Sie weiß auch, dass das genau so gewollt war.

Bald verfällt sie in den ihr eigenen meditativen Bewusstseinszustand. Bei einem Abstand von zwanzig Zentimetern vom Buch ist ihre Sehschärfe am besten, und das verletzte Auge ist kein Hindernis mehr. Es hilft ihr sogar. So kann sie den Blick leichter auf einen bestimmten Punkt auf dem Papier fixieren. Und es gibt noch mehr Vorteile.

Weil sie ihrem stereoskopischen Sehen nicht traut, nimmt sie ihre Hände zu Hilfe und verlässt sich voll auf das Feingefühl ihrer Fingerkuppen. Sie kann nicht immer sehen, ob das Papier Schwachstellen hat, feinste Risse beispielsweise, oder ob der Druck schlecht ist, doch durch eine leichte Berührung kann man so etwas schnell herausfinden.

Ihre Verletzung hat sie gelehrt, dass das Feingefühl ihrer Hände essenziell ist.

Wenn Dima nicht gewesen wäre, hätte sie zwei gesunde Augen.

Ihre Verletzung ist eine Form der Mydriasis, der Pupillenerweiterung, aufgrund derer es so aussieht, als wären ihre Augen unterschiedlich gefärbt. Bei elektrischem Licht sieht das verletzte Auge grün aus, bei Sonnenlicht blau, und im Schein einer Kerzenflamme schimmert es orangerot. Doch das ist reine

Illusion. Die Iris ihres verletzten ist genauso braun wie die des gesunden Auges, nur die vergrößerte Pupille spielt dem Licht einen Streich.

So ein Auge würde gut in die Geschichten von Lewis Carroll passen. Die Pupille ist ein Spiegel, ein Prisma mit eigenen Regeln für Licht und Farben. Nicht einmal Ärzte verstehen dieses physiologische Phänomen in Gänze. Und nur sie weiß, wie das Auge fühlt und wie es arbeitet. Sie hat ein Auge für Bücher. Um sie zu lesen und mit ihnen zu arbeiten.

Sie blättert weiter und bleibt bei einer Illustration hängen, die den schlafenden Roten König zeigt.

In dem Buch erfährt Alice, dass sie nur Teil eines Traums des Roten Königs ist. Sie existiert gar nicht – und als sie das herausfindet, wird ihr angst und bange.

Als Kind hat Aiman immer wieder an die Möglichkeit denken müssen, dass sie selbst auch nur das Fantasiewesen eines anderen sein könnte. Aber dann ist ihr aufgegangen, dass es genauso gut umgekehrt sein konnte.

Dass alle Menschen ihre Erfindung sind.

Dima, Mama und Papa drüben in Teheran, der Schah, der Ajatollah, Breschnew und der ganze KGB und sämtliche Kinder aus ihrem Haus und aus dem Nachbarhaus. Das alles hat sie erfunden.

Sie weiß, dass der Gedanke jeder Vernunft entbehrt, aber er fühlt sich immer noch gigantisch an.

Das würde bedeuten, dass sie sogar Gott erfunden hätte.

Hurtig
Sibirien

Isaak geht es nicht besonders gut. Hurtig weiß, dass er Ingo schon lange kannte und dass sie regelmäßig miteinander Kontakt hatten, bis der Schlaganfall Ingos Hirn verkümmern ließ.

Sie haben eben zu Abend gegessen und sitzen in Hurtigs Küche. Er hat ein paar Stunden frei, bis das Konzert im Gleis drei beginnt. Wieder Überstunden. Dafür hat er sich den morgigen Tag freigenommen.

»Ingo hat mich zum Schluss nicht einmal mehr erkannt«, sagt Isaak. »Ich fasse es nicht, wie er überhaupt Selbstmord begehen konnte. Er konnte kaum ohne fremde Hilfe essen.«

Hurtig räumt den Tisch ab. »Vielleicht hatte er ja auch klare Momente.«

»Klare Momente? Ist es nicht genau umgekehrt? Klarheit bedeutet doch wohl, dass man leben will. Das gibt die Evolution vor.«

So einfach ist es leider nicht, denkt Hurtig und lässt Wasser ins Spülbecken laufen.

»Ich habe gestern Abend einen Artikel gelesen«, fährt Isaak fort. »Neue Forschungsergebnisse über Suizide zeigen, dass sie durch einen Parasiten im Gehirn ausgelöst werden können. Jeder fünfte Mensch ist Träger, und die Ansteckungsgefahr geht wohl von Katzen aus. Bei manchen führt der Parasit zu Depressionen und im weiteren Verlauf zum Suizid. Ingo hatte drei Katzen …«

»Ingo hatte einen Hirnschlag.«

»Hirnschlag oder nicht, er kann doch genauso gut auch diesen Parasiten gehabt haben.«

Hurtig weiß, wie das ist. Man sehnt sich nach Begründungen, nach Fakten. »Du suchst nach irgendeiner rationalen Erklärung«, sagt er. »Vielleicht hat er es auch einfach nicht mehr ausgehalten in seinem Zustand. Es kann auch der Evolution entsprechen, sich das Leben zu nehmen. Wenn man spürt, dass man für die anderen zur Last wird – dass man allein nicht mehr zurechtkommt ... Das Beste für die Herde sozusagen.«

Isaak seufzt. »Kann ja sein, dass du recht hast ...« Er steht auf und geht zur Spüle. »Ich kümmere mich darum. Geh du nur und mach dein Gepäck fertig, dann wasche ich ab.«

Hurtig geht ins Schlafzimmer und wirft noch eine weitere Unterhose in die Tasche. Am besten, er ist für alles gewappnet, falls die Nacht lang werden sollte. Schlimmstenfalls muss er eben auf der Fahrt nach Skåne schlafen. »Wie war eigentlich Berlin? Du hast fast gar nichts erzählt.«

»Ich hab ganz gut verkauft.«

Hurtig zieht den Reißverschluss seiner Tasche zu und geht zurück in die Küche. »Was hast du denn verkauft?«

»Alles Mögliche. Wir können morgen auf der Fahrt darüber reden.« Isaak lässt das Spülwasser ablaufen und trocknet sich die Hände ab. »Ich hab für morgen Abend mehr als genug zu trinken besorgt. Gönnen wir unseren Hirnen mal Freigang und saufen die Selbstmordparasiten kaputt.«

Hurtig sieht Isaak an, dass er sich zusammenreißen muss, um nicht die Fassung zu verlieren. Sein Lächeln ist aufgesetzt, und er sieht ausgezehrt aus, als hätte er mehrere Nächte nicht geschlafen.

Isaak bleibt an der Spüle stehen und cremt sich mit Jens' Handcreme die Hände ein. Der lässt sich wieder am Tisch nieder.

»Ich kann ja verstehen, dass du über Maria nachdenkst, aber du darfst dir diesbezüglich keine Vorwürfe machen. Sie hat den Selbstmord gewollt. Was hättest du denn tun sollen?«

»Ich hätte zu ihr nach Hause fahren müssen.«

Hurtig weiß, was Isaak durchmacht. Die gleichen Gedanken hatte er auch. Die gleichen Schuldgefühle und das gleiche Grübeln über das kleine, verhasste Wörtchen Wenn.

»Es gibt kein Wenn und Aber. Was geschehen ist, ist geschehen, und jeder Gedanke über Alternativen endet nur in einer Sackgasse.«

Isaak zieht einen Stuhl unter dem Tisch hervor und setzt sich wieder. »Ich weiß«, sagt er nach einer Weile. »Ist es in Ordnung, wenn ich eine Zigarette rauche?«

Hurtig nickt. »Klar. Ich dachte nur, du hättest aufgehört?« Unter Isaaks Pulloverärmel zeichnet sich der Umriss eines Nikotinpflasters ab.

»Es ist schwer, mit schlechten Angewohnheiten zu brechen, wenn ständig irgendwelche anderen schlechten Dinge passieren.«

Der Zigarettenrauch kräuselt sich über dem Tisch, und bei dem Geruch muss Hurtig an Jeanette Kihlberg denken, die gelegentlich eine Zigarette in ihrem Büro im Präsidium geraucht hat. Immer wenn schlechte Sachen passiert sind.

»Es gibt noch ein anderes Wort als Wenn«, sagt Isaak schließlich. »Es heißt Warum – und es wäre schön, wirklich verstehen zu können … in ihren Kopf hineinschauen zu können.«

Hurtig muss an die Tagebuchseiten denken, die Maria Alvengren verschluckt hat. Er ahnt, dass sie genau das nicht wollte: dass irgendjemand in ihren Kopf hineinschauen konnte. Teilhaben konnte an ihrem Inneren.

Aiman
Vägaren-Viertel

Aimans Fernglas ist eine durch und durch weißrussische Konstruktion. Eine Sonderanfertigung mit einem Zielfernrohr als Basis. Die Brennweite der Linse beträgt 89 Millimeter, exakt wie der Sicherheitsabstand, damit dem Schützen beim Rückstoß das Zielfernrohr nicht ins Auge rammt, wenn er seinen Schuss abfeuert.

Irgendein Journalist hat Weißrussland einmal als das Land bezeichnet, das 89 Millimeter von Europa entfernt liegt, und damit auf die Abweichung in der Spurweite von Bahnschienen in Ost und West angespielt. Aufgrund einer solchen Bagatelle müssen Reisende in den Grenzstädten immer stundenlang warten, während die Wagenräder umgestellt werden. Ein minimaler Unterschied, der große Folgen nach sich zieht.

Es ist schon lustig. Der Unterschied der Schienenspurweite zwischen Westeuropa und Weißrussland ist in das Fernglas eingebaut. Aimans Onkel Misja hat es für sie eingerichtet. Er war Major des KGB. Aiman findet, dass es eine treffende Metapher ist – 89 Millimeter. So nah und doch so fern.

Draußen hat die Dämmerung eingesetzt, und Aiman hat das Fernglas in der Küche hinter die Gardine gestellt, damit es von außen nicht zu sehen ist. Sie selbst hat Teile des Innenhofs gut im Blick.

Zwischen den Zaunlatten kann man den Spielplatz und die angestrahlte bemalte Hauswand sehen. Eine immergrüne Hügellandschaft unter blauem Himmel.

Er sticht ihr sofort ins Auge. Auf einer der Bänke im Schein der Laterne sitzt ihr Nachbar, trotzt der frischen Abendluft und liest ein Buch. Er hat kleine Stöpsel in den Ohren, die Kabel verlaufen über den Brustkorb bis in die Jackentasche.

Sie zoomt ihn näher und justiert mit dem Rädchen das eingebaute Zielfernrohr. Die Schärfe nimmt zu, und jetzt sieht sie ihn klar und deutlich vor sich.

Sein Blick ist starr, er wirkt ein bisschen unruhig, und sie zählt die Blessuren in seinem Gesicht. Neun Stück, und zwei davon bluten. Er kratzt sich an der Wange und blättert um.

Sie senkt das Fernglas ein klein wenig und erkennt zwischen den verschwommenen Zweigen, dass es sich um ein altes Buch mit blauem Ledereinband handelt, in den der Titel tiefgeprägt und mit Goldfolie veredelt wurde. Der Schriftzug wird halb verdeckt von schmalen, entzündeten Fingern, aber sie weiß auch so, was dort steht.

Tagebuch eines Narren von Aleister Crowley.

Sie hat das Buch selbst nie gelesen, aber sie weiß, dass es um Heroin geht und dass der Autor Okkultist war.

Sie betrachtet die linke Hand, die das Buch hält. Die Wunden an den Fingern erinnern sie an abgeblätterte Farbe, und die Lücken dazwischen leuchten blau wie klarer Himmel. Die Finger sehen aus wie weiße Zaunlatten, und in Gedanken sitzt Aiman sofort wieder in einem Korbstuhl auf dem Hof vor ihrem Haus in Teheran. Vor ihr ein hoher weißer Zaun, dahinter der Himmel.

Sie ist sieben und hat gerade ihr erstes Buch auf Englisch gelesen: *Breakfast at Tiffany's*. Nicht allzu schwer zu lesen – aber sehr rätselhaft für eine Siebenjährige.

»I'll never get used to anything«, sagt sie laut und testet mit einer von Holly Golightlys Repliken ihre Aussprache. *»Anybody that does, they might as well be dead.«*

Ein guter Freund der Familie starb in jenem Jahr, und Aiman dachte viel über den Tod nach.

Als die Erinnerung verblasst, sieht sie den Nachbarn nicht mehr auf der Bank sitzen. Sie sucht mit dem Fernglas den Hof ab, aber er ist nicht mehr da.

Stattdessen taucht er im Laubengang auf.

Er huscht an ihrem Fenster vorbei, dann klopft es. Sie schiebt das Fernglas an die Wand und geht zur Tür.

Er versucht sich an einem Lächeln, scheitert aber. Sein Blick ist unstet, und er kann ihr nicht in die Augen sehen. Irgendetwas stimmt hier nicht, und sie wünschte sich, sie wäre nicht allein.

»Was willst du?«, fragt sie und unterdrückt den Impuls, die Tür wieder zuzuschlagen und hinter sich abzuschließen.

»Ich glaube, du solltest mal runter in den Hof gehen«, sagt er und fröstelt. »Deine Katze …«

Sie kramt eine Taschenlampe hervor, schnappt sich ihr Regenzeug und findet ein dünnes Cape mit Kapuze, das sie ihm reicht. »Zieh das hier an«, fordert sie ihn auf. »Entschuldige, ich weiß nicht einmal, wie du heißt.«

»Simon.«

»Ich heiße Aiman.«

Er nickt, und sie zieht die Wohnungstür hinter sich zu.

»Ich glaube, sie ist verletzt«, sagt Simon, als sie die Treppe hinuntergehen.

»Verletzt?«

»Ja, du wirst es gleich sehen … Es war dunkel, und ich konnte es nicht genau erkennen, aber ich glaube, sie hinkt. Sie hat sich im Gebüsch versteckt – hinter dem Klettergerüst.«

Aiman öffnet die Tür zum Hof, macht die Taschenlampe an, und gemeinsam gehen sie auf den Spielplatz zu. Sie schwenkt den Lichtkegel über die Rasenfläche.

Bei den Büschen bleiben sie stehen, und sie geht in die Hocke. »Ks-ss-ss«, macht sie. Ihre Stimme ist hell und zärtlich.

Plötzlich hört sie ein Fauchen, dann rascheln trockenes Laub und Zweige.

»Ks-ss-ss«, wiederholt sie. »Du bist bestimmt hungrig, du Ärmster.«

Da kommt er. Hüpft ein paar Schritte auf drei Beinen.

Zuerst weiß sie gar nicht, was mit ihm los ist, aber als er mit gesenktem Kopf auf sie zukommt, sieht sie, warum er humpelt. Sie legt die Taschenlampe aus der Hand, um ihm zu helfen. Die rechte Vorderpfote ist unter dem Halsband eingeklemmt. Behemoth faucht und legt die Ohren an.

Dort, wo sein rechtes Auge war, ist jetzt ein Loch voller geronnenem Blut und schwarzer verklebter Haare.

Simon
Vägaren-Viertel

Er nimmt ein paar große Schlucke. Heute Abend kann er sich bis zum Gehtnichtmehr abschießen, weil Øystein die Nachtfahrt bis Ängelholm übernimmt.

Simon sitzt mit Teergeschmack im Mund auf dem Wohnzimmersofa, neben ihm ein Karton Rotwein. Dass kein Horse mehr da ist, macht sich jetzt bemerkbar. Schüttelfrost und Schweißausbrüche gleichzeitig – als würde ein Eisklotz brennen. Er muss bald wieder raus, Øystein ist nicht gern der Laufbursche. Simon ist der Sklave, der sich dem Herren würdig erweisen und sich jedes einzelne Gramm palliativer Medizin verdienen muss.

Zuerst Øystein auftreiben, dann einen Schuss, dann los ins Gleis drei.

Mit Heroin und Alkohol im Blut geht in einem Hirn alles drunter und drüber. Zeit und Raum sind ein einziges Durcheinander. Aber er ist es gewohnt, sich in diesen Rauschzustand zu versetzen.

Er hatte sich mit Øystein getroffen und dann ein Viertel getrunken, bevor er bei dem Wolkenbruch Fenster geputzt hat. Danach hat er sich Hunger angehört und im Innenhof Aleister Crowley gelesen. Über die Doktrin des Wahren Willens. Darüber, ein Fluss zu sein und mit dem Strom in Richtung Meer zu fließen. Darüber, keinen Widerstand gegen die Natur zu leisten.

Vanja
Slussen

Das Scheißhaus zwischen Slussenplan und Katarinavägen hat mehr gesehen als jedes Klo im Sturecompagniet. Öffentliche Toiletten sind Orte, an denen sich die Kaputten aufhalten, und Vanja mag den Dreck und den Gestank.

Sie verriegelt die Tür und beginnt, sich auszuziehen. Ihr Spiegelbild hinter den Flecken und Sprüngen im Glas ist trüb. Sie ist betrunken. Fast eine halbe PET-Flasche Hexenmischung von zu Hause aus der Bar: höchstens ein paar Zentiliter je Flasche aus Pauls Alkoholvorrat, und diesmal schmeckt es wie Benzin mit Traubensaft, vielleicht weil sie die Mischung mit Rotwein aus einer Bag-in-Box verlängert hat. Ein guter Einfall für den, der klauen und damit davonkommen will.

Wo sie heute Abend sein wird, war gelogen, genau wie sie wegen des Freundes in Ängelholm gelogen hat, damit sie morgen wegkann. Im Augenblick, glauben sie, ist sie wegen eines Musikprojekts mit ein paar Freunden zusammen im Übungsraum der Lilja.

Sie sollte nichts mehr trinken. Edith und Paul könnten beschließen, sie ein für alle Mal rauszuwerfen. Wie ihre richtigen Eltern es getan haben.

Edith und Paul verstehen überhaupt nichts. Die Einzige, die sie wenigstens halbwegs versteht, ist Aiman.

Vanja denkt daran, was sie am Abend geschrieben hat. Drei Seiten über Hunger, und ein paar von ihren Formulierungen kann sie noch wortwörtlich wiedergeben.

In meinem hässlichen Zimmer mache ich das Licht aus. Ich setze die Kopfhörer auf und trete in die Blase ein. Nur Hunger ist dort. In meiner Blase kann ich all meine Gefühle rauslassen. Alle Gefühle werden tausendfach intensiver. Hunger ist wie ein Luftloch zum Atmen.

Sie klappt ihr Schminketui auf. Das, was gleich im Spiegel sichtbar wird, werden Edith und Paul nie zu sehen bekommen. Ihr wahres Ich.

Zuerst die weiße Schminke für Gesicht, Hals und Arme. Dann schwarzer Lippenstift und Kajal, den sie großzügig um beide Augen verteilt. Sie zieht sich Strumpfhosen an und ein kurzes schwarzes Kleid, darüber eine enge Lederjacke, die sie von ihrem eigenen Geld gekauft hat.

Bevor sie ganz und gar in ihre Rolle schlüpft, zieht sie ihr Portemonnaie aus der Tasche und holt das Foto heraus. Sie hat es auf ein Stück Pappe aufgeklebt und in ein Scheinfach geschoben, damit es nicht kaputtgeht. Sie sieht sich an, auch wenn sie nicht glauben kann, dass sie das ist.

Das Mädchen auf dem Perserteppich sieht beinahe glücklich aus.

Sie schiebt das Foto zurück ins Portemonnaie und holt aus einem anderen Fach eine Rasierklinge.

Legt sich den kalten, scharfen Stahl unter die Zunge und macht den Mund zu.

Hurtig
Gleis drei

Als Erstes fällt Hurtig der widerliche Gestank von verwesendem Fleisch auf, als er den obskuren Club unterm Slussen betritt. Als hätte jemand kiloweise gammelige Schlachtabfälle herbeigekarrt. Als er den Schweinekadaver auf einem Pfahl entdeckt, ist ihm klar, dass seine Vermutung der Wahrheit entspricht. Der säuerlich quälende Gestank brennt in den Augen, und Hurtig fragt sich, ob er es dort drinnen aushalten wird. Aber weil er nun mal Antworten auf seine Fragen zu finden hofft, reißt er sich zusammen, schluckt den Würgereiz hinunter und geht weiter.

Die rauen, mit Graffiti übersäten Felswände sind tropfnass von menschlicher Angst und Kondenswasser. Ein paar runde Kerzen mit Fackeldocht tauchen den ansonsten finsteren Ort in flackerndes Licht, und weiter hinten im Tunnel entdeckt Hurtig ein brennendes Pentagramm.

Aus großen Boxen grölt laut Musik, ähnlich wie die auf den Kassetten, die er sich angehört hat, und er begreift nicht, wie sich irgendjemand bei diesem ohrenbetäubenden Lärm unterhalten kann.

Unwillkürlich fällt ihm ein Interview ein: mit einer Frau, die an Amusikalität, an Tontaubheit leidet. Sie schilderte ihr Erlebnis von Musik so, »als würde jemand Töpfe und Topfdeckel auf den Boden werfen«, und diese Beschreibung hat durchaus ihre Berechtigung.

Der Club ist brechend voll. Überall junge Leute, aber er entdeckt auch ein paar Männer in seinem Alter: bärtige, tätowierte, gepiercte Typen mit zerrissenen Hosen, Lederjacken und Szenestiefeln. Alle sehen irgendwie gleich aus. Hurtig mit seiner Jeans und der Jacke von Weekday ist hier der bunte Hund.

Seine Befürchtung wird bestätigt, als sich ein junger Mann neben ihm aufbaut und sich vorbeugt. »Scheißbulle«, zischt er, und Hurtig zuckt zurück. Der Mann zeigt ihm den Mittelfinger, dreht sich um und geht weiter. Zum ersten Mal seit Langem fühlt Hurtig sich verwundbar.

Die Ungewissheit darüber, was diese Leute imstande sind zu tun, macht ihm Angst. Er weiß, dass sie keine Hemmungen haben, sich selbst Schaden zuzufügen, aber wie weit sind sie bei anderen bereit zu gehen?

Vielleicht hat er das Risiko unterschätzt, als er beschloss, allein hierherzukommen. Und sein gewöhnliches Outfit zu tragen. Er wusste von Anfang an, dass er sofort durchschaut würde, wenn er sich verkleidet hätte. Aber es ist auch Teil seiner Strategie.

Seine Rolle basiert auf einer dreisten Lüge. Die Philosophie – je unglaublicher die Lüge, umso wahrscheinlicher wird ihr Glauben geschenkt – geht auf.

Schwarz hat sich geirrt, als er meinte, die Veranstaltung wäre drogenfrei, und Hurtig bahnt sich einen Weg zu der höchstwahrscheinlich illegalen Bar. Ein Bier wird es leichter machen, sowohl den Gestank als auch die Musik zu ertragen.

Die Barkeeperin ist Mitte dreißig und im Gesicht tätowiert, und Hurtig kann ein paar altnordische Runen sowie Motive ihm unbekannter Herkunft ausmachen.

Er bestellt, und sie wirft ihm einen misstrauischen Blick zu, bevor sie ihm ein lauwarmes Dosenbier hinstellt.

Er schiebt sich weiter durch das Gedränge auf der Suche nach jemandem, der ihn auf die richtige Fährte setzen könnte, was die Musik auf den Kassetten anbelangt. Aber entweder sehen sie zu bedrohlich aus, oder sie sind in Gespräche vertieft.

Nach einer Viertelstunde hat er sein Bier ausgetrunken und

die Lage gecheckt, ohne einen geeigneten Gesprächspartner zu finden.

Dann verstummt die Musik, und von der Bühne weiter hinten dröhnt es nur mehr – eine gigantische Rückkopplung.

Er geht zur Bar zurück, und als er bei der tätowierten Frau ein weiteres Bier bestellt, legt sich eine schwere Hand auf seine Schulter.

»Wer zum Henker bist du?«

Der Mann, der ihn anstarrt, ist ungefähr in seinem Alter und immerhin einen halben Kopf kleiner, aber extrem breitschultrig, und sein Nacken sieht aus wie der Oberschenkel eines Sprinters.

»Ich will keinen Ärger«, sagt Hurtig und sucht in seiner Innentasche nach der Visitenkarte, die er Schwarz hat drucken lassen.

Der Mann würdigt die Karte keines Blickes, nimmt sie wortlos entgegen, führt sie zum Mund und spuckt einen großen Klumpen Snustabak darauf. Dann knickt er die Karte und wirft sie zu Boden, bevor er Hurtig den Rücken zudreht.

Jetzt kommt wieder Musik aus den Boxen. Er verlässt den Tresen und geht erneut nach hinten durch.

Eine schwere Tür in der Felswand führt zu einem separaten Raum. Er steckt den Kopf hinein, sieht ein paar nummerierte Verschläge mit Hühnerdraht. Am Ende des Raums steht ein Tisch, an dem drei Männer sitzen, zwischen ihnen eine ansehnliche Menge Bierdosen.

Er schlüpft hinein und geht an den Verschlägen vorüber. Im ersten sieht er ein Mädchen mit blutigen Armen, in einem anderen einen Mann, der aus einer Kopfwunde blutet.

In Hurtig macht sich ein eigentümliches Gefühl breit. Wut vermengt mit Fassungslosigkeit und Machtlosigkeit.

Die Musik ist hier drinnen nur gedämpft zu hören, und er bemüht sich, entspannt zu klingen, als er die Männer fragt, ob er sich setzen darf. Hurtig reicht jedem von ihnen eine Visitenkarte und erklärt ihnen, wer er ist und wonach er sucht. Der Manager eines Musiklabels, der auf der Suche ist nach besonders brutaler Musik mit schwedischen Texten.

Die Männer sind nicht annähernd so aggressiv, wie sie aussehen. Nach einer Viertelstunde hat er eine Liste mit einem Dutzend Namen beisammen. Die meisten davon sind alles andere als ein unbeschriebenes Blatt, jedenfalls in der Szene. Sie kommen ihm bekannt vor von den unterschiedlichen Internetseiten, die er im Lauf der Woche angeklickt hat. Zwei der Namen sind auffällig. Der eine kann nur ein Scherz sein – Gustaf Fröding –, während der zweite ihm bei seiner Recherche kein einziges Mal begegnet ist.

Er geht noch einmal an die Bar und bestellt ein drittes Bier. Als er sich dann gegen die Bar lehnt und den Blick durch den Raum schweifen lässt, sticht ihm ein blondes Mädchen ins Auge. Sie ist siebzehn oder achtzehn, wirkt verwirrt und unsicher, scheint sich hier nicht so zu Hause zu fühlen wie die anderen Clubgäste.

Er nimmt sein Bier und steuert auf sie zu.

Als er sich ihr brüllend als Repräsentant eines Musiklabels vorstellt, wirkt sie desinteressiert. Die Musik aus den Boxen ändert sich leicht, das Klanginferno geht in eine düstere Ballade über, und er kann endlich ein wenig die Stimme senken und ausführen: »Unser Label ist immer auf der Suche nach was anderem. Was Neuem, Unverbrauchtem.«

Das Mädchen muss lachen, dabei fühlt Hurtig sich auch so schon wie die Karikatur des Musikmanagers. Wie ein vollkommen Fremder. Wohlgenährt und wohlriechend in einer Welt aus saurem Bier, Blut und Schmerz.

Sie verdreht die Augen, und Hurtig weiß nicht, wie er weitermachen soll. Er nimmt einen Schluck Bier und hört sich die Musik an. Ein Klavierstück mit exaltiertem Gesang, der entfernt an eine Opernarie erinnert.

»Was schwebt dir denn vor?«, fragt sie unvermittelt und nimmt ihn am Arm.

Er sucht ihren Blick und erkennt Trauer darin wieder. Die hat er schon einmal gesehen. Im Blick seiner Schwester. Und hin und wieder sogar in Isaaks Blick.

»Na ja, was Einzigartiges … was man in der Brust fühlt und nicht mit toten Schweinen camouflieren muss.« Er macht eine vage Geste, ehe er fortfährt. »Ich will echtes Zeug. Musik, bei der man sich regelrecht umbringen will.«

Im selben Moment bereut er, dass er so direkt war. Aber das Mädchen macht bloß ihre Lederjacke auf, und vorn auf ihrem Oberteil prangt der schwarz-weiße Aufdruck eines geschlechtslosen Wesens, das sich eine Pistole an den Kopf hält.

»Hunger«, sagt sie.

Vanja
Gleis drei

Sie nimmt die Rasierklinge aus dem Mund. Die Vorsichtsmaßnahme war gar nicht nötig. Manchmal wird man an der Tür aufgehalten, wenn man scharfe Gegenstände bei sich trägt, aber diesmal gab es keine Kontrolle.

Zahle, geh rein und tu, was immer du willst. Halt durch.

Aus den Boxen schallt ein Lied, das sie liebt: »Gloomy Sunday«, Klavier und Gesang von Diamanda Galás, eines der wenigen Stücke, die sie zu Hause auf voller Lautstärke hören darf. Paul sagt, das Lied sei ein Klassiker, der neu aufgenommen wurde.

Manchmal kommt es eben doch vor, dass sich ihre Welten berühren.

Aber Vanja will jetzt nicht an Edith und Paul denken. Die haben heute Abend nichts in ihrem Kopf zu suchen. Sie will sich nur noch auf sich selbst konzentrieren.

Sie schiebt sich vor bis an die Bar. Im Nu hat sie eine Bierdose vor sich stehen.

Sie sieht sich um. Nirgends ein bekanntes Gesicht – außer einem Mädchen mit einem Hunger-Oberteil jenseits des Tresens. Vanja hat vergessen, wie das Mädchen heißt, aber es kommt manchmal in die Lilja. Der Typ, mit dem sie gerade redet, sieht aus wie ein Sozialarbeiter, oder er ist Bulle. Sie wundert sich, dass er sich hierhertraut.

Sie schließt die Augen. Spürt, wie aufgeregt sie ist angesichts dessen, was gleich kommen wird. Es ist anders, es öffentlich zu machen – vor anderen, mit den anderen. Wenn sie allein ist, gehört der Schmerz nur ihr und ist unsichtbar. Er ist geheim und demütigend. Klein und erbärmlich. Hier ist er stark und mächtig. Als würden alle, die hier sind, zum selben Körper gehören, sich die Adern und das Nervensystem teilen. Ein einziges großes Klagewesen. Eine einzige Scherbenseele.

Vanja kennt keinen hier, und gleichzeitig kennt sie alle. In der Dunkelheit sind sie alle gleich.

Wenn nur Maria hier sein könnte.

Die weiße Schminke verläuft und vermischt sich mit dem schwarzen Kajal, aber sie ist noch nicht so weit. Fühlt sich noch nicht ausreichend schmutzig.

Nach diesem Bier ist Schluss.

Sich total besoffen zu ritzen ist wertlos. Außerdem verliert sie dann vielleicht zu viel Blut.

Sie will sich die erste Band anhören. Danach wird sie in den äußeren Teil des Tunnels gehen.

Sie wird sich in den Brustkorb ritzen. Dort wo das Herz sitzt.

Hurtig
Gleis drei

Hunger, denkt er. Das war der letzte Name auf der Liste in seiner Tasche.

»*That's the real stuff*«, erklärt das Mädchen mit aufgesetzter Coolness, und Hurtig wird von einer Welle der Zärtlichkeit für sie übermannt. Er könnte ihr Vater sein.

»Wenn du was richtig Echtes willst«, sagt sie, »dann willst du Hunger.«

»Und wer ist oder sind Hunger?«

»Das weiß keiner so genau, aber es heißt, er ist irgendein einsamer Typ, der in einer Hütte im Wald haust, in Dalarna oder Hälsingland.«

»Und wie sieht er aus?«

»Er soll ziemlich groß sein, fast zwei Meter, mit langen schwarzen Haaren. Manche behaupten auch, dass er klein ist, und wieder andere sagen, er ist in Wahrheit eine Frau.«

»Also weiß keiner was Genaues?«

»Nein, aber das ist wohl Absicht. Ich hab mal gehört, dass er seine Instrumente bei einem Schrotthändler irgendwo in Ungarn aufgetrieben hat. Er war dort unterwegs und ist über die Dörfer gefahren. Dann wieder heißt es Slowenien, Rumänien oder Transsylvanien. Er hat angeblich über ein halbes Jahr gebraucht, um seinen Klang zu finden.«

Rein metaphorisch gesehen stimmt das vielleicht, denkt sich Hurtig. Aber derlei Mythen sind am Ende doch bloß materiell und leicht zu überprüfen.

Er dankt ihr für ihre Hilfe und kehrt zurück zur Bar.

Hunger, schießt es ihm durch den Kopf, als das Publikum losjubelt und die Scheinwerfer von der Bühne ihn blenden.

Die folgende Stunde vergeht wie im Schockzustand. Er kann nicht noch mehr Bier trinken, weil er früh aufstehen muss, um nach Skåne zu fahren. Die Lautstärke im Club ist kaum auszuhalten, und es wird immer schwieriger, mit Leuten Kontakt aufzunehmen. An den Gestank des Tierkadavers hat er sich allmählich gewöhnt. Gelegentlich erhascht er einen Blick auf das Mädchen ganz vorn im wogenden Publikum. Sie reckt den rechten Arm in die Höhe. Den Zeigefinger und den kleinen Finger hat sie zum Teufelsgruß abgespreizt.

Während des Konzerts entdeckt er noch weitere Personen mit dem Hunger-Oberteil. Überall das gleiche Motiv: eine geschlechtslose Gestalt mit einer Knarre am Kopf. Mode für die lebensfeindliche Mittelklasse.

Ihm wird schlecht, als er sieht, wie sich die anderen in seiner Umgebung aufführen. Er registriert zwar auch Trauer und Wehmut, aber überwiegend handelt es sich um eine Horde verwöhnter Kids, die den Tod verherrlichen.

Die Musik verstummt, und der Sänger der Band, die sich Djefvul nennt, sagt irgendwas Beleidigendes zum Publikum, das prompt mit Buhrufen und mit Gejohle antwortet.

Nach Djefvul spielt Horusauge und dann die Hauptattraktion des Abends, eine Band namens Vergewaltigung. Diejenigen, die in der Hoffnung hergekommen sind, Hunger zu sehen, sind also vergebens hier.

Ein paar Meter vor ihm im Gedränge sieht sich ein magerer Typ gehetzt um. Kleine Pupillen, stierer Blick. Hurtig sieht sofort, dass er irgendwas intus hat und dass es sich dabei nicht nur um Alkohol handelt. Ein Junkie.

Hurtig sieht, wie er jemanden zu sich winkt. Und dann sieht er auch, wen.

Das Mädchen, mit dem er zuvor gesprochen hat, geht mit einem schüchternen Lächeln auf den Typen zu. Er legt den Arm um ihre Schulter, sagt etwas, und Hurtig sieht gerade noch, wie er ein Briefchen in ihre Gesäßtasche schiebt. Sie verabschieden sich voneinander, und der Typ geht weiter zu den Toiletten.

Verdammt, denkt Hurtig und schiebt sich durch die Menge. Du verfluchtes, blödes Aas.

Er will wissen, wohin das Mädchen verschwunden ist, kann sie aber nirgends entdecken.

Er kann sich auch später noch um sie kümmern. Aber diesen Burschen schnappt er sich jetzt gleich.

Sein Herz hämmert wie wild, als er die Tür zum Herren-WC aufreißt. Eine randvolle Pissrinne an der einen Wand, an der anderen drei Klokabinen. Die mittlere Tür ist abgeschlossen, die anderen beiden stehen offen. Sie sind allein.

Er stellt sich vor die Tür. Will warten, bis das Schloss aufgeht.

Er hört ein Ächzen von drinnen, gefolgt von einem langen Seufzer. Die Schnalle eines Gürtels, die gelöst wird. Dann schiebt sich der Gürtel zurück in die Schlaufen am Hosenbund. Ein Stiefelpaar taucht in dem Spalt zwischen Tür und Fußboden auf.

Hurtig starrt auf das Schloss. Als von Rot auf Grün gedreht wird, wirft er sich gegen die Tür.

Sie trifft den jungen Mann mit einer solchen Wucht, dass er nach hinten katapultiert wird, und als Hurtig die Tür ganz aufdrückt, landet er halb über der Kloschüssel. Das Gesicht unter dem schwarzen Haar ist bleich, und mit der Hand umklammert er eine Spritze. Er trägt das gleiche Oberteil wie das Mädchen, dem er eben ein Heroinbriefchen zugesteckt hat.

Hunger.

Hurtig weiß, dass er sich beruhigen sollte, aber er kann nicht. Eine Sekunde lang denkt er wieder an das schüchterne Mädchen von der Bar, die das gleiche Motiv auf der Brust trägt wie dieses Stück Scheiße.

Bilder rasen in schneller Folge durch seinen Kopf.

Ein Junge, der sich in einer Scheune erhängt.

Ein Mädchen, das einen tödlichen Cocktail schluckt und dann vom Balkon in die Tiefe springt.

Ein Fetzen Tagebuch: »Fahr zur Hölle.«

Ein weiteres Mädchen, dessen Kopf von einem Stahlseil abgerissen wird, das sie zuvor an der Anhängerkupplung eines Autos befestigt hat.

Er hört, wie seine Schwester zu ihm sagt, dass sie ihn liebt, und sieht sie vor sich, wie sie in ihrer Studentenbude in Umeå an einem Seil baumelt.

Und dann sieht er, wie er diesen verdammten Junkie am Kragen packt und ihm mit aller Kraft ins Gesicht schlägt. Noch mal. Und noch mal.

Als er sich wieder beruhigt, spürt er, dass er sich in die Backe gebissen hat.

Der Mann starrt ihn mit weit aufgerissenen Augen an.

Was zum Teufel geht hier vor?, denkt Hurtig.

Dann dämmert es ihm, dass er sich gerade komplett danebenbenommen und ein richtig fettes Dienstvergehen begangen hat. Körperverletzung. Unterlassene Ausweispflicht. Er spuckt ein bisschen Blut. Die Wunde in seinem Mund brennt.

»Liegen bleiben«, befiehlt Hurtig. »Polizei. Ich habe gesehen, was du dem Mädchen gegeben hast. Keine Bewegung – die Arme weg vom Körper!«

Der junge Mann rührt sich nicht vom Fleck, während Hurtig eine rasche Leibesvisitation vornimmt. Außer der Spritze hat er ein Briefchen mit weißem Pulver in der Jeanstasche.

Hurtig hilft ihm auf, drückt ihn auf den Toilettensitz und macht die Klotür wieder zu. Irgendjemand kommt herein, stellt sich vor das Urinal und scheint keinen Anstoß daran zu nehmen, dass es bereits völlig überschwemmt ist. Dann rauscht die Spülung, die Tür fällt wieder zu.

Hurtig tippt dem Jungen mit dem Zeigefinger auf die Brust. »Ich bin bereit, unter den Tisch fallen zu lassen, dass du gerade einer Minderjährigen Heroin zugesteckt und dir selber einen Schuss gesetzt hast, und auch, dass du noch so viel Stoff dabeihast.« Hurtig hält das Tütchen hoch. »Ich suche jemanden, der sich Hunger nennt. Wo finde ich ihn?«

Das Gesicht des Burschen ist eingefallen und mit winzigen Wunden übersät. Es ist haarlos wie ein Kindergesicht, wirkt aber gleichzeitig schrecklich gealtert.

»Weiß nicht«, lautet die Antwort. Die Stimme ist hell und leise.

»Wie heißt du?«

»Da musst du mich schon mitnehmen, wenn du das wissen willst. Dann kann ich deinen Kollegen ja erzählen, was du eben mit mir gemacht hast, und weil du nur so wenig gefunden hast, werd ich gleich wieder laufen gelassen.«

»Du hast gedealt.«

»Sagt wer?«

»Ich hab dich gesehen.«

»Du hast wen gesehen?«

Hurtig holt tief Luft und packt die schwarzen Haare. Reißt daran, und der Mann verzieht das Gesicht. »Erzähl mir alles, was du über diesen Hunger weißt. Und ich rate dir eins: Erzähl mir was, was ich noch nicht gehört hab.« Er dreht das Handgelenk des Jungen herum und packt noch fester zu. Adrenalin brodelt in seiner Blutbahn. Irgendwo in seinem Innern hört er die Stimme seiner Schwester, die ihn anfleht aufzuhören.

Teufel, denkt er. Zum Teufel auch.

»Du willst sterben, was? Genau wie all die anderen bekloppten Idioten dort draußen«, schreit er. »Willst du sterben?« Hurtig verpasst ihm eine Ohrfeige. »Willst du sterben?« Noch zwei Schläge mit der flachen Hand. Diesmal kraftvoller. »Ich kann dich zusammenschlagen, wenn du willst.«

»Es gibt ein Postfach, das man anschreiben kann …«

Hurtig lockert seinen Griff ein wenig. »Ein Postfach?«

»Ja, unten am Hornstull.«

Der Typ nennt ihm eine Adresse, und Hurtig prägt sie sich ein. Er wird Åhlund bitten, das Postfach umgehend zu überprüfen.

Aber vermutlich lügt er, denkt Hurtig, als er dem jungen Mann in die Augen sieht. Sein Blick ist unstet und flackert. Er leckt sich die Lippen. Sein Atem riecht nach Urin.

Hurtig schüttelt sich. Er ist angeekelt – nicht nur von dem Gestank, der ihn umgibt, seit er hierhergekommen ist, sondern auch von sich selbst. Er schämt sich und will nur noch weg.

Er richtet sich auf und geht. Die nächste Band hat angefangen zu spielen, aber er nimmt keine Notiz von ihr. Geht in Richtung Ausgang, vorbei an der Bar. Die großen Kerzen sind erloschen, und der Tunnel ist finster.

In einer Ecke sitzt ein Mädchen und weint. Ihr Gesicht ist ein grauschwarzer Brei aus zerlaufener Schminke. Sie ritzt sich in die Brust, während ihr die Tränen über die Wangen laufen. Nichts an ihren Bewegungen deutet darauf hin, dass sie betrunken ist oder dass sie sich aus Wut oder Hass selbst verletzt.

Mit der Spritze und dem Tütchen in der Hand bleibt er stehen und starrt sie an.

Ihr Weinen zeugt von stiller Trauer, und ihre Zielgerichtetheit ist nahezu chirurgisch. Sie hält die Rasierklinge mit Daumen und Zeigefinger fest. Die Schnitte über die dünne, blasse Brust sind tief, und Hurtig zögert kurz und überlegt, ob er sich auf sie stürzen und sie daran hindern soll. Oder lieber den Notarzt ruft.

Aber als er sich in dem Tunnel umsieht, wird ihm klar, dass sie nicht die Einzige und dies kein singuläres Ereignis ist.

Er sieht einen Alltag aus totaler beschissener Finsternis. Einen Tag ohne Hoffnung. Einen Alltag, in dem der Schmerz der einzige Anker ist, um die Gegenwart zu ertragen, und in dem der

Schmerz die Illusion erzeugt zu leben. Er kann es nicht über sich bringen, ihnen das zu nehmen.

An den Felswänden sitzen reihenweise junge Menschen, weinen stumm und ritzen sich. Alle auf die gleiche Art und Weise.

Als Gruppe.

Alle einsam.

Aiman
Vägaren-Viertel

Der Tiernotarzt ist ein hochgewachsener Mann aus der Tierklinik Bagarmossen. Er erkundigt sich knapp, was mit Behemoth passiert ist, und pustet danach eine kleine Trage auf. In seinen großen Händen sieht sie aus wie ein Spielzeug.

Er legt den kleinen Katzenkörper vorsichtig darauf und gibt Behemoth eine Spritze. »Das Risiko, an einer Blutvergiftung zu sterben, steigt in den ersten vierundzwanzig Stunden um acht Prozent stündlich«, erläutert er. »Aber jetzt hat er ein Antibiotikum bekommen.«

Sie spürt, wie ihr die Tränen kommen, als Motte zu ihr aufsieht.

Der Tierarzt erklärt ihr, dass es nicht außergewöhnlich ist, wenn bei einem Kampf unter Katzen ein Auge auf der Strecke bleibt. »Es hat sich schon Schorf gebildet. Ich mache jetzt die Wunde sauber, entferne den Eiter, dann wird es gut ausheilen. Mal davon abgesehen, dass Behemoth ein Auge verloren hat, scheint er völlig in Ordnung zu sein. Das wird schon wieder. Er braucht jetzt nur ein bisschen Ruhe.« Er lächelt Aiman mitfühlend an und streichelt Behemoth behutsam über den Rücken. »Der Arme war ja erst kürzlich beim Tierarzt, so wie's aussieht.«

»Nein … wie kommen Sie darauf?«

Er streicht das Fell zur Seite, und direkt unter Behemoths Ohr kommt ein roter Punkt in der hellen Haut zum Vorschein. »Sieht aus wie der Einstich einer Injektionsnadel.«

Nachdem der Tierarzt sich verabschiedet hat, fällt Aiman wieder ein, dass morgen die Beerdigung ist.

Manchmal ist ihre Welt wirklich ein bisschen begrenzt. Nicht besonders groß.

Tags darauf frühstücken sie gemeinsam. Sie füllt Trockenfutter in die Schale, und Motte stürzt sich mit der gleichen Freude und dem gleichen Eifer darauf wie sonst auch. Trotzdem findet sie, dass er nicht mehr ganz der Alte ist.

Als sie ihn auf den Schoß nimmt, springt er sofort wieder runter, und sie hat kein gutes Gefühl dabei, ihn allein zu lassen, auch wenn es nur für einen Tag ist.

Sie packt noch ein paar Sachen. Zuletzt legt sie den weißen Schleier zusammen.

Bevor sie geht, will sie sich bei Simon für seine Hilfe bedanken. Sie war gestern ein bisschen kurz angebunden.

Sie zieht sich an, schließt die Wohnungstür ab und klingelt nebenan.

Es macht niemand auf, und sie zieht ein Stück Papier und einen Kugelschreiber aus der Tasche.

Danke!, schreibt sie. *Es war sehr nett von dir, dass du mir mit Behemoth geholfen hast. Grüße von deiner Nachbarin Aiman*

Sie faltet den Zettel zusammen, wirft ihn durch den Briefkastenschlitz und geht die Treppe hinunter.

Die Übelkeit überkommt sie erst, als sie schon unten an der Straße steht und auf das Taxi wartet.

Sie sieht die Verletzungen in Simons Gesicht und an seinen Händen vor sich.

Simon
Ängelholm

Sie haben neben einem Einkaufszentrum geparkt. Øystein schnarcht auf dem Beifahrersitz, während Simon sich auf die Rückbank gequetscht hat. Draußen flackert ein Neonschild, und er kann seinen Blick nicht davon abwenden. Aber Schlafen funktioniert ebenso wenig.

Seine Gedanken sind klar und chaotisch gleichermaßen. Sie strömen auf ihn ein, und obwohl es unstrukturierte Erinnerungen sind, kommen sie ihm vor wie der Kontext eines Lebens. Eine wurmstichige Frucht.

Er selbst, Vater, Mutter, Schwester. Die Schwester immer weit hinten in der Peripherie. Ausgeschlossen.

Sie waren wie eine vierköpfige Privatsekte, doch ihn behandelten sie wie einen Abtrünnigen. Vater war Gott, Mutter die Jungfrau.

Vor den Fenstern hingen schwere Gardinen, und im Nachhinein hat Simon kapiert, dass der Glaube seiner Eltern sich an der Brüderbewegung orientierte. Das konservative Familienbild, das Sich-Abschotten der Sekte, die Leugnung der Außenwelt. Die selbstverständliche Autorität des Mannes, die ebenso selbstverständliche Unterwerfung der Frau und der Kinder. Sie waren wie die Arbeiter in Fritz Langs *Metropolis*, wie lebende Tote.

Der einzige Zufluchtsort war ihr Sommerhaus in Vitvattnet. Weit und breit Einöde – da war das mit der Verdunkelung nicht ganz so wichtig. Gott war in der Natur, in jedem Baum, in jedem Stein und in der hellen Sommernacht. Dort oben war alles ein bisschen freier.

Øystein schnarcht, und seine Ausdünstungen breiten sich im Auto aus. Manchmal rülpst er zwischen den Schnarchern.

Unbegreiflich, dass seine Eltern ihm den Umgang mit Øystein überhaupt erlaubten. Es kann nur daran gelegen haben, dass Øysteins Familie als Teil der christlichen Gemeinschaft angesehen wurde. Die Mutter stammte aus Storfosna, einer abgelegenen Insel an der Mündung des Trondheimfjords. Es scheint, als lebte man dort draußen auf den Inseln sowie an vielen Orten in Bohuslän und an der norrländischen Küste noch immer nach einer ganz eigenen Auslegung des Christentums.

Øystein führte ihn an das Haschisch heran, dann an Speed, Pillen, Barbiturate, Schlankheitsmittel, sogar Wurmkuren. Irgendwann kam Heroin, und erst da spürte Simon, dass er endlich angekommen war. Alles andere war sinnlos geworden. Er war sechzehn, hatte sich mit seinen Eltern überworfen und war vor die Tür gesetzt worden, als Abtrünniger, der er bis heute ist.

Simon erinnert sich noch gut an den regnerischen Frühlingsmorgen, an dem er endgültig beschloss, alles hinter sich zu lassen. Er ging in die Abschlussklasse am Gymnasium und stand in seiner Zwangsjacke, die ihm zusehends zu eng wurde, an der Bushaltestelle. Der kleine Christenjunge sah darin aus wie irgendein alter Onkel, zudem übte er jeden Dienstag Orgel bei dem alten Kantor, der nach ungewaschenem Geschlecht roch.

Seine Schulkameraden nahmen ihn wie immer in die Zange, als plötzlich das Schloss seiner Tasche aufging und der Inhalt zu Boden fiel. Alle lachten, als er panisch seine Sachen einsammelte – darunter auch ein Pornoheft, das Øystein ihm mitgebracht hatte. Eins von den extremeren.

Die Scham war widerlich, und in diesem Augenblick wurde ihm klar, dass er nicht länger so tun konnte, als wäre er jemand anders als genau derjenige, der er nun mal war.

Die Dunkelheit musste nach oben, an die Oberfläche.

Er musste auf ihren Altar pissen.

PHASE II: Reaktion

When you're lookin' through the eyes of hate.

Fahr zur Hölle
Blackeberg

David ist siebzehn und hat mit dem Leben abgeschlossen. Nichts von all dem, was er bisher gesehen, gefühlt oder erlebt hat, hat ihn neugierig auf die Zukunft gemacht. Er ist fertig, will nicht mehr, hat Soll und Haben gegeneinander abgewogen und ist zu dem Schluss gekommen, dass das Leben ein Verlustgeschäft und er bankrott ist. Es ist Zeit, Konkurs anzumelden.

Banca rotta heißt »kaputt geschlagener Tisch«, und »Konkurs« kommt vom lateinischen *concurro*, was so viel bedeutet wie »zusammen laufen«.

David Litmanen, die graue Maus, mit dem keiner zusammen laufen will.

Der Junge, der nie Hilfe bei den Hausaufgaben braucht und trotz bester Noten davon träumt, in einem Kindergarten zu arbeiten. Während die anderen für ihren Aufstieg bloggen, mithilfe von Talentseminaren Karriere machen, Fußballprofi werden wollen oder ganz allgemein Promi, will er mit Kindern arbeiten. Aber das zählt nicht als Traum.

Vielleicht hat er deshalb angefangen zu schwänzen.

Es ist noch nicht mal Mittag, aber die Dämmerung senkt sich bereits über den Platz im Zentrum von Blackeberg, und es ist, als würde eine graue Decke über ihm hängen. In der Herrenschneiderei Ralers brennt kein Licht, und er fragt sich, ob sie wohl schließen mussten. Das wäre schade. Die Schneiderei existiert schon, seit er denken kann.

Er hat sich entschieden, dass alles zu Ende sein soll, aber er weiß noch nicht, wie er vorgehen will.

Ich bin so fantasielos, denkt er. Geistlos. Unkreativ. Plump.

Nein, das stimmt nicht.

Ich bin feige.

Ein Hasenfuß. Ängstlich und wehleidig.

Seit er die Kassette erhalten hat, hat er sie ständig bei sich. Das Stück ist kurz, weil er wollte, dass es mit seinem Geburtstag übereinstimmt.

Haut, für Wunden gemacht.

Eine Minute und zwei Sekunden. Der zweite Januar. Anfangs hat er noch überlegt, so lange zu warten, aber jetzt hält er es nicht mehr aus.

Er setzt sich die Kopfhörer auf, drückt auf Play und geht den Holbergsvägen hinunter.

Als er auf den Islandstorget einbiegt, ist das Stück zu Ende, und er spult zurück. Ihm knurrt der Magen, und er geht zur Tankstelle neben der U-Bahn. Schlängelt sich zwischen den Zapfsäulen und Autos hindurch.

Er will sich einen Hotdog kaufen. Eine Chorizo mit Senf, und diesmal nimmt er auch Ketchup und Röstzwiebeln dazu. Und ein Dr. Pepper. Die Kalorien sterben schließlich mit ihm.

Seine vergangenen Versuche, sich zu betrinken und Antidepressiva einzuwerfen, um sich umzubringen, sind fehlgeschlagen. Es braucht mehr Mut dazu. Ein Ziel. Eine Einsicht.

Die begegnet ihm in Gestalt eines anderen Jungen mit Kopfhörern.

Er steht an der Kasse. Das gleiche lange weißblonde Haar, die gleichen hängenden Schultern, Übergewicht und schwarze Klamotten. Ein Schulschwänzer ohne Träume. Genau wie er.

Als David hört, dass der Junge das Gleiche bestellt, was auch er selbst bestellen will – und zwar bis ins letzte Detail –, und dann auch noch mit der gleichen Karte bezahlt, die er ebenfalls hat, denkt er sich, dass die Welt doch einer einzigen großen Wiederholung gleichkommt.

Eine erlösende Einsicht, dass er eine derart schlichte Existenz fristet, vorhersagbar wie der Wetterbericht. Alle Menschen sind Kopien eines anderen, und alles, was sie tun, ist schon einmal getan worden oder wird getan werden.

Und schlagartig fühlt er sich stark.

David Litmanen ist für etwas Besseres gemacht als für diese Welt.

Jetzt weiß er, was er tun muss. Während der andere Junge zu seinen Eltern nach Hause geht und fernsieht, wird David die zu erwartende Prognose gründlich widerlegen.

Er kaut bedächtig, schmeckt jeden Krümel und trinkt die kleine PET-Flasche aus.

Als die Verkäuferin ihm den Rücken zudreht, um die Kaffeemaschine zu reinigen, packt er die Gelegenheit beim Schopf und spielt wieder die Kassette ab.

Es knistert, bevor das Stück anfängt.

Wie Feuer, denkt er und geht in Richtung der Zapfsäulen.

Er steckt seine Karte in den Tankautomaten und wählt 95 Oktan, weil das billiger ist als 98er.

Er wird so viel tanken, bis kein Geld mehr auf der Karte ist. Jeder Tropfen ist kostbar.

Dann nimmt er das Feuerzeug, greift nach dem Zapfhahn und hält ihn sich über den Kopf.

Als sich das Benzin über sein Haar und sein Gesicht ergießt, kann er es schmecken, und der Geruch erinnert ihn an die Ferien in seiner Kindheit, mit Papa und Mama im Auto.

Haut, für Wunden gemacht.

Aiman
Greviekirche

Schwarz gekleidete Grüppchen stehen dicht gedrängt auf dem schmalen Kiesweg vor der Kirche und bibbern. Der weiße Hidschab hat für misstrauische Blicke gesorgt, und Aiman kommt sich in der düsteren Herde vor wie ein seltener Vogel. Sie sieht zu dem Eisentor in der niedrigen Mauer hinüber. Zwei Gestalten treten aus dem Nebel und kommen auf sie zu. Es ist Isaak, und hinter ihm geht Jens Hurtig.

Isaak strahlt, als er sie entdeckt, und schließt sie in die Arme. »Wir sehen uns viel zu selten«, sagt er, und sie stimmt ihm zu.

Der Polizeibeamte fasst sich ans Kinn, nickt ihr zu, und ihr Puls geht schneller. Genau wie bei ihrer Begegnung im Präsidium. Da ist ein unbekanntes, vages Ziehen in der Magengegend. Attraktion?, fragt sie sich. Nein, das ist unmöglich.

Sie geben sich zur Begrüßung die Hand, und sie hat das komische Gefühl, dass alles irgendwie zusammenhängt. Aber das ist nur so ein Gefühl, das wieder verfliegt, als Isaak sich ihr mit amüsiertem Gesichtsausdruck zuwendet.

»Ich frage mich gerade, ob die anderen womöglich denken, dass dein Schleier zu irgendeiner Kirche gehört. Für mich könntest du glatt als Nonne durchgehen.« Er senkt die Stimme und fährt in ernsterem Ton fort: »Schade, dass wir sogenannten Christen so wenig über andere Religionen wissen. Jesus zum Beispiel ist ja auch für die Muslime ein Prophet.« Isaak dreht sich zu Jens Hurtig um und legt dem mindestens zehn Zentimeter größeren Polizisten eine Hand auf die Schulter. »Das wissen nur die wenigsten Christen. Wusstest du das?«

»Ich bin Atheist«, entgegnet Jens Hurtig. »Ich weiß rein gar nichts darüber.«

Dann kommt Vanja, begleitet von Edith und Paul.

Edith nickt schweigend, und Paul schenkt ihr ein schiefes Lächeln, während Isaak auf Vanja zustürzt, ihre Wange berührt und etwas zu ihr sagt.

Vanja sieht gleichgültig aus.

»Hallo, Kleines. Schön, dass du mitgekommen bist.«

Vanja sieht für einen kurzen Moment so aus, als wäre sie fast schon ergriffen vom Ernst der Stunde, aber als sie bei der Umarmung das Gesicht verzieht, ist klar, dass sie Schmerzen hat.

Hurtig
Greviekirche

»Rein gar nichts?« Isaak sieht belustigt aus. »So wenig interessierst du dich doch auch wieder nicht für Religion?«

Hurtig weiß nicht recht, wo er ansetzen soll. »Es ist so«, murmelt er, »dass man völlig verschiedene Dinge hört, je nachdem, mit wem man redet. Aber die Wahrheit wollen trotzdem alle für sich gepachtet haben.«

Isaak verdreht die Augen. »Und ist sich ein Atheist nicht auch ziemlich sicher, was die Wahrheit betrifft?«

Darauf weiß Hurtig keine Antwort. Das mit dem Atheist sein, das sagt er einfach nur so aus alter Gewohnheit. Seit seiner Kindheit hat er sich diesen Mist anhören müssen, den diese frommen Menschen dort oben in den Dörfern in Norrland verzapft haben. Er ist zum Atheisten erzogen worden.

Aiman sieht ihn an, und er fragt sich, was sie wohl gerade denkt. Ihr Blick ist unergründlich und das nicht nur wegen der Augenverletzung.

Während Isaak das Gespräch mit Edith und Paul sucht, wenden sich Aiman und Hurtig einander zu. Sie möchte mehr über die Kassetten wissen und stellt so viele Fragen, dass Hurtig sich regelrecht auf die Zunge beißen muss, um nicht zu viel zu verraten.

Die Unterhaltung erinnert ihn wieder an diese Postfächer und die Überwachung, die Åhlund organisiert hat. Er entschuldigt sich, geht ein paar Schritte beiseite und zückt sein Mobiltelefon.

Zu Hurtigs Verwunderung weiß Åhlund zu berichten, dass die Filiale bereits observiert wird.

»Es gibt dort mehrere Postfächer, die mit Rockerbanden in Verbindung gebracht wurden, und die Kollegen von der Reichskripo haben sämtliche Aktivitäten der letzten zwei Monate aufgezeichnet. Sie haben uns jede Menge Bilder von Leuten geschickt, die dort aufgekreuzt sind.«

»Sehr gut. Könntest du Schwarz bitten, die Namen all derjenigen zu checken, die dort ein Postfach gemietet haben? Auch wenn die meisten sicher falsche Namen angegeben haben – man weiß ja nie. Abgesehen davon kann der Typ, der mir den Tipp gegeben hat, ja auch gelogen haben.«

Er beendet das Gespräch, und bevor er das Telefon wieder in die Tasche steckt, stellt er es stumm.

Erst jetzt sieht er, dass sich noch eine weitere Person zu den Trauernden gesellt hat, die sich um Isaak versammelt haben: Holger Sandström, der – obwohl er Kapitalist ist – zum Bekanntenkreis von Isaak zählt, der wiederum überzeugter Marxist ist. Er hat einmal erwähnt, dass Holgers Beruf zur eher undurchsichtigen Sorte gehört. Dass er Untersuchungen leitet zu Trends in der Finanzwelt – wie eine Art Analytiker von Börsenanalytikern.

Hurtig findet, dass Holger Sandström eine unangenehme Ausstrahlung hat.

Isaak
Greviekirche

Die Kirchturmuhr schlägt beinahe tonlos, als würde die feuchte Luft ihren Klang dämpfen und ihn stumpf und schwer machen. Rund dreißig Trauergäste sitzen in der Kirche. Ein paar alte Freunde, der eine oder andere Nachbar. Die Plätze für die Angehörigen sind leer.

Auf einem großen Altarbild sind Jesus und die Apostel auf einer Anhöhe dargestellt. Der Künstler muss sich von der Bergpredigt inspiriert haben lassen, denkt Isaak, aber er findet, man sieht eindeutig, dass diese Landschaft nicht in Galiläa liegt, sondern irgendwo im Nordwesten von Skåne. Die Szene könnte sich genauso gut nur ein paar Kilometer weit entfernt von hier abspielen.

Dann ist Jesus also hier und jetzt bei uns, denkt er.

Die Zeremonie beginnt. Die Stimme des Pastors ist monoton und verebbt in der hallenden Akustik.

»Wir danken dir, Gott, für das Leben, das du uns gibst, und heute danken wir dir auch für John Ingmar Gustafson – für das, was er gegeben und empfangen hat. Wir suchen Beistand in unserer Trauer …«

Eine Beerdigung ist eine Performance, denkt Isaak. Ein Kunstwerk, das live vor Publikum dargeboten wird und bei dem das Publikum selbst mitwirkt.

Seine Kunst soll diese Eigenschaften auch haben. Sie soll den Betrachter mit einbeziehen und ihn zum Mitgestalter machen. Alle sollen daran teilnehmen. Alle sind gleichberechtigte Künstler. Alle sind der Künstler.

Der Nebel ist dichter geworden, als sie auf den Kiesweg vor der Kirche hinaustreten. Der Friedhof ist schön: ein gepflegter Rasen und graue und schwarze Grabsteine in dichten Reihen.

Er hakt sich bei Aiman unter. »Du kannst mit mir und Jens fahren.« Er nickt in Richtung seines Wagens.

»Du fährst immer noch den Volga? Und pflegst eisern das Image des Musterkommunisten?«, fragt sie.

Zu Sowjetzeiten war die Automarke ausschließlich hohen Parteibonzen vorbehalten, und er weiß noch, dass Aiman ihn gern damit aufgezogen hat. Er hat sie vermisst. Berlin vermisst er auch – aber nicht so, wie es jetzt ist, sondern wie es war, als sie beide dort gewesen sind. Unschuldiger.

Sie biegen auf die Landstraße ein. Die Äcker zu beiden Seiten der Straße scheinen kein Ende zu nehmen, als wären die Felder Teil der klammen Luft und würden eins werden mit ihnen.

Bald taucht linker Hand ein Schild mit dem Namen des Hotels auf, und sie fahren an einem Hain vorbei, dessen Bäume immer noch gelb und rot leuchten.

Er vermisst den Herbst jetzt schon, obwohl er hier unten noch gar nicht zu Ende ist. Einen Herbsttag kann er noch genießen, dann geht es zurück nach Stockholm, wo die Jahreszeit nichts Halbes und nichts Ganzes mehr ist – weder Herbst noch Winter, nur noch grauer Mischmasch, kalt und tot.

Er denkt über den Tod und die Kunst nach und sieht in beidem einen Prozess des Zerfalls. Dann erreichen sie die Auffahrt zum Hof.

Ist jeder Mensch ein wandelndes Kunstwerk, das auch über den Tod hinaus existiert?

Was würde aus den Erinnerungen, wenn er jetzt stürbe? Würden sie schöner? Vermutlich. Zumindest nach ein paar Jahren. Man will sich ja doch nur an das Gute erinnern. An das, was bedeutsam war.

Das Haupthaus liegt direkt vor ihnen, zur Linken das Stallgebäude, in dem das Hotel untergebracht ist. Beide Gebäude sind Fachwerkhäuser mit weiß gekalkter Fassade, und Holgers großer silberfarbener BMW parkt bereits vor dem Eingang.

Aiman sitzt auf der Rückbank und schweigt. Er kann sie beim Einparken im Rückspiegel sehen. Hastig fährt sie sich mit der Hand über die Wange. Sie weint.

»Wie war Ingo eigentlich so?«, fragt Jens unvermittelt.

Isaak zögert mit der Antwort. »Er war erdverbunden, trotz seiner spirituellen Überzeugung und seinem religiösen Hintergrund. Kein großer Philosoph, aber ein interessanter Künstler. Seine Bilder hat er nie erklären können. Sie waren einfach nur schön. In den letzten Jahren konnte er allerdings nicht mehr malen.«

»Glaubst du, er hat sich deswegen umgebracht?«, fragt Aiman.

Isaak öffnet die Autotür. »Das werden wir wohl nie erfahren«, erwidert er und reicht ihr ein Papiertaschentuch. »Aber er hat sich wohl erschossen, weil ihm klar wurde, dass sein Hirn nicht mehr so funktionierte, wie er wollte.«

Die Wahrheit ist manchmal traurig, denkt er.

Vanja
Bjäre-Halbinsel

Vanja sitzt im Hotelzimmer am Fenster und beobachtet, wie sie aus dem alten russischen Auto steigen. Aiman geht vor, und Vanja sieht, dass sie weint. Danach kommt Isaak. Er lächelt angestrengt und reicht Aiman ein Taschentuch. Sie findet das aufgesetzt. So viel Äußerlichkeit und Eitelkeit.

»Ist das dein Taxi?«, ruft Edith vom Badezimmer aus.

»Nein.«

Zuletzt der Bulle. Vanja fragt sich, ob er und Aiman was miteinander haben. Die Blicke, die sie tauschen, sind eindeutig.

Was, wenn er sie wiedererkennt? Vanja weiß, dass er sie im Tunnel vom Gleis drei gesehen hat. Sie selbst hat ihn auf der Stelle wiedererkannt. Er hat dort mit einem Mädchen geredet, aber womöglich hat er nicht gesehen, was sich hinter der Schminke des Mädchens verbarg. Dieses pathetische Stück Scheiße.

Paul legt ihr eine Hand auf die Schulter. »Und du willst wirklich nicht bleiben?«

»Nein«, gibt sie zurück, verzieht das Gesicht und versucht, nur das Nötigste zu sagen, denn die Schnitte spannen beim Reden. Sie hofft, dass er ihr die Schmerzen nicht ansieht. Falls doch, muss sie eben Regelschmerzen vorschützen. Bei ihm geht das; bei Edith nicht immer, sie kennt ihren Zyklus genau.

»Pass auf dich auf heute Abend«, ruft Edith aus dem Bad.

»Ich bin ein braves Mädchen, versprochen«, sagt sie und wirft sich die Tasche über die Schulter. »Ich geh schon mal raus und warte auf mein Taxi. Habt ihr noch eine Zigarette für mich?«

»Du hast doch schon Geld fürs Taxi gekriegt«, sagt Paul. Er

klingt verärgert. Sie sind schon den ganzen Tag sauer auf sie, und das hat seinen Grund. Sie ist spät nach Hause gekommen nach dem Konzert im Gleis drei, und in puncto Alkoholkonsum gab es keinen Zweifel.

»Außerdem finde ich es nicht gut, dass du rauchst. Wenn das schon unbedingt so sein muss, kannst du dein eigenes Geld dafür ausgeben.«

»Du rauchst. Edith raucht. Also rauche ich auch.«

Auf der Treppe begegnet sie Holger, und sie hält auf dem Treppenabsatz inne. Er fragt, wo sie hinwill, und nachdem sie ihm geantwortet hat, sagt er, dass sie vorsichtig sein soll. Er zückt seine Brieftasche und gibt ihr einen Fünfhunderter.

»Fürs Taxi«, sagt er.

Holger erinnert Vanja immer an ihren letzten sorglosen Sommer. Sie war zwölf, und Holger nahm sie mit ins Ferienlager auf der Kinderinsel. Zwei Wochen, die Edith und Paul in Berlin verbrachten.

Im Augenblick erinnert er sie überdies daran, dass sie nie wieder zwölf und vielleicht auch nie wieder so glücklich sein wird wie damals.

Sie nimmt den Schein entgegen, bedankt sich und drückt sich an ihm vorbei. Atmet den Duft seines Rasierwassers ein, aber da ist auch noch ein anderer Geruch. Von Seife und Leder, genau wie es in seiner Wohnung auf Östermalm gerochen hat.

Sie geht in den Hof und setzt sich auf die kleine Holzbank zwischen der Auffahrt und dem alten Stall. Die Luft ist schwer von Gülle.

Nach ein paar Minuten tritt Aiman aus dem Hotel. Als sie Vanja entdeckt, steuert sie auf die Bank zu. Sie hat geweint.

Vanja ahnt, dass sie über irgendwas Nerviges reden will.

»Als ich dich auf dem Friedhof in den Arm genommen habe, hab ich gemerkt, dass dir was wehtut«, sagt sie nach einer Weile. »Hast du dich verletzt?«

Vanja erstarrt und schweigt. Weiß nicht, was sie sagen soll.

»Okay«, sagt Aiman, »dann reden wir eben, wenn du so weit bist.« Sie steht auf und schlendert zurück ins Hotel.

Doch bevor sie geht, krempelt sie noch den Ärmel ihrer Bluse auf.

Mehrere lange Narben ziehen sich über ihren Arm.

Simon
Kristian Tyrann

Der Blutregen aus der Sahara hat es nicht bis nach Skåne geschafft, aber wenn es über der schlotternden Schlange von Schwarzgekleideten vor dem Kellerlokal Kristian Tyrann am Kristian II. väg in Ängelholm jetzt regnen würde, wäre dies mehr als passend. Am Eingang verteilt jemand Rasierklingen, und von der provisorischen Loge oberhalb des Eingangs sieht Simon drei junge Mädchen mit aufgeritzten Armen. Eine von ihnen trägt einen gebrauchten Tampon als Ohrschmuck. *MIT DEM MESSER GEFICKT*, steht auf ihrem Oberteil.

Es sind verhältnismäßig viele Leute da. Vielleicht wollen die sich alle die Vorband anhören – eine lokale Größe, die klassischen Black Metal spielt und hier unten erstaunlich bekannt ist, dabei findet er sie verhältnismäßig mies. Die Musik selbst ist schon in Ordnung, aber Gesang und Texte sind miserabel, vom Bandnamen ganz zu schweigen. Sie nennen sich Burning Corpses, und wenn einem nichts Gruseligeres einfällt als das, sollte man die Branche wechseln.

Auf einem angeschlagenen Porzellanteller liegt eine Spritze. Eine leere Rotweinflasche steht daneben, und er ist froh, dass Øystein ihn in Ruhe lässt.

Gestern ist im Gleis drei etwas passiert, worüber Øystein offenbar nicht reden will. Er wollte ihm auch nicht verraten, woher die Blutergüsse in seinem Gesicht stammen. Simon vermutet, dass er zusammengeschlagen wurde und sich jetzt dafür schämt.

Der Kellerclub ist eigentlich eine Parkgarage, die wegen Renovierung vorübergehend geschlossen ist. Die Loge liegt eine halbe Treppe höher, und aus dem kleinen Spiegelfenster kann er alles beobachten, was sich dort unten tut, ohne selbst gesehen zu werden. Der Raum ist relativ klein, und er fragt sich, wie viele wohl gekommen sind. Hundert? Hundertfünfzig? Schwer zu sagen. Es ist eine einzige schwarze Masse.

Das wird eng werden und vermutlich auch bullig warm. Und es wird stinken. Richtig übel. Wahrscheinlich hat es unten längst angefangen zu stinken. Unter der Bühne, für das Publikum unsichtbar, liegen Schlachtabfälle, Fischköpfe und ein paar tote Ratten. Die Jungs von Burning Corpses hätten es cooler gefunden, wenn das alles an Haken von der Decke gebaumelt hätte – wie es die anderen auch machen –, aber Simon findet, dass es so unheimlicher ist. Es soll angekrochen kommen. Hunger kommt immer angekrochen.

Er betrachtet das Gewimmel. Wenn er die Augen zukneift, sehen diese Leute aus wie Insekten, schwarze Käfer, die eine oder andere Kellerassel oder Kakerlake vielleicht. Er weiß nicht mehr, wie lang er dort oben schon gesessen und geglotzt hat, aber inzwischen hat die Vorband angefangen, und die Musik ist genauso undefinierbar, wie zu erwarten war. Dem Publikum gefällt's.

Nach fünfundvierzig nicht enden wollenden Minuten hören sie endlich auf und gehen den gleichen Weg zurück, den sie gekommen sind: quer durch den Zuschauerraum. Sie ernten Schulterklopfer wie Rockstars, bevor sie den Eingang erreichen. Schulbuben, die sich ans Rauchverbot halten.

Ein schwarzer Vorhang wird zugezogen, und die Bühne ist für das Publikum nicht mehr sichtbar.

Sieben mal fünf Meter Schlachthaus.

Ein Bühnenarbeiter trägt zwei große Plastikeimer aufs Podium, stellt sie ab und zerrt die Deckel auf. Der Mann sieht beschissen aus, von oben bis unten mit Mehl bedeckt. Dann verteilt er den Fischabfall aus den Eimern auf dem Boden.

Zwei weitere Bühnenarbeiter rollen Stroboskopmaschinen

herauf. Die sind unentbehrlich für den visuellen Effekt – die sogenannte Fallsucht, nach der veralteten Bezeichnung für Epilepsie. Die rollenden Blitze sorgen dafür, dass die Leute das Gleichgewicht verlieren. Die Hitze der Scheinwerfer verursacht Verbrennungen, wenn man ihnen zu nahe kommt. Simon hat eine auf der Schulter und eine große auf dem Rücken, die wie eine Schlange aussieht.

Die Botschaft des Abends lautet: sich selbst Schaden zuzufügen.

Egal wie gut geplant das alles ist – er weiß, dass alles Mögliche passieren kann und dass er sich hinterher kaum noch an etwas erinnern wird.

Aiman
Bjäre-Halbinsel

Wenn Aiman mit Menschen zusammen ist, die sich in einer Art Rauschzustand befinden, wirkt das auf sie beinahe ansteckend – eine Art Placeboeffekt, der dafür sorgt, dass auch sie sich berauscht fühlt. Es kommt gelegentlich vor, dass sie sich ein Glas Wein gönnt, aber das ist selten und so gut wie gar nicht mehr der Fall gewesen, seit sie schwanger ist.

Alkohol überschwemmt das Hirn. Dopamin und Endorphine – körpereigenes Morphin – werden im Belohnungssystem des Gehirns freigesetzt, steigern das Wohlbefinden und machen das Verlangen umso größer.

Ein Hirn, das einmal überschwemmt wurde, vergisst dieses Gefühl nie mehr und verlangt immer wieder danach.

Wenn Dopamin und Endorphine der Zündschlüssel sind, ist Glutamat das Gaspedal. Der Stoff gilt als Beschleuniger und beeinträchtigt zentrale Funktionen des Gehirns, wie etwa das Gedächtnis und, einfach ausgedrückt, die Vernunft. Dieser Effekt ist ausschließlich negativer Natur und verschlechtert die Fähigkeit, kluge Entscheidungen zu fällen und sich an diese zu erinnern. Das Bremspedal schließlich ist der Transmitter GABA, die Gamma-Amino-Buttersäure, die eine retardierende Wirkung entfaltet. Der Trinker wird langsamer und schwerfälliger. Gottes Rat an den Menschen, es mit dem Alkohol nicht zu übertreiben, ist ebenso klug wie selbsterklärend.

Aiman weiß das alles, und deshalb trinkt sie nur selten. Aber sie weiß auch das, worüber man selbst in der medizinischen Fachliteratur nur selten liest.

Für wissenschaftliche Experimente werden aus ethischen Gründen keine Menschen herangezogen, sondern Tiere: Mäuse oder Kaninchen. Erstgenannte zeigen eine spezifische Reaktion auf Alkohol. Wenn man eine Maus in einen geschlossenen Raum setzt und ihr eine Schale Wasser und eine Schale Hochprozentigen vorsetzt, wird sie sich ausnahmslos der Schnapsschale zuwenden. Worin sich die Maus vom Menschen unterscheidet, ist jedoch, dass sie sich nicht betrinkt. Wenn der Alkoholgehalt im Blut exakt ein Promille erreicht hat, hört die Maus auf zu trinken. Sie ist dann beschwipst, aber nicht betrunken. Sie weiß intuitiv, wie man Alkohol konsumiert – im Gegensatz zum Menschen.

Aus dem kühlen Tag ist ein für die Jahreszeit ungewöhnlich warmer Abend geworden, und sie sitzt mit Holger Sandström an einem kleinen, wackeligen Tisch auf dem Hof vor seinem Zimmer. Er schlürft einen Gin Tonic, während Aiman sich an Tafelwasser hält. Holger redet fast ununterbrochen, und seine Stimme ist genauso mild, wie sein Lächeln selbstgerecht ist. Er behauptet, Ingo zu vermissen. Es tue ihm leid, dass sein alter Freund von seiner Kunst nicht leben konnte.

Aiman kennt Holger nicht besonders gut. Sie sind sich ein paarmal eher zufällig begegnet, und das ist schon mehrere Jahre her. Aber sie bezweifelt, dass Holger Ingo wirklich mochte.

Hier redet nur der Mund und nicht das Herz.

»Er hat sich einfach nicht verkaufen können.«

Holgers massiger Körper lehnt sich im Stuhl zurück, und sie sieht, wie sich ein großer Rostsplitter von einem Stuhlbein löst. Er zerstört die Dinge auf eine raffinierte, beinahe heimliche Art, denkt sie. Als glaubte die physische Welt, die ihn umgibt, nicht daran, was er sagt, und bräche angesichts dieser Erkenntnis in sich zusammen. Aiman merkt, dass sie ihm nicht einmal mehr zuhört. Stattdessen starrt sie in die Dunkelheit. Irgendwo im Nebel muhen Kühe.

Edith, die auf einem der rostigen Gartenstühle ein Stück weiter weg sitzt, stellt ihr Weinglas ab und zündet sich einen Zigarillo an, der nach Kaffee mit Sahne riecht. »Findet ihr, dass Jens und Isaak zusammenpassen?«

Gegensätze passen oft gut zusammen, denkt sich Aiman, aber ehrlich gesagt versteht sie die Frage nicht. »Wie meinst du das?«

Holger stößt einen Seufzer aus, während Edith ihr geheimnisvolles Lächeln lächelt und sich zu Aiman hinüberbeugt. »Isaak ist ein Mythomane, und eine seiner größten Lügen ist seine Homosexualität. Er glaubt inzwischen fast schon selbst daran, aber soweit ich weiß, hat er noch nie eine sexuelle Beziehung mit einem Mann gehabt – erst recht nicht mit Jens Hurtig.«

Aiman rutscht auf ihrem Stuhl hin und her. Die Frage ist ihr unangenehm. Darüber hat sie noch überhaupt nicht nachgedacht.

»Isaak ist jung und naiv und weiß noch nicht richtig, wer er ist. Er will so sein wie seine Idole: Lars Lerin, Francis Bacon, Salomé, Jasper Johns, Kenneth Anger, Andy Warhol. Isaaks Vorbilder sind oder waren samt und sonders schwul ... wobei Warhol wohl eher asexuell war.«

Es gibt immer irgendwas, was man nicht weiß, denkt Aiman, und Edith mustert sie belustigt.

Paul kommt zusammen mit Jens und Isaak auf die Terrasse. »Das sieht gut aus«, sagt er, zeigt auf das Weinglas und küsst Edith auf die Wange, bevor er sich setzt.

»Wo wollte Vanja eigentlich hin?«, fragt Aiman. »Sie hat so niedergeschlagen gewirkt.«

»Nach Ängelholm zu einem Freund.«

Paul sucht in seiner Brusttasche nach Zigaretten. »Das ist diese Musik – deswegen ist sie so down«, sagt er und kriegt die Schachtel zu fassen. »Die tut ihr nicht gut.«

Der Sahnerauch von Ediths Zigarillo vermischt sich mit dem

Rauch von Pauls Mentholzigarette, und Aiman fragt sich, ob es bei ihnen zu Hause auch so riecht.

Sie muss an die Kassetten denken und wirft Jens Hurtig einen verstohlenen Blick zu. Er lehnt mit verschränkten Armen am Türrahmen. Vielleicht denkt er das Gleiche wie sie? Ihre Blicke treffen sich, aber er sieht weg und fährt sich mit der Hand über die Bartstoppeln.

Paul entkorkt eine neue Weinflasche, stellt sie auf den Tisch und sieht zu Aiman hinüber. »Die gleiche Musik, die die Kids bei euch in der Lilja machen. Vanja hat mir vor ein paar Tagen ein Stück vorgespielt, das sie mit Maria aufgenommen hat.«

»Vanja ist wirklich kreativ«, sagt Aiman. »Sie ist sehr musikalisch und hat Talent zum Schreiben. Ich glaube, die Musik hilft ihr, ihre negativen Gefühle zu kanalisieren. Sie ist wie eine Art Gegengift gegen die Dunkelheit.«

Paul schüttelt den Kopf. »Ich will ja kein Besserwisser sein, aber das klingt schon sehr nach Küchenpsychologie. War die Musik denn gut für Maria? Hat sie Marias negative Gefühle kanalisiert oder sie nur mehr angefeuert?« Er zuckt mit den Schultern.

»Ingo mochte die Beatles und hat sich trotzdem in den Kopf geschossen«, wirft Holger ein. »Muss man die Beatles deswegen jetzt verbieten?«

Aiman sieht wieder zu Jens Hurtig hinüber. Er wirkt nachdenklich.

Die Stimmung ist abwechselnd angespannt und ausgelassen, und Aiman hat das Gefühl, dass da irgendetwas unter der Oberfläche schwelt. Mehrere der Gäste kennen einander schon seit vielen Jahren, und es scheint Geheimnisse zu geben.

Ihr fällt wieder ein, dass auch sie und der Polizeibeamte ein Geheimnis teilen, obwohl sie einander eigentlich gar nicht kennen. Nur Jens Hurtig weiß, dass sie schwanger ist.

Sie hat ihr Kind ihm und sonst keinem anvertraut.

Sie unterhalten sich über alles Mögliche, nur nicht über den Menschen, um den sie trauern. Abgesehen von Holgers Kommentar über Ingos Musikgeschmack wird der tote Freund nicht noch mal erwähnt, und eine weitere Flasche Wein macht die Runde, ehe Paul vorschlägt, an die Hotelbar zu gehen. Die anderen nicken. Edith und Holger nehmen ihre Weingläser, verschwinden in Holgers Zimmer und schließen die Tür.

Aiman beobachtet sie durchs Fenster und wird Zeugin eines stummen Streits.

Ivo
Pathologisches Institut

Als Ivo Andrić die eingeschmolzenen Reste des Walkman neben dem grauen Leichensack sieht, ist ihm klar, dass der Tote in dem Sack ein weiterer in der langen Reihe toter Jugendlicher ist.

Der Walkman ist größtenteils verkohlt, und die Kassette lässt sich nicht mehr restaurieren. Aber das ist auch nicht nötig. Er weiß, was drauf ist. Jedenfalls so ungefähr.

Epidemija, denkt er entmutigt. Das Ganze erinnert ihn an eine Seuche. Warum, ist zum gegenwärtigen Zeitpunkt eine zu schwierige Frage, und deshalb gibt es auch keine plausible Antwort darauf.

Zu behaupten, es handelte sich um verwöhnte Halbwüchsige mit zu viel Freizeit, die kleine Problemchen hochwürgen, wiederkäuen und ins Unermessliche aufblähen, wäre zu kurz gedacht, findet er, auch wenn für ihn der Selbstmord immer noch eine Kehrseite des Wohlfahrtsstaats darstellt. Wenn man alles tun muss, um über die Runden zu kommen, und sämtliche Stunden des Tages darauf verwendet, ausreichend zu verdienen, um sich ein bisschen Butter aufs Brot kaufen zu können, hat man keine Kraft mehr, sich das Leben zu nehmen.

Aber vielleicht bin ich auch bloß ein alter, erschöpfter Zyniker, denkt er.

Der siebzehnjährige David Litmanen hat sich einen Hotdog und eine Limo an einer Tankstelle am Islandstorget gekauft, hat beides in aller Ruhe verzehrt, bevor er zu den Zapfsäulen hinübergegangen ist, sich mit Benzin übergossen und angezündet hat. Die Angestellte konnte überhaupt nicht mehr reagieren.

Wäre der junge Litmanen nicht von den Zapfsäulen weggelaufen, hätte das Ganze noch ganz andere Folgen haben können.

Die Zeugin sprach von einer brennenden menschlichen Fackel auf dem Blackebergsvägen.

Hurtig
Bjäre-Halbinsel

Hurtig und Aiman stehen auf der Terrasse vor der Hotelbar, um frische Luft zu schnappen.

»Gefällt dir der Job in der Lilja?«, fragt er. »Fühlt man sich da nicht machtlos?«

Er denkt an die Erlebnisse vom Vorabend und die mentale Finsternis zwischen den Felswänden. An die Resignation vor dem Leben und allem Schönen.

»Doch, fast die ganze Zeit«, entgegnet Aiman. »Und wenn man helfen will, dann muss man selbst auch schon mal schlechte Erfahrungen gemacht haben, denke ich.«

»Hast du das?«, fragt er und ist sich im selben Augenblick nicht sicher, ob die Frage zu persönlich gewesen ist.

Doch Aiman nickt. »Bevor ich Isaak in Berlin kennengelernt habe, war ich kurz davor unterzugehen.«

»Isaak hat dir geholfen, wieder auf die Füße zu kommen?«

»Kann man so sagen«, antwortet sie ausweichend, und Hurtig merkt, dass sie nicht darüber reden will.

Als sie wieder nach drinnen gehen, ist dort eine angeregte Unterhaltung im Gange. »Überall ist doch dieser Strichcode drauf«, sagt Isaak und zeigt auf die Zigarettenschachtel in Ediths Hand. »Das ist das Zeichen des Teufels: zwei lange Striche ganz links, zwei in der Mitte und rechts. Das bedeutet 6-6-6 – und das ist die Abfolge von allen Strichcodes, da kannst du jeden nehmen …«

Edith dreht die Schachtel um, und Hurtig wirft einen Blick über ihre Schulter. Es stimmt. Dreimal zwei lange Striche.

»Das Zeichen des Teufels ist der Kapitalismus.«

»Du bist doch selbst reich wie ein Troll«, entgegnet Edith. »Du bist doch selber Kapitalist, auch wenn deine Bilder keine Strichcodes haben. Und seit wann berufst du dich überhaupt auf die Bibel, um deine Theorien zu erklären? Bist du auf einmal religiös geworden?«

»Isaak ist nicht religiös, egal wie sehr er sich um diesen Anschein bemüht«, stellt Hurtig klar. »Schwul und vielleicht Marxist, das kann man gerade noch durchgehen lassen, zumindest theoretisch. Und Kapitalist ist man, sobald man mehr Geld hat, als man benötigt. Aber religiös? Wohl kaum. Das gibt seinem Image doch nur die letzte Würze.«

Isaak lacht und applaudiert.

Paul und Holger sitzen in Sesseln an einem Tisch, auf dem eine halb volle Flasche Whisky steht. Hurtig merkt Paul an, dass er betrunken ist. Er gestikuliert zu ausschweifend, und Schweißtropfen perlen auf seiner Stirn. Edith wirft ihm wütende Blicke zu.

Hurtig muss auf die Toilette, entschuldigt sich und geht in die Lobby.

Kurz bevor er zu den anderen zurückkehren will, entdeckt er auf der kleinen Ablage über dem Waschbecken ein schwarzes Notizbuch. Ihm ist klar, dass der Inhalt privat ist, aber die Neugier siegt, und er schlägt eine beliebige Seite auf.

AC, schreibe ich und unterstreiche die Buchstaben.

AC: die Initialen der Aiman Chernikova.

AC: Strg+A, um alles zu markieren und mit Strg+C wieder einzufügen.

Wenn das Schreiben nur so einfach wäre. Sein Leben kopieren und alles in ein Dokument auf dem Bildschirm einfügen. In seine Existenz etwas Interessantes hineinredigieren.

AC: elektrischer Strom, der die Richtung ändert, Wechselstrom.

Wie mein ganzes Leben. Kasachstan, Iran, Weißrussland, Schweden und jetzt Deutschland.

AC: die Abkürzung für Anno Christi, im Jahr des Herrn, also im Jahr null.

AC sind die passenden Initialen für jemanden, der null Jahre alt ist.

Anti Christ.

Er kommt sich vor wie ein Schnüffler, klappt das Buch schnell wieder zu und geht zu den anderen zurück.

»Wem gehört das hier?«, fragt er und spielt den Unbedarften.

»Das ist meins«, sagt Aiman überrascht. »Wo hast du das gefunden?« Sie steht auf, tritt auf ihn zu, und er reicht ihr das Büchlein.

»Sie schreibt ihre Memoiren«, wirft Isaak ein. »Oder wird es ein Roman? Beim wievielten Buch bist du mittlerweile angekommen?«

»Beim fünfundsechzigsten«, antwortet sie und steckt das Notizbuch in die Tasche.

Edith ist inzwischen zu der alten Jukebox in der Ecke gegangen, und als Paul sich aus seinem Sessel stemmt, strömt »Sweet Child O'Mine« von Guns N' Roses aus den Lautsprechern. Paul schwankt und stützt sich am Tisch ab, bevor er auf Hurtig zusteuert.

»Ich würde gern mit dir reden … über deinen Job.« Er nuschelt, und Hurtig schenkt sich mehr Wein ein, um wenigstens im Ansatz so etwas wie einen Pegelgleichstand zu erreichen. Das macht es erfahrungsgemäß leichter.

Aus dem Augenwinkel sieht er, dass Edith Isaak zum Tanz auffordert.

»Ein Vögelchen hat mir gezwitschert, dass du in einer Selbstmordserie unter Jugendlichen ermittelst«, fährt Paul fort. »Ich sitze an einer Reportage darüber und bräuchte ein paar Details. Ich hab Zugang zum Ausschuss, und ich weiß, dass die Teenager Musik gehört haben, als sie sich das Leben nahmen. Ist das korrekt?«

Hurtig nickt, sagt aber auch, dass er keine Details preisgeben darf, und fragt sich, ob er durch die reine Bestätigung nicht schon zu viel offenbart hat. Paul scheint seine Gedanken zu lesen und erklärt, dass er seine Quellen geheim hält.

»Jeder hat das Recht, den Medien Informationen zukommen zu lassen, ohne sich dadurch strafbar zu machen oder zu riskieren, dass die eigene Identität gelüftet wird. Das steht im ersten Paragrafen des ersten Kapitels des schwedischen Gesetzes über die Pressefreiheit.«

Hurtig lacht, und Paul erklärt, zwanzig Jahre in der Branche haben ihn gelehrt, dass Quellen das Wichtigste für einen Journalisten sind, und wenn man sie nicht hegt und pflegt, ist man erledigt. Mit anderen Worten: keine Quellen, kein Text.

Sie unterhalten sich noch eine Weile und kommen natürlich auch auf Maria Alvengrens Tod zu sprechen. Paul erklärt, warum er sich Sorgen um Vanja macht, und wiederholt noch einmal, was er zuvor schon gesagt hat: dass er glaubt, die Musik, die sie hört, könnte einen negativen Einfluss auf sie ausüben.

»Das ist doch nur Blut, Feuer, Tod und Hass. Verdammt, mir wäre es lieber, sie würde Clash oder die Ramones hören. Konstruktive Wut.«

Hurtig findet, dass Paul ein gutes Anliegen hat, und beschließt, ihm bei seiner Reportage zu helfen. »Schick mir das, was du geschrieben hast, ich lese es mir durch und sehe, was ich noch hinzufügen kann.«

Paul nickt, sagt, dass er ein bisschen frische Luft benötigt und versuchen will, Vanja zu erreichen. Er zückt sein Mobiltelefon und geht hinaus auf die Terrasse.

Edith, die inzwischen eindeutig betrunken ist, tanzt mit Isaak, und er fordert sie zu immer gewagteren und aufreizenderen Posen heraus. Hurtig lässt sich neben Holger auf einem Sessel nieder und schenkt sich aus der fast leeren Flasche einen Whisky ein.

»Bist du eifersüchtig?«, fragt Holger und nickt in Isaaks Richtung.

Ediths Bein um Isaaks Hüfte bei einem Tanz, der einem simulierten Beischlaf ähnelt.

Ich nicht, denkt Hurtig und sieht Paul vor der Fensterscheibe. Aber er schon.

Schwarze Melancholie

Kristian Tyrann

Ich war elf und hatte lange über alles nachgedacht, was komisch war in der Bibel. Dann fragte ich Papa, warum Gott gesagt hatte: »Es werde Licht«, als er den Tag und die Nacht schuf, aber Sonne, Mond und Sterne erst am vierten Tag erschaffen hatte.

Ich fragte mich, woher dann am ersten Tag das Licht gekommen war oder ob dies ein Fehler war und die Bibel ein Montagsexemplar, von der es bessere Versionen gab. Aber Papa meinte nur, das sei Gottes Wort, machte die Tür zu und ließ mich mit all meinen Gedanken allein.

Ich dachte darüber nach, ob Papa und die anderen Väter ihre Kinder womöglich in blindem Glauben an Gott erzögen, weil sie selbst zweifelten, aber sowie ich diese Vermutung äußerte, brach die Hölle los, und ich musste mich vor der gesamten Gemeinde erklären. Sie beteten und redeten in Zungen und weinten und führten sich wahnsinnig auf.

Heute Abend bin ich unkonzentriert gewesen, deshalb habe ich mich auch tiefer geritzt als sonst. Um die Situation zu retten. Das Teppichmesser war effizient, und meine Arme sehen aus wie in Fetzen gerissen. Bei meinem Kopf bin ich mir nicht so sicher. Er ist heiß und klebrig, und es brennt in den Augen.

»Du brauchst einen Arzt.« Ein junger Typ starrt auf mich herab. Ich kann es nicht ertragen. Es ist der Blick einer Lehrerin oder eines Beamten von der psychosozialen Beratungsstelle. Vorgetäuschte Besorgnis von jemandem, der nur nach Hause zu seiner Familie und fernsehen will. Der Blick besagt eigentlich, dass sie alle wollen, dass ich aufhöre, der zu sein, der ich bin, und keine Mühe mehr mache.

»Ganz ruhig«, sagt er und hustet. »Du bist ja total durchgeknallt …«

Du hast ja keine Ahnung, denke ich und bin wieder allein.

»Ich brauche Geld für neue Saiten«, sagte ich. Mama fand es gut, dass ich Gitarre spielte. Offiziell war ich also ein Gitarrist, der so viel spielte, dass andauernd die Saiten rissen. Sie gab mir Geld. Ich kaufte Bier davon, und später am selben Tag rissen die Saiten tatsächlich. Ich brauchte also wieder Geld, aber ich konnte ja kein zweites Mal lügen.

Warum hat sich eigentlich nie jemand darum bemüht herauszufinden, wer ich bin?

Darauf gibt es nur eine gute Antwort.

Der Mythos ist spannender.

Deshalb tue ich auch, was ich tue: um allen zu zeigen, dass der Mythos am Schluss zum Leben und zur Wahrheit wird.

Bald wird noch jemand sterben. Die gleiche Herkunft, das gleiche Leben und ein ebenso selbstverständlicher Teil des Mythos.

Wir hatten uns seit fast einem halben Jahr nicht mehr gesehen. Ich hatte meine erste Kassette bekommen, sie heimlich gehört, und mein Herz pochte wie wild vor Vorfreude, als ich das Band abspielte und ganz genau hinhörte.

Die Stimme hatte sich verändert. Sie klang tiefer und erwachsener.

»Weißt du noch, wie wir Mord im Orientexpress gespielt haben? Ich war Hercule Poirot, und das Sofa in Papas Arbeitszimmer war der Eisenbahnwagen, in dem ich dich zu dem Mord vernommen habe, den du begangen hattest. Weißt du noch?«

Dann Stille. Nur ein leises Rauschen.

»Eines Tages spielen wir dieses Spiel in echt.«

Ich bleibe noch eine Weile in der Loge sitzen. Schreibe ein paar Zeilen auf einen Zettel, den ich an die Wand hänge, bevor ich gehe.

Das Leben ist ein Spiel, schreibe ich. *Es ist ein Krieg, den man nicht gewinnen kann, und es gibt nur eine einzige Regel: jeder für sich und Gott gegen alle.*

Simon
Kristian Tyrann

»Das war doch total krank«, sagt der Ziegenbart. Er ist der Sänger der Burning Corpses.

Die Mitglieder der Band stehen um Simons und Øysteins Tisch herum.

»Ein ganz normaler Auftritt von Hunger«, sagt Simon beiläufig, und sie tun ihm beinahe leid, als er merkt, wie verlegen sie sind. Der Auftritt war nicht so schlecht, wie er befürchtet hat.

»Wo ist Hunger jetzt?«, fragt jemand. »Kennt ihr ihn gut?«

»Ihn?«, gibt Simon zurück. »Er oder sie hat sich längst aus dem Staub gemacht.«

»Und den Verstärker vergessen.«

»Wir kümmern uns darum.«

Simon will, dass der Mythos um Hunger echt bleibt und nicht auf irgendwelche Räuberpistolen aufbaut, aber Øystein ist nun mal so verdammt unberechenbar, und gerade was den Verstärker betrifft, ist es zu spät, um reinen Tisch zu machen. Øystein denkt sich alles Mögliche aus, und dann entwickeln die Geschichten ein Eigenleben. Keiner würde je glauben, dass Hunger den Verstärker selbst gebaut hat, wenn er, Simon, das behaupten würde.

Der Ziegenbart und die anderen von den Burning Corpses sehen zufrieden aus. Sie glauben, sie sind zu Insidern geworden. »Wollt ihr mit zu einer Privatparty?«, fragt der Bart. »Draußen auf Bjäre.«

»Vielleicht.«

Jemand tippt Simon auf die Schulter. Er hat mittlerweile die

Nase voll von den ganzen Leuten, doch diesmal ist es der Veranstalter, ein großer Kerl mit einem roten Irokesenschnitt, der die Gage bringt. Zweitausend plus noch mal zweieinhalbtausend für die verkauften CDs und das Merchandising. Zum Glück waren die Getränke frei, sonst stünden sie wesentlich schlechter da. Øystein steckt das Geld ein. Es deckt genau die Schulden für die Ration, die soeben zur Neige gegangen ist, aber Simon wird heute Abend noch was brauchen.

Vanja

Kristian Tyrann

Vanja hat viel zu viel getrunken. Es ist ein Uhr nachts, und sie hat neun verpasste Anrufe von Paul.

Von Hunger weiß sie nur noch, dass ein chaotisches Gedränge herrschte, und sie erinnert sich noch an das Stroboskoplicht, das sie fast blind gemacht hat. Und an den Gestank von verdorbenem Fisch und die Gestalt auf der Bühne.

Sie trägt die Kleider vom Vortag und eine blutige Bandage über dem Brustkorb, aber sie hat auf die Schminke verzichtet. Heute Abend hat sie sich nicht geritzt. Dafür sind die Schnittverletzungen von gestern wieder aufgegangen.

Sie ist eine bleiche Kopie ihrer selbst.

Vanja kauft sich noch ein Bier, geht nach draußen und zündet sich vor dem Eingang eine Zigarette an. Aus einer Schachtel, die sie in einem Supermarkt im Zentrum von Ängelholm geklaut hat – die gleiche Taktik wie daheim bei Ica. Warum hat sie nicht mehr mitgehen lassen? Jetzt sind nur noch drei Zigaretten übrig.

Sie hört Pauls Nachrichten ab. Die erste klingt vorwurfsvoll, die zweite beunruhigt und scheinheilig. Bestimmt ruft er wieder an. Sie schaltet ihr Telefon aus.

»Hej.«

Sie dreht sich um. Vor ihr steht der Sänger der Burning Corpses und hält ihr eine Flasche mit einer schwarzen Flüssigkeit hin.

»Moonshine und Turkish Pepper«, sagt er grinsend. »Ist eine lokale Spezialität.«

Sie nimmt einen großen Schluck von dem Getränk, das an der Bar für zehn Kronen pro Zentiliter verkauft wird.

»Ihr wart echt gut«, sagt sie. Es ist eine Lüge.

Zwei weitere Typen aus der Band gesellen sich zu ihnen, und die Flasche macht die Runde. Sie schnorrt ein paar Zigaretten, und die anderen erzählen, dass sie noch woanders weiterfeiern wollen.

»Ich kenn nen Typen, der hat ein Haus in der Nähe von Torekov«, sagt der Sänger. »Wir können bei ihm mitfahren, und ein Platz ist noch frei, wenn du auch mitwillst. Du bist nicht von hier, oder?«

»Nein.«

»Weißt du schon, wo du pennst?«

Sie denkt nach. »Nein«, sagt sie nach einer Weile. Die Flasche hat nochmals die Runde gemacht. Diesmal gibt sie sie sofort weiter. Das Gesöff schmeckt grauenerregend.

»Mir gefällt dein blutiger Verband … Ist der echt?«

Was für eine Frage, denkt sie. »Nein, alles Attrappe.«

Sie lachen. Sie lacht auch, glaubt sie.

»Willst du mit? Zwei Typen aus Stockholm sind auch dabei. Ich glaube ja, einer von ihnen ist Hunger. Sie sehen beide ein bisschen so aus wie der Typ auf der Bühne.«

Hunger!, denkt Vanja.

»Das glaube ich kaum. Warum sollte Hunger mit euch auf eine Party gehen?«

Als ihr die Flasche wieder hingehalten wird, greift sie wieder zu. Sie kann jetzt ruhig über die Stränge schlagen, inzwischen ist es auch schon egal.

Vanja sitzt in einem Auto, das nach Öl riecht. Durch die Heckscheibe ist das schwarze ruhige Meer zu sehen, in der Ferne blinkt ein Leuchtturm. Sie hat vergessen, wo sie hinfahren, aber das spielt jetzt keine Rolle mehr. Nichts spielt noch eine Rolle, und das ist die beste Erkenntnis, die es gibt.

Das Auto biegt in einen Kiesweg ein und hält an.

Als die Tür aufgeht, weht Musik zu ihnen herüber. Sie kommt Vanja vage bekannt vor, aber sie kann sie nicht richtig einordnen. Es könnten die frühen Celtic Frost sein … Aber sie sind es nicht.

Sie werden von einem Kerl in einem rosafarbenen Hemd, roten Jeans und mit kurz geschnittenen, zurückgekämmten Haaren begrüßt. Er stellt sich ihnen als Oscar aus Torekov vor. Vanja gibt ihm lieber nicht die Hand, weil sie so aussieht, als könnte sie nach Handcreme stinken.

»Wo ist Hunger?«, will er wissen.

»Unterwegs«, sagt der Schlagzeuger der Burning Corpses, und Vanja beschleicht das Gefühl, dass alles zum Teufel gehen wird.

Hurtig
Bjäre-Halbinsel

»Du bist genauso klug wie Gott und die Mäuse«, sagt Aiman und lacht.

Hurtig starrt in sein leeres Glas. Er weiß beim besten Willen nicht, was sie meint.

»Ich mache nur Spaß«, fährt sie fort. »Neulich hab ich einen Artikel über die Beziehung von Menschen und Mäusen zu Alkohol gelesen. Du bist wie die Mäuse. Die gehen maßvoll mit Alkohol um.«

Hurtig murmelt, dass er sich bisweilen ein Bier gönne, sich aber nur ungern so sehr betrinke, dass er die Kontrolle verliert. »Wenn man in Lappland aufgewachsen ist, mitten im Wodkagürtel, weiß man, wie es laufen kann, wenn man nicht aufpasst.«

Er bittet sie, sich zu ihm zu setzen, und fragt, ob er ihr etwas zu trinken holen soll. Sie nimmt Platz, lehnt aber dankend ab. Sie will sich bald aufs Ohr legen.

Edith und Holger haben sich mittlerweile absentiert, Paul sitzt auf der Terrasse und raucht. Isaak ist in der Lobby und unterhält sich mit dem Hotelbesitzer. Es hat sich herausgestellt, dass er nicht nur das Hotel leitet, sondern obendrein einer der größten Kunstsammler in Skåne ist.

Isaak ist im Lauf des Abends immer schweigsamer geworden, und Hurtig glaubt, das könnte mit dem ganzen Gerede über die Mädchen zu tun haben. Er hat mehrmals angedeutet, dass er sich wegen Marias Tod Vorwürfe macht. Dass er ein offenes Ohr für ihre seelischen Nöte hätte haben und sich mehr um sie hätte kümmern müssen.

Hurtig hofft, dass die Unterhaltung in der Lobby ihn auf andere, positivere Gedanken bringt. Er mustert Aiman und schenkt sich den letzten Rest Whisky ein.

»Findest du mich jetzt immer noch maßvoll?«, fragt er und hebt das Glas.

Aiman schmunzelt. Dann sagt sie, sie sei müde und müsse sich hinlegen.

»Wenigstens des Kindes wegen«, sagt Hurtig in vertraulichem Ton und deutet auf ihren Bauch.

Aiman legt den rechten Zeigefinger auf die Lippen, bevor sie aufsteht. Er hört noch, wie sie Isaak und dem Hotelbesitzer eine gute Nacht wünscht.

Als ihre Schritte verhallt sind, kommt Isaak an die Bar und verkündet, dass auch er jetzt das Handtuch wirft. »Es war ein langer Tag, und ich will ausgeschlafen sein für die Rückfahrt.« Hurtig entgegnet, dass er den gleichen Gedanken habe, vorher aber noch mal auf die Terrasse hinausgehen wolle, um zu sehen, wie es Paul geht. »Das ist echt nett von dir«, sagt Isaak und umarmt ihn flüchtig.

Kriminalkommissar Jens Hurtig leert sein Glas in einem Zug und beschließt, für heute keinen Schluck mehr zu trinken. Auch wenn Isaak versprochen hat, den ersten Teil der Strecke zu übernehmen, will er die Fähigkeit seines Körpers, Alkohol abzubauen, nicht ausreizen.

Er geht auf die Terrasse und findet Paul halb sitzend, halb liegend auf einem Zweisitzer vor. Er hält sein Telefon in der Hand, und Hurtig fragt, wie es ihm geht.

»Ich hab Vanja bestimmt zehnmal angerufen, aber sie geht nicht ran«, murmelt Paul. »Was mich noch viel mehr beunruhigt, ist allerdings, dass ich offenbar der Einzige bin, der sich fragt, wo sie sich rumtreibt.« Paul verstummt und hickst. »Wie kann zum Beispiel Holger oben liegen und ratzen, während seine depressive Tochter verschwunden ist?«

Simon
Bjäre-Halbinsel

Sie sitzen auf einem weißen Stoffsofa und reden. Simon ist entspannt, Øystein nicht.

Oscar aus Torekov behauptet, Black Metal zu hören, dabei kennt er noch nicht mal Venom und Morbid und Merciless ebenso wenig. Bathory hält er für eine Punkband.

Er studiert in Lund und scheint sich für eine Art Übermensch zu halten. Die Dreieinigkeit der Burning Corpses wird allmählich unruhig, und die Mädchen am Boden kichern nervös.

Nur das Mädchen mit dem Verband um die Brust nicht. Sie sitzt im Sessel und schweigt.

Oscar erzählt, dass seine Eltern verreist sind und sich alle aus der Bar bedienen dürfen. So weit, so gut. Wenn er sich nur nicht ständig mit irgendeinem akademischen Müll um Kopf und Kragen reden würde. Er scheint alles zu wissen. Wie es ist, auf der Bühne zu stehen, wie es ist, von etwas begeistert zu sein, das zu lieben, was man tut, und es gleichzeitig zu hassen. Das wäre, wie ein Referat an der Uni halten zu müssen, sagt er – ein armseliger Vergleich. Früher oder später wird Øystein ihm dafür eine reinhauen. Da ist es gleichgültig, ob er in gewissen Dingen vielleicht sogar recht hat. Oscar ist der Ansicht, dass es im Satanismus darum geht, nach dem ursprünglichen Chaos zu streben, das vor allem anderen existierte; eins zu werden mit der chaotischen Finsternis, am Rande der Gesellschaft zu leben und stets das Verbotene und Unbekannte zu suchen. Er behauptet, Black Metal sei in etwa wie religiöser Fundamentalismus und der gutturale Gesang wie Zungenreden. Es sei der gleiche echte, reine

Glaube. Ekstase und Verzückung. Ein Auftritt ist beides: Theater und Andacht. Anscheinend kann Oscar alles und weiß alles, und Øystein ist kurz davor auszurasten.

Simon ist klar, dass er ihn bremsen muss.

»Glaubst du wirklich, dass es dabei um Theater geht?«, fragt er, zieht seine Lederjacke aus und krempelt die Ärmel hoch. Die Wunden bluten noch immer, und Oscar murmelt irgendwas, was sich anhört wie: »Vielleicht auch nicht.« Aber eine Kunstform sei es trotzdem. Eine Mischung aus Kunst, Musik und Religion. »Wirklichkeit *meets* Performance, irgendwie so.«

»Irgendwie so?«

Simon nimmt eines der langstieligen Weingläser, kippt sich den Inhalt hinter die Binde und bricht dann den Stiel ab. »Ich geb's offen zu: Fundamentalistische Muslime find ich echt klasse«, sagt er und hält sich die Stielspitze an die Armbeuge. »Sie sind so ergeben – ich bewundere die Intensität ihres Glaubens. Aber findest du wirklich, das Ganze wäre wie Pantomime? Glaubst du, da gäbe es Gesetze?«

»Hör auf damit«, sagt Oscar. »Das macht Flecken.«

Die Burning Corpses sagen kein Wort, genauso wenig wie die Mädchen zu ihren Füßen. Øystein sieht belustigt aus und nimmt einen großen Schluck von seinem Getränk – wahrscheinlich Whisky oder irgendein Kognak.

Das Mädchen mit dem Verband lächelt Simon an. Er findet sie süß.

»Satanismus ist Chaos, aber auch im Chaos gibt es Gesetze«, behauptet Oscar felsenfest.

»Und du studierst Physik?«, fragt Simon. Oscar nickt.

Simon kennt sich aus mit Physik. Ein leichter Druck auf die Ader in der Armbeuge. Oscar bemerkt davon überhaupt nichts, aber Simon weiß, dass er gerade eine Vene punktiert hat. Das geht auch mit mehr Druck, besonders wenn man was getrunken hat. *Das* ist Physik.

Simon zieht den Glasstiel weg, und ein dicker Strahl Blut spritzt über den Tisch bis zu dem sogenannten Physiker auf der anderen Seite. Simon presst den Daumen auf die Wunde und winkelt den Arm an.

»Hab ich dich jetzt provoziert?«

Schwarze Melancholie

Bjäre-Halbinsel

Auf der Halbinsel Bjäre im Nordwesten Skånes wohnt ein Mann, der nicht mehr lange leben wird. Hans-Axel Ljung ist pensionierter Major, und ich bin zum Strand von Glimminge unterwegs, um ihn zu töten.

Jeden Morgen um die gleiche Zeit macht er einen Spaziergang mit seinem Hund. Man kann die Uhr nach ihm stellen.

Es ist neblig, die Dämmerung ist dicht und undurchdringlich, aber ich kann das Ufer erkennen und die knotigen Bäume des Birkenwäldchens landeinwärts ausmachen. Ein Stück entfernt dreht sich ein Windrad, und im Nebel sehen die Rotorblätter aus, als schwebten sie frei in der Luft.

Ich nehme den Revolver in die Hand. Ein belgischer Nagant, den Papa von Hans-Axel bekommen hat, als sie gemeinsam bei der Armee waren. Ein über fünfzig Jahre alter Revolver, mit dem Papa mich als Kind schießen ließ.

Es war Sommer in Vitvattnet, weit weg von dem eingeengten Alltag in Bromma, und ich war es, der irgendwann auf die Idee kam, ein paar Rentiere aus einem der Samendörfer zu schießen. Papa musste diesen Lappendeppen Schadensersatz zahlen, und ich wurde nach Skåne geschickt, wo man mir Disziplin beibringen sollte.

Ich musste bei Major Ljung wohnen, er hatte ein Haus an der Westküste von Skåne gekauft. Dort musste ich alles über Anstand und Manieren lernen. Bauch rein, Brust raus, strammstehen und abtreten, aufstehen mit dem ersten Hahnenschrei, Marsch im Laufschritt um die Bucht noch vor der kalten Dusche, dann Antreten in ziviler Kluft.

Danach hatte ich frei, während Ljung nach Halmstad fuhr und seiner Aufgabe im Halland-Regiment nachkam, wo er F0 31 gegen die Rote Übermacht verteidigte, so wie Welham von Salzburg es bereits 1624 getan hatte und auch der 91er Karlsson und der 87er es getan hatten, auch wenn die nur im Film oder in Comicheftchen existierten.

Wenn ich allein war, durchstöberte ich das Haus, und weil es bis unters Dach mit alten Funkutensilien aus der Armee vollgestopft war, nahm ich dort auch die erste Kassette auf.

Ich vermisste eine einzige Person, und die Kassetten waren unser Mittel, um zu kommunizieren.

Die Munition liegt in der Tasche ganz unten, und die kleine Schachtel fühlt sich rau an. Sie enthält vierzehn Patronen – genug, um das Magazin zweimal zu füllen. Das Probenröhrchen liegt daneben. Noch ist es kühl, aber schon bald wird es warm sein.

Wenn das Halland-Regiment Ehemaligentreffen für die alten Kameraden ausrichtete, kam Papa zu Besuch, und wenn er und Hans-Axel spätabends wieder heimkamen, weckten sie mich und fragten, ob ich mit dem Nagant probeschießen wollte.

Auf die Steinmauer im Garten stellten sie fünf Flaschen, die ich treffen sollte, und ich konzentrierte mich. Fünf Flaschen. Ich stellte mir vor, dass es sich dabei um Papa, Hans-Axel, Ingo, Fabian und Vilhelm Carlgren handelte.

Das Magazin des Nagant hat sieben Schuss, und erst traf ich Fabian, dann Ingo und Hans-Axel, aber als Papa an der Reihe war, saß erst der letzte Schuss.

Ich lade den Revolver, ohne ihn zu entsichern, damit sich nicht aus Versehen ein Schuss löst. Dann verstaue ich ihn wieder in der Tasche und marschiere quer über die Strandheide. Zwischen ein paar niedrigen Büschen schlängelt sich ein Pfad entlang; der Strand wird von einer breiten Bahn aus Plastiktüten, Glasflaschen und massenweise anderem Müll gesäumt. Das Werk der Herbststürme.

Miesmuscheln schimmern tausendfach, bilden einen Teppich aus dünnen Schalen entlang des Pfads, und es knirscht unter den Sohlen. Der Tang riecht nach einer Mischung aus gekochtem Kohl und Abfluss.

Ich kann das, was ich unten am Strand sehe, mit wenigen Worten zusammenfassen: Tang, Miesmuscheln, schmale, flache Steinbrecher. Das Ufer bedeckt mit Abfällen und Strandhafer. Das Meer. Nebel und Finsternis.

Die Miesmuscheln sind schön, das sehe ich, aber sei's drum. Sie interessieren mich ebenso wenig wie der verrottete Tang.

Ich komme an ein paar langen Bootsstegen vorbei, dann öffnet sich vor mir der Sandstrand. Ich beschleunige, und eine alte Bunkeranlage ragt zu meiner Rechten auf.

Ich weiß, dass Hans-Axel ganz in der Nähe ist. Als ehemaliger Soldat fühlt er sich wohl bei den alten Wehranlagen – Hinterlassenschaften einer Zeit, in der ganz Europa brannte, einer Zeit, die er selbst gern erlebt hätte.

Dann klickt es plötzlich in meinem Kopf. Er wird schwer, und der Strand scheint mit einem Mal unendlich weit. Ich lehne mich gegen den Bunker und sitze den Anfall aus. Im Hintergrund klingt das Glucksen der Wellen wie halb erstickte Atemzüge.

Das Meer ist wie mein ganzes Leben. Ein Ozean aus flüssigem grauen Metall.

Totgeborenes Leben.

Ich meine, Hundegebell zu hören, kann aber nicht ausmachen, wie weit weg sie noch sind.

Mir kommt es so vor, als würde ich schrumpfen, während der Rest der Welt grenzenlose Proportionen annimmt. Ich bin so verdammt klein und einsam.

Tu's jetzt, denke ich. Tu es.

Ich nehme den Revolver aus der Tasche und entsichere ihn. Hebe den Arm und setze die Mündung der Waffe an meine Schläfe. So einfach.

Nur eine kleine Bewegung mit dem Zeigefinger, und das Rauschen im Kopf hört auf.

Die Bewegung, die mein Leben ist, wird aufhören, und die Erde kann sich weiterdrehen, als wäre nichts passiert. Binnen weniger Stunden wird der Wind meine Fußspuren im Sand verwehen.

Aber ich schieße nicht.

Nicht jetzt.

Plötzlich höre ich Schritte, Hosenbeine streifen an Gräsern entlang, Schuhsohlen zermalmen Muschelschalen.

Ein Hund bellt. Ein Schatten bewegt sich im blassen Licht.

Ich rieche den nassen Hund des Majors und spüre die weichen, warmen Hände des alten Mannes um meine Handgelenke.

Der Zeigefinger an den Abzug, und ich schieße auf den Schatten.

Der Hund rastet aus. Ein salziger Tränenfilm verschleiert mir die Sicht, aber ich weiß, dass sein Leichnam zwischen uns am Boden liegt.

Ich stehe auf und feuere vier weitere Schüsse auf das reglose Bündel ab.

Vier Explosionen, wie Klopfzeichen an der Tür zum Unglück.

Simon
Bjäre-Halbinsel

Hinterher behauptet Øystein, er wäre beinahe verblutet, aber Simon weiß genau, was er tut, und hat seine Zweifel.

Das süße Mädchen mit dem Verband heißt Vanja, und sie verarztet ihn auf der Toilette. Sie machen ein bisschen rum. Nachdem sie sich noch ein paar Flaschen Wein genommen haben, verziehen sie sich. Simon fragt sich kurz, ob Vanja überhaupt schon sechzehn ist, aber sie trinkt wie eine Alkoholikerin, und das, was sie sagt, verrät, dass sie in kurzer Zeit bereits ein langes Leben gelebt hat.

Vanja zieht ihr Handy aus der Tasche und stellt Musik an.

Er erkennt den Song sofort wieder und ist froh, dass sie den gleichen Musikgeschmack hat wie er.

Ever since I was eight or nine I've been standing on the shoreline.

Er lässt seinen Blick über das metallisch graue Meer schweifen, legt sich auf die Seite und sieht ihr in die Augen. Sagt nichts, lässt die Musik sprechen.

Waiting for something lasting.

Vanja beugt sich vor und küsst ihn. »Die nächste Zeile ist für dich«, sagt sie und singt den Text leise mit. »*Lose your hunger you lose your way, get confused and you fade away.*«

Genauso ist es, denkt er und will nicht nach Stockholm zurück, wo alles dunkel und deprimierend ist. Das Leben kann so viel mehr sein. Etwa mit einem süßen Mädchen am Strand liegen.

Oh, this town kills you when you are young.

Sie haben sich kaum mehr als eine Stunde unterhalten, aber er hat ihr bereits erzählt, dass er eine Schwester hat und seine

Eltern hasst, vor allem seinen Vater, und dass er sich vorstellen könnte, nach Norrland zu ziehen. Er hat Verwandte dort und hätte die Möglichkeit, dort noch mal ganz von vorn anzufangen. Andere Entscheidungen zu treffen.

»Willst du sterben?«, fragt sie und legt sich auf ihn. »Ich wollte es gestern und vorgestern und so lange ich denken kann. Aber jetzt bin ich mir nicht mehr sicher.« Umständlich versucht sie, seinen Gürtel zu öffnen.

»Ja, das will ich«, erwidert Simon und lässt sie gewähren. »Bei Hunger geht es schließlich genau darum.«

Die Musik aus dem Telefon füllt den Raum zwischen ihren Gesichtern.

You die young. You die when you're young. You die when you're young.

Sie behauptet, sie glaube ihm, weil sie den Auftritt auch gesehen hat. Im Publikum mussten sich mehrere übergeben, aber sie war einfach nur wie erstarrt. Wenn die Botschaft lautet zu sterben, hat Hunger das perfekt rübergebracht.

Als Simon von Vanja wissen will, was sie gefühlt hat während des Konzerts, macht ihre Antwort ihm klar, dass sie älter als sechzehn ist. Vom Kopf her vielleicht sogar eine alte Frau.

»Das Konzert war pompös. Gewaltig und direkt. Eigentlich total sinnlos.«

Sie grinst ihn an, und er spürt, dass er sie mag. »Du meinst, Hunger ist das Gegenteil von Moral?«, fragt er und lacht, während sie seinen Bauch unter dem Pullover streichelt.

»Hunger ist die vollkommene Leere«, sagt sie im Brustton der Überzeugung, und er merkt, wie er steif wird.

Zum ersten Mal in seinem Leben macht Simon die Erfahrung, dass es einen Menschen gibt, der ihn versteht.

Er spürt, dass er sie liebt, und ganz gleich, was Øystein behauptet, ist dieses Mädchen auf jeden Fall echter, als Hunger es jemals sein wird.

We are shadows. Oh we're shadows. Shadows in the alley.

Er hört die Musik, lässt sich von ihrer Stimme und ihren Händen streicheln und genießt den Augenblick.

»Früher galt man als Mörder, wenn man jemanden zum Freitod überredet hat«, erklärt sie, und ihre Hände tasten sich weiter nach unten.

Ihm ist schwindelig, und der Gedanke, dass sie ihn mag, macht ihn für einen Sekundenbruchteil glücklich.

Sie knöpft seine Jeans auf, und er hebt das Gesäß, damit sie ihn leichter ausziehen kann.

»Für mich ist das nur eine Art Sterbehilfe«, fährt sie fort, nimmt seine Hand und legt sie sich auf die Brust.

Dann ist ihr Gesicht über seinem, und er spürt ihren warmen Atem an seiner Wange. Der Geruch von Alkohol gemischt mit Turkish Pepper und teurem Rotwein.

Und dann die feuchte Wärme in ihr.

Der kühle Sand im Rücken.

Er schließt die Augen, während sie sich hin- und herbewegt.

Er will die Zeit anhalten. Immer hier sein. Mit ihr.

Aber irgendetwas in ihm lässt das nicht zu, und er schlägt die Augen wieder auf.

»Ich kenne dich irgendwoher«, sagt er und weiß nicht recht, wie er weitermachen soll.

Wie berührt man jemanden, den man mag?

Macht man das genauso wie mit all denen, die egal waren?

Dann spannt er seinen Körper an. Nach ein paar Sekunden hält auch sie in ihrer Bewegung inne.

Es ist kalt geworden.

Er weiß nicht, wie es gehen soll. Er kann ihr nicht geben, was sie braucht, und er ist nicht imstande, sich das zu nehmen, was sie zu geben hat.

»Wir haben uns schon mal gesehen«, sagt er und küsst ihren Hals.

»Ich glaube nicht«, lächelt Vanja. »Wann soll das denn gewesen sein?«

Er sieht sie an. »In einem früheren Leben vielleicht …«, antwortet er und reckt sich nach der Flasche.

Rappelt sich auf. Ihre Hände lassen von ihm ab, und er nimmt einen großen Schluck.

I've got nothing. Nothing to wait for. Nothing to wait for.

Es ist neblig, und sie zieht sich irgendwann zurück. Vielleicht hat sie die Lust an ihm verloren. Wenn sie ihn wiedersehen will, hat sie ja seine Nummer.

Øystein findet ihn am Strand und erzählt, dass er diesen verfluchten Oscar so dermaßen verprügelt hat, dass keiner mehr etwas mit ihnen zu tun haben will. Also können sie genauso gut sofort nach Stockholm zurückfahren. Das Auto haben sie ein Stück weiter in einem Wendehammer geparkt.

Øystein muss fahren. Er selbst ist immer noch genauso high vom Horse wie auf der Herfahrt von Stockholm nach Skåne. Es geht ihm schlecht.

Wie immer ist alles zum Teufel gegangen.

You die young. You die when you're young.

Es geht immer alles zum Teufel, wenn man sich dafür entschieden hat.

Genau darum geht es bei Hunger.

Hurtig
Bjäre-Halbinsel

Jens Hurtig beginnt den Morgen mit einer ausgiebigen Dusche, bevor er nach unten geht, um zu frühstücken.

Die anderen schlafen noch, er ist allein im Speisesaal. Er lädt sich Eier mit Speck auf den Teller, Würstchen und ein bisschen Grünzeug. Wie immer, wenn er in Hotels isst, nimmt er sich von allem zu viel, obwohl er genau weiß, dass er nur die Hälfte schaffen wird. Mit dem Teller in der einen und einem Becher Kaffee in der anderen Hand geht er auf die verglaste Veranda.

Die ersten Sonnenstrahlen färben den Horizont orange, und die Rasenfläche vor den Fenstern ist weiß vom Raureif. Er meint, in der Ferne Polizeisirenen zu hören.

Bevor er sich setzt, geht er noch mal zurück und holt sich eine Zeitung. Der ungeklärte Mord an Fabian Modin ist immer noch die erste Meldung. Er muss an Åhlund denken und sieht auf die Uhr, aber für einen Anruf ist es noch zu früh.

Als sich eine schlanke Gestalt aus dem Waldrand löst und über den Hof auf die Veranda zukommt, ist er in einen Artikel über die Situation in Syrien vertieft. Er fragt sich, wie viele Zivilisten in diesem blutigen Bürgerkrieg noch sterben müssen, ehe die UN eingreift, und ihm ist klar, dass wie immer ein Interessenkonflikt zwischen den Supermächten daran schuld ist. Geld gegen Leben, denkt er, als Vanja neben ihm auftaucht und fragt, ob sie sich zu ihm setzen darf.

Er zuckt heftig zusammen und stößt seinen Kaffeebecher um, fängt ihn aber in letzter Sekunde auf, bevor er auf dem Steinboden zu Bruch geht.

Er zieht einen Stuhl unterm Tisch hervor, und Vanja nimmt Platz.

Das Mädchen hat nasse Haare, und ihre Wimperntusche ist verlaufen. Hurtig argwöhnt, dass sie sich am Strand mit Meerwasser gewaschen hat, ehe sie zum Hotel zurückgekehrt ist.

»Kein Taxi?«, fragt er zögerlich.

Sie übergeht seine Frage und sieht ihn mit leerem Blick an. »Sie waren auf dem Konzert im Gleis drei«, sagt sie stattdessen. »Ich hab Sie gesehen. Sie haben mit den Leuten dort geredet, und alle haben gewusst, dass Sie ein Bulle sind, obwohl Sie behauptet haben, Sie wären von einem Musiklabel.«

So viel zum Thema Schauspielerei, denkt sich Hurtig und ahnt, dass er nichts von all dem glauben kann, was ihm die Leute erzählt haben, wenn ihn doch alle durchschaut haben. Wer hat ihn angelogen und wer nicht?

Er muss an den Junkie denken, den er auf der Toilette verprügelt hat. Genau das hat er getan – ihn verprügelt. Nur ihm gegenüber hat er die Wahrheit gesagt: dass er von der Polizei sei und nicht Musikproduzent.

»Warum haben Sie nichts unternommen, als Sie gesehen haben, dass ich mir die Brust ritze?«, fragt Vanja unvermittelt und sieht ihn vorwurfsvoll an.

Schlagartig hat er wieder das Mädchen vor Augen, das er gesehen hat, kurz bevor er gegangen ist. Er hat sie nicht wiedererkannt. Ihm fällt keine Erklärung ein.

»Ich habe mich geritzt, und Sie haben es zugelassen. Wie können Sie nur damit leben?«

Auf diese Frage gibt es keine einfache Antwort. Alles, was er aufzubieten hätte, wären tausend Entschuldigungen und genauso viele Ausflüchte. Er kann ja nicht einfach sagen, dass er arbeiten musste und wichtigere Dinge zu tun hatte, als sich um irgendwelche Kids zu kümmern, die sich die Pfoten verbrennen, weil sie sich zu nah ans Feuer wagen. Er kann schlecht sagen, dass es allein Ediths und Pauls Aufgabe ist, dafür zu sorgen, dass es Vanja gut geht. Und auf gar keinen Fall kann er ihr sagen, dass es Holgers Aufgabe ist. Er hat nämlich den Verdacht, dass Vanja gar nicht weiß, dass Holger ihr leiblicher Vater ist.

»Sie haben sich nach Hunger erkundigt, hab ich gehört«, fährt sie fort, als er keine Erklärung zustande bringt. »Weshalb? Was wollen Sie von ihm?«

Diese Frage ist einfacher zu beantworten, und Hurtig ist erleichtert, dass er darum herumkommt, sein kompliziertes moralisches Dilemma zu erläutern.

»Weil ich beziehungsweise die Polizei den- oder diejenigen fassen will, die unter dem Namen Hunger Kassetten verbreiten. Aber du sagst, es handelt sich dabei nur um *eine* Person?«

»Ja, das stimmt. Er ist der Einzige, der versteht, wie es mir geht, und dafür liebe ich ihn. Was wollen Sie von ihm? Er hat nichts getan. Er macht Musik, nichts weiter.«

Kriminalkommissar Jens Hurtig erzählt ihr, was er über Hunger und die Kassetten weiß. Quasi als Wiedergutmachung, weil er nicht eingeschritten ist, als sie sich geritzt hat, liefert er ihr sämtliches Details des Falls. Schweigepflicht und Paragrafen sind ihm gleichgültig.

Er will, dass ein Mädchen, das sich die Brust ritzt, begreift, was passieren kann, wenn es so weitermacht. Dass es so enden kann wie Maria oder der Junge aus Kungsgården. Dass es dem Beispiel der Zwillingsbrüder folgen könnte und sich vergast. Dass sein Leben genauso kurz sein könnte wie das der Mädchen aus Värmland und Morgongåva: kürzer als ein Wimpernschlag, ausgelöscht in einem einzigen Bruchteil eines schlechten Moments.

Er mustert Vanja, die mit zerlaufener Wimperntusche vor ihm sitzt.

Das Mädchen mit der zerschnittenen Brust.

Die Tochter mit dem nassen Haar.

Und zum ersten Mal in seinem vierzigjährigen Leben erzählt er jemandem von seiner Schwester.

Die Geschichte von Lina.

Fahr zur Hölle

Kvikkjokk, fünfzehn Jahre zuvor …

Jens sitzt im Wald auf einem Baumstumpf, einen Steinwurf von ihrem Haus in Kvikkjokk entfernt. Eine halbe Stunde zuvor hat er seinen Vater zum ersten Mal im Leben weinen sehen. Der wortkarge Holzfäller, der in einem Schuppen am Ufer des Miertekjaure-Sees aufgewachsen ist, hat geweint, weil er glaubte, niemand würde ihn dabei beobachten. Ein Zimmer und eine Küche mit fünf Geschwistern – da war kein Platz für Heulsusen.

Sieben verfluchte Tage, seit Lina nicht mehr da ist, und Papa hat die ganze Zeit wie zur Salzsäule erstarrt am Küchentisch gesessen und keinen Finger gerührt, während Mama sich mit der Versicherung und diversen Bestattungsinstituten herumgeschlagen hat. Aber heute hat er für seine verstorbene Tochter einen Kirschbaum gepflanzt, hat sich stundenlang abgerackert, ein Loch in die Erde zu graben, die nie ganz frostfrei wird, hat einen Baum gepflanzt, der in dem kalten, steinigen Boden ohnehin eingehen würde. Als er damit fertig war, hat er sich dahinter versteckt. Hat das Kinn auf den Spatengriff gestützt und hinter den kahlen Zweigen geweint wie ein kleines Kind.

Jens Hurtig sitzt auf einem Baumstumpf und kommt sich wie der allerletzte Mensch auf diesem Erdball vor.

Er sieht ein Mädchen in einer Wanne in einer sonnigen Küche.

Er sieht ein Mädchen, das seinen ersten Milchzahn verliert. Sie bewahrt ihn auf einem Wattebausch in einer Dose aus Birkenrinde auf, die er im Werkunterricht für sie gebastelt hat.

Er sieht ein Mädchen, das für ihn lustige Tiere malt. Das Pferd hat zwei Beine und macht Wau.

Er sieht ein Mädchen, das Reitstunden nimmt, das schon ganz gut ist, aber dann urplötzlich keine Lust mehr hat und stattdessen anfängt, Klarinette zu spielen, obwohl es eigentlich lieber Saxofon lernen will.

Er sieht ein Mädchen, das er jeden Tag ärgert. Das nicht in sein Zimmer kommen und nicht mit seinen Sachen spielen darf. Dessentwegen er seine Zimmertür von innen abschließt.

Er sieht ein Mädchen, das aufwächst, während er an anderen Orten wohnt und ein anderes Leben lebt. Sie sehen sich nur mehr zu Weihnachten, und er geht davon aus, dass sie jedes Jahr wieder da ist, immer ein Jahr älter und immer mit Neuigkeiten.

Sie geht aufs Gymnasium, hat ihren ersten Freund. Er heißt Magnus, ist schüchtern und spielt Eishockey in Kiruna.

Sie macht Abitur, will Psychologin werden. Mit Magnus ist Schluss, der neue Freund heißt Filip und hat an einem Fuß sechs Zehen.

Sie geht an die Uni, will aber eigentlich etwas ganz anderes machen. Vielleicht Sängerin oder Tänzerin werden, aber sie traut sich nicht, ihre Träume in die Tat umzusetzen, und setzt daher ihr Studium in Umeå fort.

Er hat angefangen, als Polizist zu arbeiten, und sie schickt ihm selbst gestaltete Collagen.

Sie weiß auch nicht, warum sie was ausschneidet und aufklebt, sie weiß nur, dass es ihr Spaß macht. Die Bilder erinnern ihn an die Cartoons von Jan Stenmark.

Er sieht ein Mädchen, das nicht mehr weiß, wie seine Träume aussehen, und ihm irgendwann keine Collagen mehr schickt. Nur noch ein allerletztes Werk.

Ein Foto mit einer fröhlichen Lina und einer Sprechblase, die sie darübergeklebt hat, ausgeschnitten aus einer alten Abendzeitung. »*Aftonbladet* überholt *Expressen*«, steht da. Wenn das nicht witzig ist, ist überhaupt nichts witzig.

Wenn Träume sterben, stirbt man selbst.

Jens Hurtig sitzt auf einem Baumstumpf in Kvikkjokk und fragt sich, warum in aller Welt er noch am Leben ist und sie nicht.

Hurtig
Bjäre-Halbinsel

Carl von Linné wusste, dass Blumen sich zu verschiedenen Tageszeiten öffnen und schließen und dass man die Uhr danach stellen kann. Er entwarf eine Blumenuhr, von Löwenzahn bis Ringelblume, und eine Replik davon kann man im hinteren Teil des Hotelgartens in Rammsjö bewundern.

Die Sonne ist eben aufgegangen, und die Morgendämmerung trägt das unausgesprochene Versprechen eines Neuanfangs in sich.

Hurtig und Vanja sind halb ums Haus herumgegangen, während er von seiner Schwester erzählt hat. Jetzt stehen sie vor den Blumen, die die Uhrzeit anzeigen sollen. Vanja ist aschfahl im Gesicht, und ihn selbst plagen ein schlechtes Gewissen und ein Gefühl von Unzulänglichkeit.

Auf einem Schild steht, wie die Blumenuhr funktioniert, aber alles ist verwelkt, und Jens Hurtig sieht nur ein Beet voll toter Zeit.

Er mustert Vanja und wartet auf eine Reaktion.

Wiesenbocksbart, auf Englisch *Jack-go-to-bed-at-noon*, Habichtskraut, Arnika und die Wunderblume, die Vier-Uhr-Blume. Sie sollen sich öffnen – Blume für Blume, Stunde um Stunde.

Die Zeit, da sich die Uhrblumen öffnen und schließen, richtet sich nach dem Stand der Sonne, was wiederum von der geografischen Lage des Ortes abhängt. Diese Uhr jedoch ist stehen geblieben. Um diese Jahreszeit steht sie still.

Als Polizist weiß Jens Hurtig, dass Zeit bedeutet, warten zu müssen. Er weiß das nach all den Stunden, die er als Zivilbeamter verbracht hat, und so wesentlich die Zeit für das Dasein auch ist, so schwer lässt sie sich beschreiben.

Er erlebt sie wie etwas, worin er sich vorwärtsbewegt, und gleichzeitig kommt er sich vor wie ein Stein, der still in einem reißenden Fluss liegt.

Eine andere, ganz offensichtliche Auswirkung der Zeit ist, dass ein und derselbe Ort verschiedene Zustände haben kann. In einem Augenblick kann die Zeit vollkommen öde sein, um im nächsten voller Leben zu stecken. Und wo eine Strecke die Entfernung zwischen zwei Punkten angibt, bemisst die Zeit den Zwischenraum zwischen zwei Geschehnissen.

Vorher und Nachher.

Zeit ist ein abstrakter Begriff, dessen er sich bedient, um ein Modell seiner Umwelt zu schaffen. Eher ein Hilfsmittel, um die Geschehnisse einzuordnen, als etwas Reales, Handfestes. Zwischen Vergangenheit und Zukunft liegt ein deutlicher Unterschied.

Für Jens Hurtig bedeutet Zeit das Leben mit und das Leben ohne kleine Schwester.

Vanja sagt zuerst gar nichts, berührt dann seine Hand und zeigt ihm ein Foto. Das Bild zeigt ein Mädchen auf einem Perserteppich, und Hurtig ahnt, dass es sich dabei um Vanja als kleines Kind handelt.

»Diese Person hätte sich genauso gut umbringen können«, sagt sie. »Sie hat keine Familie, keine Wurzeln. Keiner weiß, wer ihr Vater ist, und ihre Mutter war psychisch krank.«

Er will es ihr sagen, aber er weiß nicht, ob er sie halten kann, wenn sie fällt. »Du hast immer noch Paul und Edith«, sagt er stattdessen, fühlt sich dabei aber unwohl.

Sie schüttelt den Kopf. »Ich habe nur mich.«

»Und Hunger?«

Sie sieht ratlos aus. »Ich liebe ihn, aber ich weiß nicht, ob er mich liebt.«

»Kennst du ihn gut?«

Sie zuckt mit den Schultern.

»Wie ist er so?«

»Nicht so, wie Sie denken.«

»Und wie denkst du, dass ich denke, dass er ist?«

»Dass er schlecht ist.«

»Und was ist das Schlechte?«

Sie stehen vor einer Blumenuhr, die stehen geblieben ist, vor toter Zeit. Himmelblaue Prunkwinde, die Blume für den Tag, liest er. *Ipomoea tricolor.*

»Ignoranz«, sagt sie mit der Selbstverständlichkeit einer Sechzehnjährigen. »Alles, was Hunger nicht ist.«

Hurtig könnte jetzt fragen, wie Hunger wirklich heißt, wie er aussieht oder wo er wohnt. Aber er schweigt. Im Augenblick ist er Mensch und kein Polizist, und er will nicht das Vertrauen zerstören, das zwischen ihnen entstanden ist.

»Ich gehe wieder rein«, sagt sie. »Danke, dass Sie mir von Ihrer Schwester erzählt haben.«

Er nickt, sie lässt ihn allein, und er blickt gen Himmel. Es wird ein schöner Tag heute, denkt er und freut sich auf eine geruhsame Rückfahrt.

Dann hört er aufgebrachte Stimmen von der Terrasse.

Er geht um die Ecke und sieht gerade noch, wie Holger ins Restaurant verschwindet und die Tür hinter sich zuschlägt.

Edith und Isaak sitzen an einem Tisch und rauchen. Sie streiten sich, allerdings leiser, und er hört nicht, was sie sagen. Edith gestikuliert mit beiden Armen, steht auf, folgt Holgers Beispiel und geht nach drinnen.

Isaaks Blick ist wutentbrannt, und das ändert sich kaum, als er Hurtig entdeckt.

»Worum ging's?«, fragt Hurtig, als er sich an Isaaks Tisch niedergelassen hat. Eigentlich ist es zu kalt, um draußen zu sitzen, aber Isaak wirkt aufgebracht, und Jens will wissen, warum.

Isaak zündet sich eine neue Zigarette an. »Holger ist ein verdammter Idiot. Darum geht es.«

»Gibt es einen bestimmten Grund?«

»Geld«, blafft Isaak. »Wegen der Bezahlung für die Feier gestern. Wenn's um Kohle geht, ist Holger ein Geizkragen, genau wie Edith.«

Ihm ist klar, dass Holger einmal eine Art Mäzen für Isaak war, aber das braucht er doch jetzt nicht mehr? Isaaks Jahreseinkommen ist stattlich, und seine Kunst verkauft sich für das Zehnfache mehr als die seiner Kollegen.

Das kann auch ein Druckmittel sein, denkt Hurtig, ohne zu wissen, wie er darauf kommt. Holger Sandström hat womöglich irgendetwas gegen Isaak in der Hand.

Und dabei geht es nicht um Geld.

Isaak lächelt matt und wechselt das Thema. »Hast du die Nachrichten gesehen?«

»Nein.«

Isaak erzählt ihm, was passiert ist, und fünf Minuten später sitzt Hurtig im Auto.

Aber nicht auf dem Weg nach Stockholm.

Aiman
Bjäre-Halbinsel

Aiman nimmt im Hotelrestaurant ein spätes Frühstück zu sich. Isaak leistet ihr Gesellschaft. Er hat im Fernsehen die Lokalnachrichten gesehen und erzählt ihr von dem Mord.

In den frühen Morgenstunden ist am Strand zwischen Rammsjö und Glimminge bei einem der Bunker eine Leiche gefunden worden. Die Meldung ging gleich am Vormittag durch die Medien.

»Das ist ja gleich hier um die Ecke«, stellt Aiman fest.

»Knapp einen Kilometer von hier. Jens ist sofort hingefahren, um sich ein Bild zu machen.«

Sie legt ihr Besteck beiseite. »Wann ist das passiert?«

»Letzte Nacht irgendwann oder am frühen Morgen. Hast du die Sirenen nicht gehört?«

Aiman schüttelt den Kopf. »Nein, ich hab tief und fest geschlafen – bis zehn.«

Holger setzt sich zu ihnen. Sein Teller vom Frühstücksbüfett biegt sich förmlich unter all dem gebratenen Speck, den Würstchen und mindestens drei verschiedenen Rühreivariationen. Er sieht erschöpft aus.

Aiman sieht ihm beim Essen zu.

Ein glattes Gesicht, eine kleine Stupsnase und füllige Lippen über einem Doppelkinn. Schweißperlen auf der Stirn und müde Augen.

Man kann sich selbst dazu bringen, die meisten Menschen zu mögen, aber mit Holger hat sie ihre Schwierigkeiten. Sie versteht einfach nicht, was Isaak an ihm findet.

Holger hat schon von dem Mord am Strand gehört. »Steht schon fest, wer es ist?«

»Ich glaube, er hieß Ljung«, sagt Isaak kurz angebunden. »Ja, so hieß er … Hans-Axel Ljung. Er war Major oder so.«

Holger nimmt ein paar Gabeln voll Rührei, und Aiman findet, dass es so aussieht, als würde sich das Essen in seinem Mund vervielfachen.

Sie wendet sich ab und entdeckt Edith und Vanja in der Auffahrt. Isaak springt auf und öffnet die Tür. »Wo seid ihr denn gewesen?«, erkundigt er sich. »Und wo ist Paul?«

Edith zuckt nur mit den Schultern. »Er ist wohl irgendwo draußen und sucht nach Vanja.«

Das Mädchen geht auf sein Zimmer, und Edith gesellt sich zu ihnen an den Tisch. Vanja habe ihr Telefon ausgestellt, sagt sie, und sei deshalb die halbe Nacht nicht erreichbar gewesen. Sie habe die Nacht bei einem Freund in Ängelholm verbracht. »Aber jetzt ist sie ja wieder da«, sagt Edith, »und das ist doch die Hauptsache. Wir haben gerade einen kleinen Versöhnungsspaziergang gemacht.«

Ediths Lächeln kann über die Sorge in ihrem Blick nicht hinwegtäuschen.

Hurtig
Bjäre-Halbinsel

Obwohl Hurtig für diesen Polizeidistrikt nicht zuständig ist, sind die Kollegen aus Skåne sehr entgegenkommend, als er darum bittet, den Tatort begehen zu dürfen. Nur zwei Telefonate sind nötig.

Er parkt den Volga auf einem Wendeplatz aus Schotter nahe der Polizeiabsperrung und wird von einem übernächtigt aussehenden, untersetzten Mann begrüßt. Er stellt sich als Kommissar Gullberg vor und erzählt ihm, was er über den Toten weiß: Hans-Axel Ljung, pensionierter Offizier und Witwer. Er stamme aus Stockholm und habe sich vor zwanzig Jahren hier ein Haus gekauft. Den Nachbarn zufolge war er ein frömmlerischer Einzelgänger und nicht übermäßig beliebt, weil er sich weigerte, seinen Hund anzuleinen. Er hatte den Foxterrier bei sich, als er erschossen wurde.

»Die Leiche ist bereits in Malmö zur Obduktion«, sagt Gullberg. »Insgesamt wurden fünf Schuss abgefeuert, sämtliche Kugeln wurden sichergestellt. Die Munition ist auffällig; sie wurde in den Fünfziger- und Sechzigerjahren im Militär verwendet, sodass wir nicht ausschließen können, dass die Waffe Major Ljung selbst gehört hat. Unsere Techniker sind bereits bei ihm zu Hause.« Sie marschieren zu dem Bunker hinüber, wo der Leichnam gefunden wurde. »Hier lag er.« Gullberg deutet auf den Boden vor der Betonwand – eine überflüssige Geste, denn die Stelle ist blutdurchtränkt. Er geht ein Stück weiter. »Kommen Sie!«

Etwa dreißig Meter von dem Bunker entfernt haben die Techniker ein weißes Zelt errichtet. Gullberg bleibt stehen und hält die Plane hoch.

Auf dem Sandboden unter dem Zeltdach prangen Blutflecken, und ein paar Gegenstände liegen aufgereiht auf einem kleinen Plastiktisch. Ein Stück blutige Mullbinde, zwei Weinflaschen und ein sandiger Klumpen aus Fischresten.

»Mindestens eine Person ist in der Nacht hier gewesen, was ungewöhnlich ist im Hinblick auf die Jahreszeit«, meint Gullberg. »Wir haben hier die gleichen Schuhabdrücke gefunden wie am Tatort – Größe zweiundvierzig – und diese Sachen dort. Unterschiedliche Fingerabdrücke. Der Verband ist zur Blutprobe bereits in der Analyse.«

»Und der Fischabfall?«, fragt Hurtig. »Der sieht verhältnismäßig frisch aus.«

»Ja, man könnte meinen, dass diejenigen, die sich hier herumgetrieben haben, zum Angeln da waren – aber das ist völlig ausgeschlossen.«

»Ach so? Warum?«

»Karpfen«, sagt Gullberg.

Hurtig räuspert sich. »Entschuldigung, aber ich komme gerade nicht ganz mit.«

»Der Karpfen ist ein Süßwasserfisch. Den zieht man nicht aus dem Skälderviken.«

»Aber Aal könnte man hier doch fangen? Kann das da vielleicht der Köder gewesen sein?«

»Das wage ich zu bezweifeln«, sagt Gullberg, bevor er die Zeltplane wieder loslässt.

»Und es gibt keinen Verdächtigen, abgesehen von denjenigen, die hier Wein und Fisch gepicknickt haben?«

»Nicht, wenn Sie mich fragen. Aber am Vormittag haben wir jemanden festgenommen.«

»Und wer ist es?«

Gullberg lacht. »Eine Viertelstunde, nachdem wir hergekommen sind, ist ein Typ mit Kamera aufgetaucht. Er war ziemlich durch den Wind und hatte eine Fahne. Er behauptet, er wäre Journalist, und wollte, dass wir eine Vermisstenmeldung aufnehmen.«

Dieser verdammte Alkohol, denkt Hurtig, und ihm ist klar: Das war Paul.

»Wir haben ihn in Ängelholm in die Ausnüchterungszelle gesteckt. Wir können ihn natürlich nicht einfach so wieder laufen lassen und werden ihn vernehmen, wenn er seinen Rausch ausgeschlafen hat. Vielleicht hat er ja was gesehen.«

»Ich ahne, um wen es sich dabei handelt«, sagt Hurtig. »Wir wohnen im selben Hotel. Ich fahre später nach Ängelholm und kläre das ab.«

Gullberg mustert ihn interessiert. »Ach so? Denken Sie, dass er der Mörder sein könnte?«

Hurtig denkt einen Augenblick nach. Er weiß nur zu gut, was Alkohol aus einem Menschen machen kann. »Nein«, sagt er dann, »das glaube ich nicht – zumindest machte er auf mich einen ganz normalen Eindruck.«

Gullberg nickt.

»Also, wir sprechen uns später«, sagt Hurtig und geht zum Auto.

Er hat eben die Absperrung unterquert, als sein Telefon klingelt. Åhlund ist dran, und kurz bevor Hurtig sich meldet, sieht er, dass sein Akku fast leer ist.

Åhlund erzählt ihm, dass ein weiterer Brief in Kungsholmen eingegangen ist. Er enthält ein Büschel Haare, ein paar abgeschnittene Fingernägel und einen Führerschein.

»Einen Führerschein?«, wiederholt Hurtig. »Von wem?«

Alles um ihn herum ist still, und er hört weder das Meeresrauschen, die kreischenden Möwen, die über ihm kreisen, noch den tosenden Sturm, der im Anmarsch ist.

»Die Person ist kürzlich erst verstorben. Die Beerdigung war gestern Nachmittag.«

»Beerdigung? Und wo soll die gewesen sein?«, erkundigt sich Hurtig, obwohl er bereits ahnt, was Åhlund gleich sagen wird.

»In einer gewissen Greviekirche«, gibt Åhlund zurück. »Er hieß John Ingmar …«

»… Gustafson, aber er wurde Ingo genannt.«

Fünf Minuten später sitzt Hurtig mit dem Laptop auf dem Schoß im Auto und sieht den Bericht der Techniker durch, die den jüngsten Brief durchleuchtet haben.

John Ingmar Gustafsons Führerscheinbild zeigt ein zerfurchtes Gesicht mit einer weißen Mähne und einem stechenden Blick unter dem Pony. Handelt es sich um einen Künstler, der vor seinem Freitod persönliche Gegenstände an die Stockholmer Polizei geschickt hat? Oder ist auch er ein Mordopfer wie Fabian Modin?

Åhlunds Auftrag besteht darin, alles zu erledigen, was Hurtig aus Zeitgründen nicht selber schafft, und es wird eine Weile dauern, bis sein Kollege Zeit findet, wieder an seinem Auto herumzubasteln oder sich mit einer Pizza und einem Sixpack vor den Fernseher zu setzen.

Während Hurtig Paul Hjorth von der Polizei in Ängelholm abholt, kümmert Åhlund sich um den Obduktionsbericht und trommelt die Truppe für ein kurzes Briefing mit Ivo Andrić zusammen. Taucht in dem Bericht nichts Ungewöhnliches auf, muss nur mehr geprüft werden, ob die Haare und Nägel von Ingo stammen und ob sie ihm vor oder nach seinem Tod abgeschnitten wurden. Dann erst lässt sich klären, ob er ermordet wurde.

Als Hurtig den Zündschlüssel dreht, fällt ihm plötzlich wieder ein, dass es eine Person gibt, die sowohl Fabian Modin als auch Ingo Gustafson gekannt hat. Und dass sich diese Person in Skåne aufhält.

Isaak
Bjäre-Halbinsel

Er ist allein im Zimmer und packt. Als er fertig ist, geht er ins Bad, um sich noch einmal das Gesicht zu waschen.

Der gestrige Tag war ein Tag des Wiedersehens.

Zuletzt waren sie alle in Berlin zusammen – das war vor vier Jahren, und es ist komisch, dass Ingo in seinen Erinnerungen an diese Zeit kaum Raum einnimmt. Als wäre er schon damals zusehends unsichtbar geworden.

Das ist der Zerfallsprozess, denkt sich Isaak, dreht den Wasserhahn zu und trocknet sich das Gesicht ab.

Der Mensch ist das einzige Lebewesen, das seine eigene Existenz als ein Problem ansieht, das es zu lösen gilt. Das trifft besonders auf Aiman und ihre fünfundsechzig Tagebücher zu, findet er – diese fast manische Suche nach Zusammenhängen und logischen Erklärungen. Aber genauso wenig wie bei Jens weiß man bei ihr, was wirklich in ihr vorgeht. Immer ist da eine letzte Mauer, die sich nicht einreißen lässt, und er hat den Verdacht, dass die Verschlossenheit mit ihrem Bruder zusammenhängt. Mit ihrem krebskranken Bruder, über den sie nicht ein einziges Wort verlieren will.

Hurtig
Bjäre-Halbinsel

Als Paul Hjorth vor dem Hotel aus dem Wagen steigt, lässt er eine Menge Sandkörner auf dem Beifahrersitz zurück. Als hätte er unten am Strand geschlafen, denkt Hurtig bei sich.

Auf dem Parkplatz werden sie von Isaak, Edith und Vanja empfangen, und Hurtig beobachtet interessiert, wie die Wiedervereinigung der Familie Hjorth vonstattengeht. Paul wirkt beschämt, und seine Hände zittern, während Edith ihn wortlos in den Arm nimmt. Und wenn Ediths Blick besorgt ist, dann ist der ihrer Tochter verächtlich. Vanja dreht sich angewidert weg, als Paul sie umarmen will.

Jetzt fehlt nur noch einer, denkt Hurtig: Vanjas leiblicher Vater.

»Wo ist Holger?«, fragt Paul.

»Kunst kaufen«, gibt Isaak zurück. »Erst in Torekov und Enhörna, dann in Lund und Malmö und danach in Österlen. Er fährt erst morgen wieder zurück.«

Hurtig hätte mit Holger gern noch ein paar Worte gewechselt, aber das wäre jetzt wohl ohnehin ein wenig fehl am Platz. Es ist besser, noch ein bisschen abzuwarten. Zwei von Holgers Bekannten sind vermutlich ermordet worden. Unwillkürlich wandern Hurtigs Gedanken zurück zu dem Toten am Strand.

Ob Holger ihn ebenfalls gekannt hat?

Nachdem Hurtig und Isaak das Hotel verlassen haben und während der Volga über die Landstraße rollt, nimmt Hurtig die Arbeit wieder auf. Das Handy, das dringend aufgeladen werden musste, hängt an einem USB-Reise-Ladegerät für den Fall, dass Åhlund anruft. Er selbst sitzt mit dem Laptop auf dem Schoß auf der Rückbank und bittet Isaak, nicht schneller zu fahren als erlaubt und nur so lange, wie er durchhält.

Er legt zwei neue Ordner an. Den ersten nennt er »Ingo/Fabian«. Es wird Åhlunds Aufgabe sein, ihn mit Infos zu füllen, und Jens hofft, dass sein Kollege etwas Interessantes zutage fördern wird, bis sie – hoffentlich – in fünf Stunden in Stockholm eintreffen. Den anderen Ordner nennt er »Hunger«, und bis sie auf die Italienische Straße einbiegen, die zur Bucht von Laholm hinabführt, hat er bereits diverse Blogs, Fanbriefe und Konzertbesprechungen gefunden.

Er legt eine kurze Pause ein. Die Straße macht ihrem Namen alle Ehre. Sie schlängelt sich steil bergab in Richtung einer blauen Bucht mit blendend weißen Sandstränden.

Als sie Båstad erreichen, hat er obendrein eine Handvoll Fotos und ein paar Videoclips gefunden.

Es ist schwer, irgendetwas über Hungers Aussehen zu sagen – außer dass es sich um einen Mann handelt. Sein Gesicht ist mit Schminke, Schmutz und weiß der Himmel was sonst zugekleistert, und Hurtig kommt unwillkürlich die alte jüdische Legende vom Golem in den Sinn: ein lebender Toter, ein unförmiger Klumpen Lehm.

Als sie Båstad hinter sich lassen, hat er sich sämtliche frei zugänglichen Videoclips angesehen. Sie zeigen extreme Auswüchse autoaggressiven Verhaltens. Hurtig fragt sich, was wohl das Gesetz dazu sagt. Sind Konzertauftritte zulässig, wenn der Künstler es jedes Mal riskiert zu sterben, sobald er sich auf eine Bühne stellt? Oder wenn das Publikum es riskiert zu sterben – wie bei dem Auftritt im Gleis drei?

Davon abgesehen scheint Hunger eine Person zu sein, die zugleich als abstoßend empfunden und vergöttert wird, und warum er im Verborgenen tätig ist, liegt auf der Hand: Er hat keine

Webseite, niemand scheint seine Musik zu vertreiben, er scheint aber bislang auch noch kein Album aufgenommen zu haben, nicht einmal eine Single.

Die erste E-Mail landet in seinem Posteingang, als sie bei einer Raststätte auf der Kuppe des Hallandsåsen tanken müssen. Dennis Billing teilt Hurtig in knappen Worten mit, dass es einen weiteren Toten gibt.

»Was macht die Arbeit?«, erkundigt sich Isaak, als er sich wieder ins Auto setzt.

»Mein Chef ist ein Vollidiot.«

Billing hätte wenigstens anrufen können, denkt Hurtig wütend. Bei dem toten Jungen handelt es sich um einen gewissen David Litmanen aus Blackeberg, liest er. Die Spurensicherung hat leider nichts Aussagekräftiges zutage gefördert, die Gespräche mit den Angehörigen haben ebenso wenig ergeben, und Hurtigs Chef beendet die Nachricht mit den Worten: »Hoffe, du genießt deine Freizeit.«

Als Isaak den Motor anlässt und der Wagen von der Tankstelle rollt, beschließt Hurtig, Isaak anzuvertrauen, was Paul ihm gegenüber am Vorabend enthüllt hat.

»Holger ist Vanjas leiblicher Vater«, sagt er.

Die Antwort kommt in Form einer Vollbremsung. Der Laptop rutscht Hurtig vom Schoß und landet im Fußraum.

Isaak fährt zu ihm herum. »Wie war das?«

Hurtig wiederholt, was er gerade gesagt hat, und angelt den Laptop wieder herauf.

Isaak sieht weg, aus dem Fenster, lässt dann bedächtig die Kupplung kommen und fährt weiter in Richtung Autobahn. »Um Vanja tut es mir leid«, sagt er schließlich.

»Ja«, stimmt Hurtig ihm betrübt zu.

Als sie wieder auf der E6 unterwegs sind und Isaak den Volga-Motor bereits seit geraumer Zeit bis knapp über die zulässigen 120 Stundenkilometer jagt, geht eine zweite E-Mail ein. Emilia

Svensson, die Kriminaltechnikerin, die mit den Kassetten beschäftigt ist, will, dass Hurtig sie schnellstmöglich anruft, und er ruft ihre Nummer im Handy auf.

»Ich habe schon mit Åhlund gesprochen«, eröffnet sie Hurtig, sowie sie hört, dass er am Apparat ist. »Ich hab mir diese wattierten Umschläge noch mal genauer angesehen. Daran finden sich Spuren von Fentanyl – vielleicht eher bekannt unter den Namen Drop Dead oder China White.«

»Sie meinen Heroin?«

»Ein naher Verwandter«, entgegnet Emilia Svensson. »Hundertmal stärker als Morphium. Wird unter anderem als Schmerzmittel in der Krebstherapie eingesetzt.« Ferner hat Emilia Svensson eine Playlist von Hunger in Maria Alvengrens Computer gefunden. »Die gleiche Musik, die das Mädchen gehört hat, als es vom Balkon gesprungen ist.«

Bingo, denkt Hurtig. Das ist der erste konkrete Beweis, der all die Gerüchte und Vanjas Andeutungen bestätigt.

Emilia hat die Songs von den Kassetten der fünfzehn Opfer zusammengestellt, und im Präsidium liegt eine CD mit fünfzehn Stücken für ihn bereit, die ihr zufolge eine Art makabres Album abgeben.

»Die Länge der einzelnen Songs stimmt jeweils mit dem Geburtsdatum des entsprechenden Opfers überein«, sagt sie noch, bevor sie das Gespräch beenden.

Vanja
E4

Edith fährt die ganze Strecke bis nach Stockholm.

Die Landschaft in Skåne und Halland ist das bildgewordene Gegenteil von Klaustrophobie. Der gestrige Nebel hat sich aufgelöst, die Sicht ist endlos und das Meer nur mehr ein blauer Streifen in der Ferne.

Schweden ist ansonsten ein verhältnismäßig abgeschottetes Land mit mauerhohen Tannenwänden, und Vanja fragt sich, wie es wohl sein muss, mitten in einem Wald aufzuwachsen, zum Beispiel in Småland. Bis Jönköping sind es fast zwei Stunden durch schier undurchdringliche Finsternis.

Paul schläft auf dem Beifahrersitz und wacht erst wieder auf, als sie anhalten, um zu tanken und Kaffee zu trinken. Vanja sieht ihm an, dass er verkatert ist. Er hat am Strand geschlafen, und jetzt schämt er sich dafür, dass er sich hat volllaufen lassen. Er und Edith glauben immer noch, dass sie bei einem Freund in Ängelholm übernachtet hat. Dass sie sich mit Jens Hurtig unterhalten hat, wissen sie auch nicht.

Von der Rückbank aus sieht sie Småland in Östergötland übergehen und denkt an Simon und die Nacht, die sie mit ihm verbracht hat. Zuerst das Hunger-Konzert, dann die Privatparty und am Ende dann der Strand. Es war gut. Das muss reichen.

Er wusste, dass sie auf die Kassette wartet, die es ihr leichter machen soll, sich zu trauen. Allerdings ist sie sich seit dem Gespräch mit Jens Hurtig nicht mehr ganz sicher, ob sie sich überhaupt noch trauen *will.*

Maria hat sich getraut, und was hat es ihr gebracht? Ihr

Schmerz war im selben Moment ausgelöscht, da sie vom Balkon sprang, ist aber dann auf andere übergegangen.

Auf Marias Mutter.

Auf Vanja.

Und Vanja muss einsehen, dass die Summe allen Leids konstant bleibt. Dass der Schmerz eine Energie ist, die nicht spurlos verraucht. Ein Mensch kann sterben, aber nicht vollends verschwinden.

Das Leid überlebt den Körper.

Es gibt viele Arten, sich das Leben zu nehmen, denkt sie. Eine davon ist weiterzuleben.

Vanja sieht, dass Edith sie im Rückspiegel beobachtet. Als sich ihre Blicke treffen, dreht sie sich weg.

Zurück in Stockholm beschließt Vanja, das Versprechen zu brechen, das sie Maria gegeben hat. Sie wird sich nicht das Leben nehmen, weil es eine sinnlose Tat wäre.

Sie ist sich allerdings nicht sicher, ob sie immer noch genauso entschlossen sein wird, wenn Hunger ihr erst mal ihr Stück geschickt hat und sie sich die Kassette anhört.

Ein Stück, das zwölf Minuten und zwölf Sekunden lang sein wird. Der zwölfte Zwölfte. Ihr Geburtstag.

Als Edith das Auto abstellt, sagt Vanja, dass sie noch in der Lilja vorbeischauen will, aber anstatt zur U-Bahn zu gehen, zückt sie ihr Handy und ruft Simon an.

Sie würde ihn gern noch am selben Abend wiedersehen.

Simon
Vägaren-Viertel

Heroin und Alkohol sind eine heimtückische Kombi. Der Botenstoff GABA wird außer Gefecht gesetzt, und der Effekt kann so stark sein, dass man ins Koma fällt oder einfach aufhört zu atmen.

Simon glaubt, das Risiko zu sterben ist größer, wenn er in Panik verfällt, und deshalb tut er alles, um seine Dämonen bei Laune zu halten. Das Unwirklichkeitsgefühl ist dabei am allerschlimmsten – als befände er sich in einem Traum –, und wenn er an die Rückfahrt aus Skåne zurückdenkt, kommt es ihm vor, als hätte eine Reise entlang einer Zeitachse stattgefunden, von einer Jahreszeit in eine andere, mitten hinein in eine Parallelwelt. Eine Reise, die mehrere Wochen gedauert hat.

Er sitzt auf der Schwelle zum Schlafzimmer und lehnt sich gegen den Türstock. Dann steht er auf und geht ins Wohnzimmer. Horse und Wodka locken wie taufrisches Gras, und er genießt jeden Schritt durch den Korridor bis hinüber zum Sofa.

Er weiß noch genau, dass der Glastisch bei irgendeinem Fest zu Bruch gegangen ist. Warum ist er jetzt also wieder ganz?, fragt er sich, schnappt sich die Bassgitarre aus dem Sessel daneben und schmettert sie mit aller Kraft auf die Glasplatte. Ein Splitterregen geht auf den Teppich nieder.

Jetzt stimmen Erinnerung und Realität wieder überein.

Als das Telefon klingelt, ist er ganz ruhig. Es ist Vanja, das Mädchen von gestern. Er nimmt das Gespräch entgegen.

Hurtig
Kronoberg-Viertel

Die Fahrt nach Stockholm dauert gute vier Stunden, sprich: Die Durchschnittsgeschwindigkeit beträgt fast hundertvierzig Stundenkilometer. Sie war höher, während Isaak fuhr, und niedriger, als Hurtig am Steuer saß. Als sie vor dem Präsidium halten, verkündet Isaak, dass er sich noch mal aufs Ohr legen muss, bevor er den Volga nach Hause bringt. Er kriecht auf den Rücksitz und zieht sich eine Decke bis unters Kinn.

So sieht er aus wie ein kleiner Junge.

Sobald Hurtig sich an seinen Schreibtisch gesetzt und den Rechner hochgefahren hat, stürmt Schwarz mit einer großen, farbigen Frau in den Fünfzigern in sein Büro. Sie lächelt breit und streckt ihm die Hand entgegen. »Emilia«, stellt sie sich vor.

Hurtig ist überrascht. Emilia Svensson war in seiner Vorstellung eine junge blonde, zierliche Frau, vielleicht mit Brille, und wieder mal wird ihm bewusst, dass er dringend etwas gegen seine Vorurteile unternehmen muss. Äußerlich ist sie gleichsam das Gegenteil ihrer Stimme und ihres Namens.

Ihre Blicke kreuzen sich. Ihre Augen leuchten.

»Hunger hatte gestern Abend einen Auftritt«, sagt sie schließlich.

»Gestern? Wo denn?«

»Ich weiß nicht … Ich hab das eben erst herausgefunden, kurz bevor Sie gekommen sind. Eigentlich bin ich ja bloß Kriminaltechnikerin, aber ich konnte es nicht lassen und hab ein bisschen recherchiert. Darf ich mal?«

Er bietet ihr seinen Stuhl an, und sie ruft eine Homepage auf, eine Musik-Webseite, und sie zeigt auf ein Diskussionsforum. Mehrere aktuelle Beiträge beziehen sich auf ein Ereignis von Freitagabend. »Die Auftritte scheinen geheim zu sein«, sagt sie. »Das ist auch logisch, wenn man bedenkt, was diese Leute da veranstalten.«

In zahlreichen Kommentaren geht es um die offen zur Schau gestellte Autoaggression, und jemand, der sich selbst R.I.P. nennt, schildert, wie Hunger sich während des Auftritts die Arme mit einem Teppichmesser aufgeschlitzt hat und dabei von Kopf bis Fuß mit Mehl und Fischabfällen bedeckt war. Kein Wort darüber, wo dieses Event stattgefunden hat.

Fischabfälle? Schließt das auch einen Süßwasserfisch der Gattung Karpfen mit ein? Er grinst angesichts dieses bizarren Details. Doch Hurtig ist verwirrt. Wie viele Suizide gab es in den letzten Wochen? Es gelingt ihm nicht, diesen Gedanken zu Ende zu denken.

Es besteht eine Verbindung zwischen diesem Hunger und Vanja. Vanja ist Holgers leibliche Tochter. Ihr Adoptivvater Paul torkelt in der Nähe eines Tatorts herum und plant einen Artikel über Selbstmorde. Der Tatort ist womöglich der Schauplatz des dritten von drei potenziellen Morden innerhalb kürzester Zeit. Mindestens zwei der Opfer waren Bekannte von Holger Sandström. Hängt das alles miteinander zusammen?

Die Selbstmordwelle hat auch Jugendliche aus der Lilja erfasst, wo Aiman arbeitet und Isaak Gastvorträge hält – und wo auch Ingo tätig war, ehe er krank wurde. Ist die Welt wirklich so klein? Stockholm offensichtlich schon.

Doch irgendwie kommt er sich betrogen vor – als würde ihn jemand an der Nase herumführen.

»Ich habe Åhlund noch nicht gesehen, seit ich wieder hier bin«, stellt Hurtig fest. »Wissen Sie, wo wir in Sachen Fabian Modin und Ingo Gustafson stehen?«

»Ich glaube, Åhlund ist in der Pathologie bei Ivo Andrić und geht mit ihm die Obduktionsprotokolle durch«, antwortet Emilia Svensson. »Zumindest bei Gustafsons Obduktion wurde offenbar geschlampt. Irgendeine Urlaubsvertretung, die schnell fertig werden wollte. Es kann sein, dass da was übersehen wurde.« Sie steht auf. Sie ist groß, fast genauso groß wie Hurtig. »Vielleicht haben Sie den Täter ja bei der Beerdigung getroffen«, fügt sie hinzu, als könnte sie seine Gedanken lesen. »Das ist gar nicht so abwegig, wie es klingt. Immerhin haben wir es hier womöglich mit einem Menschen zu tun, der über sämtliche Eigenschaften der Dunklen Triade verfügt.«

»Was soll das sein?«

»Ein Persönlichkeitskonstrukt aus der Psychologie. Es befasst sich mit den sogenannten dunklen Eigenschaften von Individuen, die in der Gesellschaft als unerwünscht gelten und die eine Kombination aus Psychopathie, Narzissmus und Machiavellismus an den Tag legen.«

Als Emilia Svensson gegangen ist, beschleicht ihn ein ungutes Gefühl. Aus Ingo ist mittlerweile offenkundig ein Mordopfer geworden, und Mord ist noch viel schlimmer als Selbstmord.

Der Hass auf einen anderen wiegt schwerer.

Bei einem Selbstmord weiß man genau, wer der Täter ist; dass Angehörige in einem solchen Fall Hass auf den Täter empfinden, ist selten. Die Tat an sich zu verabscheuen ist allerdings eine andere Sache, dessen ist er sich durchaus bewusst. Er muss Isaak unbedingt davon erzählen.

Hurtig überfliegt seine E-Mails, und im Spam-Ordner findet er eine Nachricht von Jeanette Kihlberg. Seine vorübergehend vom Dienst befreite Chefin.

Sie hat lange nichts mehr von sich hören lassen und schreibt, dass sie sich mit ihrem Sohn Johan oben am Fjäll die Zehen abfriert und darüber nachdenkt, sich ein Haus in Spanien zu kaufen und ein für alle Mal den Dienst zu quittieren. Hurtig bezweifelt, dass sie das ernst meint, macht sich an die Antwort und schlägt ihr vor, mal einen Kaffee oder ein Bier trinken zu gehen, sobald sie wieder in der Stadt ist.

Er vermisst sie und fragt sich, *wie* gute Freunde sie eigentlich geworden sind, ehe sie beurlaubt wurde. Oder war es lediglich die Arbeit, die sie verbunden hat?

Der Rechner fährt gerade runter, als die Zentrale ihm mitteilt, dass ein Mädchen namens Vanja mit ihm sprechen möchte. »Haben Sie Zeit, oder soll sie sich morgen wieder melden? Sie ruft immerhin außerhalb der Bürozeiten an.«

Hurtig sieht auf die Uhr. Es ist Viertel nach fünf. »Stellen Sie sie durch.« Er fragt sich, was sie will.

Es klickt in der Leitung, und er hört Straßenlärm, dann Vanjas hektische Atemzüge. »Sind Sie das, Jens?« Sie klingt außer Atem, und er ahnt, dass sie zu Fuß unterwegs ist.

»Ja, ich bin's. Wie geht's?«

Vanja holt tief Luft – und dann ist sie nicht mehr zu bremsen. Sie erzählt, dass sie jemanden kennengelernt hat, der Simon heißt – und zwar gerade erst am Morgen. Bevor sie zum Hotel zurückkam. »Ich glaube, dass er Hunger ist.«

Simon?, denkt Hurtig. Bei seiner Internetrecherche über Hunger ist tatsächlich irgendwo ein Simon aufgetaucht. Er greift nach einem Stift, angelt ein Blatt Papier aus dem Drucker und schreibt mit. Anders als bei ihrem Treffen am Morgen ist er jetzt ganz formell Polizeibeamter und nicht mehr Vanjas Bekannter oder Vertrauter.

»Er wohnt in der Folkungagatan. Ich bin gerade auf dem Weg zu ihm.«

»Warum? Du kennst ihn doch kaum, und …«

»Wir hatten Sex, und ich glaube, ich habe mich in ihn verliebt«, fällt Vanja ihm ins Wort.

Hurtig wird aus irgendeinem Grund angst und bange.

»Er hat mir von seiner Kindheit erzählt«, fährt sie fort, und er ist fassungslos, wie unschuldig sie sich anhört. »Er hat erwähnt, dass seine Eltern sehr religiös waren und dass er seinen Vater aus tiefster Seele hasst.«

Allmählich ergibt alles einen Sinn, und wie so oft passiert das, was am wichtigsten ist, genau vor seiner Nase.

Vanja und Simon waren am Strand. Kurz darauf wird ein Mann tot aufgefunden.

Das alles passt jetzt zusammen.

Die Kassetten und die Umschläge, all die versteckten Botschaften. Fingernägel, Haare, Brieftaschen, Führerscheine. Was, wenn es ein und dieselbe Person ist, die an selbstmordgefährdete Jugendliche Kassetten verschickt und die John Ingmar Gustafson und Fabian Modin umgebracht hat?

Er muss mit diesem Simon reden.

Der Verdacht, dass Vanja unterwegs zu einem Mörder ist, ist allerdings so vage, dass er nicht einmal ausgesprochen werden darf, und er will ihr keine Angst einjagen.

Er kann sich schließlich genauso gut täuschen.

Aber vielleicht hat er recht, und dann hätten seine Zweifel möglicherweise fatale Konsequenzen.

»Warum willst du dich unbedingt mit ihm treffen?«

»Weil ich nicht mehr will, dass er die Kassette für mich aufnimmt. Ich will nicht mehr sterben. Ich habe meine Meinung geändert – Ihretwegen und wegen all dem, was Sie mir über Ihre Schwester erzählt haben.«

»Und jetzt bist du auf dem Weg zu ihm? Gibst du mir seine Adresse?«

»Er wohnt in dem orangefarbenen Haus vorn an der Folkungagatan. An der Tür steht Sandström.«

Vanja verstummt, und Hurtig hört, wie sie jemanden grüßt.

»Ich muss Schluss machen«, sagt sie dann, und die Verbindung bricht ab.

Holger Sandström, schießt es Jens Hurtig durch den Kopf.

Aiman
Vägaren-Viertel

Ihr Flug verspätet sich wegen starker Sturmböen in Skåne um mehrere Stunden, und es ist bereits finster, als sie nach Hause kommt. Als sie gerade ihre Wohnungstür aufschließen will, dringen aus der Nachbarwohnung Geräusche. Glas splittert, gefolgt von einem dumpfen Knall, und sie tritt vorsichtig an eins der Fenster, um nach dem Rechten zu sehen.

Für einen Moment kommt es ihr vor, als wäre da jemand auf dem Laubengang. Ein Schatten an der Wand, in ihrem Augenwinkel, und eine ungute Vorahnung beschleicht sie. Sie muss an Behemoth denken und eilt zurück zu ihrer Wohnungstür. Sowie sie in ihre Diele tritt, ruft sie nach ihm.

Normalerweise sitzt er in der Diele oder hinterm Küchenfenster und wartet auf sie, aber er ist nirgends zu sehen. Sie zieht sich gar nicht erst die Schuhe aus. Keine Katze in der Küche, keine im Schlafzimmer.

Als sie Behemoth auch nicht im Wohnzimmer, im Bad und im Arbeitszimmer findet, kriegt sie es mit der Angst zu tun.

Wie konnte ich nur so dumm sein und ihn allein lassen, denkt sie – und im selben Augenblick hört sie ein gedämpftes Miauen aus dem Garderobenschrank.

Die Tür ist bloß angelehnt, und sie reißt sie auf.

Auf der obersten Ablage hockt Behemoth und starrt sie mit seinem gesunden gelben Auge an.

Er ist es, und er ist es wieder nicht.

Als sie ihm Futter gegeben und ausgepackt hat, geht sie ins Wohnzimmer und greift zum Fernglas. Sie fühlt sich einsam.

Es ist Samstag und viel los unten auf der Straße.

Sie lässt ihren Blick über die Passanten vor den Kneipen schweifen, von festlich gekleideten, aufwendig geschminkten jungen Frauen bis zu verwahrlosten Bettlern, die die Hände ausstrecken. Menschliche Bedürfnisse auf Tuchfühlung.

Und urplötzlich taucht ein bekanntes Gesicht im Fernglas auf. Sie zoomt näher.

Paul, schießt es ihr durch den Kopf. Sie fragt sich, was er dort will. Er steht einfach nur dort unten in all dem Treiben und starrt vor sich hin.

Nach einer Weile zieht er die Jacke enger, überquert die Straße und verschwindet aus ihrem Blickfeld.

Hurtig
Kronoberg-Viertel

Ein geteiltes Geheimnis kann Vertrauen bedeuten, aber auch eine Bürde, die man mit jemandem teilt. Und es kann eine Erkenntnis sein, die einem das Schicksal offenbart. Etwas, was einem in den Schoß fällt.

Jens Hurtig hat keine Minute gebraucht, um herauszufinden, dass Holger Sandström eine Wohnung an der Folkungagatan besitzt, und Hurtig wird schlecht bei dem Gedanken, dass Vanja unterwegs zu Simon ist. Simon – alias Hunger –, der nach seinem Bauchgefühl zu urteilen ein Mörder sein könnte.

Noch hat er keine Beweise, bloß einen Verdacht. Und er mutmaßt, dass Simon Holger Sandströms Sohn ist.

Und in diesem Fall ist er Vanjas Bruder oder Halbbruder.

Der Datenbank zufolge hat Holger die Wohnung von seiner Mutter geerbt, und sie ist an die vier Millionen wert. Für die gleiche Summe könnte man eine ganze Gemeinde in der Gegend rund um Kvikkjokk erwerben, denkt er. Oder ein Gutshaus irgendwo nördlich von Uppsala. Auf Södermalm kriegt man dafür gerade mal eine durchschnittliche Dreizimmerwohnung – und das heißt, sie ist kleiner als die Garage, aber immerhin größer als der Holzschuppen seiner Eltern.

Hurtig will sich zunächst aus ermittlungstechnischen Gründen nicht bei Holger melden, um in Erfahrung zu bringen, ob Simon sein Sohn ist und in seiner Wohnung wohnt, sieht sich dann aber doch dazu gezwungen, als er nach einer kurzen Suche im Netz feststellen muss, dass kein Simon Sandström auf Södermalm gemeldet ist.

Holger will gerade los und klingt gestresst, als er den Anruf entgegennimmt, aber als Hurtig ohne Umschweife zur Sache kommt, bestätigt er, dass er einen Sohn hat, der in der großmütterlichen Wohnung an der Folkungagatan wohnt.

»Hat er irgendwas angestellt?«, erkundigt sich Holger.

»Nein, nichts. Wir müssen nur mit ihm reden.«

Holger fragt nicht nach, und Hurtig beschließt, mit Schwarz und Åhlund zur Folkungagatan zu fahren. Noch an diesem Abend.

Bevor sie das Gespräch beenden, bittet er Holger, keinen Kontakt zu seinem Sohn aufzunehmen und ihm fürs Erste auch nicht zu verraten, dass die Polizei sich mit ihm unterhalten will.

»Soll mir egal sein«, hört er als Antwort. »Er hat sich ohnehin schon viel zu oft danebenbenommen.«

Wenn Jens Hurtig in diesem Moment gewusst hätte, was nur wenige Stunden später passieren würde, hätte er sich gewünscht, dass Holger Sandström seinen Sohn kontaktiert hätte.

Ivo
Pathologisches Institut

Dass Haare und Fingernägel nach dem Tod weiterwachsen, ist ein Mythos. Die Illusion erklärt sich durch die Dehydrierung, das Austrocknen des Körpers. Die Haut fällt immer stärker ein, und so treten die festen Strukturen eines Körpers umso deutlicher hervor.

Ist der Mythos vom ewigen Leben der Haare und Nägel erst einmal widerlegt, könnte man annehmen, dass ein Pathologe nur schwerlich feststellen kann, ob Fingernägel vor oder nach dem Eintritt eines Todes abgeschnitten wurden. Doch dies ist nicht der Fall, und was John Ingmar Gustafson betrifft, kommt Ivo eindeutig zu dem Ergebnis, dass er sich die Nägel nicht selbst geschnitten haben kann. Man braucht kein Spurentechniker sein, um das zu erkennen, und Ivo regt sich über den Dilettanten auf, der die Leiche so unaufmerksam obduziert hat.

Die Fotos jener Obduktion liegen vor ihnen auf dem Tisch, und Åhlund sieht ihn fragend an. »Was meinst du?«

»Die Nägel der rechten Hand wurden nicht abgeschnitten«, erläutert Ivo, »aber die der linken sind derart unsanft entfernt worden, dass es wohl ziemlich schmerzhaft gewesen wäre, hätte der Mann da noch gelebt. Das ist also nicht freiwillig passiert – und die Frage, wann die Haare abgeschnitten wurden, erübrigt sich damit auch.«

»Das heißt, wir können davon ausgehen, dass es sich um Fremdeinwirkung handelt«, sagt Åhlund.

»Er könnte sich zwar selbst das Leben genommen haben, und danach hat ihm ein anderer die Fingernägel geschnitten und sie an euch geschickt, aber ich schätze, diese Erklärung wäre nicht allzu zweckdienlich.«

Åhlund sieht amüsiert aus. »Nicht zweckdienlich? Nein, das wäre sie wohl nicht.«

Der Tod ist persönlich und sieht für jeden anders aus.

Hurtig
Vägaren-Viertel

Auf der Folkungagatan herrscht reges Treiben, und Hurtig flucht über einen Radfahrer, der ihn mit einer Starrsinnigkeit sondergleichen rechts zu überholen versucht. An der Östgötagatan springt die Ampel auf Rot, aber der Radfahrer – der entweder lebensmüde ist oder einfach nur stur geradeaus weiterfahren will – entkommt nur um Haaresbreite einem Taxi, das aus der Nebenstraße um die Ecke biegt.

»Schade«, lautet Schwarz' lakonischer Kommentar zur natürlichen Auslese von Auto- wie Radfahrern. »Aber dazu hat auch der Fahrradhelm beigetragen. Die Leute halten sich mittlerweile für unsterblich, nur weil sie zwei Millimeter Plastik über dem Schädel haben.«

Sie sind auf dem Weg zu Simon, und Jens Hurtig hat neben Schwarz auch noch Åhlund an seiner Seite. Er fragt sich, ob sie wirklich zu dritt sein müssen, aber weil er befürchtet, Simon könnte zu Gewalt greifen, sind sie lieber einer zu viel als einer zu wenig.

Als es grün wird, biegt Hurtig rechts ab und parkt an der Kocksgatan. Sie finden den Hauseingang, und Hurtig gibt den Türcode ein, den Holger ihm genannt hat. Als sie im richtigen Stockwerk sind, treten sie auf einen Laubengang, der den Blick über einen großen, schattigen Innenhof freigibt. Angesichts der Stille ist Hurtig erstaunt. Es ist, als wäre Stockholm viele Kilometer weit entfernt und läge nicht wenige Meter hinter ihnen.

Türschild um Türschild arbeiten sie sich vor und stoßen schließlich auf den Namen Sandström.

Hurtig klingelt. Sie warten. Nach ein paar Sekunden glaubt er, ein Geräusch aus der Diele zu hören. Er hebt den Briefkastenschlitz an und ruft, sie seien von der Polizei. Keine Reaktion.

»Ach, verdammt«, sagt Schwarz, fasst an den Türknauf – und die Tür gleitet auf.

Drinnen riecht es schwach nach Chlorreiniger. Im Flur hängt ein Wandbild mit der Aufschrift »Eigener Herd ist Goldes wert«, und Hurtigs Blick fällt auf einen gustavianischen Stuhl und eine Ablage mit einem Paar Damenschuhen.

Ein junger Mann kommt aus der Küche, lehnt sich an den Türstock und starrt sie an. Er ist mager, fast schon unterernährt, und ein verbissener Ausdruck liegt auf dem aschfahlen Gesicht.

»Simon?« Hurtig sieht mit einem Blick, dass die Arme des Jungen mit verwachsenen Narben übersät sind, die aussehen wie Regenwürmer. Manche sind frischer, und vermutlich bereiten sie dem Mann Schmerzen. Für Hurtig sieht er aus, als hätte man ihn jüngst durch eine Fensterscheibe geworfen oder als wäre er in eine Messerstecherei verwickelt gewesen.

»Ja, das bin ich«, sagt Simon, wendet sich ab und geht ins Wohnzimmer.

Die anderen folgen ihm, und Hurtig sieht sich um.

Im Wohnzimmer hängt ein Kronleuchter von der Decke über einem altmodischen Sofa mit passendem Sessel. Der Glastisch vor dem Sofa ist kaputt, und der Boden ist mit Splittern übersät. Hurtig bittet Åhlund und Schwarz, die Wohnung zu durchsuchen.

Simon setzt sich aufs Sofa. Auf der Decke neben ihm liegt eine Spritze auf einem Teller, daneben eine blau-weiße Schachtel. Suboxone, liest Hurtig.

An der Wand steht ein alter Sekretär mit pedantisch aufgereihten Fotografien. Auf einem der Fotos posiert Holger in Uniform. Er hält einen Revolver in der Hand. Hurtig hat mit einer verwohnten, verdreckten Fixerbude gerechnet, voll mit leeren Bierdosen und obskuren Konzertpostern an den Wänden, aber stattdessen befindet er sich in einer waschechten Oma-Wohnung. In einer Wohnzimmerecke stehen ein paar Kartons, eine Basstrommel und etwas, was aussieht wie eine Kreuzung aus Stehlampe und einer alten Trockenhaube aus einem Friseursalon. Auf einem der Kartons liegt ein kleines weißes Kästchen, darauf prangen ein schwarzes Pentagramm und mehrere schwarze Aufkleber mit unleserlichen Logos. Ein paar kommen Hurtig vage bekannt vor von den Webseiten, die er in der vergangenen Woche durchforstet hat.

»Du kennst ein sechzehnjähriges Mädchen namens Vanja Hjorth. Weißt du, wo sie sich zurzeit aufhält?«

»Nein. Sie hat vor einer Stunde oder so angerufen und gefragt, ob sie vorbeikommen kann. Aber sie ist nicht aufgetaucht. Vielleicht hat sie es sich ja anders überlegt.«

Schwarz und Åhlund kommen zurück. Die Wohnung sei gesichert, sagen sie, und sie haben so einiges gefunden. »Unter anderem das hier«, verkündet Schwarz und hält eine Tüte mit weißem Pulver hoch.

Hurtig nickt, bittet Åhlund, eine Runde durchs Haus zu machen, und zieht dann einen weißen Walkman aus seiner Tasche, den er Simon reicht, ehe er sich selbst im Sessel niederlässt. »Kennst du den?«

Simon sieht sich das Gerät genau an. »Ja, den kenne ich.«

»Du hast ihn vor einem halben Jahr an ein Mädchen in Trelleborg verschickt.«

»Ja, sie wollte das Geräusch von laufendem Wasser auf ihrer Kassette haben, also hab ich das Mikrofon an der Skånegatan in einen Gully gehalten.«

»Carita Hallgren aus Morgongåva?«, fährt Hurtig fort. »Maria Alvengren aus Salem? Sagen dir diese Namen was? Weißt du, wie sie sich umgebracht haben?«

»Ja.«

»Sie und dreizehn weitere Opfer haben Selbstmord verübt, während sie sich Kassetten von dir anhörten.«

»Doch nicht von mir. Von Hunger.« Simon grinst. »Selbstmord ist keine Straftat.«

»Das ist richtig«, erwidert Hurtig. »Aber es gibt Grauzonen, und du befindest dich eindeutig in einer solchen. Kannst du uns erklären, warum du diese Kassetten aufgenommen hast?«

»Ich habe keine Antwort darauf, die einem Bullen taugen würde«, zischt Simon.

»Ich bin zwar kein Philosoph, aber vielleicht kannst du mir trotzdem erklären, warum es besser sein soll, tot zu sein, als zu leben.«

»Wir leben in einer mediokren Welt. In einer Mediokratie, in der Schauspieler und Fußballstars angebetet werden, als wären sie Götter. Diese Welt ist kleinlich und unbedeutend.«

»Und die Menschen, die du zum Selbstmord ermutigt hast?«

»Als Tote sind sie nicht mehr medioker«, antwortet Simon.

»Das klingt, als sähest du dich selbst als Missionar«, entgegnet Hurtig. »Bist du Satanist?«

Simon reagiert eingeschnappt. »Satanist? Was für eine dumme Frage. Du weißt doch gar nicht, was Satanismus ist, du weißt nicht mal, wonach du mich da fragst. Es ist einfacher, du bezeichnest mich als Nihilisten oder Misanthropen. Oder mit irgendeinem anderen Wort, das du verstehst. Das kommt deiner Wahrheit über mich immerhin ein Stückchen näher. Einer Wahrheit, die von einem mediokren Hirn akzeptiert werden kann.«

Hurtig studiert sein ausgezehrtes Gesicht. Bislang hat er nur Verachtung darin gesehen, aber jetzt sieht er auch noch etwas anderes. Simon Sandström ist phlegmatisch. Total abgestumpft.

Es ist der richtige Zeitpunkt für die direkte Frage.

»Bist du ein Mörder?«

Simons Augen blitzen. »Nein, das bin ich nicht. Mord ist im Unterschied zum Suizid kontraproduktiv. Der Suizid ist wesentlich effizienter, weil er ansteckend ist. Mord schreckt ab, macht den Menschen Angst. Der Selbstmord hingegen wird unter den Teppich gekehrt, als Unglücksfall oder psychische Krankheit etikettiert. Tatsächlich ist Selbstmord nichts anderes als eigenmächtig ausgelöschtes Leben. Die reine Verachtung gegenüber dem Leben an sich. Verbreite diesen Gedanken unter so vielen Leuten wie möglich, dann verbreitet er sich bald von ganz allein. Wenn du die Selbstmordfälle etwas unvoreingenommener betrachten würdest, würdest du auch erkennen, dass alle, die sich die Kassetten angehört haben, die gleiche Überzeugung hatten.«

»Und welche wäre das?«

»Die Gewissheit, für etwas Größeres geschaffen zu sein als für das Leben«, sagt Simon und legt sich aufs Sofa.

»Wo warst du am letzten Freitag?«

»Ich war in Ängelholm. Wir haben in einem Club namens Kristian Tyrann gespielt.«

Das deckt sich mit dem, was Vanja erzählt hat, und Hurtig wundert sich, dass Simon so ehrlich ist.

»Und dort seid ihr über Nacht geblieben? Wo hast du geschlafen?«

»Wozu willst du das wissen?«

»Reine Neugierde.«

»Am Strand.«

»Kann das jemand bezeugen?«

Simon denkt nach, fährt sich mit den Fingern durch das lange Haar, und sein Grinsen kehrt zurück. »Ja, natürlich, Vanja kann das bestätigen. Sie war mit mir am Strand. Vielleicht redest du besser mit ihr.«

Trotz der aufrichtigen Antwort kann Kommissar Jens Hurtig nicht anders, als auch weiterhin einen Mordverdächtigen in Simon Sandström zu sehen. Der Mensch Jens Hurtig kann es indes. Der Bursche, der dort auf dem Sofa liegt, hatte unter Garantie einen schlechten Einfluss auf ein paar planlose Teenager, aber das macht noch lange keinen Straftäter aus ihm. Trotzdem müsste er Simon jetzt mit nach Kronoberg nehmen und ihn vernehmen. Nur eben nicht wegen Mordes, sondern im Zusammenhang mit Drogendelikten.

»Okay. Dann hoffen wir mal, dass sie bald auftaucht«, sagt er, hält inne und dreht sich um.

Im selben Moment springt Simon vom Sofa auf und stößt den zerbrochenen Sofatisch zur Seite. Für einen Sekundenbruchteil ist Hurtig wie gelähmt und sieht Simon starr nach, wie er hinaus in den Flur rennt. Als Hurtig endlich die Verfolgung aufnehmen will, stolpert er über den Tisch und stürzt mit dem Kopf voran zu Boden.

»Verdammt«, brüllt er. Seine Hände sind voller Glassplitter.

Die Wohnungstür steht jetzt sperrangelweit offen. Simon ist fast schon im Treppenhaus.

Schwarz hat den Tumult gehört, kommt aus dem Bad gelaufen, und Hurtig befiehlt ihm, die Verfolgung aufzunehmen. Mist, Mist, Mist, denkt er, versucht, sich die Splitter aus den Händen zu ziehen, und tastet vorsichtig nach seinem Telefon. Ein Anruf bei der Leitstelle, und ein Einsatzwagen und eine Streife sind unterwegs.

Fünf Minuten später hört er Åhlund im Treppenhaus, und als Hurtig ihm an der Wohnungstür begegnet, weiß er augenblicklich, dass irgendetwas schiefgelaufen ist.

Und zwar kolossal.

Simon

Vägaren-Viertel

Simon weiß, dass es zu Ende ist. Er will, dass es zu Ende ist. Es gibt keinen Weg nach vorn, und der Weg zurück ist versperrt und nicht mehr gangbar. Er weiß, was er getan hat, und er bereut es nicht.

Er war nur das Werkzeug.

Er ist zu erschöpft, um aufzugeben, und hat keine Kraft, um ihnen zu erklären, worum es eigentlich gegangen ist.

Wie könnten sie es auch verstehen?

Wie erklärt man einem, der sich stets satt essen konnte, was Hunger ist? Wie es sich anfühlt, mit schmutziger Kleidung und einem gebrochenen kleinen Finger von der Schule nach Hause zu kommen? Mit einem Oberarm, der schwarz ist von Blutergüssen?

An anderen Tagen waren es zerrissene Schulbücher und Hundescheiße im Haar.

Schadenfreude.

Zwölf Jahre einsames Schweigen im Speisesaal der Schule sorgten dafür, dass jede Kaubewegung in seinem Kopf widerhallte. Ein Schluck lauwarme Milch war das Einzige, was sein Inneres noch berührte.

Er weiß noch, wie kalt der Schnee war, als er auf Strümpfen nach Hause gehen musste, weil einer von ihnen seine Schuhe verbrannt hatte. Wegen des Streuguts musste er an der Bordsteinkante entlanggehen, und seine Füße wurden ganz weiß, fast durchsichtig, vor Kälte.

Simon erinnert sich noch daran, dass er erzählen wollte, was wirklich passiert war. Dass sie ihm leidgetan und dass sie ihn genau deshalb geschlagen hatten.

Seine Plagegeister traf keine Schuld. Sie wussten es schlichtweg nicht besser und waren überdies dazu erzogen worden, den Schwächsten der Herde auszusondern.

Simon begriff früh, dass all denen, die ihm wehtaten, ebenfalls Leid widerfuhr. Sie waren gezwungen, sich freitags einen gemütlichen Abend mit den Eltern zu machen, die schlecht über die Nachbarn sprachen, sich über ihre Chefs beschwerten und Lotto spielten, um die Hoffnung aufrechtzuerhalten, nicht mehr lange an dem Ort bleiben zu müssen, der ihr momentanes Zuhause darstellte. Eine teure Montblanc-Jacke oder Sportferien in Zell am See konnten den Schmerz nicht wettmachen, drum machten sie ihn zu ihrem Opfer.

Er schloss die Augen und nahm die Schläge hin.

Er verzieh den pickeligen Teenagern, noch ehe ihre Fäuste seinen schmerzenden Oberarm trafen.

Aber wie erklärt man, dass die Leere in demjenigen, der alles hat, um Lichtjahre größer ist als der Hunger dessen, der nur wenig hat, aber von der Hoffnung lebt, eines Tages die ganze Welt zu besitzen?

Jetzt wird er ihnen auf überaus anschauliche Weise zeigen, dass derjenige, der sich in ein Tier verwandelt, der Qual entgeht, Mensch sein zu müssen.

Er läuft barfuß hinaus auf den Laubengang, dreht sich um und sieht, wie ein Beamter ihm nachsetzt. Er kippt einen Kinderwagen, ein Fahrrad und ein paar Gartenmöbel um, die dort stehen, und der Beamte flucht vernehmlich. »Stehen bleiben!«, ruft er. »Wir wollen doch nur mit dir reden.«

Aber er hört an dem aggressiven Tonfall, dass dieser Bulle nicht nur reden will.

Simon reißt die Brandschutztür auf und ist jetzt auf der Treppe.

Er denkt kurz nach. Das Nächstliegende wäre, nach unten in Richtung Erdgeschoss zu laufen, deshalb macht er es genau umgekehrt und entscheidet sich für die Treppe hinauf zur Dachterrasse. Als er hört, wie der Polizist die Tür aufreißt und nach unten rennt, schleicht Simon leise weiter.

Die Tür zum Flachdach ist nicht abgeschlossen, und er tritt hinaus.

Hier oben hat er zahlreiche Nächte verbracht. Die frühen Morgenstunden, wenn die Inspiration am größten war. Die Wolfsstunden – wenn die Stille der Seele brüllte, die Dämonen einen jagten und schwarze Melancholie dafür sorgte, dass er schreiben konnte.

Bei sternenklarem Himmel hatte man das Gefühl, man befände sich unendlich weit entfernt von der Erde, wäre nicht mehr hier unten. Unter einem aufgetrennten Himmelszelt, das von Galaxien nur so glüht, fällt es nicht schwer, produktiv zu sein.

Er hört die Tür zum Dach hinter sich. Da kommt jemand.

Er weiß, dass es die Polizei ist und sein Ablenkungsmanöver nicht funktioniert hat.

Simon dreht sich um, sieht eine Feuerleiter, über die er auf das Dach des Nachbarhauses gelangt. Er zieht sich daran hoch und beginnt zu klettern. Kaltes, nasses Metall an seinen Händen.

Simon klettert weiter. Ein paar Sprossen fehlen, und die Leiter ist rostig und wackelig. Trotzdem schafft er es hinüber.

Vorsichtig bewegt er sich auf allen vieren über die zementgrauen Zinkbleche hinweg. Der Wind kühlt den Schweiß auf seiner Stirn, und die nackten Fußsohlen werden taub vor Kälte, als er bis zur Kante vorgeht und auf die Folkungagatan hinabblickt. Ein Mannschaftsbus und eine Streife sind unten eingetroffen, außerdem fünf uniformierte Beamte von der Fußpatrouille. Die Leute vor dem Kelly's werden weiß und blau angeblinkt, und die Polizisten befragen einige von ihnen.

Zur Linken liegt der Medborgarplatsen, und zur Rechten

sieht man bis zum Stadsgårdskajen und den Finnlandfähren hinüber.

Simon hört, wie der Beamte hinter ihm die Feuerleiter erklimmt. Er weiß, dass es vorbei ist. Er blickt hinauf in den Himmel und überlegt kurz, ob er sich ergeben soll. Wenn er sich von dem Bullen schnappen ließe, könnte er vielleicht alles erzählen.

Ja, so könnte es sein. In einem anderen Leben, in einer anderen Zeit.

Er schließt die Augen und fasst seinen Entschluss.

»Tu das nicht, Junge!« Dieselbe Stimme, die ihm eben schon nachgerufen hat. »Es ist alles in Ordnung.«

Simon muss an den Psychologen denken, der ihm damals sagte, es sei wohl das Beste wegzufahren und sich ein bisschen auszuruhen. Weit weg von hier.

Oben in Vitvattnet.

Simon holt tief Luft. Lass mich sterben, so wie ich es will, denkt er.

»Nein, gar nichts ist in Ordnung«, sagt er matt und macht einen Schritt ins Leere. »Fahr zur Hölle.«

PHASE III: Verarbeitung

But since she lost her daughter
It's her eyes that fill with water.

Fahr zur Hölle

Folkungagatan

Simon wirbelt durch die Luft, sieht den harten Asphalt auf sich zukommen. Er ist ein Glas kurz vor dem Zerspringen, und Erinnerungsfetzen passieren tausendfach Revue, nacheinander, gleichzeitig, immer schneller, während er in freiem Fall auf die Folkungagatan zurast.

Ein Leben ohne jede Chronologie.

Simon in seinem Konfirmationsanzug. Ein Ereignis, das er sein ganzes kurzes Leben lang verleugnet hat.

Simon im Sandkasten. Jemand hat ihm sein Eimerchen geklaut, und er heult. Mama sitzt mit dem Rücken zu ihm da und raucht. Redet. Raucht. Redet. Raucht. Raucht. Raucht. Riecht unheimlich.

Simon in der siebten Klasse. Bauchweh. Kann eine Frage nicht beantworten. Macht sich in die Hose. Alle lachen.

Simon allein zu Hause. Onaniert über Mamas Unterwäsche. Schämt sich danach.

Simon spielt hinter der Schule mit Streichhölzern. Allein, wie immer. Die Feuerwehr kommt, dann die Schlagzeile. *PYROMANE NOCH IMMER AUF FREIEM FUSS.*

Keiner weiß es. Nur er.

Simon im Supermarkt. Fünf Jahre alt. Will mit einer gestohlenen Fünfkronenmünze Süßigkeiten kaufen. Mama ist auch da, und die Münze brennt in seiner Handfläche.

Das Glas hat bereits Risse. Sein Bewusstsein splittert.

Simon beim Großvater in Vitvattnet.

Simon lernt Øystein kennen.

Simon, der Lichtbringer.

Simon Petrus.

Simon, der Eiferer.

Simon, der Fanatiker.

Simon, Judas' Vater.

Simon, Jesu Bruder.

Simon lügt, kommt immer damit durch, kommt immer davon, nimmt immer einen Umweg, lernt zu manipulieren, und die Angst droht seine Brust zu sprengen.

Der kleine Junge will nicht groß werden, aber Kindsein hasst er ebenso sehr.

Er will überhaupt nicht sein.

Ist zu begabt für normale Arbeit. Ist arrogant. Missverstanden. Faul. Neugierig. Manchmal ehrgeizig. Simon, der Nihilist, der Mediokrat, der Misanthrop, der Satanist. Simon, der sagt, er wäre Muslim, weil sein Vater Muslime hasst.

Oft ängstlich.

Manchmal panisch vor Angst.

Manchmal starr vor Schreck.

Nie frei von Furcht.

Nie sicher.

Nie satt.

Immer hungrig.

Schläft tagelang. Isst nicht.

Entdeckt Heroin. Verliebt sich.

Treibt sich rum.

Bleibt zu Hause.

Bleibt für sich.

Hält aus.

Er sieht reihenweise tote Jugendliche, die ihre Träume in die Tat umsetzten, während er selbst zu feige war. Die an seiner Stelle starben, seinen Schmerz übernahmen und ihn zu ihrem machten.

Simon ritzt sich.

Simon schreit.

Simon froh.

Jetzt schämt er sich. Er möchte gern um Verzeihung bitten.

Simon bereut alles und will auf einmal nicht mehr sterben. Will noch mal ganz von vorn anfangen und das Spiel noch einmal spielen. Mit einem Mädchen, das Vanja heißt und das gesagt hat, dass es sterben wollte, sich dann aber anders entschieden hat, weil es zum ersten Mal Liebe empfinden durfte. Nach dem missglückten Sex im nassen Sand am Strand bei Ängelholm hat Vanja behauptet, dass sie ihn liebe.

Behauptet, dass sie ihn liebe, weil er so sei, wie er sei.

Vanja, die ihn zu Hause besuchen wollte, aber dann doch nicht gekommen ist.

Er war von Anfang an skeptisch.

Er hat sein Leben für die Sinnlosigkeit weggeworfen.

Ängstlich wie ein streunender Hund, denkt er, und es ist, als würde die Angst ihn überleben.

Alles ist nur noch Asphalt.

Das Glas – Simon – zerspringt in Milliarden Stücke auf dem schmutzigen Gehweg der Folkungagatan.

Isaak
Industriegebiet Västberga

Er hat beschlossen, das große Zimmer in dem ehemaligen Lagerhaus frei von Kunst zu belassen. Stattdessen stehen dort Bücherregale, ein Tisch und ein paar Sessel. Sein Atelier liegt hinter der Tür in den hinteren Räumlichkeiten. Zwischen der früheren Küche und dem einstigen Konferenzraum hat er eine Wand herausbrechen lassen. Dort stehen nun Regale, in denen er seine Skizzen und begonnene Arbeiten präsentiert und Materialien lagert. Dosen mit Farbpigmenten, Bleiweiß, Ultramarin, Krapplack und Kadmiumgelb, Tongefäße mit Firnis und Flaschen mit Leinöl. Ein Blechfass, in dem die Lumpen landen, denn Leinöl und Terpentin sind selbstentzündlich.

Er knipst das Licht an und betritt eine Welt aus Kolben, Messzylindern, Mörsern, Reibsteinen, Harzen, Bienenwachs, Pinseln und Spachteln.

Eigentlich ist er nicht in Form zu arbeiten.

Er hat am Abend bereits mehrmals Anlauf genommen, sich am Ende dann aber doch keinen Ruck geben können.

Rastlos, unschlüssig wie eine Waage und wie schon so oft besser darin, an die Kunst zu denken, als sie zu erschaffen.

Im nächsten Workshop in der Lilja wird es um das Bestreben der Materie gehen, zu ihrem ursprünglichen Zustand zurückzukehren. Er hofft, Aiman irgendwie mit einbeziehen zu können.

Das könnte interessant werden, denn ihre Kunst, die Buchbinderei, arbeitet völlig entgegengesetzt zu seiner. Aiman arbeitet gegen die Zerstörungsprozesse an, veredelt Materien und versieht sie mit künstlicher Haltbarkeit, statt der Natur ihren Lauf zu lassen.

Auf dem Tisch liegen ein paar Polaroids von seiner ersten Ausstellung in Berlin. Wenn der Workshop zustande kommen sollte, kann er die Bilder dort vielleicht zeigen.

Darauf sind unter anderem vier Ölgemälde zu sehen, die er im Auftrag einer Frankfurter Bank gemalt hat. Für diese Bilder – schwarze Kraniche im Flug aus verschiedenen Perspektiven – hat er die gleiche Farbmischung verwendet wie der norwegische Künstler Odd Nerdrum vor ein paar Jahren, dem dafür vor Gericht der Prozess gemacht wurde.

In den Achtzigern verkaufte Nerdrum vierunddreißig Bilder, die er mit just diesem Schwarz gemalt hatte. Nach zwanzig Jahren begann die Farbe zu zerlaufen, und die Kunstwerke waren zerstört, wertlos.

Nerdrum hatte von der Rache der Materie keine Ahnung, während Isaak selbst sehr genau weiß, welche Art Kunst er dieser deutschen Bank verkauft hat, die im Übrigen Milliarden aus dem Geschäft mit Mineralöl zieht. Dort wird die Katastrophe eher eintreffen.

Er steht auf, geht zum Barschrank und schenkt sich einen Whisky ein.

Er muss dringend ein paar Leinwände grundieren und ein paar andere fertigstellen. Er betrachtet das Bild, an dem er letzte Woche gearbeitet hat: ein großes, abstraktes Ölgemälde.

Er nimmt es aus dem Regal, dreht es um und stellt es wieder zurück, mit dem Motiv zur Wand. Vielleicht reift es mit der Zeit, wenn es für eine Weile ungesehen bleibt.

Stattdessen nimmt er eine leere Leinwand und beginnt, mit Kohle etwas zu skizzieren. Er versucht, den Entwurf so einfach wie möglich zu halten. Das Motiv wird sich im Lauf der Arbeit ohnehin verändern. Das fertige Bild wird selten so, wie er es sich anfangs gedacht hat.

Als er mit der Skizze halbwegs zufrieden ist, bürstet er die Kohlepartikel von der Leinwand, damit sie sich später nicht mit der Farbe mischen, und macht mit Bleistift weiter.

Normalerweise verwendet er schwarze Farbe, stark verdünnt mit Balsamterpentin. Haarpinsel für die Konturen und Schweinsborstenpinsel für die Schatten und Halbschatten.

Nach ein paar Stunden legt er eine Pause ein.

Als er zur Leinwand zurückkehrt, klingelt es an der Tür. Es ist fast Mitternacht, und er lächelt im Stillen, als er zur Tür geht. Jens, denkt er.

Aber es ist nicht Jens.

Hurtig
Vägaren-Viertel

Simon hat noch Puls, als der Rettungswagen eintrifft, aber als die Sanitäter den Körper auf die Trage legen, ist Hurtig klar, dass es vorbei ist.

Simon stirbt noch im Krankenwagen, während Hurtig, Schwarz und Åhlund in einem Mannschaftsbus vor dem McDonald's an der Folkungagatan sitzen.

Der Einzige, der weiß, was auf dem Dach passiert ist, ist Schwarz, und der behauptet, dass Simon gesprungen sei.

»Du wirst von dem Fall abgezogen, solange die Untersuchung läuft.«

Dann verstößt Hurtig gegen all seine Prinzipien und folgt seinen Kollegen zu McDonald's. Einen Kaffee und eine Apfeltasche. Sie bleiben zwei Stunden lang dort sitzen, bis sie sich wieder ins Auto setzen. Dann nach Hause und zwei Stunden im Bett, ohne ein Auge zuzumachen.

Es wird eine lange Nacht werden.

Im selben Augenblick, da er endlich einschläft, sehen sich am anderen Ende der Stadt zum ersten Mal seit über zehn Jahren drei Geschwister wieder.

Ivo
Pathologisches Institut

Holger Sandström trägt ein dunkelblaues Sakko, als er zusammen mit Jens Hurtig eintrifft, um seinen Sohn zu identifizieren.

Ivo Andrić weiß, dass Hurtig diesen Teil der Polizeiarbeit verabscheut, und vermutlich hätte er am liebsten jemand anderen gebeten, diese Aufgabe zu übernehmen, wenn er dann nicht so eine schlechte Figur abgeben würde. Hurtig war schließlich dabei, als Simon Sandström zehn Meter tief in den Tod stürzte. Der Asphalt der Folkungagatan ist hart, selbst für die Lebenden, denkt sich Ivo und begrüßt die Besucher mit einem stummen Nicken.

Wenn Holger Sandström aufgewühlt sein sollte, dann kann er das sehr gut verbergen.

»Es ist immer noch nicht geklärt, was genau passiert ist«, erklärt Jens Hurtig. »Aber er ist den Folgen seiner Verletzungen erlegen.«

Um Holger Sandströms Mundwinkel spielt ein Lächeln, kaum sichtbar, aber es ist da. »Ach ja?«, sagt er gelangweilt. »Das ist tragisch, aber es wundert mich nicht. Ich kenne ihn ja.«

Ganz gleich, welche Reaktion Ivo erwartet hat – jedenfalls kein Lächeln. Aber er ist kein Psychologe, und vielleicht ist dieses Lächeln ja eine Art Selbstverteidigung. Irgendetwas muss Holger doch für seinen Sohn empfinden.

»Wir haben Krisenbetreuer, wenn du davon Gebrauch machen willst … oder jemand anders aus der Familie«, bietet Hurtig ihm an. »Wir können auch einen Pastor verständigen …«

Aber Holger Sandström schüttelt nur den Kopf und hebt abwehrend die Hände. »Ich komme schon klar. Das war schon immer so. Lass uns das hier einfach so schnell wie möglich hinter uns bringen.«

Ivo geht in den Kühlraum und zieht die Bahre mit dem Jungen hervor, der mit einem weißen Laken bedeckt ist. Die Bahre rollt in die Mitte des Raums. Holger tritt näher an sie heran, und jetzt bemerkt Ivo, dass die Situation ihn alles andere als kaltlässt. Sein Blick hat etwas Trauriges, In-sich-Gekehrtes. Er verzieht das Gesicht, als hätte er Schmerzen.

Als Ivo das Tuch zurückschlägt und der tote Junge sichtbar wird, denkt er, dass es genau so aussehen muss, wenn ein Herz zerbricht.

Holger Sandström zuckt zusammen und wird aschfahl.

»Willst du mich auf den Arm nehmen?«, entfährt es ihm dann. »Das ist nicht Øystein. Das ist Simon Carlgren, Vilhelms Sohn.«

Schwarze Melancholie
Studio

Ich habe gesehen, wie es passiert ist. Ich habe gesehen, wie unsere kleine Schwester gestorben ist.

Der Bruder hat seine ganze kindliche Eifersucht an dem Mädchen ausgelassen. Die Kleine zog jede Aufmerksamkeit auf sich, alles drehte sich nur mehr ums Windelwechseln und Füttern, und nie hatte sie genug, immer hat sie geschrien, geschrien und geschrien. Der Bruder hat sie so lange geschüttelt, bis sie verstummte.

Und ich habe es gesehen, ohne einzugreifen. Ließ es einfach geschehen. Dachte vielleicht, es wäre nur ein Spiel. Ein Spiel, bei dem er den Mörder spielte.

Hinterher behaupteten die Alten, die kleine Vanja wäre am plötzlichen Kindstod gestorben. Aber ich wusste, dass sie in Wahrheit von Lilith besessen war und der Bruder den Nachtdämonen aus ihr herausgeschüttelt hat.

Sie haben gelogen.

Sechzehn Jahre lang hab ich geglaubt, sie wäre tot.

Sechzehn Jahre lang hab ich geglaubt, dass mein Bruder sie lebensgefährlich verletzt hätte und sie gestorben wäre.

Sie haben uns angelogen, und der größte Lügner von allen ist mein Vater.

Ich weiß noch, wie er im Gemeindehaus am Altar stand. Ein falscher, selbstgerechter Mann mit der einlullenden Stimme eines trivialen Menschen. Dann rufe ich mir ins Gedächtnis, wie er gerochen hat und immer noch riecht. Alt. Nach Talg, Magenverstimmung und Hormonstörungen.

Alte und kranke Tiere werden getötet, und der Mensch ist nichts anderes als ein Tier.

Als Letztes sehe ich seinen nackten, fetten Leib und den zerbrechlichen, zusammengekrümmten Körper meiner Mutter.

Mein Vater ist ein Schwein, ein Gregorius, und von Anfang an wollte ich ihn vergiften, genau wie Doktor Glas aus Hjalmar Söderbergs Buch es mit dem Pastor tat.

Die Giftflasche bewahre ich im Kühlschrank auf. Hinter Glas schlummert dort eine Kraft, böse und verhasst.

Der Feind des Menschen und aller Lebewesen.

Die Substanz lässt sich leicht herstellen. Man braucht nur ein paar Tropfen Preußisch Blau sowie ein paar weitere Flüssigkeiten – samt und sonders einfach zu beschaffen. Wenn die Farbe auf eine bestimmte Temperatur erhitzt wird, wird Cyanwasserstoff freigesetzt, und das Resultat ist ein durchsichtiger Extrakt, mehr oder weniger frei vom typischen Bittermandelgeruch. Er lässt sich in wenigen Sekunden in einem Glas Wasser auflösen, und der Tod tritt binnen einer Stunde ein.

Aber die Giftflasche ist nicht länger für Vater vorgesehen. Sie wird auf andere Weise Verwendung finden, und das ist die Idee meines Bruders. Er hat eine Vision davon, wie das Ende aussehen wird.

Ich gehe hinüber zu Vanja. Sie liegt auf ihrer Matratze in der hinteren Ecke und schläft tief und fest.

Für mich bedeutet einen Menschen zu hassen das Gleiche wie das Verlangen, ihm zu schaden. Aber noch empfinde ich keine Verachtung für sie. Vielleicht kommt das noch.

Vielleicht aber auch nicht.

Der Bruder hasst sie immer noch.

Zerrissen zwischen zwei Leben, denke ich. Hat sie das nicht selbst einmal geschrieben?

Sie hat immerhin ausdrücklich gesagt, dass sie sterben will.

Auf einer Brücke zwischen Hoffnung und Verzweiflung.

Hurtig
Pathologisches Institut

Als Hurtig sich auf dem Parkplatz vor der Pathologie von Holger Sandström verabschiedet und sich ins Auto setzt, weiß er nicht, was er denken soll. Er tut sich schwer damit, dass Holger in keinem ihrer Gespräche innerhalb der letzten vierundzwanzig Stunden Øysteins Namen erwähnt hat – allerdings hat auch er selbst den Namen Simon nie erwähnt.

Er bleibt im Auto sitzen, ohne den Motor anzulassen.

Dann ist Øystein also Vanjas Bruder.

Holger hat ihm erzählt, dass Simon mit Nachnamen Carlgren heißt, dass die Familie Carlgren seit Langem mit den Sandströms befreundet ist und dass sie einander in einem Dorf namens Vitvattnet in Jämtland kennengelernt haben. Simons Eltern wohnen dort inzwischen dauerhaft. Holger wusste nicht, dass Simon mittlerweile Øysteins Mitbewohner war, und weiß auch nicht, wo Øystein sich derzeit aufhält.

Hurtig ruft vier Telefonnummern an.

Die erste gehört angeblich Øystein Sandström.

Aber die Nummer ist nicht mehr verfügbar.

Dann ruft er Åhlund an und bittet ihn herauszufinden, wo Øystein gemeldet ist, und ihn anschließend zur Fahndung auszuschreiben. Außerdem leitet er in die Wege, dass jemand Simons leiblichen Eltern die Nachricht überbringt – einer Familie, der schon bald der schlimmste Albtraum aller Eltern widerfahren wird.

Die Widernatürlichkeit, das eigene Kind zu überleben.

Das dritte Telefonat führt er mit Emilia Svensson. Er bittet sie, mit ein paar Kollegen die Wohnung in der Folkungagatan zu durchsuchen.

Der vierte und letzte Anruf gilt Isaak – wegen Ingo.

Hurtig muss ihm erzählen, dass John Ingmar Gustafson ermordet wurde, dass sein Freund sich nicht selbst das Leben genommen hat, und er ist nicht gerade erpicht darauf, ihm diese Nachricht zu überbringen. Aber so hat er es wenigstens hinter sich.

Isaak klingt fröhlich, als er sich meldet und erzählt, dass er soeben ein Treffen in der Künstlerbar KB in der Smålandsgatan hatte.

Hurtig denkt kurz darüber nach, ob er mit seiner Neuigkeit warten soll, aber dann wird ihm das den ganzen Tag lang zusetzen, und er muss sich auf andere Dinge konzentrieren.

Auf Øystein.

»Ich muss dir was sagen … über Ingo.«

Als er fertig ist, bleibt es still in der Leitung. Bitte, nicht weinen, denkt er.

Isaak weint zwar nicht, aber seine Stimme bebt. »Ich hab noch nicht mal realisiert, dass er sich das Leben genommen hat … Wie könnt ihr euch so sicher sein, dass er umgebracht wurde?«

»Darauf kann ich im Moment noch nicht näher eingehen, und du musst mir auch versprechen, es für dich zu behalten.«

Isaak hält inne. »Nein, nein, versprochen«, sagt er nach einer Weile. »Aber es ist schon komisch. Ingo war nicht der Typ, der sich umbringt. Er wollte leben. Er wollte …«

Jetzt weint er.

»Ja?«

»Am Strand liegen und das Knistern hören, wenn das Salzwasser auf den Armen trocknet.«

Es ist schwer, auf so eine Bemerkung irgendetwas zu erwidern.

Aiman
Stadtbibliothek

Sie geht den ganzen Weg zur Stadtbibliothek zu Fuß und genießt die Sonne, die mittlerweile kalt geworden ist und sich in ein paar Wochen in eine Wintersonne verwandeln wird, die nur mehr blendet.

Ihr Arbeitstag wird mit Sisyphosarbeit angefüllt sein: Lieferungen von großen Verlagen, Katalogisierung, Schlagworterfassung und Arbeit an der Infotheke in dreistündigem Wechsel.

Nachdem sie eingetroffen ist, kümmert sie sich zuerst um die Bücher, die via Fernleihe bestellt wurden, und während sie sie ins Ausleihregal räumt, überfliegt sie die Buchtitel. Ein paar Bücher über altnordische Religion, *Das Ekel* von Jean-Paul Sartre und ein Sammelband von Thomas De Quincey.

Der Entleiher taucht um halb zwei auf – eine Kopie von Aimans Nachbar: Anfang zwanzig, lange schwarze Haare und Kajalreste um die Augen. Zerrissene schwarze Jeans, ein T-Shirt mit einem Bandnamen unter einer engen Lederjacke.

Aiman legt die Bücher auf den Tresen und scannt sie ein.

»Interessante Titel«, sagt sie. »Ich hab sie gelesen – bis auf De Quincey.«

»Lesen Sie viel?«

»Nicht annähernd so viel, wie einige unserer Besucher annehmen.« Sie kennt das gängige Vorurteil, dass sie selbst und ihre Kollegen jedes einzelne Buch aus dem Bestand gelesen hätten.

»Dann lesen Sie das hier«, sagt er und schiebt ihr De Quincey hin.

Aiman lächelt ihn an, bedankt sich und versichert ihm, so

bald wie möglich mit der Lektüre anzufangen. Wenn sie sich wiedersehen, wird sie ihm sagen, was sie davon gehalten hat.

Wortlos packt der junge Mann die anderen Bücher ein und geht.

Das Buch in ihren Händen enthält einen Essay mit dem Titel *Der Mord als eine schöne Kunst betrachtet.*

Hurtig
Vägaren-Viertel

Um kurz nach vier betritt er – unmittelbar nach der Spurensicherung – die Wohnung an der Folkungagatan, und eine Viertelstunde später sitzt Hurtig auf dem Wohnzimmersofa, während Emilia Svensson und ihre Kollegen die Küche durchgehen.

Auf einem Stuhl vor ihm liegen ein paar Fundstücke: ein Ausdruck von rund dreißig Seiten mit dem Titel *Papa*, zwei weitere Beutel mit weißem Pulver und ein dickes Heft mit Songtexten. Er geht davon aus, dass die Beutel Drogen enthalten, und konzentriert sich stattdessen auf die Texte.

Schon nach zwei Seiten wird ihm klar, dass Simon Carlgren Schriftsteller hätte werden sollen.

Papa ist eine Schmähschrift über seinen Vater, und Hurtig ist dankbar für den Vater, den er selbst hat. Wenn das, was er da liest, der Wahrheit entspricht, fällt die physische und psychische Gewalt, der Vilhelm Carlgren seine ganze Familie ausgesetzt hat, unter diverse Straftatbestände. Gewalttaten, die mit mehrjährigen Haftstrafen geahndet werden.

Das Lyrikheft ist anders. Darin scheint alles darum zu gehen, sich selbst zu schaden, und er erkennt mehrere Formulierungen aus den Texten wieder, die im Magen des Mädchens aus Salem gefunden wurden.

VIXI, liest er in Handschrift auf liniertem Papier. Ein anderer Text besteht aus drei Worten, die ein paar hundert Mal wiederholt werden: »Fahr zur Hölle.« Kein Rufzeichen dahinter, nur ein Punkt, als wäre es eher eine drastische Feststellung als ein Ausruf im Affekt.

Emilia Svensson betritt den Raum. »Das hier haben wir im Müll gefunden«, sagt sie und reicht ihm ein zerknülltes Blatt Papier.

Danke! Es war sehr nett von dir, dass du mir mit Behemoth geholfen hast. Grüße von deiner Nachbarin Aiman

Er liest die Zeilen noch einmal, ehe er sich aus dem Sofa stemmt und aus der Wohnung auf den Laubengang hinaustritt.

Auf dem Türschild nebenan steht *A. CHERNIKOVA*.

Er klingelt mehrmals, aber es macht niemand auf, und er späht durchs Fenster. Eine Küche, genauso ordentlich wie die von Simon. Völlig unglaublich, denkt er und geht wieder in die andere Wohnung zurück.

Aiman und Simon. Aimans Kassetten und ein junger, toter Selbstmordmissionar, der dieselben Kassetten dazu verwendet hat, um seine Botschaft zu verbreiten. Ob sich die beiden gut kannten?

Emilia Svensson zeigt Hurtig einen blutigen Verband.

Vor ein paar Tagen hat er einen ganz ähnlichen gesehen. Am Strand von Glimminge, einen Steinwurf von einem toten Mann entfernt.

»Wie schnell können Sie eine vorläufige Analyse davon erstellen lassen?«, fragt er. Sie soll sich wegen des Abgleichs mit Kommissar Gullberg aus Skåne in Verbindung setzen.

»Bis morgen«, erwidert sie, »sofern ich heute ein paar Überstunden mache.«

Hurtig wendet sich wieder Simons Texten zu.

Ganz zuunterst in dem Papierstapel entdeckt er ein Blatt, das anders aussieht als die anderen. Der Text wurde auf einer alten Schreibmaschine getippt.

Der Wunsch, Böses zu tun, nur um des Bösen willen.

Aiman
Vägaren-Viertel

In der Nacht auf Montag hat sie von Jens Hurtig geträumt und dann den ganzen Morgen an ihn gedacht. Bislang hat sie immer geglaubt, zu jenen klinisch Asexuellen zu gehören, die weder ein physisches noch psychisches Interesse an einer körperlichen Beziehung haben, aber jetzt ist sie sich nicht mehr sicher.

Der Begriff Asexualität umfasst verschiedene Abstufungen. Eine davon ist die Gray-Asexualität, eine Art Mittelding auf der Skala sexuell-asexuell, und sie bedeutet, dass sich die Person nur selten von jemandem sexuell angezogen fühlt, das Potenzial dazu jedoch vorhanden ist. Ist Jens Hurtig gerade dabei, mich in eine Graue zu verwandeln?, denkt sie.

Viele Asexuelle tragen als Symbol für ihre sexuelle Neigung oder vielmehr für die nicht vorhandene sexuelle Neigung einen Ring am rechten Mittelfinger. Vielleicht sollte sie sich einen solchen Ring zulegen, um sich daran zu erinnern, wer sie ist, damit diese seltsamen Gedanken aufhören. So als würde sie dem Zölibat Treue schwören, sich mit ihm verheiraten.

Ihr Telefon vermeldet eine SMS von Isaak. Er schlägt ein Treffen vor: um sieben im Roxy am Nytorget.

»Gerne«, schreibt sie zurück und fügt einen Smiley hinzu.

Nach der Mittagspause beschließt sie, für ein paar Stunden an den Spiegelbüchern zu arbeiten. Sie muss wieder auf den Boden der Tatsachen zurückkehren. Außerdem hat sie eine neue Idee, die sie ausprobieren will.

Die Außenseiten der Lade für die Bücher hat sie bereits fertiggestellt und zieht sie aus dem Regal. Dann zieht sie einen der Kartons hervor, der mit alten Souvenirs gefüllt ist. Darunter befindet sich auch eine kleine Taschenuhr mit einem hübschen silbernen Zifferblatt. Sie will die Uhr an der Innenseite der Schachtel befestigen, in der die Bücher aufbewahrt werden sollen.

Sie weiß, dass das Uhrwerk der Taschenuhr einfach konstruiert ist. Misja hat die Uhr mehrmals auseinandergenommen, um ihr zu zeigen, wie sie funktioniert. Man muss nur ein paar Teile anders einsetzen, und die Zeit läuft rückwärts – und das passt zu den Büchern, die eine verkehrte Welt beschreiben, *mundus inversus*, in der die Zeit rückwärtsgeht und die Logik eine spiegelverkehrte ist. Das Kaninchen, dem Alice in den Bau folgt, hat eine ganz ähnliche Taschenuhr, und die Uhr, die falsch herum geht, soll das unterbewusste Verlangen des Erwachsenen symbolisieren, wieder in die Kindheit zurückzukehren.

Um halb sechs ist Aiman fertig und stellt die Spiegelschachtel ins Regal. Die Taschenuhr geht jetzt rückwärts, und der Leser des Buches soll, genau wie Alice, in den Kaninchenbau hinabgezogen werden.

Sie fragt sich, ob Isaak die Symbolik versteht – durch die Bücher in die Kindheit zurückzukehren. Doch als sie geht, ist es nicht Isaak, sondern Jens Hurtig, an den sie denken muss.

Hurtig

Kronoberg-Viertel

Noch am Montag teilt Emilia Svensson ihm mit, dass das Blut in dem Verband aus Simons Wohnung vermutlich von derselben Person stammt wie das Blut vom Strand in Skåne.

Und diese Person ist mit hoher Wahrscheinlichkeit Simon Carlgren.

Seine Fingerabdrücke befinden sich überdies auf den beiden teuren Weinflaschen, die am Strand gefunden wurden.

Gegenwärtig untersucht sie gemeinsam mit den Technikern aus Skåne, ob sich die Fingerabdrücke auf dem Verstärker mit dem Pentagramm ebenfalls auf den Weinflaschen wiederfinden lassen. Die könnten von Øystein Sandström stammen.

Es klopft an der Tür, und Åhlund steckt den Kopf herein. Hurtig bedankt sich bei Emilia und beendet das Gespräch. Åhlund nimmt ihm gegenüber Platz und berichtet, dass die einzige Adresse, die Øystein zu haben scheint, ein Postfach am Hornstull ist.

»Dasselbe Fach wie für die Kassetten?«, fragt Hurtig.

»Das weiß ich noch nicht, aber es ist anzunehmen. Øystein ist zur Fahndung ausgeschrieben. Er wird uns früher oder später ins Netz gehen.« Åhlund hält inne, ehe er fortfährt. »Was ist mit Schwarz?«

»Abgezogen wegen eines möglichen Dienstvergehens. Er wartet jetzt auf das Verfahren. Billing hat den Staatsanwalt informiert, was bedeutet, dass Schwarz sich vermutlich im nächsten halben Jahr mit Schreibtischarbeit herumschlagen darf.«

»Polizisten, die gegen Polizisten ermitteln ...« Åhlund

schnaubt und sieht dann wieder zu Hurtig. »Kann man sich wirklich darauf verlassen, dass das ordentlich gemacht wird? Objektiv, meine ich?«

Hurtig druckst ein bisschen herum. Er findet es ebenfalls bemerkenswert, dass Kollegen gegeneinander ermitteln, aber in diesem Fall ist er davon überzeugt, dass Schwarz nichts falsch gemacht hat.

Simons Tod war ein Selbstmord, mehr nicht.

»Die Kollegen haben sämtliche Postfächer überprüft, die infrage kamen«, sagt Åhlund. »Jetzt, da wir wissen, um welches es sich handelt, hab ich die Überwachungsaufnahmen besorgt, auf denen alle zu sehen sind, die dort waren.« Er fragt Hurtig, ob er sich kurz an dessen Rechner setzen darf, loggt sich ein und klickt einen Ordner mit dem Namen »Box 222« an.

Achtzehn Besuche wurden dort registriert. Als Åhlund den Film abspielt, sehen sie den Raum von schräg oben. Der erste Ausschnitt wurde vor sechs Monaten aufgezeichnet. Am unteren Bildrand geht eine Tür auf, und Simon Carlgren kommt herein. Er sieht sich um, als wolle er sichergehen, dass er allein ist. Erst dann tritt er vor das Postfach und öffnet es, nimmt ein paar Briefe heraus, schließt das Fach wieder und geht. Der nächste Ausschnitt ist zwei Wochen später aufgenommen worden. Der Ablauf ist fast identisch. Wieder holt Simon Briefe, aber auch ein Päckchen ab.

Auf dem dritten Film ist Simon zusammen mit einem jungen Mann zu sehen, und Hurtig bittet Åhlund, den Film anzuhalten.

»Das könnte Øystein sein«, meint er. »Kannst du ganz langsam vorspulen?«

Åhlund kommt der Bitte nach und drückt ein paar Tasten, bis das Gesicht des jungen Mannes auf dem Monitor erscheint. Das Bild ist gestochen scharf, und Hurtig erkennt ihn sofort wieder.

»Verdammt«, flucht er. »Das ist der Kerl, der mir auf der Toilette begegnet ist, als ich auf dem Konzert im Gleis drei war.«

Der Typ, der einem Mädchen Stoff zugesteckt und den Hurtig auf der Toilette ein wenig gröber behandelt hat, war also Øystein Sandström.

Åhlund sieht ihn fragend an, und Hurtig erzählt ihm von der Begegnung. Dass er Øystein auch ins Gesicht geschlagen hat, behält er für sich.

»Genau dieser Idiot hat mir sogar von dem Postfach erzählt! Von seinem eigenen Postfach!«

Hurtig stellt sich vor, was passiert wäre, wenn er Øystein wegen Drogenbesitzes festgenommen und aufs Präsidium mitgenommen hätte. Dann wäre Simon vielleicht noch am Leben – und der pensionierte Major Ljung aus Ängelholm wahrscheinlich auch.

Åhlund lässt den Film weiterlaufen. Simon macht das Fach auf, und als er sieht, dass es leer ist, dreht er sich zu Øystein um und sagt etwas. Es scheint, als hätten sie eine Auseinandersetzung. Wild gestikulierend verlassen sie den Raum.

Die übrigen Ausschnitte unterscheiden sich kaum mehr von den ersten. Simon oder Øystein, mal allein, mal gemeinsam, und einer von beiden macht das Postfach auf. Entweder ist es leer, oder sie nehmen ein paar Briefe oder Päckchen heraus.

Erst der vorletzte Film ist wieder anders und deshalb besonders interessant. Der Ausschnitt ist von gestern, also noch keine vierundzwanzig Stunden alt. Die Kamera filmt einen Mann im Anzug, der mit einer Zeitung sein Gesicht abschirmt. Trotzdem ist klar zu erkennen, dass er dasselbe Postfach öffnet. Der Mann nimmt einen Umschlag heraus und verlässt eilig den Raum. Das alles dauert keine fünfzehn Sekunden.

»Wer war das denn?«, will Hurtig wissen und bittet Åhlund, die Sequenz noch einmal abzuspielen.

»Irgendjemand, der weiß, dass der Raum überwacht wird.«

»Kannst du die Filme von den Überwachungskameras in der näheren Umgebung besorgen? Ich meine, von Geldautomaten, der U-Bahn-Station und so weiter.«

»Klar, mach ich gleich«, sagt Åhlund und spielt die letzte Sequenz ab.

Sie ist ebenfalls vom Vortag. Øystein drückt die Tür auf, geht zu seinem Fach und schließt es auf. Er nimmt einen Brief heraus, den er sich in die Tasche steckt, bevor er sich umdreht und direkt in die Kamera blickt.

Hurtig zuckt zusammen, als wäre er ertappt worden.

Dreißig lange Sekunden starrt Øystein höhnisch hinauf, ehe er den Mittelfinger in Richtung Kamera reckt und wieder verschwindet.

»Er weiß genau, dass wir ihn sehen können«, stellt Hurtig fest. »Und das ist nicht gut.«

Åhlund loggt sich aus und verspricht, sofort wiederzukommen, sobald er die anderen Aufnahmen organisiert hat.

Dann vibriert Hurtigs Handy. Eine SMS von Isaak. »Essen heute Abend im Roxy?«

Hurtig antwortet, dass er es zum Essen nicht schaffen wird, aber gern später auf ein Bier im Movitz vorbeischauen will.

Die Antwort kommt prompt. »Okay.«

Als Hurtig wieder allein ist, nimmt er die CD, die Emilia Svensson für ihn zusammengestellt hat, schiebt sie ins Laufwerk seines Rechners und drückt auf Play.

Er will Simons und Øysteins Philosophie verstehen und liest den Text mit, während er sich Hungers eintöniges Geschepper anhört. Das Stück heißt »Fibel für Schuldige«.

Der Song wurde für ein Mädchen aufgenommen, das sich in einem wassergefüllten Trockendock im Trelleborger Hafen ertränkt hat. Ihr Name war Amanda.

Kaum hörbar flüstert Hunger – und den Text vor sich zu haben hilft ungemein:

Amanda.
Bosse.
Carita.
David.
Estelle.
Fredrik.
Goran.
Hjalmar.
Ingrid.
Jens.
Kristoffer.
Laila.
Maria.
Ninni.
Olinda.
Pernilla.
Quinn.
Rakel.
Simon.
Toril.
Unni.
Vanja.
William.
Xavier.
Yuseff.
Zuzanne.
Åke.
Älva.
Øystein.

Ein paar Namen kommen ihm bekannt vor, unter anderem die Selbstmordopfer Carita, David und Maria und natürlich Simon, Øystein und Vanja.

Bei Vanjas Namen wird ihm schlecht.

Ihm ist klar, dass die Selbstmordopfer hier lediglich in alphabetischer Reihenfolge aufgeführt sind, insofern ist das Ganze fast schon eine Spielerei, aber er fragt sich, warum Simon oder Øystein den Text ausgerechnet für dieses Mädchen aufgenommen hat.

Die Töne verklingen, und Hunger lacht ein herzliches, unschuldiges Lachen. Als hätte er gerade einen Witz zum Besten gegeben.

Hurtigs Telefon klingelt, und der Empfang teilt ihm mit, dass ihn zwei Personen sprechen wollen. »Edith und Paul Hjorth sind hier und wollen mit Ihnen sprechen. Sollen sie einen Termin vereinbaren und später wiederkommen?«

»Nein, sie können raufkommen.«

Während er auf den überraschenden Besuch wartet, geht er schnell in die Personalküche und holt sich eine große Tasse Kaffee. Er vermutet, dass sie wegen Vanja gekommen sind, und als er wieder in seinem Büro ist, legt er Hungers Heft mit den Texten in eine Schublade, damit sie es nicht sehen.

Er nimmt einen Schluck Kaffee und hört, wie die Fahrstuhltür aufgeht, Schritte auf dem Flur, und dann sieht er Ediths verweintes Gesicht in der Tür.

Hurtig stellt den Kaffee ab, steht auf und geht ihr entgegen.

Während Edith Hjorths Gesicht rot geweint ist, ist Pauls vom Alkohol aufgeschwemmt. Seine Alkoholfahne wabert durchs Zimmer, als sie ihm erzählen, dass Vanja seit Samstagabend verschwunden ist und sie sich ernsthaft Sorgen um sie machen.

Hurtig erwähnt, dass Vanja ihn auf dem Weg zu Simon Carlgren angerufen habe.

»Wer soll das sein? Der Name sagt mir nichts.« In Pauls Stimme liegt eine gewisse Aggression.

»Wir gehen davon aus, dass Simon und einer seiner Freunde die zentrale Rolle bei dieser Selbstmordwelle spielen. Vanja hat mir erzählt, dass sie auf eine Kassette gewartet hat, dann aber die ganze Sache abblasen wollte. Ihr versteht, was das bedeutet, nehme ich an?«

Edith wirkt erleichtert. »Dass sie sich nicht umbringen will?«

»Genau. Was natürlich eine sehr positive Entwicklung ist.«

Dann berichtet Hurtig ihnen vom Samstagabend, von Simons Tod und dass Vanja nie bei ihm aufgetaucht ist.

»Wir schreiben Vanja selbstverständlich umgehend zur Fahndung aus. Aber vorher möchte ich euch noch ein paar Fragen stellen, und es ist wichtig, dass ihr mir nichts verschweigt.«

Paul und Edith sehen einander ernst an und nicken dann beide.

»Auf dem Fest nach der Beerdigung«, beginnt er und wendet sich an Paul, »hast du mir erzählt, dass Holger Vanjas leiblicher Vater ist.«

Paul sieht ihn verständnislos an, und Edith wirft ihm einen finsteren Blick zu.

»Hab ich das?« Er leckt sich über die Lippen.

»Es ist also korrekt?«

Sie nicken wieder.

»Bist du Vanjas leibliche Mutter?«, wendet er sich an Edith.

»Nein«, antwortet sie leise. »Ich kann keine Kinder bekommen.«

»Wisst ihr, warum Holger und seine Frau sie zur Adoption freigegeben haben?«

»Vanjas Mutter hatte psychische Probleme«, sagt Edith. »Schlimmer aber war, dass Vanja einen älteren Bruder hatte, der sie im Säuglingsalter fast umgebracht hätte.«

Sein Magen krampft sich zusammen. »Was ist mit diesem Bruder passiert?«

»Das wissen wir nicht …« Edith sieht Paul an, der ihre Worte bestätigt.

»Bei diesem Bruder muss es sich um Øystein handeln«,

schlussfolgert Hurtig, »Simons Mitbewohner. Er ist ebenfalls verschwunden und seit heute Morgen zur Fahndung ausgeschrieben.«

Schweigen. Hurtig sieht, wie Paul die Fäuste ballt und sein Blick sich verfinstert. Ihm ist klar, dass es die reine Verzweiflung ist.

Verzweiflung – und Hass.

»Was spielt das noch für eine Rolle?«, faucht Paul dann, und Hurtig hat das Gefühl, dass sich der Hass in diesem Moment gegen ihn richtet.

»Es spielt eine wesentliche Rolle.«

»Was machst du dann noch hier? Warum bist du nicht draußen und suchst ihn?«

»Es gibt Kollegen, die das besser können als ich. Außerdem muss ich mich um eine Mordermittlung kümmern. Genau genommen sind es wohl drei Morde.«

In die Øystein obendrein verwickelt sein könnte, denkt Hurtig, spricht es aber nicht laut aus. Er versichert den beiden, sämtliche Ressourcen zu mobilisieren, um Vanja zu finden.

Sie reden noch eine halbe Stunde miteinander. Er stellt die notwendigen Fragen, füllt das Standardformular für Vermisstenanzeigen aus, und als sie sich voneinander verabschieden, hat Paul sich wieder halbwegs beruhigt. Trotzdem kann Hurtig den hasserfüllten Blick, der ihn getroffen hat, nicht vergessen.

Hurtig schreibt Vanja Hjorth zur Fahndung aus, ehe er bei Åhlund vorbeigeht, um sich nach dem Zwischenstand in Sachen Überwachungskameras aus dem Viertel zu erkundigen.

»Ich bin schon damit durch«, sagt er, »aber ich hab gesehen, dass du Besuch hattest. Da wollte ich nicht stören.«

»Das waren die Eltern von Vanja Hjorth. Sie ist seit Samstagabend verschwunden. Hast du auf den Filmen irgendetwas entdeckt?«

Åhlund schüttelt den Kopf. »Ich fürchte, da muss ich dich

enttäuschen. Die Person, die ihr Gesicht verdeckt, ist von keiner anderen Kamera erfasst worden.« Trotzdem spielt Åhlund einen der Filme ab. »Stockholm ist schließlich nicht London. Es gibt überall Lücken, und entweder hatte die Person einfach Glück, oder sie wusste genau, wo die Kameras angebracht sind.«

Der Film zeigt die verlassene Straße, nur ein paar Eingänge von den Postfächern entfernt.

Ein geparktes Auto. Ein silberfarbener BMW.

»Ich glaub's nicht!«, ruft Hurtig. »Das ist Holger Sandströms Auto.«

Isaak
Industriegebiet Västberga

Was die Kreativarbeit betrifft, ist es in jeder Hinsicht ein guter Tag gewesen. Zuerst hat er einen kleinen Spaziergang durchs Industriegebiet gemacht. Er ist bei klarer Luft und Sonnenschein losgegangen. Kalt war es, und der Winter wird nicht mehr allzu lange auf sich warten lassen.

Nach etwa einer Stunde zwischen den verlassenen Fabrikgebäuden fühlt er sich wie neugeboren. Er nimmt die Kamera und sieht sich die Bilder an, die er gemacht hat. Zuerst die Aufnahme eines zerbrochenen Fensters, dann das Bild eines kaputten Schornsteins und mehrere Fotos, auf denen die Natur Orte zurückerobert, die sich zuvor der Mensch erarbeitet hat. Gras vor Bürofenstern, Pflanzen, die durch den Asphalt drängen, und der Ast eines Baumes, der in ein Dach hineinwächst. Das alles angestrahlt von einer schwachen Novembersonne, die den Verfall unendlich schön zur Geltung bringt.

Jedes Material hat ein Eigenleben. Wenn es sich selbst überlassen wird, entsteht neue, unberührte Schönheit. Er muss an Aiman denken und an ihr verletztes Auge, das sie noch schöner macht, als sie ohnehin ist.

Isaak legt die Kamera beiseite und greift zum Skizzenblock.

Die Philosophie der japanischen Künstlergruppe Gutais – durch Beschädigung oder Zerstörung entstehe neue Schönheit – inspiriert ihn. Er setzt sich schon länger mit dieser These auseinander. Vor ein paar Jahren hat er mal eine Leinwand in einem Komposthaufen vergraben und sie acht Monate lang dort liegen lassen, und das Resultat war eine Art Abstraktion, die aussah wie eine Landschaft aus Wüsten, Flüssen und Wäldern. Die Rattenlöcher waren Krater.

Spiegelte die Leinwand den Zersetzungsprozess wider, oder war sie ein Gegenstand, der zum Leben erweckt worden war?

Seine Kunst soll Malerei und Skulptur gleichermaßen sein. Ein öffentliches Werk, erschaffen aus verschiedenen Techniken. Eine einerseits ortsspezifische, andererseits grenzüberschreitende Hybridkunst.

Er macht das Radio an. Es fällt ihm leichter zu arbeiten, wenn im Hintergrund Geräusche sind.

Er füllt einen Topf mit Wasser und stellt die Platte an. Wartet, bis das Wasser fünfundsechzig Grad warm ist und der Knochenleim beginnt, sich zu verflüssigen. Er weiß, wie eine Leiche im Verwesungszustand riecht – ungefähr so wie jetzt hier. Der Gestank aus dem Topf ist wirklich gewöhnungsbedürftig.

Er bestreicht eine Leinwand mit der warmen Leimmasse, ein paar andere Leinwände, die bereits mit Leim bezogen sind, grundiert er weiß, dann nimmt er eine Marmorscheibe zur Hand. Nachdem er die Farbpigmente auf der Platte zerrieben hat, fügt er etwas Leinöl hinzu und vermischt das Ganze. Sobald die Masse gleichmäßig verrührt ist, füllt er sie in ein Glasgefäß und gibt Wasser hinzu.

Öl und Wasser vermischen sich nicht gut. Er braucht eine Emulsion, damit die Farbe bindet. Normalerweise verwendet er Eier oder Milch, aber er hat auch schon mit anderen Zutaten experimentiert, etwa mit Seife und Mayonnaise. Er nimmt ein Glas mit einer wunderbar rostroten Emulsion aus dem Regal.

Den Rest des Tages verbringt Isaak damit, ein paar angefangene Bilder zu bearbeiten. Schicht um Schicht baut er Motive aus Hell-Dunkel-Kontrasten auf. Dann stellt er sie beiseite und übermalt eine weitere Leinwand, die er Jens zeigen will. Die Zeit vergeht wie im Flug. Als er den Pinsel weglegt, ist es bereits sechs, und er ruft sich ein Taxi.

Aiman
Roxy

Der Schneefall, der vor einer Woche noch über Sankt Petersburg Halt gemacht und dann die Ostsee überquert hat, geht nun über dem grauen Södermalm nieder. Aiman betritt das Roxy und klopft sich den Schnee vom Mantel. Erstmals, seit sie schwanger wurde, trägt sie wieder ihren orangefarbenen Schleier, und es fühlt sich gut an.

Es ist ein Zeichen dafür, dass sie stark ist.

Isaak sitzt an einem Tisch mit Blick über den Nytorget. Er winkt ihr, und sie steuert vorsichtig auf ihn zu, damit sie auf dem rutschigen Boden nicht hinfällt. Er steht auf und nimmt sie in die Arme.

Isaak will wissen, ob mit Vanja alles in Ordnung ist. Edith hat ihn angerufen; sie war völlig außer sich. Aiman weiß noch nichts davon, sie hat den ganzen Tag über mit niemandem gesprochen.

Eine Weile sitzen sie stumm beisammen, jeder in seine Sorgen um Vanja vertieft. Dann bricht Aiman das Schweigen und erzählt ihm von der Buchempfehlung, die sie bekommen hat, und fragt ihn, ob er De Quincey kennt.

Er verneint, aber er hört ihr gern zu.

»Kennst du aus dem neunzehnten Jahrhundert diese … Ja, wie soll man sagen? Mordclubs?«

Isaak schüttelt den Kopf.

»Männer aus der Londoner Oberschicht trafen sich, um über den ästhetischen Wert eines Mordes an einem anderen Menschen zu debattieren. Sie analysierten die Vorgehensweise des Mörders aus rein künstlerischer Perspektive, ließen sämtliche moralischen Standpunkte außer Acht und konzentrierten sich ausschließlich auf das technische Geschick des Täters – ohne jede Wertung, was richtig war oder falsch.«

Die Bedienung kommt an ihren Tisch. Isaak bestellt ein Glas Rotwein, Aiman begnügt sich mit Leitungswasser.

»Einen Mord zu begehen galt als verwerflich«, fährt sie fort, als sie wieder allein sind. »Aber eine Tat zu verurteilen, die bereits begangen worden war, wurde als idiotisch angesehen, da das Opfer im Nachhinein ja nicht mehr darunter zu leiden brauchte. Aber wenn man so etwas tut, läuft man Gefahr, alles nur mehr durch einen Tunnel zu sehen oder sich an den falschen Dingen blind zu starren. Umgekehrt hielten sie einen Mörder, der seine eigene Tat verurteilte, für einen schlechten Mörder. Nimm zum Beispiel Raskolnikow aus *Verbrechen und Strafe*. Nach einem mieseren Mörder kannst du lange suchen.«

»Er scheitert als Mörder, weil er kein guter Künstler ist. Er hat keinen Geschmack.«

»Keinen Geschmack?« Aiman lacht.

»Nein. Und was seine Tat angeht, ist sie gelinde gesagt dilettantisch. Der Mord an der Pfandleiherin ist außerordentlich grob inszeniert. Grottenschlecht.«

»Was ist dann guter Geschmack?«, fragt Aiman.

»Gute Frage. Das weiß man erst, wenn man es sieht. Geschmack kennt keine Grenzen, und er ändert sich mit jeder Mode.« Isaak hält inne und denkt nach. »Ein Amoklauf in einer Schule wäre vielleicht ein Beispiel für etwas, was gerade angesagt ist«, meint er nach einer Weile, und Aiman erkennt dieses Lächeln wieder – er ist jetzt ganz der provokante Künstler. »Eine Kunstform, die vor zehn Jahren durch Columbine ihren großen Durchbruch erfuhr. Ich kann dir ansehen, dass du findest, ich gehe zu weit. Aber in gewisser Weise waren genau solche originellen Bahnbrecher immer auch einflussreiche Künstler.«

Originelle Bahnbrecher?

»Der letzte Schah hat meine Eltern ermorden lassen«, entgegnet Aiman. »Diese Kids als bahnbrechende Künstler zu bezeichnen – *das* ist schlechter Geschmack.«

»Deine Eltern? Das tut mir leid …«

»Ach ja? Aber du urteilst nicht? Das tue ich auch nicht. Findest du, dass Mohammad Reza Pahlavi ein guter Künstler war? Hatte er einen guten Geschmack? Ist es künstlerisch wertvoll, eine Familie spurlos verschwinden zu lassen, sie ohne jeden Prozess hinzurichten und einfach so zu verscharren?«

»Es tut mir wirklich leid«, sagt Isaak. »Ich bin zu weit gegangen.«

Nachdem sie gegessen haben, holt sie die Kiste mit den Spiegelbüchern aus der Tasche. »Bitte schön. Sie sind fertig«, sagt sie und legt sie vor ihn auf den Tisch.

»Aber das …« Er hält inne. »Das ist ja fantastisch!«

Sie zieht die Taschenuhr auf, und als der Minutenzeiger beginnt rückwärtszugehen, wird er schlagartig ernst. »Ich habe etwas getan, was ich zutiefst bereue. Ich würde mich wirklich besser fühlen, wenn die Uhr tatsächlich rückwärtsginge.«

»Was ist denn passiert?«

Er verstummt, beugt sich vor und knackst nervös mit den Fingern. »Ich habe mit Edith geschlafen«, sagt er dann. »Sie ist vor ein paar Wochen zu mir ins Atelier gekommen und … Entschuldige, mir fehlen einfach die Worte.«

Große weiße Flocken in der Dunkelheit vor den Fenstern. Aiman sieht jemanden auf dem Bürgersteig gegenüber stehen. Der Gedanke, dass dieser bibbernde Schatten womöglich ein Obdachloser sein könnte, der neidisch das warme Lokal betrachtet, macht sie traurig.

»Lust?«, sagt sie schließlich.

Sie kennt das Wort, weiß aber nicht, was es bedeutet. Weiß nur, dass es für etwas steht, was sie selbst nicht empfindet.

Als sich die Silhouette vor dem Fenster umdreht und weitergeht, meint sie, die ausweichende Bewegung wiederzuerkennen.

»Ja, genau. Es war Lust. So einfach ist es wahrscheinlich.«

Edith und Isaak? Die Vorstellung geht ihr irgendwie gegen den Strich, und sie muss an den Abend nach der Beerdigung denken, als Edith mit Isaak tanzte.

Geheimnisse.

Dann muss sie daran denken, wie es passierte, dass sie schwanger wurde. Ihr Geheimnis.

Und sie überlegt, wie es wäre zu vögeln. Jemanden zu vögeln und gevögelt zu werden.

»Ich bin schwanger«, sagt sie. Und dann erzählt sie Isaak, weshalb sie seit jenem Frühsommerabend, da ihr Junge entstand, den orangefarbenen Schleier nicht mehr getragen hat. Warum sie stattdessen bauschige Klamotten trug, um die zusätzlichen Kilos an den Oberschenkeln und um die Hüfte zu kaschieren.

Alle Dämme brechen. Ein Sturzbach der Scham strömt aus ihr heraus. Als würde sie zum allerersten Mal weinen.

Aiman weiß nicht, wie es ist, mit jemandem zu schlafen.

Aber sie weiß, wie es ist, vergewaltigt zu werden.

Sie hat alles erzählt, und jetzt passiert alles, was sie hört, fühlt und sieht, irgendwie außerhalb von ihr.

Das Einzige, was echt ist, was wirklich existiert, ist das Kind in ihrem Bauch.

»Ich war beim Ultraschall«, sagt sie. »Es wird ein Junge, und es geht ihm gut.«

»Hast du die Vergewaltigung angezeigt?«

»Nein«, antwortet sie mit Nachdruck. »Wozu sollte das auch gut sein?« Sie reibt sich die Augen. Meint, schwarze Punkte und lang gezogene Flecke zu sehen – wie Trauermücken oder Würmer. Sie tanzen vor ihren Augen, und die rote Einrichtung des Roxy bildet den Hintergrund.

Sie bekommt einen heißen Kopf und nimmt den Schleier ab.

Isaak seufzt. »So eine Antwort ist echt das Allerschlimmste. Du musst trotzdem zur Polizei gehen, das ist dir hoffentlich klar? Du könntest dazu beitragen, dass der Täter gefasst wird. Bist du dir ganz sicher, dass das Kind von ihm ist?«

Sie nickt, hält Isaaks tröstende Hand in ihrer und sieht aus dem Fenster.

»Absolut sicher«, antwortet sie.

Wieder muss sie an die Hände des Vergewaltigers denken.

Der Hidschab riss. Sie hat ihn noch am selben Abend geflickt, sobald sie wieder daheim war.

»Ich will gar nicht wissen, wer es war. Deswegen habe ich ihn auch nicht angezeigt.«

Isaak beugt sich zu ihr vor. Berührt ganz sanft ihre Wange. Das fühlt sich schön an.

Sie weiß, dass sie zurechtkommen wird – sie hat ihre eigene Art, damit umzugehen. Wenn ihr Junge geborgen aufwachsen soll, dann darf er unter keinen Umständen erfahren, dass sein Vater ein Vergewaltiger war. So muss es einfach sein, ganz klar.

Isaak trocknet sich mit dem Pulloverärmel die Wangen. Es ist seltsam, aber das Weinen erleichtert ihn. So funktioniert das wohl. Alles ist einfacher, wenn man zu zweit ist.

Dann krümmt sie sich plötzlich, und Isaak sieht sie besorgt an.

»Was ist los?«

»Mir ist ein bisschen flau«, sagt sie und steht auf. »Ich gehe lieber nach Hause.«

Schwarze Melancholie
Roxy

Das Blut auf meinen Armen ist noch nicht getrocknet, als ich auf dem Nytorget vom Bürgersteig aus Simons Nachbarin Aiman durch die erleuchteten Fenster des Roxy beobachte.

Simon ist tot. Er hat ein One-Way-Ticket nach Transsylvanien gelöst, und ich muss an unser allererstes Treffen denken.

Es war oben in der Hütte in Vitvattnet. Sein Vater kam von dort. Sie hatten sich genau wie wir ein Sommerhaus gekauft und waren zu Besuch. Mutter, Vater, Kind standen aufgereiht auf der Schwelle, und ich habe ihnen die gleiche abstoßende Frömmigkeit angesehen, die auch in meiner Familie herrschte, gleichzeitig aber auch meine Scham und meine Verachtung in Simons Augen wiedererkannt, und man könnte sagen, es war Hass auf den allerersten Blick.

Ich lächle mein Spiegelbild in der Fensterscheibe an. Das leichte Schneetreiben beeinträchtigt die Sicht, aber es ist Aiman, ohne Zweifel.

Derselbe Körper, dieselben geschmeidigen Bewegungen.

Erst aufgrund ihres Hidschabs mit der Stickerei aus Silbergarn erinnere ich mich wieder.

Sie muss ihn geflickt haben. Ich weiß noch, dass er riss, als ich ihn ihr übers Gesicht zog und sie vergewaltigte. Ich habe es nicht bereut, und ich bereue es auch jetzt nicht. Es ist einfach passiert. Und auch das, was ich ihrer Katze angetan habe, kann man mit der gleichen Motivation erklären wie die Vergewaltigung.

In beiden Fällen ging es um die rein körperliche Misshandlung. Die wichtigste Voraussetzung dafür ist eine gewisse Perversität – eine der ursprünglichsten Antriebskräfte des Menschen. Einer der Grundinstinkte, die den menschlichen Charakter prägen.

Vielleicht war es die unbewusste Sehnsucht danach, mich selbst zu quälen, mich selbst zu misshandeln. Der Wunsch, mir Schmerzen zuzufügen.

Ich wollte spüren, wie es ist, jemand zu sein, der zerstört. Der ein Leben zunichtemacht. Der Böses tut, nur um des Bösen willen.

Ich habe Simon vorgeschlagen, dass wir es gemeinsam tun, aber er hat sich nicht getraut.

Ich entdeckte sie im Humlegården. Der orangefarbene Schleier leuchtete wie eine Ampel in der Dunkelheit. Für mich war das ein Wink.

Ich rechnete nicht damit, dass es so einfach sein würde, einen Abdruck bei einem Menschen zu hinterlassen, einen Abdruck, der alles von Grund auf verändert.

Nach ein paar Minuten war es vorbei.

Isaak
Götgatan

Man kann einen anderen Menschen nicht kennen, denkt sich Isaak, während er allein vor seinem Wein sitzt. Er kennt nicht einmal seine Freunde – weder Edith noch Paul. Ingo hat er auch nicht gekannt.

Und Aiman?

Er macht sich Sorgen um sie. Die Bauchschmerzen hängen garantiert mit ihrem Kind zusammen.

Verflucht, Aiman ist vergewaltigt worden. Warum hat sie denn nichts gesagt? Aus Scham? Weil sie das Kind behalten will?

Jens ist sein bester Freund, aber das letzte bisschen gegenseitiges Vertrauen fehlt, und Isaak weiß, dass das an ihm liegt. Weil er nicht ehrlich zu sich selbst ist.

Keiner kennt keinen. Ich kenne mich nicht einmal selbst.

Er trinkt seinen Wein aus, legt die Spiegelkiste in die Tasche und verlässt das Lokal.

Die Skånegatan geht in die Katarina Bangatan über und trifft dann auf die Götgatan, die in Richtung U-Bahn Medborgarplatsen führt. Er wirft einen Blick auf die Uhr und stellt fest, dass es noch ein bisschen früh fürs Movitz ist.

Als er am Göta Lejon vorbeikommt, sieht er, dass jemand vor dem Gröne Jägaren auf der gegenüberliegenden Straßenseite steht. Es ist jemand, den er kennt, und er überquert die Straße.

Sie begrüßen einander. Paul erklärt, dass er immer noch auf der Suche nach Vanja ist.

»Vanjas Telefon ist geortet worden. Als sie es das letzte Mal benutzt hat, war das irgendwo hier.«

Paul steht in einer Wolke aus Tabak und Azeton, und vermutlich ist ihm nicht bewusst, dass seine Begeisterung für den Rausch von grauer alkoholschwangerer Freitagsgemütlichkeit in die Alltäglichkeit übergegangen ist.

Aiman
Vägaren-Viertel

Als sie das Roxy verlässt, verschattet sich ihr Blick. Ein dunkler Fleck schiebt sich über ihr verletztes Auge. Das Spannungsgefühl in ihren Brüsten, das sie daran erinnert, dass sie ein Kind unter dem Herzen trägt, ist verschwunden. Das ist kein gutes Zeichen.

Skånegatan. Die Schneeflocken fallen immer dichter. Die Lichter der Stadt knistern, das viele Weiß blendet sie. Östgötagatan. Sie legt sich die Hand auf den Bauch.

Als sie zum ersten Mal gespürt hat, wie er sich bewegte, war es wie eine Fischflosse, die sie auf der Mageninnenseite kitzelte. Jetzt ist es da drinnen völlig still, und sie presst vorsichtig die Hand auf den Bauch, um ihn zu wecken.

Sie überquert die Åsögatan, dann die Kocksgatan. Immer noch kein Tritt. Nicht die geringste Regung.

Sie betritt das Haus und geht über den Innenhof, um nach Behemoth zu suchen. Soll sie den Notarzt rufen? Nein, denkt sie. Das vergeht schon wieder. Sie befühlt wieder ihren Bauch. Jetzt regt er sich.

Ein stechender Schmerz im Unterleib, und im Schritt wird es warm, die Wärme strömt durch ihre Unterhose und durch die Strumpfhose die Schenkel entlang und kühlt an den Waden ab.

Sie kann gerade noch zu ihrem Handy greifen, ehe sie auf dem zugeschneiten Rasen zusammensackt.

Das Blut, das aus ihr fließt und den Neuschnee rot färbt, stammt von einem Fötus, den ein Vergewaltiger gezeugt hat, aber es ist auch Teil eines Lebens, das sie sich aufrichtig erhofft hat.

Teil eines neuen Lebens.

Hurtig
Movitz

Lautlos fällt der Schnee vom schwarzen Himmel über Gamla Stan. Konstapel Movitz, die Hauptfigur aus Carl Michael Bellmans »Bacchi Tempel« und zahlreichen weiteren Episteln, hat dem Pub und Restaurant im Tyska Brinken seinen Namen gegeben.

Hurtig liest die SMS, die seine beurlaubte Chefin Jeanette Kihlberg ihm geschickt hat. Viel zu viel Schnee oben am Fjäll, sie wolle nur noch von dort weg. Das Wetter sei so saumäßig, dass man keinen Schritt vor die Tür gehen könne.

»Dann komm nach Hause«, schreibt er. »Hier schneit es inzwischen allerdings auch. Alles Liebe!«

Eine weitere Bellman'sche Epistelfigur heißt Kihlberg – eine tragische Gestalt, die gleichzeitig bankrottging und obdachlos wurde, zu trinken begann und schließlich völlig abstürzte. Die Frau wollte sich scheiden lassen; die Scheidung wurde nie vollzogen.

Hurtig weiß noch, wie erstaunlich schwer es für Jeanette war, die Scheidung von ihrem Mann in Angriff zu nehmen, selbst nachdem sie ihn versoffen in einer trostlosen Einzimmerwohnung in Högdalen vorgefunden hatte.

Er betritt das Movitz und entdeckt Isaak an der Bar. Er hat die Nase in einem Buch, das er jedoch in seine Tasche steckt, sowie er Hurtig sieht.

Sie begrüßen einander und plaudern ein wenig, bis Hurtig nicht länger an sich halten kann und auf das tragische Ende des Samstagabends zu sprechen kommt.

Er beginnt seine Erzählung bei Hunger und den Kassetten.

Isaak wird bleich, als er von Simons Tod erfährt und von Øystein Sandström, Holgers Sohn.

»Hast du Øystein mal kennengelernt?«, erkundigt sich Hurtig.

»Nein … Ich weiß zwar, dass Holger einen Sohn hat, aber ich wusste nicht mal, wie er heißt.«

»Wir haben dieses Postfach observieren lassen, wo Hunger seine Bestellungen abholt. Drei Personen hatten Zugang dazu: Simon, Øystein und eine weitere Person, die wir leider immer noch nicht identifizieren konnten. Aber während diese unbekannte Person an dem Postfach zugange war, parkte Holgers Auto an derselben Straße.«

»Holger? Meinst du, dass er …«

»Er könnte etwas damit zu tun haben, ja. Wie hast du Holger eigentlich kennengelernt, und weshalb habt ihr immer noch Kontakt? Ihr scheint euch ja nicht sonderlich gut zu verstehen.«

Seit dem Fest im Hotel argwöhnt er, dass es da irgendein Schuldverhältnis geben muss.

Isaak nimmt einen Schluck Bier. »Als ich jünger war, hat er mir immer mal wieder geholfen, finanziell über die Runden zu kommen. Er war damals der Einzige, der an mich geglaubt hat. So kam es mir jedenfalls vor … Nenn es, wie du willst – Verpflichtung oder Dankbarkeit ihm gegenüber vielleicht.«

»Was weißt du über seine Geschäfte?«

Isaak sieht ihn verständnislos an. »Seine Geschäfte? Nichts – außer dass er anderen Leuten Geld leiht. Dabei ist er echt geizig. Vergisst nicht eine einzige Krone.«

»Hast du auch Schulden bei ihm?«

»Mittlerweile keine Öre mehr, aber Paul schuldet ihm wohl eine ganze Menge. Holger behauptet, er verleiht sein Geld aus Nettigkeit, aber in Wahrheit geht es ihm um eine Art kultivierter Schadenfreude. Jeder Schein, den Paul von ihm entgegengenommen hat, war ein Triumph für ihn.«

»Und sonst? Wer *ist* dieser Holger Sandström? Ich will so viel wie möglich über ihn wissen, bevor ich noch mal von Angesicht zu Angesicht mit ihm rede.«

Isaak bestätigt das meiste, was Hurtig über Holger in Erfahrung gebracht hat, aber er erfährt auch, dass Holger sehr religiös ist und dass er im Lauf der Jahre mehrere Versuche unternommen hat, Isaak, aber auch Edith und Paul zu bekehren. »Eine Zeit lang waren Edith und Paul sogar wirklich interessiert.«

»Und Vanja? Was weißt du über Holgers Beziehung zu ihr? Außer der rein biologischen, meine ich. Kannst du dir vorstellen, dass er sie entführt haben könnte?«

Isaak fühlt sich sichtlich unwohl, und sein Blick ist unstet. »Kannst *du* dir das vorstellen?«

»Ich weiß nicht …«

»Da ist noch etwas …« Isaak fährt sich mit der Hand durch sein langes Haar. »Seit dem Mord unten am Strand und vor allem, seit du mir erzählt hast, dass Ingo ermordet wurde, hab ich ein bisschen über Holger nachgedacht. Ich meine, er hat sowohl Ingo als auch Fabian Modin gekannt … und ich glaube, er kannte auch diesen Hans-Axel Ljung.«

Das hat Hurtig bereits vermutet. »Inwiefern?«

»Ich bin mir verhältnismäßig sicher, dass ich sie schon mal zusammen gesehen habe. Vor fünf, sechs Jahren vielleicht? Sie sind mir in der Innenstadt über den Weg gelaufen.«

»Nur *verhältnismäßig* sicher?«

»Es ist ja schon eine ganze Weile her … Aber Gesichter kann ich mir gut merken.«

Hurtig grübelt. Hat Holger etwas mit den Morden zu tun? Oder ist auch er ein potenzielles Opfer?

Vanja
Studio

Als Vanja aufwacht, tut ihr alles weh. Sie ist in eine kratzige Decke gehüllt und liegt auf einer Matratze, die staubig riecht. Über ihr brennt eine grelle Lampe.

Sie setzt sich auf und reibt sich die Augen. Vor ihr ein Tisch, links ein Wandschrank und ein Bücherregal. In der gegenüberliegenden Wand eine geschlossene Tür. In einer Ecke ein paar Instrumente, eine Gitarre, ein Bass und ein Mikrofonständer. Daneben stehen ein Computer und ein kleines Mischpult. Mehrere Kabel, ordentlich aufgehängt an Haken.

Was ist eigentlich passiert?, fragt sie sich.

Sie war auf dem Weg zu Simon und hat Jens Hurtig angerufen, das weiß sie noch.

Dann ist sie Øystein begegnet, und er hat sie überredet, auf ein Bier ins Kelly's zu gehen, weil Simon noch etwas hatte erledigen müssen und noch nicht wieder zu Hause war.

Danach ist alles weg.

Aufzustehen kostet sie enorme Kraft, und sie muss sich am Tisch abstützen, um sich gerade aufzurichten.

Auf der Erde liegt ein Perserteppich, der ihr vage bekannt vorkommt. Erinnerungen aus der Zeit davor. Aus ihrer Kindheit und einem Leben ohne Zeitgefühl. Es ist derselbe Teppich wie auf dem Foto, das Edith ihr gegeben hat.

Dann sieht sie den Zettel auf dem Tisch. Es ist ihr Text. Ihr Requiem.

Zerrissen zwischen zwei Leben. Zwischen Lilja und Knivsöder.

Über die Zeilen hat jemand Akkorde gekritzelt.

Ein Scheppern von der Tür. Dann wird sie aufgestoßen.

Vanja zuckt zusammen, als Øystein sich im Türrahmen aufbaut. »Setz dich an den Tisch«, befiehlt er ihr. »Wir müssen reden.«

Sie tut wie geheißen, er schließt die Tür und setzt sich ihr gegenüber.

Schweigend mustern sie einander. Sie weiß nicht, was sie sagen soll, aber allmählich dämmert es ihr, warum sie mit ihm hier ist.

Er wirkt gestresst, verzieht den Mund, sein Blick flackert. Aber da ist noch etwas anderes mit seinem Gesicht – etwas, was ihr bisher nie aufgefallen ist.

Er sieht ein bisschen aus wie Holger. Wie ein kranker, abgemagerter Holger.

»Du solltest tot sein«, sagt er nach einer Weile. »Du bist ein Anachronismus. Sie haben behauptet, du wärst gestorben, und jetzt sitzt du hier.«

Und mit einem Mal ist es ihr klar. Wer da vor ihr sitzt, ist ihr Bruder. Und Holger ist ihr Vater.

Ihr leiblicher Vater war die ganze Zeit über da – deswegen ist er auch so häufig zu Besuch gekommen. Sie hat immer gedacht, es wäre des Geldes wegen, das er Edith und Paul geliehen hat. Er hat in ihrem Zimmer gesessen, und sie ist mit ihm in die Ferien gefahren.

Holger wollte seine Tochter sehen.

Er wollte *sie* sehen.

Deshalb hat er sie auch immer so forschend angesehen. Gefragt, wie es ihr geht und wie es in der Schule läuft. Holger hat sich nach seiner Tochter gesehnt. Er hat sie vermisst.

Verstohlen sieht sie zu Øystein hinüber und versucht zu lächeln, aber es gelingt ihr nicht. Angst breitet sich in ihrem Körper aus, und gleichzeitig kribbelt es in ihrer Brust. Ein Gefühl, das sie schon lange nicht mehr hatte.

Wie eine Feder, die von innen den Brustkorb kitzelt.

Im Sommer, als sie zwölf war. Auf der Kinderinsel – eine Nacht hatte sie unter freiem Himmel geschlafen.

Hoffnung. Freiheit. Fröhlichkeit. Sie weiß nicht mehr, wie dieses Gefühl heißt, aber auf einmal ist es wieder da.

»Du warst irre schwächlich, als du klein warst«, sagt Øystein, und sie sieht Holgers müden Blick in seinen Augen. »So bleich, dass du fast durchsichtig warst. Deine Handgelenke waren dünn wie Zweige, und dein Kopf saß irgendwie lose auf den Schultern, als könnte er jeden Moment abfallen.«

Sie sagt nichts, und er nimmt den Zettel vom Tisch. Überfliegt ihren Text, und ein Lächeln huscht über sein Gesicht.

»Komisch«, sagt er. »Du bist gestorben, als du nicht mal ein Jahr alt warst. Und trotzdem hast du das hier geschrieben.« Er faltet das Papier zusammen und steckt es sich in die Jackentasche. »Die Aufnahme ist fertig. Ich will, dass du sie dir anhörst.«

Er mustert sie, und sie erinnert sich wieder an den sternenklaren Himmel über den Schären und über der Kinderinsel, erinnert sich an Stockbrot und nackte Beine in einem kühlen Schlafsack. An den würzigen Geruch von brennendem Tannenreisig.

Sie nickt, und er zieht einen Walkman aus der Tasche.

Es ist ihr eigener.

Dann steht er auf, stellt sich hinter sie und setzt ihr die Kopfhörer auf.

»Du hast mein Leben zerstört«, sagt er, während sie seine Hände nicht aus den Augen lassen kann.

Kleine blutige Schrammen und schmutzige Fingernägel. Ein knochiger Zeigefinger stellt den Walkman an, und es rauscht in ihren Ohren.

Hunger.

Holger
Grev Turegatan

Der Geruch in Holgers Zweitwohnung auf Östermalm – eine Mischung aus Seife und Leder, exklusivem Aftershave und Staub – wird in wenigen Stunden einen Kontrast zu dem metallischen Geruch von Blut und Körperflüssigkeiten bilden.

In seiner letzten Stunde auf Erden denkt Holger an die Sommer oben in Vitvattnet, wo er seinen Kindern das Fliegenfischen beigebracht, und daran, wie er an Øysteins Bett gesessen und ihm aus der Bibel vorgelesen hat. Momente, die trotz allem von einer gewissen Wärme zwischen Vater und Sohn zeugten.

Es klopft, und Holgers Miene verdüstert sich, als ihm wieder einfällt, wer kommen wollte. Zum Teufel, denkt er.

Paul Hjorth, hoffnungslos verschuldet bei der Sandström AG, steht draußen im Treppenhaus.

Die Küchenuhr zeigt halb zwölf, und in der vergangenen Stunde hat er schon bezweifelt, dass Paul überhaupt auftaucht.

Paul erzählt ihm, dass er nach Vanja sucht. Er und Edith sind bei der Polizei gewesen und haben sie als vermisst gemeldet, aber er hat nicht die Ruhe, zu Hause zu sitzen und bloß abzuwarten.

»Es geht schließlich auch um deine Tochter«, fügt er hinzu und fragt, ob Holger etwas Trinkbares dahat. Er braucht eine Art weiche Landung. Es ist nicht gesund, so Knall auf Fall mit dem Trinken aufzuhören. Das kann ein Delirium oder akutes Leberversagen verursachen.

Holger denkt an Vanja, das Mädchen, das schon als Fötus ein Problem gewesen ist. Das allein durch seine Existenz die Mutter in den Wahnsinn getrieben und sie dazu gebracht hat, sich vor einen Zug zu legen – mit dem Sohn auf ihrem Schoß.

Vanja, die zu Paul und Edith gebracht wurde, nachdem sie von ihrem Bruder beinahe umgebracht worden wäre.

»Für Fünftausend im Monat habe ich mir fünfzehn Jahre lang das Recht erkauft, nicht ihr Papa genannt zu werden«, sagt Holger und tritt an die Schrankbar.

Paul bittet um Verzeihung und sagt dann, dass er nicht Nein sagen würde, wenn Holger so nett wäre und ihm ein, zwei Gläser Kognak spendierte. Holger weiß genau, dass jeder Tropfen des alten, zuverlässigen Martell in Pauls zitterndem Glas eine Erinnerung an die herrschenden Machtverhältnisse darstellen würde.

»Apropos Geld«, sagt Paul dann. »Wie du weißt, bin ich im Augenblick ein bisschen klamm …«

Ungefähr ab da hört Holger nicht mehr zu. Er nickt nur noch gelegentlich, und als Paul seine Tirade beendet hat, fragt er, um wie viel Geld es sich denn handeln soll.

»Fünfzigtausend.«

»Du weißt, dass ich dafür kein Firmengeld hernehmen kann, und mein Privatvermögen liegt momentan auf Eis, aber ich werde sehen, was ich tun kann. Ich ruf dich Ende der Woche an. Aber mach dir keine allzu großen Hoffnungen.«

Keine zehn Minuten, nachdem er Paul viel Glück für die Suche nach Vanja gewünscht hat, klopft es erneut an der Tür. Holger, der es sich in einem Sessel bequem gemacht hat, flucht in sich hinein und verwünscht den Tag, da er Vanja in Ediths und Pauls Obhut gegeben hat.

Es hat ihm nichts als Ärger eingebracht.

Schwarze Melancholie

Grev Turegatan

Ich habe Menschen getötet. Getötet, um selbst lebendig zu sein und um im Gedächtnis zu bleiben. In Holgers Augen bin ich immer nur ein Abtrünniger gewesen. Ein Straßenköter.

Er selbst war für mich immer ...

Aljona.

»Natürlich kannst du dir was leihen, wenn du dein Taschengeld aufgebraucht hast, aber was mich viel mehr umtreibt, ist, welchen Zinssatz wir da veranschlagen sollten. Den einer Bank? Oder sollen wir selbst einen festlegen? Sagen wir zehn Prozent?«

Vier Stockwerke rauf. Niemand kommt mir entgegen, und im Treppenhaus ist es still.

Die Klingel ist defekt, also klopfe ich und schlüpfe gleichzeitig in meine Rolle. Meine Performance, die in der Saltsjö-Bahn uraufgeführt und seitdem sowohl in Strängnäs als auch in Skåne gespielt wurde, soll nun endlich auf die Bühne gebracht werden, auf der alles begann.

Er sieht genervt aus, als er aufmacht. »Was willst du?«, fragt er, lässt mich aber rein.

Die Antwort bleibe ich schuldig.

Ich verharre ein paar Augenblicke lang in der Diele und sehe mich um. Blaue Tapeten, der alte Rohrstock an der Wand, hinter den Küchengardinen ein paar Pelargonien auf dem Fensterbrett.

»Nach dem Essen könnt ihr zu mir ins Büro kommen«, sagte er und stand vom Tisch auf. »Und bringt die Vergebung mit, sie hängt in der Diele.«

Wir sahen uns an, mein Bruder und ich, und Mama sagte wie immer: »Höret und lehret euch früh die Ehre. Man muss Gott mehr gehorchen als den Menschen.«

»Ich will die Zinsen zurückzahlen«, sage ich schließlich und ziehe ein Bündel Scheine aus der Brusttasche. »Der letzte Monat ist gut gelaufen, aber nicht so gut, dass ich die ganze Summe tilgen könnte.«

Er sieht mich verächtlich an, schnappt sich die Scheine und beginnt zu zählen. Dabei wendet er mir den Rücken zu.

Papa kam zu mir ins Zimmer. »Eigentlich feiern wir ja keine Geburtstage«, sagte er. Dann reichte er mir ein Päckchen. »Aber ich will mal eine Ausnahme machen und hab deinem Bruder auch eins gegeben. Ich hoffe, es gefällt dir.«

Er drehte sich um und ging. Als die Tür ins Schloss fiel, riss ich neugierig das Papier auf und schüttelte den Schuber. Darin steckte eine ledergebundene Ausgabe von Fjodor Dostojewskis Verbrechen und Strafe.

Und in diesem Augenblick wird mir klar, wie wertlos ich bin. Ich habe geglaubt, ich wäre genial, weil ich die ganze Zeit von alten Essensvorräten gelebt habe. Von dem, was sich in den Winkeln meines Gehirns versteckt hat.

Jetzt, denke ich.

Ich nehme die Axt, die ich unter der Jacke versteckt habe, fest in beide Hände und hebe sie hoch.

»Ich hasse dich«, sage ich und bin nie ehrlicher gewesen. »Ich hasse dich, Papa.«

Ohne zu spüren, was ich tue, und fast mühelos ramme ich

ihm den Nacken der Axt auf den Kopf. Der Schlag trifft seinen Schädel exakt auf der Mitte, ins ergraute, pomadige Haar. Er stößt einen erstickten Schrei aus und sackt auf die Knie, hebt aber immer noch beide Hände an den Kopf.

Er kniet vor mir in der Diele und sieht mich verwundert an. Die Kinnlade klappt runter, und der Mund bewegt sich, als wollte er etwas sagen.

Ich schlage erneut zu, mit ganzer Kraft, diesmal mit der Schneide.

Ein paar Sekunden lang passiert gar nichts. Seine Augen sind immer noch weit aufgerissen.

Dann schießt plötzlich Blut aus seinem Kopf, er fällt nach vorn und bleibt auf dem Bauch liegen.

Als ich meinen leblosen Vater ansehe, werde ich zum ersten Mal in meinem Leben ganz ruhig.

Ich habe keine Angst mehr.

Sein Mund steht halb offen – und das ist komisch, weil ich genau weiß, dass er eben noch geschlossen war. Ich vermute, er hat sich wegen irgendeines Spasmus oder eines elektrischen Impulses geöffnet.

»Papa?«, sage ich und beuge mich über ihn. Ich meine, es in seinem Rachen glucksen zu hören, ungefähr so wie Wellen, die an den Bauch eines Holzboots schlagen. »Papa?«

Nichts. Mein Vater ist tot, und ich stehe auf.

Unvermittelt klopft es hinter mir an der Tür, und ich weiche ein paar Schritte zurück.

Ich befürchte schon, dass ich einen Anfall kriege. Das darf jetzt nicht passieren. Wenn ich jetzt zusammenbreche, würde die Person vor der Tür es definitiv hören.

Rütteln am Knauf, erneutes Klopfen, gefolgt von einer bekannten Stimme: »Holger … bist du da?« Dann wieder Stille, bis die Briefschlitzklappe scheppert.

Koch und Dmitri.

Drei Finger mit rot lackierten Nägeln schieben sich durch den Schlitz.

»Holger?«, wiederholt die Stimme, und ich trete noch ein paar Schritte zurück.

Nach einer Weile höre ich, wie die Person die Treppe wieder hinuntergeht.

Ich laufe ins Bad, wasche mich und betrachte mein Gesicht im Spiegel über dem Waschbecken.

Ich sehe aus wie der Teufel, und mir gefällt, was ich sehe. Jetzt bin ich endlich so tief gesunken, wie es nur geht.

Ich bin in der Hölle.

Hurtig
Sibirien

Kriminalkommissar Jens Hurtig schläft schlecht, und als er aufwacht, ist er verschwitzt und verspürt nicht die geringste Lust aufzustehen.

Normalerweise geht er gern zur Arbeit, aber heute widert sie ihn an. Er hasst seinen Chef, der ihn überredet hat, sowohl die Mordfälle als auch die Selbstmorde zu untersuchen. Vor allem aber hasst er die Angst, im Job nicht zu genügen. Als er aus dem Bett steigt, fühlt er sich wie ein Leibeigener. Wie ein Tagelöhner, denkt er und zieht sich an.

Er überspringt das Frühstück und ist schon beinahe draußen, als er sieht, dass ein Abholschein vor der Wohnungstür liegt. Er muss ihn übersehen haben, als er am Vorabend nach Hause gekommen ist. Isaak hat das Movitz gegen zehn verlassen. Er selbst ist geblieben, bis sie zugesperrt haben.

Unter Garantie ist es das begehrte Atari Home Pong von 1975. Er schiebt den Zettel in die Tasche.

Als er sich in einem 7-Eleven einen Kaffee kauft, sieht er, dass Vanjas Verschwinden inzwischen zu einer größeren Sache avanciert ist. Sämtliche großen Zeitungen bringen die gleiche Schlagzeile.

FAMILIE VERZWEIFELT. VANJA, 16, VERSCHWUNDEN.

Die ehrenamtlich tätigen Missing People wurden eingeschaltet, und die sozialen Mediennetzwerke sind voll mit Beiträgen. Doch von Vanja keine Spur.

Er zückt sein Handy und ruft zuerst Edith an, aber sie hat keine Neuigkeiten für ihn. Eine Frau von der Krisenhilfe der Polizei ist bei ihr, während Paul immer noch in der Stadt unterwegs ist und nach ihr sucht. Er war die ganze Nacht draußen.

Dann ruft er Aiman an, aber sie meldet sich nicht.

Mit einem Kaffee in der Hand geht er die Bergsgatan entlang in Richtung Präsidium.

Aiman
Vägaren-Viertel

Sie ist immer noch bei Bewusstsein, als der Krankenwagen eintrifft, aber sie kann sich nicht rühren. Kann die Lider nicht dazu bringen, die viel zu trockenen Augen zu benetzen.

Allahu akbar.

Zwei Sanitäter beugen sich über sie, aber sie bringt kein Wort über die Lippen. Kann nicht einmal mit einem Blinzeln zeigen, dass sie versteht, was gerade vor sich geht. Aber sie kann die beiden Männer hören.

»Kein Puls«, sagt einer von ihnen und sucht etwas in seiner Tasche.

»Bestätige … kein Puls«, sagt der andere und nimmt einen Defibrillator in die Hand.

»Fehlgeburt?«

»Ich glaube schon … Immer noch kein Puls. Adrenalin. Hol die Spritze.«

Sie wird auf eine Trage gehoben.

Die letzte Kraft wird ihren Körper verlassen, das Wachs ist aufgebraucht, der Docht heruntergebrannt, und als die Spritze in ihren Brustkorb gerammt wird, fühlt es sich an, als würde sie zerfließen, als würde ihr Fleisch schmelzen und eine Pfütze unter ihr bilden.

Ganz langsam fällt Aiman in das Kaninchenloch.

Zuerst kommen die Erinnerungen an die Kindheit.

Die Küche in ihrem Haus in Teheran. Sie sitzt auf dem Boden unter dem Tisch und weint.

Aiman fällt weiter.

Minsk 1982. Sie ist zwölf, und sie und Onkel Misja sehen sich Videoaufnahmen der Turnerin Olga Korbut an. Misja ist im Dienst verwundet worden. Er trägt den Arm in einer Schlinge, aber klatscht trotz alledem, als Aiman versucht, ihrem Idol nachzueifern. Pirouetten, Wellenbewegungen. Misjas kasachischer Bodenteppich wird zur Turnmatte im Forum de Montréal.

Sie fällt weiter.

Sie ist fünfzehn. Ein Wettkampf in Malmö, und in einem unbeobachteten Moment entwischt sie aus der Umkleide und springt in einen Fernbus in Richtung Norden, nach Stockholm, und dann in einen Zug noch weiter nordwärts. Sie steigt in einer Stadt aus, deren Namen sie nicht einmal aussprechen kann.

Sie wird sechzehn. Das Sozialamt in Gävle hat ihr einen Vormund zugewiesen, aber sie sieht ihn nur selten. Sie wohnt allein in einer Wohnung am südlichen Flussufer. An der Tür steht sein Name.

Sie ist immer schon gut allein zurechtgekommen.

Dabei war sie nie einsam, denn Gott war stets an ihrer Seite.

Jetzt hofft sie, dass Er sie nicht verstoßen hat.

Bevor das Loch, in das sie fällt, vollends zu kompakter Schwärze wird, ist sie wieder in der trockenen Steppe im Süden Kasachstans.

Sie ist allein, und es ist Nacht.

Ein Feuer wird entzündet, und an der Feuerstelle sitzt ein nackter Junge im Schneidersitz. Sein Gesicht glüht im roten Schein der Flammen.

Es ist ein Schaitan, ein böser Dschinn.

Es ist Dima.

Es ist ihr Bruder.

Hurtig
Kronoberg-Viertel

Als er im Büro eintrifft, erfährt er als Erstes, dass Øystein Sandström immer noch nicht wieder aufgetaucht ist und dass die Drogenfahnder davon ausgehen, dass er die Stadt verlassen hat, aber sie meinen auch, dass Øystein eine auffällige Erscheinung und es daher hoffentlich nur eine Frage der Zeit ist, bis er gefunden wird.

Dann ruft eine Sachbearbeiterin vom Dezernat für Wirtschaftskriminalität an und teilt ihm mit, dass ein paar Wirtschaftsprüfer ihre Arbeit aufgenommen haben und Holger Sandströms Machenschaften unter die Lupe nehmen. Er steht im Verdacht, gegen das Aktiengesetz verstoßen, Bilanzen gefälscht und Gelder unterschlagen zu haben.

Nachdem Hurtig aufgelegt und sich einen weiteren Becher Kaffee geholt hat, ist es an der Zeit, Holger anzurufen.

Es ist einfach zu viel passiert, was mit ihm zu tun hat.

Holger kannte alle drei Mordopfer oder war sogar mit ihnen befreundet. Nicht nur seine Tochter ist verschwunden, sondern auch sein Sohn. Øystein, der versucht hat, seine Schwester umzubringen, als die beiden noch klein waren. Dass Holgers Wagen in der Nähe der Postfächer geparkt war, die Simon und Øystein benutzt haben, ist vermutlich auch kein Zufall. Aber Hurtig glaubt nicht, dass die Person, die sich die Zeitung vors Gesicht gehalten hat, Holger war. Er hat eine ganz andere Figur. Der Unbekannte war größer und schlanker.

Nachdem er eine halbe Stunde lang vergeblich versucht hat, Holger zu erreichen, will er zu dessen Haus in Bromma rausfahren, doch vorher ruft er noch Kommissar Gullberg von der Polizei in Skåne an.

»Simon Carlgren und Øystein Sandström haben eine Party besucht – nur wenige hundert Meter von dem Strand entfernt, wo der Mord passiert ist«, weiß Gullberg zu berichten. »Wir haben eine Anzeige gegen Sandström wegen Körperverletzung reinbekommen, und auch wenn er nicht mit Sicherheit mit dem Tatort in Verbindung gebracht werden kann – was bei Carlgren wiederum der Fall ist –, war er zumindest in der Nähe.«

»Was ist bei dieser Party passiert?«

»Simon und Øystein haben sich danebenbenommen. Øystein hat jemanden erst zusammengeschlagen und sich dann gegen sieben Uhr morgens aus dem Staub gemacht. Es gibt eine Handvoll Zeugen, die das bestätigen können. Zu diesem Zeitpunkt war Simon schon seit mehreren Stunden weg.«

Das stimmt in etwa mit der Tatzeit für den Mord überein, stellt Hurtig fest und muss wieder daran denken, was Vanja ihm über den Abend erzählt hat. »Simon ist mit einem Mädchen namens Vanja zum Strand runtergegangen«, sagt Hurtig. »Sie haben wohl ein paar Flaschen Wein getrunken, und nach ein paar Stunden hat sie ihn dort allein zurückgelassen. Vermutlich sind die Fingerabdrücke auf den Weinflaschen ihre.«

»Sie denken, die beiden haben nichts mit dem Mord zu tun?«

»Nein, ich denke nicht«, meint Hurtig. »Ich habe sie getroffen, und sie wirken glaubwürdig. Außerdem stimmen ihre Aussagen überein. Aber Øystein könnte durchaus etwas damit zu tun haben. Wir haben ihn zur Fahndung ausgeschrieben.«

Sie beenden das Gespräch, als Åhlund in Hurtigs Büro stürmt. Er hat einen wattierten Umschlag dabei, und nach seiner Miene zu urteilen muss es sich um eine neue Sendung handeln.

»Das hier ist vor zehn Minuten angekommen. Adressiert an dich …«

Er legt den Brief auf den Tisch, und Hurtigs Herz pumpt

ein paar Zentiliter zusätzliches Blut in seinen Kopf. »Wieder in Stockholm abgestempelt«, erklärt Åhlund. »Aber sieh dir mal die Rückseite an.«

Hurtig dreht das Kuvert um.

Der Absender heißt Hunger.

Aiman
Krankenhaus Söder

Aiman Chernikova ist wieder aus dem Kaninchenloch gekrabbelt. Ihr Flehen um Schutz in der Dunkelheit ist erhört worden, und sie liegt in einem Bett im Krankenhaus Söder.

Sie fühlt sich eigenartig leer. Ausgehöhlt. Ihr Kind ist da. Es liegt im Brutkasten, aber sie hat es bisher nicht sehen dürfen. Sechster Monat, und wahrscheinlich wird es nicht überleben.

Der Arzt meint, dass die Frühgeburt mit einem Problem mit der Gebärmutter zusammenhängt. Das Morphin hilft ihr, den kleinen, hilflosen Jungen zu vergessen, den sie aus ihr herausgeholt haben.

Aiman weiß nicht, wie lange sie geschlafen hat. Ein Arzt betritt das Zimmer und macht die Tür hinter sich zu.

»Wann kann ich mein Kind sehen?«, fragt Aiman.

»Wenn Sie genug Kraft haben, um das Bett zu verlassen.«

Ein Wunder hat es schon gegeben – und ein weiteres muss noch geschehen, wenn der Junge lernen soll, eigenständig zu atmen. Sie weiß, dass sie noch vor einer Woche ganz legal eine Abtreibung hätte vornehmen lassen können. Woche zweiundzwanzig ist der Tod, Woche dreiundzwanzig bereits Leben.

Er bittet sie, sich ihre Augen näher ansehen zu dürfen.

Sie habe eine Glaskörperabhebung erlitten, erklärt er. Dass der Glaskörper für die Schärfe des Auges zuständig sei und dass seine Funktion darin bestehe, das Licht zu brechen, und scharfes, klares Sehen ermögliche.

»So was ist nicht weiter gefährlich«, sagt der Arzt. »Aber bis auf Weiteres müssen Sie diese Beeinträchtigung in Kauf nehmen.«

Die Flecken ähneln filigranen Insekten, Würmern, Netzen oder Staubflusen und stören ihr Blickfeld. Sie kann nicht mehr klar sehen.

Hurtig
Bromma

Hurtig legt den blutigen Schlips und Major Ljungs Personalausweis zur Seite.

Der Brief wurde vermutlich auf dem Postweg mit Fingerabdrücken kontaminiert, während sein Inhalt aller Wahrscheinlichkeit nach genauso klinisch rein von Fingerabdrücken und DNA-Spuren ist wie in den anderen Fällen. Ehe die Techniker die Gegenstände unter die Lupe nehmen, machen sie Fotos davon und schicken diese an Gullberg. Die Ermittlungen werden zwischen Skåne und Stockholm aufgeteilt, und exakt in diesem Augenblick telefoniert Gullbergs Chef mit Billing. Das kann nur bedeuten: Hurtig wird noch mehr zu tun bekommen.

Wie sich herausgestellt hat, hat sich sein Verdacht bestätigt, dass die Morde und die Selbstmorde miteinander zusammenhängen.

Jeanette Kihlberg hat einmal gesagt, dass sie bei der Arbeit einen holistischen Ansatz verfolge. Wie einer, der das Ganze als etwas Größeres ansieht als bloß in Einzelelementen. Wie einer, der die Zusammenhänge erkennt.

Hunger kommuniziert über Kassetten und Päckchen. In beiden Fällen analoge Sendungen mit Botschaften über den Tod. Das Ganze ist ein Spiel, denkt er.

Holger Sandströms Wohnsitz am Grönviksvägen in Bromma ist eine Architektenvilla aus grauem Beton.

In den meisten anderen Gegenden würde der Bau herausstechen, doch hier ist er nur einer unter vielen, was daran liegt, dass dieses Viertel die höchsten Mittelschichteinkommen von ganz Bromma aufweist. Dass der Anteil an Sozialdemokraten zu den geringsten des Landes gehört, beruht auf einer ähnlichen Erklärung.

Hurtig parkt am Straßenrand und steigt aus. Eine dichte Hecke behindert die Sicht auf das Haus, und er betritt das Grundstück.

Die Rollläden sind heruntergelassen, der Garten ist verwildert. Das Haus wirkt unbewohnt. Trotzdem klingelt er. *HOLGER UND MARIT SANDSTRÖM*, steht auf dem Messingschild an der Tür. Es macht niemand auf, und er geht die Treppe wieder hinunter und folgt dem Plattenweg ums Haus.

Rückwärtig entdeckt er eine verglaste Veranda, ein Zimmer mit großen Panoramafenstern. Er späht hinein.

Nichts. Nur ein leerer Raum. Er geht zur Tür hinüber und legt die Hand auf die Klinke.

Es ist offen.

Eine Alarmanlage scheint es nicht zu geben, und Hurtig denkt kurz darüber nach, ob er wirklich reingehen soll. Wenn das übrige Haus ebenso leer geräumt ist wie dieses große Zimmer, ist es vielleicht nicht weiter verwunderlich, dass nicht abgeschlossen ist. Er betritt das Haus, zieht die Schuhe aus und stellt sie neben die Tür, um keine Spuren zu hinterlassen. Dann sieht er sich um.

Eine weitläufige Diele, genauso leer wie das Wohnzimmer.

Er zuckt zusammen, als ein Klingelton durch die Diele hallt.

Verdammt, denkt er sich, angelt sein Handy hervor und meldet sich.

Isaak klingt fröhlich. »Hej, ich bin's. Was machst du gerade?«

»Ich arbeite«, antwortet Hurtig und geht in die Küche. Starker Kontrast, denkt er sich.

»Dann mach ich's kurz. Ich möchte dich heute Abend zum Essen einladen. Ich finde, es wird allmählich Zeit, dass du dir mein Atelier ansiehst, und außerdem hab ich gerade mein jüngstes Werk vollendet. Du sollst es als Erster zu Gesicht bekommen.«

Sie verabreden sich für acht Uhr in Isaaks Atelier draußen in Västberga und beenden das Gespräch.

An der Wand stehen Umzugskartons, ein weiteres Indiz dafür, dass Holger das Haus aufgeben will. Nur der Küchentisch ist noch da, beladen mit Papierbergen und einem Stapel Fotoalben.

Hurtig nimmt eines davon zur Hand. Es sind Familienbilder. Als Erstes fällt ihm auf, dass Holgers Frau Marit Vanja verblüffend ähnlich sieht.

Dann entdeckt er, dass mehrere Bilder zerschnitten wurden. Er ahnt, warum. Øystein, der Sohn, ist aus der Familie entfernt worden.

Er blättert weiter und bleibt bei einem Bild des Ehepaars Sandström hängen. Anders als die übrigen Fotos wurde dieses zu beiden Seiten abgeschnitten. Es sieht so aus, es wäre es oben an einem norrländischen Fjäll aufgenommen worden, und Holger und Marit halten je ein weggeschnittenes Kind an der Hand. Hurtig geht davon aus, dass es sich bei einem der Kinder um Øystein handelt und das andere womöglich Simon oder jemand anders ist, der irgendwann in Ungnade fiel.

Bevor er geht, dreht er noch eine schnelle Runde durchs Haus.

In einem Zimmer stehen Wandregale, die ihm jetzt leer entgegenglotzen. Der Parkettboden entlang der Wände ist ein wenig heller, und in der Mitte prangt ein großes Rechteck. Hurtig vermutet, dass dort ein Teppich gelegen hat.

Das Obergeschoss ist komplett leer, aber als er am Badezimmer vorbeigeht, sieht er etwas, was sich von den leeren, glatten Oberflächen weißer Perfektion abhebt.

Jemand hat den Türstock abgeschliffen, und er macht das Deckenlicht an, beugt sich vor und sieht sich das Holz genauer an.

Darin sind immer noch kleine Kerben zu erkennen.

Er fährt mit dem Finger darüber und muss daran denken, wie seine Eltern das Gleiche gemacht haben – an der Badezimmertür in ihrem Haus in Kvikkjokk. Hurtig war gewachsen, dass sich die Balken bogen. Mit gerade einmal zehn war er schon über einen Meter sechzig groß.

Er verlässt das Haus auf dem gleichen Weg, den er gekommen ist. Macht die Verandatür zu und geht zurück zum Auto.

»Sind Sie ein Interessent?«

Er dreht sich um und sieht einen älteren Mann im Nachbargarten. Er hält einen Rechen in der Hand, und Hurtig fragt sich, wie lange er schon beobachtet wird. Aber es scheint nicht so, als hätte der Mann ihn ins Haus hineingehen sehen.

»Möglich«, lügt Hurtig. »Was wissen Sie über die Eigentümer?«

»Sie haben sehr zurückgezogen gelebt und hatten kaum Kontakt mit den Nachbarn. Ich glaube, Marit hat die meiste Zeit allein hier gewohnt und Holger in der Stadt.«

»Sie *hat* hier gewohnt?«

»Ja, Marit Sandström ist vor einem halben Jahr gestorben.«

Als Hurtig seinen Ausweis gezückt und dem Nachbarn erklärt hat, worum es geht, gibt der alte Mann unumwunden zu, dass er der dichten Hecke und den permanent geschlossenen Rollläden zum Trotz eins und eins zusammengezählt hat und weiß, was in dem Haus nebenan vor sich gegangen ist. Außerdem hat sich Marit Sandström eine Zeit lang an seine Frau gewandt und ihr so einiges anvertraut.

»Marit hatte eine Dauerkarte für Beckomberga«, sagt er und macht dann mit dem Laubrechen weiter. »Als die psychiatrische Ambulanz dort draußen geschlossen wurde, ging sie nach Sankt Göran. Ihr Körper hat die Antidepressiva am Ende einfach nicht mehr ausgehalten.«

»Was wissen Sie über Øystein und seine Kindheit?«

Der Mann berichtet, was er vom Hörensagen weiß: dass

Marit von einer kleinen Insel vor Trondheim stammte. »Dort haben sie Øystein für eine Weile hingeschickt, nachdem das mit seiner Schwester passiert war. Er kannte die falschen Leute, und es ging das Gerücht, er und ein Kumpel hätten hier eine Schule abgefackelt. In den Zeitungen hieß es damals, es wäre der Bromma-Pyromane, aber in Wahrheit war es Øystein.«

Die Schilderungen des Nachbarn dominieren ein autoritärer Vater mit übersteigerten Erwartungen und ein Sohn, der alles tat, um es dem Vater recht zu machen. Doch Øystein scheiterte, gab schließlich alle Hoffnungen, ein guter Sohn zu werden, auf und beschloss stattdessen, das Gegenteil zu sein.

»Und das ist ihm schließlich auch gelungen«, sagt der Nachbar mit Nachdruck.

»Wie meinen Sie das?«

Der alte Mann seufzt, stützt sich auf den Rechen und schüttelt den Kopf. »Ich meine, dass Øystein das getan hat, was Marit während ihrer Ehe mit Holger immer tun wollte. Øystein hat sich gewehrt – mehr nicht. Auch wenn er das auf eine Art getan hat, die sie nicht unbedingt gewählt hätte.«

»Was hat er denn getan?«

»Das weiß ich auch nur aus Erzählungen, aber es gipfelte wohl darin, dass Øystein während eines Gottesdienstes vor den Altar trat und vor der ganzen Gemeinde urinierte und Pär Lagerkvist zitierte.«

Hurtig weiß genau, welches Gedicht gemeint ist. Er hat es auf einer von Hungers Kassetten gehört.

Der Nachbar erzählt weiter, dass Øystein ein Jahr in Narvik gelebt haben und dort in einen Unfall verwickelt gewesen sein soll – wohl ein Ereignis, das ihn dazu bewegte, wieder nach Schweden zurückzukehren.

»Øysteins Verlobte ist bei diesem Autounfall ums Leben gekommen, und aus irgendeinem Grund hat er die Schuld dafür bei sich gesucht.«

Hurtig dankt dem alten Mann für die Informationen und stellt ihm eine letzte Frage. »Sie meinten, Holger halte sich meist in der Stadt auf. Wissen Sie auch, wo?«

Der Mann nickt. »Ja, er hat eine Zweitwohnung an der Grev Turegatan.«

Während der Fahrt nach Östermalm erledigt Hurtig ein paar Anrufe und erfährt, dass die Wohnung auf eine von Holger Sandströms Firmen läuft.

Er parkt am Straßenrand, dem Haus genau gegenüber.

Vor dem Eingang steht eine Frau und telefoniert, und als er aussteigt, sieht er, dass sie weint.

Er geht auf sie zu, sie nimmt ihn wahr, drückt das Telefonat weg und winkt abwehrend. »Nein, nein … Sie dürfen da nicht rein. Es ist was Schreckliches passiert, und ich darf keinen reinlassen, bis die Polizei kommt.«

»Ich bin von der Polizei. Was ist passiert?«

Die Frau erzählt ihm, dass sie einmal in der Woche bei Holger sauber macht.

Als sie dann schildert, welcher Anblick sich ihr bot, als sie eine Viertelstunde zuvor die Tür aufschloss, ist Hurtig klar, dass sie die Hilfe eines Krisenbetreuers benötigen wird.

Vanja
Studio

Sie weiß jetzt, dass sie sich in Simon getäuscht hat. Er war nur der Gehilfe, mehr nicht.

Der Handlanger. Der Laufbursche.

Der echte Hunger sitzt in ihrem Kopf und gleichzeitig direkt vor ihr.

Sie sieht ihm an, dass er neugierig ist auf ihre Reaktion.

Ob sie mit der Musik zufrieden ist. Mit dem Song, den sie bei ihm bestellt hat und den sie hören wollte, während sie sich umbrächte.

Das Gemurmel einer Menschenmenge, ein Schrei und das Knirschen von Metall über Metall. Ein Autounfall.

Ein Kind, das weint. Danach nur noch eine runtergestimmte Gitarre in ihrem Kopf.

Øystein sagt etwas. Sie hört nichts, aber seine Lippen bewegen sich.

»Du bist ein Missverständnis. Eine Missgeburt. Wenn du gestorben wärst wie geplant, wäre alles anders gekommen.«

Die Gitarre verstummt, und ein lautes Krachen dröhnt aus den Kopfhörern.

Sie kennt dieses Geräusch. Sie ist damit eingeschlafen und aufgewacht. Hat es gehasst und ein Gedicht darüber geschrieben. Sie schließt die Augen und lauscht ihren eigenen Worten, bis der Song zu Ende ist.

Worten, die nur eine Person außerhalb dieser vier Wände kennt.

Aiman.

Als das Stück zu Ende ist, nimmt sie die Kopfhörer ab und legt sie auf den Tisch.

»Du musstest Holger nicht ertragen«, sagt Øystein. »Du musstest dir nicht diese Kirchenlieder anhören und keine Bücher lesen, die du nie lesen wolltest. Weißt du überhaupt, wie meine Kindheit ausgesehen hat?«

Sie schüttelt den Kopf.

»Um sechs Uhr wurde ich geweckt, dann bin ich aufgestanden und habe gefrühstückt, bevor ich mich an den Schreibtisch gesetzt und die Bücher gelesen habe, die er mir hingelegt hatte. Dann und wann ist er reingekommen, um zu kontrollieren, dass ich auch wirklich nichts anderes tat als zu lesen, und ich durfte nirgends sonst hingucken, nur auf den Text. Ihm ist die Spucke aus dem Maul geflogen, und ich musste sie mir mit dem Ärmel abwischen, bevor es Zeit war für den Schulweg. Und wenn ich nach der Schule wieder zu Hause war, war's das Gleiche in Grün: Lesen bis zum Abendessen, dann wieder aufs Zimmer, um mit der Nase in einem Buch am Schreibtisch zu sitzen, dann Schlafengehen und Lichtausmachen.«

Øystein zündet sich eine Zigarette an, reicht ihr die Schachtel, und ihre Hände zittern, als sie sich eine nimmt.

»Manchmal hab ich so getan, als würde ich lesen«, fuhr er fort. »Aber ich war ein schlechter Schauspieler, der nicht wusste, wie man glaubwürdig die Augen hin und her bewegt. Ein guter Schauspieler ist immer auch ein Psychopath, egal wie viel da über Empathie und Einfühlungsvermögen geredet wird, und vielleicht kann man sogar lernen, ein Psychopath zu werden.«

Sie nimmt einen langen Zug und erwidert seinen düsteren Blick.

»Die Bücher haben mir meine Kindheit geraubt«, sagt er und weicht ihrem Blick aus.

Als wollte er sich entschuldigen.

Ivo
Grev Turegatan

Vor dem Eingang hängt blau-weißes Absperrband, und Rechtsmediziner Ivo Andrić zückt seinen Ausweis, ehe er den Innenhof betritt.

An einer Wand hängt eine Gedenktafel mit der Aufschrift: *AUF DIESEM GRUND UND BODEN WURDE DER SCHRIFTSTELLER HJALMAR SÖDERBERG AM 2. JULI 1869 GEBOREN.*

Der Anruf kam von Billing.

Ein brutaler Axtmord.

Als gäbe es Axtmorde, die nicht brutal sind, denkt Ivo und marschiert die Treppe hinauf. Åhlund steht vor der offenen Wohnungstür, zwei Techniker sind bereits vor Ort, und in den hinteren Räumen sieht er Jens Hurtig, der gerade telefoniert. Er wirkt aufgebracht.

Åhlund macht einen Schritt zur Seite, um Ivo durchzulassen. »Ich hoffe, du hast noch nicht gefrühstückt. Das hier schlägt einem mächtig auf den Magen.«

Er geht durch die Diele zur Wohnzimmertür.

Große, massive Bücherregale, ein dunkelbraunes Ledersofa und ein dazu passender Tisch. Die Tischbeine sind mit Schnitzereien verziert.

»Was ist mit Hurtig?«, will er wissen und dreht sich zu Åhlund um.

»Spricht gerade mit Billing. Offenbar wollen sie, dass sich jemand anderes um das hier kümmert. Frag mich nicht …«

Ivo Andrićs Arbeit hängt nicht davon ab, wer eine Ermittlung leitet, aber er mag Jens Hurtig, genau wie er Jeanette Kihlberg mochte. Die beiden sind geradlinig, stellen vernünftige Fragen und erwarten nicht, dass er ihre Arbeit macht. Er kann ihnen erklären, was passiert ist, aber nie, warum.

Die Leiche liegt am Boden. Eine antike Porzellanuhr tickt behäbig an der Wand, und alles um sie herum strahlt typischen Östermalmwohlstand aus.

Der Schädel ist übel zugerichtet, stellt Ivo fest, aber er erkennt trotzdem, dass es sich um Holger Sandström handelt, den Vater von Øystein, nach dem gefahndet wird. Die Axt steckt immer noch, und überall ist Blut.

Ivo Andrić geht neben dem Leichnam in die Hocke.

»Ich bin raus«, ruft Hurtig. »Billing will jemand anderen.«

Åhlund schüttelt den Kopf. »Gibt's dafür auch einen Grund?«

»Bürokratie«, erwidert Hurtig resigniert. »Sie ziehen mich ab, weil sie finden, dass ich zu nah dran bin. Ich habe Holger gekannt – das reicht wohl, um mich für befangen zu erklären. Außerdem besteht der Verdacht, dass ich mich eines Dienstvergehens schuldig gemacht habe, weil ich nicht so weit gedacht habe, dass Holger das nächste Opfer sein könnte. Ich hätte Personenschutz für ihn anfordern müssen.«

Die Porzellanuhr tickt über sie hinweg, und Ivo Andrić nickt Hurtig wortlos zu, ehe er sich wieder über die Leiche beugt.

Die Axt im Schädel des Toten ist eine gewöhnliche Holzaxt, und im Hinblick darauf, wie tief die Schneide eingedrungen ist, muss die Tat im Affekt geschehen sein, denkt Ivo.

Irgendjemand muss Holger Sandström aus tiefster Seele gehasst haben.

Hurtig
Sibirien

Nach seiner Abmusterung kehrt Hurtig wutentbrannt ins Präsidium zurück, aber als er sein Büro betritt, hat er sich schon wieder so weit beruhigt, dass er trotzdem versuchen will, behilflich zu sein. Der neue Ermittlungsleiter – vermutlich einer dieser jüngeren Hengste aus Billings Stall – wird höchstwahrscheinlich Unterstützung brauchen.

Hurtig lässt Billing sein gesamtes Material zukommen, teilt ihm mit, dass er rund um die Uhr für seinen Ersatzmann zur Verfügung steht, und beschließt dann, nach Hause zu fahren, um sich für den Abend mit Isaak fertig zu machen.

Er muss ihm von Holger erzählen.

Hurtig fährt durch Vasastan nach Hause, kommt an der kleinen Paketstation in einem Laden vorbei, fährt an den Straßenrand und parkt.

Er betritt das Geschäft und sucht nach dem zerknitterten Abholschein in seiner Brieftasche. Der Inhaber steht an der Kasse und grüßt freundlich.

Als Jens nach irgendeinem Ausweispapier gefragt wird, kann er seinen Führerschein nicht finden.

Wann hab ich den zuletzt gebraucht?, überlegt er. Vor drei Wochen? Da war er nach Feierabend an der Tankstelle am Roslagstull tanken. Hat er seinen Führerschein dort liegen lassen?

Der Ladeninhaber meint, das gehe schon in Ordnung, und zwei Minuten später sitzt Jens Hurtig mit einem Paket auf dem Beifahrersitz wieder im Auto.

Es ist groß genug für eine Atari-Konsole.

Ivo
Grev Turegatan

Für Ivo Andrić wird es ein langer Tag.

Holger Sandström ist mit zwei Hieben umgebracht worden – ein Hieb mit dem stumpfen Ende und der entscheidende mit der Schneide. Der Schlag mit der Schneide hat bei der Ausführung noch eine Hand erwischt und drei Finger abgetrennt. Der Täter hat zwar einigermaßen sorgfältig aufgeräumt, aber die Finger liegen im Müll unter der Spüle, was auf eine gewisse Verwirrung schließen lässt.

Nichts Ungewöhnliches, denkt Ivo.

Im Lauf des Nachmittags stößt Emilia Svensson dazu, und gegen sieben haben sie alles Wesentliche für einen vorläufigen Bericht beisammen.

Die Techniker haben Haare und Fingerabdrücke sichergestellt, die nicht von Holger stammen, und was die persönliche Habe betrifft, nehmen sie an, dass es sich nicht um einen Raubmord gehandelt hat, da der Täter keine Wertsachen mitgenommen zu haben scheint.

Im Wohnzimmer lehnt ein großes Ölbild an der Wand. Am Rahmen klebt ein Post-it-Zettel mit der Aufschrift: *FÜR PAPA*.

Bestimmt ein Geschenk von Øystein, denkt Ivo, und fast auf den ersten Blick macht er eine Entdeckung, die dafür spricht, dass er auch derjenige ist, der das Bild gemalt hat.

Denn in der rechten Ecke steht in weißer krakeliger Schrift: *VIXI*. Das gleiche Wort, das in Maria Alvengrens Tagebuchaufzeichnungen vorkam und das auf dem Oberteil stand, das Carita Hallgren trug, als sie sich zu Hungers Musik das Leben nahm.

Es ist ein Porträt. Mit Zinkweiß, Eisenoxidschwarz und künstlerischer Fantasie hat der Urheber ein männliches Gesicht gemalt, das Ivo Andrić nicht kennt, auch wenn er findet, dass es ihm vage bekannt vorkommt.

Das Bild ist eine Collage. Mehrere Teile einzelner Gesichter wurden zu einem Gesamtporträt zusammengefügt. Der Rechtsmediziner ist sich nicht sicher, ob es an seinem Beruf liegt, dass ihm so etwas auffällt, aber die Kopfform ist definitiv die von Holger Sandström.

Hurtig
Sibirien

Mit einem Atari Home Pong von 1975 zu spielen gibt Jens Hurtig das Gefühl, schlagartig dreißig Jahre jünger zu sein, und für eine Weile sitzt er wieder auf dem braunen Siebzigerjahresofa in seinem Elternhaus in Kvikkjokk.

Eine Stunde später schaltet er die Konsole aus und macht sich fertig, um nach Västberga zu Isaaks Atelier zu fahren. Nach einer ausgiebigen Dusche, gefolgt von einer Rasur, schenkt er sich einen kleinen Captain Morgan ein und geht nackt ins Wohnzimmer, setzt sich und nimmt noch einen Schluck von dem dunklen Getränk, das nach Benzin riecht. Mit ein paar Stunden Abstand sieht er ein, dass Billing sich durchaus etwas dabei gedacht hat, als er ihn von dem Fall abgezogen hat. Aber es tut trotzdem weh.

Es war einfach zu viel, zwei Ermittlungen parallel zu leiten. Er hat sich an den falschen Dingen festgebissen und die Möglichkeit unterschätzt, dass auch Holger ins Visier geraten könnte.

Und so verdient man es vielleicht auch, von einem Fall abgezogen zu werden.

Er sieht auf die Uhr. Halb acht. Das Taxi ist gleich da.

Er leert sein Glas, steht auf und geht ins Schlafzimmer, um sich anzuziehen.

Zehn Minuten später steigt er in sein Taxi.

Es hat angefangen zu schneien, und als Hurtig die Flocken sieht, die so groß sind wie Fünfkronenstücke, ahnt er, dass sie es mit dem ersten Schneesturm des Jahres zu tun bekommen.

»Industriegebiet Västberga«, sagt er und kramt sein Handy hervor, um Isaak Bescheid zu geben, dass er jetzt unterwegs ist, aber der Akku ist leer, und Hurtig flucht innerlich, weil er schon wieder vergessen hat, ihn aufzuladen.

Als sie auf die Liljeholmsbron einbiegen, muss Hurtig an den Mann denken, der aus dem Flugzeug gefallen ist.

Irgendwie hat diese Geschichte den drastischen Auftakt zu den Geschehnissen der vergangenen Wochen gebildet.

Ein Mann, der vom Himmel fiel. Wie der Wink eines kranken Gottes.

Ein gefallener Engel.

Aiman
Krankenhaus Söder

Sie wünschte sich, sie könnte diese verdammte Neonröhre ausmachen, aber das Morphin hat sie so müde gemacht, dass sie keine Kraft mehr hat, um nach dem Personal zu klingeln.

Sie drückt noch einmal auf die Morphinpumpe. Es fühlt sich gut an. Als läge sie in einer Badewanne und wollte heißes Wasser nachfüllen. Nach einer Weile versinkt sie im Dämmerschlaf.

Im Krankenhaus ist es still und friedlich. Staubpartikel und Lichtreflexe tanzen in der Luft. Gedämpfte Stimmen, das Rascheln von Schuhüberziehern auf dem Korridor und ein Radio im Nachbarzimmer.

Die Stimme des Nachrichtensprechers ist sanft und behaglich. »Der Finanzexperte und Kunstmäzen Holger Sandström wurde am Vormittag ermordet in seiner Stockholmer Wohnung auf Östermalm aufgefunden. Die Polizei hat gegenwärtig noch keinen …«

Das Radio wird ausgestellt, und es ist wieder still.

Aljona, denkt sie. Die Pfandleiherin.

Bilder vor ihrem inneren Auge, wie Buchstaben Wörter bilden, die sich zu Sätzen formen, sich auftürmen, einen Sinn ergeben und zu einer Geschichte werden. Seite um Seite fügen sie sich zu einem Buch zusammen, das gedruckt wird, in die Welt hinausgelangt und zu den Menschen kommt. Ein Buch, das bleibt, lebt, in Form von Wahrheit oder Erfahrung.

Buchstabenströme flimmern über die Krankenzimmerwände.

Menschen, die schreiben, und Menschen, die reden.

Déjà fait.

Es gibt keine Koinzidenzen, keine Zufälle.

Sie sieht Vanja vor sich. Vanja, die lieber schreibt als redet, und ganz allmählich kann Aiman ein handgeschriebenes Gedicht ausmachen, das Vanja ihr einmal gezeigt hat.

Aber sie erkennt nicht, was da steht.

Ivo
Grev Turegatan

Die Augen haben etwas und die Nase auch, was Ivo Andrić irgendwie bekannt vorkommt.

Aus ein paar Metern Abstand wirkt das Porträt wie ein vollständiges Ganzes, und er meint, diesen intensiven, intelligenten Blick sowie die feminine, leicht geschwungene Oberlippe schon mal gesehen zu haben.

Gesichter kann er sich gut merken, es fällt ihm allerdings oft schwer, sie richtig zuzuordnen. Das kann manchmal frustrierend sein, ungefähr wie wenn man irgendwann daraufkommt, dass die Person, die man soeben auf der Straße gegrüßt hat, gar niemand war, den man auf einem Fest kennengelernt hat, sondern irgendein Nachrichtensprecher aus dem Fernsehen.

Ivo ist sich sicher, dass es mehr als bloß ein reales Modell für das Porträt gegeben hat. Es kommt ihm darin so vieles vage bekannt vor. Die Augen, denkt er und nimmt sein Mobiltelefon zur Hand.

Er blättert in den Fotos, bis er den Fabian-Modin-Ordner findet. Obwohl es sich um das Bild eines Toten handelt, sieht Ivo Andrić sofort, dass es sich um die gleichen Augen handelt wie auf dem Ölbild.

Die Augen sind tatsächlich identisch.

Als Ivo gerade Emilia Svensson gebeten hat, ein Foto von dem Porträt zu machen, klopft es an der Eingangstür, und Ivo geht hinaus in die Diele, um aufzumachen.

Es ist Hurtigs Ersatz; die neue Teamleitung.

Und auch dieses Gesicht ist ihm bekannt.

Hurtig

Industriegebiet Västberga

Isaaks Atelier ist in einem alten Fabrikgebäude aus rotem Backstein untergebracht. Den Eingang bildet ein riesiges Garagentor, und Isaak steht draußen und raucht eine Zigarette, als das Taxi vorfährt. Er schlendert auf das Auto zu, zieht die hintere Tür auf und bezahlt den Taxifahrer, auch wenn Hurtig protestiert.

»Ich verdiene besser als ein Bulle«, lacht er, und sie umarmen sich, bevor Isaak ihn ins Atelier führt.

Hurtig bleibt nach ein paar Metern stehen. Unglaublich, denkt er.

Der Raum ist quadratisch, etwa zwanzig mal zwanzig Meter groß, und in der Mitte steht ein gedeckter Tisch mit zwei Sesseln. An der Wand stehen eine Schrankbar und drei gewaltig große Regale voller Bücher und Schallplatten. Der Raum ist mindestens fünf Meter hoch, und es gibt keine Fenster.

Isaak tritt an ein Regal und zieht eine Schallplatte hervor.

Ein elektrisches Knistern, dann eine Gitarre. Hurtig hat keine Ahnung, wo die Lautsprecher stehen. Die Musik scheint von oben zu kommen, und er sieht zur Decke.

Sechs große Lautsprecher hängen an dicken Streben aus Stahl, die zwischen den Wänden verlaufen.

»Ich weiß, dass du dich selbst als unmusikalisch bezeichnest«, ruft Isaak. »Aber das hier muss dir einfach gefallen.«

»Was ist das?« Hurtig hört genau hin, während er langsam auf die Sessel zusteuert.

»Das ist Lou Reed. ›The Kids‹, vom ›Berlin‹-Album.«

Hurtig setzt sich, schließt die Augen und lässt die Musik auf sich wirken.

They're taking her children away.

»Willst du was trinken?«, fragt Isaak.

Hurtig nickt und konzentriert sich wieder auf die Musik. Er fühlt sich entspannt, die Niederlage von zuvor hat er inzwischen halbwegs verdaut. Er ist jetzt genau da, wo er sein will.

Isaak stellt zwei Gläser auf den Tisch und nimmt auf dem anderen Sessel Platz. »Ich hab das mit Holger im Radio gehört. Ist das der Grund, warum du von dem Fall abgezogen wurdest?«

Im Radio? So viel zum Thema Geheimhaltung, denkt sich Hurtig. »Ja, das lag wohl einzig und allein an meiner Inkompetenz«, sagt er, und es fühlt sich gut an, es laut auszusprechen.

They're taking her children away,
because they said she was not a good mother.

Die Musik verändert sich. Trommeln und Bässe kommen hinzu, und der Song wird wilder.

Isaak lehnt sich im Sessel zurück und denkt nach. »Es wundert mich ehrlich gesagt nicht, dass ihn am Ende jemand erschlagen hat.« Er sieht Hurtig mit ernstem Blick an. »Holger hatte eine ganze Reihe von Geschäftskontakten, die mit ihren Ressourcen nicht gerade gewissenhaft umgegangen sind. Er hat immer gesagt, dass es meist besser war, gar nicht erst zu wissen, woher die Kohle stammte.«

»Geschäftskontakte, die nicht gewissenhaft waren? Denkst du da an jemand Bestimmten?«

Sie mustern einander schweigend, und Hurtig glaubt für einen kurzen Moment, etwas Neues in Isaaks Blick zu sehen. Seine Augen sehen irgendwie blauer aus. Klarer.

But my heart is overflowin' anyway.
I'm just a tired man, no words to say.
But since she lost her daughter
It's her eyes that fill with water.

Ivo
Grev Turegatan

Zusammen mit Åhlund, Emilia Svensson und der neuen Leitung sitzt Rechtsmediziner Ivo Andrić in Holger Sandströms Wohnzimmer. Jeanette Kihlberg sieht erholt aus, findet er, obwohl er genau weiß, dass sie vom Dienst befreit war, weil sie wegen Burn-outs und des Verdachts auf eine Depression krankgeschrieben wurde.

»Komisch«, sagt Jeanette. »Ich habe jetzt volle zehn Monate nicht mehr gearbeitet, und trotzdem kommt es mir so vor, als wäre ich nie weg gewesen.«

»Die Macht der Gewohnheit«, sagt Ivo, nimmt seine Baseballkappe ab und legt sie vor sich auf den Tisch.

»Es ist nicht leicht, nach Jens zu übernehmen«, fährt sie fort. »Zum einen, weil er in einem Maß mit den Ermittlungen betraut ist, mit dem ich nicht mithalten kann. Zum anderen ist er ein guter Freund, und ich habe kein gutes Gefühl dabei, dass er abgezogen wurde. Natürlich habe ich die Akten gelesen, aber ich werde noch eine ganze Menge Detailinformationen von euch brauchen.«

Ivo schweigt. Nicht weil ihm das alles egal wäre, sondern weil er Intrigen und interne Streitigkeiten verabscheut.

»Wie gesagt, er hat andere Aufgaben übernommen«, fährt sie fort. »Ich habe versucht, ihn zu erreichen, allerdings ohne Erfolg, aber ich habe mit Schwarz gesprochen, der dazustößt, um uns zu helfen. Er ist zwar derzeit im Innendienst, aber ich bin der Ansicht, wir brauchen ihn, und da pfeifen wir einfach auf Billing.«

Ivo nickt. Er weiß wieder, warum er immer gern mit ihr zusammengearbeitet hat. Sie ist eine hervorragende Polizistin, denkt er. Sie hat was gegen Autoritäten, und es ist ihr scheißegal, ob sie einem Vorgesetzten auf die empfindlichen Füße tritt.

Ivo ist fürs Erste fertig, und erst als die Leiche zur Pathologie nach Solna abtransportiert wird, kann er weiterarbeiten.

Er räuspert sich. »Es ist ja nun so«, beginnt er und deutet auf das Bild, das an der Wand lehnt. »Im Hinblick auf diese Signatur – *VIXI* – und diesen Zettel dort am Rahmen können wir wohl davon ausgehen, dass Øystein – also Hunger – das Bild gemalt hat, auch wenn wir uns nicht hundertprozentig sicher sein können.« Ivo sieht Jeanette an, um sich zu vergewissern, dass sie bei der Sache ist, und sie bedeutet ihm mit einem Nicken fortzufahren. »Wie dem auch sei, der Künstler hat ein Bild geschaffen, das aus mehreren Gesichtern besteht. Er hat Gesichter von mehreren Personen verwendet und sie zu einem neuen Porträt zusammengesetzt. Man könnte sagen, es handelt sich dabei um eine Collage – mit Holger Sandströms Kopfform, aber für die Augen hat der Künstler sich bei Fabian Modin bedient. Die Nase ist die von Hans-Axel Ljung und der Mund der von John Ingmar Gustafson.«

Jeanette schüttelt resigniert den Kopf, als hätte sie noch tausend unbeantwortete Fragen, und auch Åhlund macht ein ungläubiges Gesicht.

»Auf jeden Fall bizarr«, wirft Emilia Svensson ein.

Ivo Andrić steht auf, nimmt das Bild in die Hand und dreht es um. Auf der Rückseite verläuft von der linken oberen Kante ein Text senkrecht nach unten.

Weißt du noch, wie du es als Kind knistern hörtest, wenn das Salzwasser auf den Armen trocknete?

Hurtig

Industriegebiet Västberga

And this is the place our children were conceived.

Candles lit the room brightly at night.

Hurtig hat seinen Drink ganz vergessen, aber jetzt hebt er sein Glas. Sie prosten einander zu, und er nimmt einen Schluck. Es schmeckt gut. Richtig gut sogar.

Mehrere Minuten verstreichen, und sie lauschen stumm der Musik, bis Isaak das Schweigen bricht.

»Kann man einen anderen Menschen je wirklich kennen?«, fragt er, und Hurtig findet, er sieht beinahe verächtlich dabei aus.

»Wie meinst du das?«

»Es ist einfach so verdammt schwierig, die Absichten von anderen zu verstehen. Man muss in sich gehen, seine eigenen, verborgenen Motive gründlich prüfen, bevor man zu einem Fazit kommt und eine allgemeingültige These aufstellen kann. Menschen funktionieren alle auf die gleiche Art und Weise. Wenn man erst auf das Reflexmäßige stößt, versteht man alles.«

Die Musik verklingt, und wieder ertönt das elektrische Knacken.

»Ich will dir was erzählen«, sagt Isaak und leert sein Glas. »Das habe ich bisher noch keinem anderen erzählt.«

»Was denn?«

»Als ich zwölf war, hab ich mit angesehen, wie mein kleiner Bruder ein anderes Kind getötet hat.«

Ivo
Grev Turegatan

Jeanette starrt ihn an, und er fragt sich für einen Moment, was sie gerade denkt. Sie sieht skeptisch aus.

Die Stimmung im Raum ist angespannt, doch sie alle scheinen vereint durch ihre Fragen, durch das blinde Vortasten, durch das Bedürfnis, die Vorgänge um sie herum zu verstehen.

Jeanette bittet Ivo und Emilia, das Bild genauer zu untersuchen, und lässt sie allein. Emilia nimmt daraufhin das Ölbild aus nächster Nähe unter die Lupe, und nach einer Weile entdeckt sie Haare in der Farbe.

»Die unterschiedliche Struktur der Haare lässt darauf schließen, dass es sich sowohl um Menschenhaar als auch um Haare von Tieren handelt«, sagt sie. »Und der Maler hat sie vermutlich mit Absicht in die Farbe gemischt.«

»Dann hat das wohl eine symbolische Bedeutung«, stellt Ivo fest und muss daran denken, wie oft es vorkommt, dass ein Täter Andenken von seinen Opfern zurückbehält.

Emilia geht ein paar Schritte rückwärts und blinzelt. »Siehst du das?«

»Was meinst du?«

»Da sind Farbschattierungen.« Sie zeigt auf einen Fleck in der unteren linken Ecke.

Ivo findet, es sieht fast so aus, als hätte der Künstler die Ölfarbe mit dunkler Firnis übermalt und anschließend weggewischt, dabei aber Spuren des dunkleren Farbtons zurückgelassen.

Emilia geht hinaus in die Diele, und er hört, wie sie in ihrer Tasche kramt. Als sie wiederkommt, geht sie in die Hocke, öffnet eine Flasche und besprüht das Bild mit einer klaren Flüssigkeit.

»Fluorescein«, erklärt sie. »Reagiert auf Blut. Oder genauer: auf das Eisen im Hämoglobin.«

Ivo nickt. Er weiß, wie Fluorescein wirkt. Unter UV-Licht leuchten Blutspuren grün.

Emilia stellt die Flasche wieder ab, steht auf und macht die Deckenlampe aus. In der Dunkelheit hört er, wie sie erneut ihre Tasche durchwühlt. Und findet, was sie sucht.

Sie knipst die UV-Lampe an.

Er stöhnt auf, und ihr entfährt ein Ächzen.

Das ganze Zimmer schimmert grün.

Er macht ein paar Schritte auf das Bild zu, beugt sich vor und sieht es sich an.

Rechts unten in der Ecke hat der Künstler sein Bild signiert. Die Signatur stammt nicht von Øystein Sandström.

Hurtig
Industriegebiet Västberga

»Das Kind, das damals starb, war unsere Schwester«, sagt Isaak. »Sie war noch kein Jahr alt. Offiziell hieß es: plötzlicher Kindstod. Aber ich habe genau gesehen, was damals passiert ist. Danach wurde Mama krank. Ist andauernd rein und wieder raus und wieder rein in die Psychiatrie. Als sie irgendwann wieder nach Hause durfte, hat sie sich meinen Bruder geschnappt und sich auf die Bahngleise gesetzt. Aber im letzten Moment, kurz bevor der Zug dann kam, hat sie es sich doch noch mal anders überlegt.«

»Und du hast nie jemandem erzählt, dass du mit angesehen hast, was dein kleiner Bruder damals getan hat?«

Isaak sieht ihn verständnislos an. »Nein, warum hätte ich das tun sollen? Wem wäre es denn damit besser gegangen? Mama? Papa? Meinem kleinen Bruder? Nein, es war besser, dass ich nichts gesagt habe.«

Hurtig weiß nicht, was er darauf erwidern soll, und bringt schließlich bloß eine dürftige Feststellung zustande: »Das muss schrecklich gewesen sein ...«

Isaak lächelt. Dann schüttelt er den Kopf. »Du denkst vielleicht, ich hätte eine unmoralische Entscheidung getroffen, und hältst mich für einen schlechten Menschen, weil ich damals falsch ausgesagt habe. Aber ich will dir erklären, wie ich über Moral und Selbstlosigkeit denke. Es gibt keine Moral. Das alles sind nur hehre Worte – geformt von einer leeren, satten Seele. Und was die Selbstlosigkeit betrifft, ist sie nur eine Ausrede des Schwachen, mit der er seine Niederlage erklärt.«

Hurtig schweigt.

»In Wahrheit war es einfach nur gigantisch«, fährt Isaak emphatisch fort. »Ein Geschwistermord! Geradezu biblisch, wie bei Kain und Abel – es war, als würde ich mich inmitten der Evolution befinden. Darwinismus – die Überlegenheit des Stärkeren über den Schwächeren.«

Isaaks Augen sehen jetzt noch blauer aus. Und wahnsinniger.

Hurtig wird nervös. Nichts ist so, wie er es sich vorgestellt hat.

»Du weißt, wer mein Bruder ist. Du hast ihn sogar schon persönlich getroffen«, fährt Isaak fort, und Hurtig stürzt kopfüber in das abgrundtiefe Loch gebrochenen Vertrauens.

Ivo
Grev Turegatan

In der Ecke rechts unten prangt in Schönschrift eine Signatur aus Blut.

Isaak Swärd.

»Blut in fünf unterschiedlichen Schattierungen«, stellt Emilia fest. »Das kann zu verschiedenen Zeitpunkten gemalt worden und unterschiedlich schnell getrocknet sein – oder aber es handelt sich um das Blut von fünf verschiedenen Personen.«

Ivo läuft Jeanette nach, um ihr von der Entdeckung zu berichten, aber sie telefoniert, und so wartet er einen Augenblick.

»Es ist dringend«, sagt sie gerade. »Ich brauche die Infos jetzt gleich, und wenn du nicht dafür sorgen kannst, dass ich sie in ein paar Minuten vorliegen habe, kannst du deine Sachen packen, verstanden?«

Sie legt auf, und Ivo bringt sie auf den neuesten Stand.

Der Maler ist also nicht Øystein.

Als der Rechtsmediziner den Namen des Künstlers erwähnt, versteht er Jeanettes heftige Reaktion zunächst nicht, aber als sie es ihm erklärt, wird ihm schlagartig alles klar.

»Isaak Swärd ist ein guter Freund von Jens«, sagt sie.

Jeanette ruft nach Åhlund und fragt, ob irgendjemand weiß, wo Hurtig sich gerade aufhält. Sie hat wiederholt versucht, ihn zu erreichen, aber sein Telefon ist entweder tot oder absichtlich ausgeschaltet. Sie hat ihm lediglich auf die Mailbox gesprochen und ihn gebeten, sich alsbald bei ihr zu melden.

Keiner von ihnen weiß, wo Hurtig steckt, und Ivo sieht Jeanette an, wie besorgt sie ist.

»Er ist bestimmt nach Hause gefahren«, meint Åhlund. »Ich rufe Schwarz an und bitte ihn hinzufahren und nachzusehen. Wir finden heraus, wo er sich aufhält. Oder zumindest, wo sein Telefon ist.«

Zehn Minuten später klingelt Jeanette Kihlbergs Handy. Sie meldet sich, notiert sich etwas und drückt das Gespräch wieder weg.

»Jens Hurtig hat heute Abend zwei Anrufe getätigt«, sagt sie. »Er hat zuerst bei Isaak Swärd angerufen und dann bei Taxi Stockholm, und die sagen, dass sie ihn ins Industriegebiet Västberga gefahren haben, und zwar um kurz nach halb acht. Eine Adresse neben der Kletterhalle.«

Erst als sie im Auto sitzen, fragt Jeanette, warum Ivo überhaupt mitfährt.

»Ich bin ebenfalls ein Freund von Jens«, antwortet er.

Hurtig
Industriegebiet Västberga

Hurtig weiß, dass er eigentlich Angst haben müsste. Wissen müsste, dass das, was er gleich machen wird, zum Gefährlichsten zählt, was er je gemacht hat.

Einfach zu tun, als wäre nichts.

Er muss den Ahnungslosen spielen.

»Øystein ist also dein Bruder?«, sagt er und versucht, so überrascht wie möglich zu wirken.

Isaak nickt.

Nichts ist so, wie es sein sollte, denkt sich Hurtig und fühlt sich leer.

Tot.

Aber warum? Und was für ein krankes Motiv steckt hier eigentlich dahinter? Was haben all diese Menschen Isaak angetan?

»Und Holger ist dein Vater?«, fragt er eher sich selbst und sieht unwillkürlich die Axt in Holgers Schädel vor sich.

Überall Blut.

Isaak nickt wieder.

»Aber du heißt Swärd …«

»Der Mädchenname meiner Mutter. Sie stammte aus einem schwedischen Soldatengeschlecht – genau wie du. Obwohl sie in Norwegen geboren wurde.«

»Warum hast du deinen alten Namen abgelegt?«

»Wegen all dem, was mein Vater ihr angetan hat – und weil er uns verstoßen hat. Sich geweigert hat, uns als seine Söhne anzuerkennen. Erst mich, dann Øystein.«

Er fragt sich, ob Isaak sein Spiel bereits durchschaut hat, und sieht auf seine Hände hinab. Sie zittern leicht. Kleine, rasche Vibrationen.

»Ich muss sterben«, sagt Isaak plötzlich.

Fahr zur Hölle
Vier Jahre zuvor …

Zum Zeitpunkt meines Todes bin ich fünfundzwanzig Jahre alt, wiege zweiundsiebzig Kilogramm und bin einen Meter dreiundachtzig groß. Mit anderen Worten: eine wohlgeratene Erscheinung, wenngleich im Zustand der unkontrollierten Zellteilung, was bedeutet, dass die neuen Zellen das umliegende Gewebe zerfressen.

Ich habe Krebs. Einen Hirntumor, einen inoperablen. Fünf Jahre. Wenn ich Glück habe.

Als mein Leben zu Ende geht, die Glut in den Augen erlischt und ich einsehen muss, dass mein neues Dasein eine Existenz im Limbus ist, sitze ich in einem bequemen Ledersessel und lausche der Stimme eines der renommiertesten Onkologen des Landes.

Aussichtslos. Womöglich drei Jahre im Niemandsland, ohne Zukunft.

Von Tag zu Tag in einem Land leben, in dem Engagement nichts weiter ist als ein Tröpfchen Rotz im Wind.

»Leider. Ich kann nichts mehr tun«, sagt der Onkologe, der zwar mehr als eine halbe Million Studienschulden hat, aber auch eine Familie, die zu Hause in einer Villa auf Värmdö auf ihn wartet.

Der Tumor ist bösartig und unmöglich zu entfernen.

»Chemotherapie wäre natürlich eine Möglichkeit, aber das …«

»Nein danke«, sage ich, stehe auf und verabschiede mich von einem der hilflosesten Onkologen des Landes.

Ungefähr zwei Wochen zuvor … oder waren es drei?

Chaotische Zeiten.

Tage, die ich verfluche.

Das Leben ist genauso unendlich, wie die Kunst ewig ist. Ich lerne im Söders Hjärta an der Bar Jens kennen. Unsere Augen sprechen die gleiche Sprache, und wir reden und reden den ganzen Abend lang, dann reden wir bei ihm zu Hause weiter. Er erzählt mir von seinem Leben, wie es ist, Polizist zu sein, und wie es ist, ein Bruder zu sein, ohne eine Schwester zu haben, deren Bruder man ist, und wir reden so lange, dass er sich tags darauf krankmelden muss, und wir reden noch zwei Wochen lang weiter, bis der endgültige Beweis vor mir liegt.

Krebs.

Krebs steht auf der Rechnung, die jetzt bezahlt werden muss. Die Rechnung, die zwangsläufig kommt, wenn man das totale Verliebtsein erlebt hat.

Einige Zeit später …

Einen Monat vielleicht?

Mein Gedächtnis lässt mich im Stich. Oder die Zeit ist mir einfach gleichgültig geworden.

Berlin.

Ich sitze zusammen mit Aiman auf einer Decke am sternförmigen Wallgraben der Spandauer Zitadelle. Der Juliusturm ragt hinter der Renaissancefestung wie ein gigantischer Schornstein auf. Ich weiß, dass die Nazis im Krieg dort Nervengas hergestellt haben.

»Isaak war ein Prophet«, sage ich. »Im Koran heißt er Ishaq.« Ich lache. »Der biblische Isaak ist der Urtyp des verschmähten Sohnes.«

»Du scheinst dich gut auszukennen mit Religion«, sagt Aiman. »Glaubst du an Gott?«

»An welchen?«

»Welchen du willst.«

»Ich glaube an den Antichrist«, entgegne ich nach einer Weile. »Er ist der einzige Prophet, der seine Lehren als falsch anerkennt. Dabei sind alle Propheten falsch – weil es keinen Gott gibt. Aber ich bin echt, denn das, was ich tun werde, ist echt.«

Ich werde mich echter Menschen bedienen.

Hurtig
Industriegebiet Västberga

»Eine Routineuntersuchung. Der Arzt gab mir fünf Jahre, und vier sind jetzt rum. Meine letzte Frist beträgt ein Jahr, maximal, aber vermutlich werden es gerade mal sechs Monate sein.« Isaak knöpft sein Hemd auf. »Dass der Krebs streut, hätte vielleicht noch verhindert werden können, wenn ich die ersten Anzeichen ernst genommen hätte. Aber sie hätten mir genauso gut gleich sagen können: Selber schuld.« Auf seinem haarlosen Brustkorb kleben rund zehn Pflaster. »Fentanyl. Das lindert die Schmerzen, und ich kann bis zum bitteren Ende malen.«

Isaak steht auf und geht in den dunkleren Teil des Raumes, und da erst bemerkt Hurtig, dass dort im Schummerlicht massenweise Leinwände an der Wand lehnen. Alle mit dem Rücken zum Betrachter.

Auf einem Rolltisch stehen mehrere alte Konservendosen mit Pinseln in unterschiedlicher Größe. Alte Lappen und eine Tüte mit Putzwolle. Auf dem Boden überall Farbkleckse und Lösungsmittelpfützen.

Als Isaak zurückkommt, trägt er ein großes Bild vor sich her. »Ich war fleißig.«

»Hol mich doch der Teufel …« Hurtig hört selbst, dass seine Stimme kurz davor ist zu versagen.

Sein Blick sucht nach dem kürzesten Weg ins Freie.

»Mit diesem Porträt hier bin ich besonders zufrieden.«

Isaak geht zum Plattenspieler und nimmt die Schallplatte herunter. Dann drückt er einen Knopf, und wieder knackt es in den Lautsprechern.

Leise Klaviermusik. So falsch, dass sogar der unmusikalischste Zuhörer es erkennt.

Hurtig kommt die Musik bekannt vor, und als er die Stimme hört, weiß er auch, woher.

Es ist eine Kassette von Hunger.

Isaak nimmt wieder auf dem Sessel Platz und mustert Hurtig kühl. »Der siebenundzwanzigste Dezember. Sagt dir das Datum was?«

Hurtig sieht ein, dass es völlig nutzlos war, so zu tun, als hätte er keine Ahnung.

»Ja, das ist mein Geburtstag«, sagt Hurtig und weiß, dass er nur noch zwölf Minuten und siebenundzwanzig Sekunden zu leben hat.

Aiman
Krankenhaus Söder

Das Morphin blockiert die Synapsen, die üblicherweise Sinneseindrücke filtern, und das Gehirn kompensiert, indem das Unterbewusstsein die Oberhand gewinnt. Sie sieht eine hölzerne Matrjoschka vor sich. Die äußere Schale ist eine Frau namens Aiman Chernikova, eine gewissenhafte Bibliothekarin, die auch als Buchbinderin arbeitet.

Sie arbeitet sich immer tiefer in sich selbst hinein. Schicht um Schicht legt sie die Matrjoschka frei.

Der Säugling ganz zuinnerst ist ihr Bruder. Sie weiß, was sie getan hat, aber das gehört der Vergangenheit an, und bald schon denkt sie nicht mehr daran.

Sie denkt an Vanja. Lernt Vanja kennen, die ihr überaus ähnlich ist und die den gleichen Fehler gemacht hat wie sie selbst.

Vanja, die sich nicht sicher ist, wer sie ist und was sie hier auf Erden soll. Vanja, die darüber schreibt, wie es ist, Vanja zu sein.

Aiman weiß, dass Vanja einen bestimmten Abschnitt in ihrem Leben als Wendepunkt betrachtet. Den Sommer, als sie zwölf war.

Wörter und Formulierungen kehren zu Aiman zurück.

Vanja hat über die Qual geschrieben, zerrissen zwischen zwei Leben zu sein.

Oder war es zwischen zwei Welten?

Vanja wollte nicht mehr leben. Das Schwarze in ihrem Herzen hat sie von innen aufgefressen.

Irgendwo zwischen Lilja und Knivsöder, denkt Aiman und glaubt, dass sie jetzt sogar weiß, wo genau.

Hurtig
Industriegebiet Västberga

Schlagartig wird Hurtig klar, dass er auf den ältesten Trick der Welt reingefallen ist.

Er hat einen Drink angenommen.

»Was hast du mir gegeben?«, will er wissen.

Isaak lehnt sich zurück. Hungers Stimme aus den Verstärkern, seine kehlige Zungenrede.

»Mach dir keine Gedanken«, sagt Isaak. »Das war nur eine solide Dosis LSD. Willkommen im Wunderland.«

Er blufft, denkt Hurtig und macht Anstalten aufzustehen, doch plötzlich ist sein Körper wie am Sessel festgewachsen, und er wird vom Rausch übermannt.

Es kommt ihm vor, als würde ihn ein ohrenbetäubendes Surren befallen, und er weiß sofort, dass so ein brennendes Hirn klingen muss.

»Wo ist Vanja?«, fragt er.

»Ich war wirklich geschockt, als du mir erzählt hast, dass sie noch lebt«, entgegnet Isaak.

Seine Kiefer verkanten sich, er starrt auf den gedeckten Tisch und hört, wie in dem dunklen Teil des Raumes eine Tür aufgeht.

Ein Lichtkegel – und zwei Gestalten kommen auf ihn zu. Ohne Gesichtszüge – nur schwarze Umrisse. Jenseits der Türöffnung kann Hurtig ein Zimmer ausmachen. Eine Matratze und einen Perserteppich am Boden.

Und auf der anderen Seite des Tisches Isaaks Gesicht, ganz faltig von den Schatten.

Die dunklen Gestalten werden allmählich heller, und da erst erkennt Hurtig Vanja und Øystein.

Und hört Isaaks Stimme.

Stein um Stein. Stück für Stück.

»Als Mama starb, haben wir einen Entschluss gefasst. Es war eine Schande, mit ansehen zu müssen, dass all diejenigen, die ihr Leid zugefügt hatten, überleben durften.«

Worte; eine Erklärung, die die ganze Sinnlosigkeit offenbart.

»Dann warst du gar nicht in Berlin?«, fragt Hurtig.

»Nein, ich hab mir ein Zimmer in einer Pension in Strängnäs genommen und dann mit Ingo einen kleinen Spaziergang gemacht. Runter zum Weiher.«

»Und du warst auch bei den Postfächern am Hornstull? Du warst das also auf den Überwachungsvideos?«

»Bei einer Gelegenheit hab ich Holger darum gebeten, mich dort abzusetzen. Ich hab geahnt, dass der Ort überwacht wird. Ich wollte eine falsche Fährte legen.«

Jetzt ist Hurtig klar, warum Øystein so ehrlich war, als er von dem Postfach erzählt hat. Sie wollten gesehen werden, wollten entdeckt werden, und sie wollten ihre Überlegenheit demonstrieren.

Der reinste Narzissmus.

Hurtig sieht wieder zu dem Bild hinüber. Entdeckt die Signatur.

»Was bedeutet das? *VIXI*?«

»*VIXI* ist die Zahl siebzehn. Sechs plus elf in römischen Zahlen. Es heißt aber auch ›ich habe gelebt‹ auf Lateinisch. Siebzehn ist eine Unglückszahl. Ich *habe* gelebt, also bin ich tot.«

Psychopathie.

Wo Hurtig bislang ein Durcheinander von Puzzleteilen vor sich hatte, meint er nun, die einzelnen Teilchen sortieren zu können und den Ansatz eines Motivs zu erkennen.

Machiavellismus.

Er erkennt, dass einige Teile zu Wasser oder Himmel und andere zu Wald oder Wiese werden.

Das Bild nimmt Form an.

Emilia Svensson hatte recht. Die Dunkle Triade. Eine schwere Persönlichkeitsstörung.

Isaak mischt noch einen Drink und hält Øystein das Glas hin. Sie nicken einander zu, und Øystein nimmt ein paar große Schlucke. Er sieht verbissen aus.

»Ich liebe dich, Jens«, sagt Isaak schließlich. »Weißt du noch, was ich auf dem Steg auf Runmarö zu dir gesagt habe?«

Hurtig hört zu, und die Wörter ätzen sich in ihm fest. »Du …«, sagt er, aber weiter kommt er nicht.

»Ich hab aus *Faust* zitiert. Werd ich zum Augenblicke sagen: Verweile doch! du bist so schön!«

Aus verworrenen Gedanken kommt Wahrheit ans Licht.

Hurtig sieht, dass Øysteins Drink leer ist. Isaak sagt etwas zu ihm und Vanja, und ihre Schatten am Boden werden wieder kleiner, als sie den Raum verlassen.

Er atmet langsam ein und aus, und kurz fühlt es sich an, als würde es auch funktionieren, doch als er an sich hinabblickt, sieht er, dass sein Brustkorb sich in abrupten, schnellen Bewegungen hebt und senkt.

Er versucht, den Mund zu öffnen, aber es ist, als wäre er mit einem dicken Bolzen Wortlosigkeit verschraubt, der seine Kiefer einzwängt und die Zähne aufeinanderpresst.

Wieder Isaaks Stimme, und aus irgendeinem eigenartigen Grund wirkt sie trotz allem beruhigend auf ihn.

»Der römische Philosoph Seneca hat mal gesagt: Der Weise lebt nicht solange er kann, sondern solange er soll. Früher zu sterben oder später – das ist unwichtig. Wichtig ist nur, ob man anständig oder schäbig stirbt.«

Unfähig zu jeglicher Handlung sieht er hilflos mit an, wie Isaak einen Revolver auf den Tisch legt.

Ivo
Industriegebiet Västberga

Die Sicht ist durch den dichten Schneefall eine schiere Katastrophe, als sie die Bergsgatan verlassen.

Jeanette Kihlberg fordert telefonisch Verstärkung an.

Ivo Andrić ist leicht übel von der schnellen Fahrt, und er blickt aus dem Seitenfenster. Die Lichter der Stadt sehen aus wie gelbe und rote Punkte hinter einem Vorhang aus Neuschnee. Der Rechtsmediziner sitzt auf der Rückbank, Jeanette neben Åhlund, der wiederum fährt. Ihr Blick und ihre fahrigen Bewegungen offenbaren ihre Sorge um Hurtig.

Schwarze Melancholie
Industriegebiet Västberga

Im Krankenhaus wurde Mama nicht gesünder. Sie wurde von Depressionen heimgesucht. Und weil ihr Leben und das von Papa in einem fort um Jesus kreisten, dachten sie wohl, sie wäre von bösen Geistern besessen. Simons Vater verordnete ihr Aolept und Hibernal, und ich fand heraus, dass es sich dabei um Arzneimittel handelte, die das Nervensystem beeinträchtigen. Diese ganzen Medikamente haben Mama nur noch verwirrter gemacht.

Die Alten waren der Überzeugung, dass eine konventionelle medizinische Behandlung ihr nicht weiterhelfen würde, und schlussendlich stand für sie fest wie das Amen in der Kirche, dass die Erkrankung seelischer Natur wäre. Sie bat darum, dass sie ihr die Dämonen austrieben, die in ihr hausten.

Die Entwicklung eines Gedankens von seiner Entstehung bis zur fertigen Idee vollzieht sich nach dem gleichen Muster wie die Gründung einer Religion.

Zuerst kommt die Offenbarung. Eine Vision aus dem Nichts heraus, die zunächst verrückt und wahnsinnig erscheint. Nach einer Ruhepause reift der Gedanke; mitunter stellt er sich dann als utopisch heraus, vielleicht aber auch als revolutionär. Dann ist es an der Zeit, die Welt davon zu überzeugen, dass man das Licht gesehen hat.

Das kann nicht jeder.

Aber ich will trotzdem versuchen, es ihm zu erklären.

»In den Siebzigern hat sich der Künstler Chris Burden in den Arm geschossen. Er hat sich auf ein Autodach nageln lassen und ein Modellflugzeug mit lauter Joints über die mexikanische Grenze geschickt. Ich hab das Gleiche gemacht. Richtige Kunst. Mit richtigen Menschen.«

Ich zeige Jens den Karton, in dem ich alles aufbewahre, was ich den Toten abgenommen habe, aber ich weiß nicht, ob er noch mitbekommt, was ich sage.

Ich erzähle ihm von meinem ersten Berlinbesuch. Von meinem Treffen mit den Alten vor vier Jahren. Wie ich Holger, Fabian, Ingo und Hans-Axel Ljung überredet habe, ein einzigartiges Kunstwerk zu finanzieren.

»Sie hatten ja keine Ahnung, wofür sie bezahlen würden«, sage ich. »Ein paar Büschel Haare und ein bisschen Staub aus der Brieftasche von Fabian Modin, dem Vergewaltiger. Ein Faden aus der blauen Krawatte des Herrn Major Hans-Axel Ljung, die er an jenem Tag getragen hat, als er sich an meiner Mutter verging. Von Ingo Gustafson die Fingernägel, mit denen er sie angefasst hat – zerstoßen in einem Mörser. Ich habe alles in die Farbe gerührt, die aus ihrem getrockneten Blut besteht – mit Leinöl verdünnt.«

Ich hole den Farbtopf, schraube den Deckel ab und lasse Jens an der dunkelbraunen eisenhaltigen Masse riechen.

»Heute hab ich das Bild endlich vollendet – mit Papas Blut. Holger hat Blutgruppe 0. Das steht für ›ohne Antigene‹, was bedeutet, dass eine Person mit dieser Blutgruppe Antikörper gegen Typ A und B bildet und somit keine Blutkonserven von diesen Spendern erhalten kann. Sie kann nur von Spendern der Gruppe 0 versorgt werden.«

Jens schüttelt wortlos den Kopf.

»Ich habe versucht, die Gesichter aus dem Gedächtnis zu malen. Ich wollte, dass die Porträts von denen, die ich hasse, echt aussehen, und das geht nun mal nicht mit einem Foto als Vorlage.«

Ich spüre, dass ich nicht mehr lange kann … Worte und Sätze

aus der Vergangenheit stürzen ungebeten auf mich ein, und ich kann nicht länger klar sehen. Ich weiß nicht, welche Gedanken meine eigenen sind und welche ausgesprochen und in Druckerschwärze schon Millionen von Menschen erreicht haben.

Ich will einzigartig sein, aber ich bin nicht einzigartig.

Ich will homosexuell sein, aber ich bin nicht homosexuell.

Ich will der größte Künstler der Welt sein, aber ich bin nicht der größte Künstler der Welt.

Ich will jemand sein, der ich nicht bin, aber ich kann nicht so handeln wie jemand, der ich nicht bin.

Jens verdreht die Augen, versucht zu fokussieren, und ich kann regelrecht sehen, wie er halluziniert. Sein Rausch ist nach innen gewandt und selbstverliebt, während meiner allumfassend und extrovertiert ist. Ich bediene mich der Eindrücke, die mir begegnen, und mache sie mir zu eigen. Als ich den Revolver auf den Tisch lege, wirkt Jens apathisch.

Chaos und Klarheit, denke ich und wünschte mir, ich könnte in sein Herz sehen.

Hungers Stimme ist über uns. So voller Leben. Das Leben.

Ich reiche ihm den wattierten Umschlag.

»Mach ihn auf.«

Er fingert daran herum und zieht seinen Führerschein heraus.

Er schließt die Augen, und mir ist klar, dass er versucht, den Rausch zu steuern, aber die Dosis, die er intus hat, ist bei Weitem zu stark. Zweitausend Mikrogramm sind nun mal kein Pappenstiel.

Er wird davon nicht sterben, aber er wird sich auch nicht darum scheren, ob er stirbt oder nicht.

Er bewegt die Lippen wie ein gestrandeter Fisch, und ich sehe, wie er versucht, das kleine, lächerliche Wort Warum zu formen.

Er hat noch sieben Minuten.

Ich und Øystein sind allein zu Hause. Mama und Papa sind bei den Alten und beratschlagen, was zu tun ist. Es wird den ganzen Abend dauern. Währenddessen müssen wir daheim bleiben.

Wir essen belegte Brote und trinken heiße Schokolade, bevor ich mit Øystein nach draußen gehe. Wir schleichen durch die Dunkelheit, als wären wir Spione, die von der Polizei nicht geschnappt werden dürfen. Er nimmt das so ernst, dass er anfängt zu weinen, und ich muss ihn trösten, ehe wir das Gemeindehaus erreichen.

Die Fenster sind hell erleuchtet, und mehrere Autos parken vor dem Haus. Ich erkenne den Volvo von Simons Vater und den protzigen Volga von Fabian Modin wieder, und ich sage zu Øystein, dass ich mir auch so einen kaufen werde, wenn ich mal reich bin wie ein Troll. Major Ljungs Dienstwagen mit dem komischen Nummernschild aus gelben Ziffern auf schwarzem Grund steht ebenfalls da.

Hinter dem Haus führt eine Treppe nach unten in den Keller. Die Tür lässt sich leicht öffnen, wenn man die richtigen Kniffe kennt. Wir huschen hinein, machen die Tür hinter uns zu und stehlen uns zum Saal hinauf, wo die Gottesdienste gefeiert werden.

Der Raum ist leer, aber wir können die Stimmen der Erwachsenen hören.

»Als Jesus seine Jünger aussandte, das Reich Gottes zu verkündigen, gab er ihnen auch die Macht über die unsauberen Geister«, sagt Fabian Modin. »Und diese Macht müssen wir uns zu eigen machen.«

Fünf Minuten dauert das Stück noch.

Ich denke darüber nach, was ich und mein Bruder mit unserer Kunst erreichen wollten.

Wahre Kunst entsteht aus sich selbst heraus und ist nicht leicht zu beschreiben.

Es geht darum zu erzählen, wer man ist.

Das hier bin ich. Das hier ist mein Bruder. Das hier sind wir. Das hier hat uns geprägt. Das hier sind die Ursprünge der Menschen, zu denen wir geworden sind.

Mitten im Raum steht der Altar. Eigentlich ist es nur ein ganz gewöhnlicher Ikea-Tisch, mit einem Samttuch und ein paar Kerzenständern obendrauf. Daneben steht das Taufbecken aus rotem Jämtlandkalkstein, das ein Steinmetz aus Vitvattnet angefertigt hat. Papa hat ihm fünfzehn glatte Tausender für seine Mühen in die Hand gedrückt.

Durch die dünnen Wände hören wir Stimmen, und ich kann die von Papa, Fabian und Ingo ausmachen.

Sie sagen, dass Mama sich zusammenreißen muss, wenn sie ihr helfen sollen, den Teufel wieder loszuwerden und die Dämonen auszutreiben. Als ich höre, dass sie sich in Bewegung setzen, nehme ich Øystein an der Hand und bläue ihm ein, dass wir ganz still sein müssen, wenn wir nicht so viel Prügel beziehen wollen, dass wir einen Monat lang nicht sitzen können. Ich sehe ihm an, dass er mich versteht, und wir verstecken uns unter dem Altar.

Vanja
Industriegebiet Västberga

Øystein schubst sie auf den Rücksitz, zieht seine Lederjacke aus und wirft sie ihr über.

Er befiehlt ihr stillzuliegen und die Klappe zu halten. Tut sie das nicht, pustet er ihr den Schädel weg.

Vanja weiß nicht, ob Øystein bewaffnet ist, aber als sie den Wahnsinn in seinem Blick sieht, will sie lieber nichts riskieren und legt sich flach auf die Rückbank, bevor er den Motor anlässt.

Durch ihre heftige Atmung wird die Luft unter der Jacke im Handumdrehen warm, und die Wärme setzt Øysteins Körperausdünstungen aus dem dunkelroten Futter frei.

Der Geruch von Rauch, Dreck und Angst erinnert sie an das ansteckende Lachen, das Øystein als Kind gelacht hat.

Nachts im Bett, in ihren vielen Träumen zu Hause bei Edith und Paul, sahen diese Erinnerungen anders aus. Vielleicht ist ihr Gefühl, nicht ganz zu sein, aus einem Fehlen heraus entstanden, und sie ist deshalb in diese neblige Depression hinabgeglitten.

Øystein war das fehlende Stück zum Ganzen. Und eben deswegen hat sie Hungers Musik gemocht. Sie hat direkt zu ihr gesprochen, weil er nun mal ein Teil von ihr ist, und sie hat durch ihn gesprochen.

Er hat sie immer gehasst.

Und sie hat Angst vor ihm.

Sie sind erwachsen geworden.

Schwarze Melancholie
Industriegebiet Västberga

Ich sage kein Wort mehr, aber vielleicht versteht Jens mich ja trotzdem irgendwie. Geliebter Jens, bald wirst du sterben.

Ich setze mich wieder an den Tisch und richte den Revolver auf ihn.

Das Stück dauert noch drei Minuten. Das reicht für alles, was ich noch sagen will.

Ich kann sehen, dass sein Blick jetzt wieder ein bisschen wacher wird. Er hat klare Momente, und seine Widerstandskraft gegen die Droge beeindruckt mich.

»Nicht mal einen jämmerlichen Menschen zu töten ist einfach«, sage ich. »Aber einen Freund oder jemanden, den man liebt, zu töten, ist noch viel schwieriger.« Ich spanne den Abzug des Revolvers. Es ist gleich so weit. Hungers Stimme verstummt. Der Rest des Stücks ist instrumental. Anderthalb Minuten, bis es zu Ende ist.

Für immer zu Ende ist.

Sie kommen in den Raum – alle außer Papa.

Als sie die Kerzen angezündet und die Deckenlampen ausgemacht haben, spähe ich durch einen Schlitz im Tuch und sehe, dass sie sich ausziehen.

Major Ljung stellt sich an das Taufbecken, schlägt drei Kreuze über der Wasseroberfläche und dann auf dem Grund, bevor er über das Wasser pustet. »Um den Heiligen Geist wach zu hauchen.«

Mamas nackte Beine kommen näher, und sie klettert auf den Tisch, den das Tuch in ein religiöses Symbol verwandelt hat. Ich halte

Øystein fest, und uns stockt der Atem, als Ingos Beine am Tischende auftauchen.

»Fahre aus von ihrem Leib, unreiner Geist«, sagt er und macht eine Bewegung, die den Tisch erschüttert. Mama stöhnt auf. Dann kommt Fabian dran. Seine behaarten, bleichen Waden vollführen eine ganz ähnliche Bewegung. Er betet gleichzeitig.

Jens schluckt. Sein Adamsapfel hüpft auf und ab, und mir ist klar, dass er Speichel sammelt, um etwas sagen zu können. Die Droge trocknet die Schleimhäute aus.

Ich reiche ihm ein Glas Wasser, und er trinkt.

»Die Idee, mit Blut zu malen, kam uns in Berlin. Anfangs haben wir unser eigenes genommen, aber als das nicht mehr reichte, haben wir angefangen, mit Tieren zu experimentieren.«

Ich sehe ihm an, dass er mich mit bloßen Händen erwürgen will.

Dass er mich hasst.

Bald ist es so weit.

Noch eine Minute.

Vanja
Södertäljevägen

Das Auto schlingert. Sie nimmt an, dass sie in Richtung Södertälje unterwegs sind.

Sie hört die Polizeisirenen, Øystein drosselt das Tempo, und sie denkt darüber nach, die hintere Tür zu öffnen und sich auf die Fahrbahn zu werfen.

Aber dazu kommt es nicht mehr. Die Streifenwagen fahren an ihnen vorüber, und Øystein beschleunigt wieder.

Abrupt beschreiben sie eine Rechtskurve, dann eine Linkskurve und wieder eine Rechtskurve, und Vanja weiß nicht mehr, wo sie jetzt sind. Sie schließt die Augen.

Schließlich hält das Auto an, Øystein stellt den Motor ab, und alles wird still.

Dann öffnet er die hintere Tür und reißt die Lederjacke an sich. Er verzieht das Gesicht, hält sich den Bauch, und für einen Moment sieht es so aus, als müsste er sich übergeben. Er lehnt sich an die Autotür und atmet ein paarmal tief durch, ehe er sich die Jacke überzieht. Er ist bleich, als er sie mustert.

Vanja ist einfach liegen geblieben. Sie wagt nicht, sich zu rühren. Draußen ist es dunkel, und kalter Wind rüttelt am Auto. Sie hört Verkehrslärm, aus der Ferne und irgendwie von oben, und sie hat das unbestimmte Gefühl, dass sie sich in einer Senke befinden und dass irgendwo in der Nähe Wasser fließt.

Er reicht ihr einen Walkman und Kopfhörer.

Der Lärm einer lauten Hupe.

Die Autos über ihnen verlangsamen die Fahrt, Motoren werden abgestellt.

Jetzt geht ihr auf, was gleich kommen wird. Und wo sie sich befinden. Hier hat Øystein die Geräusche für ihre Kassette aufgenommen.

Ein Bruder und eine Schwester wechseln zum letzten Mal einen Blick.

»Woher weißt du, wann …«

»Ich kenne die Zeiten«, sagt er. »Das Boot kommt bald.«

Schwarze Melancholie

Industriegebiet Västberga

Der Ritus dauert Stunden, und Øystein schläft irgendwann ein. Sein Kopf liegt auf meinen Knien. Ich höre, wie Papa im Nebenzimmer betet. Er liest im Markusevangelium, immer wieder, die Verse zwei bis siebzehn aus dem fünften Kapitel.

»Und er war allezeit, Tag und Nacht, auf den Bergen und in den Gräbern, schrie und schlug sich mit Steinen …«

Als wir wieder allein sind in der Dunkelheit, wecke ich Øystein, und wir krabbeln hinaus.

Der Vollmond vor dem Fenster taucht den Saal in kaltes Licht, und ich sehe, dass das Tuch blutig ist. Als ich mit der Hand darüberfahre, sind da auch Haare und ein abgebrochener Fingernagel.

Ich bitte Jens, sich aus dem Sessel zu erheben. Er gehorcht, wenn auch langsam. Doch dann steht er. Seine Hand umklammert die Lehne, seine Fingerknöchel sind weiß, und er versucht krampfhaft, das Gleichgewicht zu halten.

Sein Griff wird kraftloser, und ich hebe den Revolver.

»Der Henker bittet den Verurteilten vor der Vollstreckung stets um Vergebung. Hab Erbarmen, Jens.«

Als sich der Schuss löst, sehe ich etwas Neues in seinem Blick.

Ich glaube, es ist Erleichterung.

Ivo

Industriegebiet Västberga

Åhlund hält vor der Kletterhalle an und springt aus dem Auto. Die drei Streifenwagen, die als Verstärkung angefordert wurden, halten mit lärmenden Sirenen daneben.

Jeanette Kihlberg dreht sich zu Ivo um und sieht ihn streng an. »Du bleibst hier.«

Er befolgt ihre Anweisung und sieht Kihlberg und Åhlund nach, die im Schneetreiben auf den roten Backsteinbau zulaufen.

Ein weiterer Wagen schlittert auf den Parkplatz. Es ist Schwarz. Auch er hat Jeanettes Bitte um Verstärkung vernommen.

Schwarz rennt den anderen hinterher, und Ivo hat kein gutes Gefühl. Seine Befürchtungen bestätigen sich, als er einen Schuss hört, gedämpft durch die Steinwände und den pfeifenden Wind.

Drei Schatten bewegen sich im Schneetreiben an der Wand entlang. Der erste – den er für Schwarz hält – sprintet unvermittelt los.

»Nein!«

Es ist Jeanettes Stimme.

Nichts ist schlimmer als die passive Ohnmacht des Zuschauers, und einen Augenblick lang überlegt der Rechtsmediziner, alle Anweisungen in den Wind zu schießen und ihnen nachzusetzen.

Dann fällt ein weiterer Schuss.

Hurtig
Industriegebiet Västberga

Der erste Schuss trifft den linken Arm, und Jens verliert durch die Wucht der Kugel das Gleichgewicht. Er stützt sich am Sessel ab und spürt den weichen, warmen Stoff unter den Fingern.

Weich wie die weißen Ufer des Miertekjaure im Sommer, als er noch klein war und eine Packung Tiefkühl-Hackbällchen im heißen, feinkörnigen Sand aufwärmte.

Warm wie das Seewasser, das Anfang August am schönsten war.

Er hat es getan, denkt Hurtig.

Dass er keinen Schmerz empfindet, überrascht ihn. Dabei hat es sich angefühlt, als hätte er einen harten Schlag auf den Arm abbekommen.

Aus den Boxen dröhnt immer noch Hungers Musik. Sie klingt wie ein Stahlwerk.

Der zweite Schuss dringt in den Oberschenkel ein, und Jens fällt auf die Knie. Die Muskulatur gehorcht ihm nicht mehr, und er stützt sich mit dem unversehrten Arm am Boden ab.

So hat er schon mal dagekauert.

Auf allen vieren im Startblock – Sekunden vor dem Finale. Vierhundert Meter. Nervöser Magen. Mutter, Vater und Schwester auf der Tribüne. Sengende Hitze.

Hurtig versucht zu fokussieren, aber Isaak bewegt sich zu schnell und zu hektisch. Verschwindet aus seinem Blickfeld. Befindet sich irgendwo am äußersten Rand.

Er hat Angst vor einem Fehlstart und kommt daher zu spät weg, als der Startschuss fällt. Er sieht die Rücken der anderen vor sich. Die Milchsäure brennt bereits nach zwanzig Metern in den Schenkeln.

Er hat noch Ewigkeiten vor sich.

Isaak baut sich vor ihm auf, aber Hurtig vermag den Blick nicht mehr zu heben. Sein Kopf ist zu schwer. Wie aus Stein oder aus Blei. Aber seine Gedanken sind klar.

Hundert Meter, und noch immer ist er weit hinter den anderen, aber er weiß, dass das letzte Drittel seine große Stärke ist. Da zeigt sich, wer der Beste ist. Wer die Milchsäure am besten verträgt.

Der dritte Schuss bohrt sich in den Arm, mit dem er sich aufgestützt hat, und Hurtig stürzt zur Seite.

Hungers Musik verstummt abrupt, als hätte jemand den Strom abgedreht.

Jetzt sieht er Isaak über sich. Seine Augen sind marineblau. Sie leuchten wie Lampen, und die Pupillen sind schwarze Löcher, durch die man in die Unendlichkeit blickt.

Auf dem Weg in die Dunkelheit fehlt ihm der Glaube – und in diesem Moment geht ihm auf, dass er falschlag. Sein ganzes Leben lang falschlag.

Atheismus ist nichts auf lange Sicht. Schenkt keinen Trost.

Eine Schwester, die stirbt, sieht er nie wieder.

Er liegt noch immer auf der Seite, vor ihm der kahle Boden.

Der vierte Schuss trifft ihn in die Brust.

Endspurt. Er ist jetzt gleichauf. Überholt die anderen, und als Erster überquert er die Ziellinie.

Wieder Schüsse, doch diesmal trifft ihn keiner. Einer davon schlägt allerdings direkt neben ihm im Boden ein. Stein und Staub, und er spürt Splitter im Gesicht.

Drei Gestalten stürzen auf ihn zu. Er muss sich übergeben, und sein Körper krampft sich zusammen.

Er liegt auf der Asphaltbahn. Die Sonne brennt auf ihn herab, und als er sich aufrichtet, sieht er sie kommen.

Seine Schwester ist zuerst da.

Packt seine Hand, und er sieht sie an.

Sie ist sieben Jahre alt und stolz auf ihren Bruder.

Ivo
Liljeholmen

Jens Hurtig ist fahl im Gesicht, als die Trage in den Krankenwagen geschoben wird. Es rasselt, wenn er atmet, hellroter Schaum sickert aus seinem Mundwinkel. Er hat mehrere Schusswunden, und es besteht die akute Gefahr, dass sein Herz versagt.

Einer der Sanitäter legt Hurtig eine Kanüle in die Armbeuge und verabreicht ihm Blut, während der andere bereits den Defibrillator bereitlegt. Jeanette Kihlberg steht neben der Trage, und Ivo Andrić sieht, wie verzweifelt sie ist und wie sie weint.

»Kümmern Sie sich darum?«, fragt der Fahrer und reicht ihm Isaak Swärds blutige Jacke.

Der Künstler Isaak Swärd hat sich in den Kopf geschossen und liegt bewusstlos auf einer weiteren Trage in einem zweiten Krankenwagen. Ivo hofft, dass er es schafft, weil sie ansonsten nie erfahren werden, warum.

Ivo setzt sich neben Åhlund auf den Beifahrersitz, während Schwarz seinen eigenen Wagen anlässt. Die Krankenwagen schalten die Sirenen ein, und nur Sekunden später folgen sie ihnen in schneller Fahrt durch das verwaiste Industriegebiet.

Ivo Andrić fühlt sich an die Vergangenheit erinnert. Ambulanzwagen auf dem Weg durch ein kleines Dorf im Süden Bosniens. Bomben fallen auf die kleinen, spartanischen Häuser, detonieren auf Äckern, die keine Ernte mehr bringen, und töten Kinder, die noch gar nicht gelebt haben. Ivo in einem Krankenwagen, neben ihm eine Frau mit Schussverletzungen. Blut sprudelt aus einem Loch gefährlich nahe an der Halsschlagader; sie ist nicht mehr zu retten.

Plötzlich klingelt ein Telefon. Das Klingeln kommt aus der Jacke, die er auf den Rücksitz geworfen hat. Er überlegt kurz, ob er rangehen soll. Nach dem vierten Klingeln streckt er sich danach.

»Hallo?«

Es meldet sich eine Frau namens Aiman Chernikova. Sie sei eine Freundin von Isaak und habe wichtige Informationen zu der verschwundenen Vanja Hjorth. Ivo Andrić weiß sofort, wen die Frau meint. Das Mädchen hat in den vergangenen Tagen Schlagzeilen gemacht.

»Warum meldet sich Isaak nicht?«, fragt die Frau.

Ivo schildert knapp, was Isaak Swärd getan hat.

Die Frau schweigt eine Weile; dann sagt sie, dass sie ihm jedes Wort glaube und anfange, sich allmählich an alles zu erinnern. »Sie müssen Vanja finden – ich glaube, sie ist an der Liljeholmsbron.«

Die Frau legt auf, und Ivo weiß nicht, was er selbst noch glauben soll. Aber ihm ist klar, dass er umgehend Jeanette Bescheid geben muss.

Durch das Schneetreiben vor der Fensterscheibe sieht er die Krankenwagen auf die Liljeholmsbron zufahren – Hurtig mit Jeanette im ersten, Isaak Swärd im zweiten Fahrzeug.

Åhlund bremst ab, als die Signalanlage meldet, dass die Brücke sich öffnen wird. »*Jebiga!*«, flucht Ivo, und die Schranken senken sich.

Draußen in der Årstaviken nähert sich ein großes Boot auf dem Weg in Richtung Norden, es will hinaus auf den Kanal zwischen Södermalm und Liljeholmen. Durch den Schnee blitzen immer wieder die Mastlaternen auf.

Im selben Atemzug, da Ivo Jeanette von Aiman Chernikovas Anruf berichtet, verflucht sie sich innerlich dafür, nicht sichergestellt zu haben, dass jemand der Verkehrszentrale Bescheid gibt, die Brücke unten zu lassen. Eine Nachlässigkeit, die Jens Hurtig das Leben kosten könnte.

Die Brückenteile steigen immer noch langsam in die Höhe, doch nach ein paar Sekunden kommt alles zum Stillstand. Vermutlich hat der Brückenwärter gesehen, dass die Krankenwagen näherkommen, und das Manöver abgebrochen. Ein paar Fahrzeuge rollen zur Seite und machen Platz.

Über Telefon gibt Jeanette die Order durch, ihre Kollegen mögen sofort unter die Brücke fahren, und Åhlund tritt das Gaspedal durch und fährt nach rechts über die gepflasterte Straßenbegrenzung. Durch die Heckscheibe sieht Ivo, dass Schwarz in seinem Wagen folgt. Er kann gerade noch einen Blick auf die beiden Krankenwagen erhaschen, die nach Hornstull rüberfahren, und auf die Schranken, die sich von Neuem senken.

Als die beiden Pkws dreißig Sekunden später auf den Kiesplatz unter der Brücke biegen, bietet sich ihnen ein merkwürdiger Anblick.

Ein Mädchen steht am Kai, die Hände hinter dem Rücken gefesselt. Sie hat ein Seil um den Hals, und neben ihr liegt ein magerer junger Mann am Boden und übergibt sich.

Das Seil ist an der Brücke befestigt, die inzwischen halb geöffnet ist, und Ivo wird schlagartig klar, dass das Mädchen in Kürze über den Kanal gerissen und über dem schwarzen Wasser baumeln wird.

Das Seil beginnt, sich zu spannen, Stück um Stück – während Åhlund aus dem Auto hechtet, dicht gefolgt von Schwarz.

Dann Meter um Meter, und Ivo folgt ihrem Beispiel.

Ein dumpfes Krachen ertönt von den Brückenteilen über ihnen, Beton auf Beton, ein Knall wie von Peitschen, und das Seil ist stramm.

Schwarz ist zuerst da.

Einen Wimpernschlag, bevor das Seil mit unglaublicher Wucht in die Luft und in den Schneesturm schnellt, kann er die Schlinge lösen, und das Mädchen stößt einen erstickten Schrei aus, ehe sie in seinen Armen zusammensackt.

Eine Sekunde, denkt Ivo.

Eine Sekunde länger, und der Kopf wäre ihr vom Hals gerissen worden.

Schwarz führt das Mädchen zu seinem Wagen, während Ivo sich zu Åhlund gesellt, der neben dem kotzenden Jungen in die Knie geht. Er hat Schaum vor dem Mund, hält sich den Bauch, und aus seiner Nase rinnt Blut.

Selbst aus einiger Entfernung sieht der Rechtsmediziner augenblicklich, dass es sich um eine Vergiftung handeln muss.

Øystein Sandström wird sterben.

PHASE IV: Neuorientierung

I never would have started if I'd known
that it'd end this way.
But funny thing, I'm not at all sad
that it stopped this way.

Fahr zur Hölle

Narvik, vier Jahre zuvor …

Bisweilen ist Trauer ebenso unheilbar wie der Tod und trifft ausgerechnet denjenigen, der sich zu leben traut.

Nur wer sich entblößt, um anderen sein Herz zu öffnen, kann wirklich tiefe Trauer empfinden.

In Øystein Sandströms Fall heißt die Betrauerte Toril Hegeland: eine attraktive Mischung aus Physik, Theorie, Dummheit und Klugheit, Sex und Gesprächen. Er hat sie geliebt, aber seit er erfahren hat, dass sie tot ist, hasst er sie.

Trauer heißt in ein und demselben muffigen, stinkenden Atemzug Vermissen, Hass und Liebe.

Das Verladen des Erzes durch die Bergwerksgesellschaft unten am Hafen erzeugt eine Staubwolke, die wie grauer Smog über dem Tal hängt. Die trockenen Pellets bleiben einem regelrecht im Hals stecken, als Trauerbegleiter. Wie bei einem geplatzten Staubsaugerbeutel, denkt er und schließt die Tür auf.

Die Gegend, in der Øystein wohnt, wird Harakiri genannt. Reihen mit Studentenapartments in einer Senke, die rund ums Jahr im Schatten liegt. Nicht mal der Sommersonne gelingt es, über die Fjällkuppen zu klettern.

Trotzdem war es Toril und nicht er, die sich das Leben genommen hat. Sie, die mit ihren Eltern in einer großen Villa in Südlage in Narviks besserem Viertel gewohnt hat. Nicht er, der in einem Studentenwohnheim in einer Siedlung mit der höchsten Suizidrate Norwegens wohnt. Er, der nicht mal richtige Eltern hat.

Er, der jetzt nur mehr Isaak hat.

Er betritt sein Zimmer und macht die Tür hinter sich zu. Fährt den Rechner hoch, schließt die Kopfhörer an und klickt die Playlist »Hunger« an, ehe er sich ins Bett verkriecht. Dumpfer, metallischer Donner – und er macht die Augen zu. Hört sich noch einmal seine ersten unbeholfenen Versuche an, Musik zu komponieren.

Stellt sich dabei ihr Gesicht vor. Ihren Gesichtsausdruck, als sie zum allerletzten Mal seine Musik gehört hat.

Und geradewegs in eine Felswand gerast ist.

Er weiß, dass es kein Unfall war.

Die Drums verstummen abrupt, und ein leises Klavier klingt so falsch, dass es in den Ohren wehtut.

Am liebsten würde er schreien wegen der Musik. Er will ihretwegen im Erdboden versinken und kann es doch nicht lassen, sie sich anzuhören.

Toril hat Musik geliebt. Sie hat sie nicht gehasst, wie er es manchmal tut. Im Augenblick hasst er sie.

Es ist wie das Gefühl, dazu gezwungen zu werden, etwas zu essen, was man verabscheut. Ein Mund voll mit Fischbuletten.

Nach rund dreißig Sekunden setzen die Drums wieder ein. Gitarren klingen wie Nähmaschinen, dazu Hungers Stimme. Seine eigene Stimme.

Er hasst sich, und Gott hasst ihn. Jeder gegen jeden und Gott gegen alle.

Echter Hass muss aus Selbsthass entstehen. Genau wie bei Toril.

Øystein Sandström spürt, dass sein Gesicht nass und verquollen ist, aber er weiß nicht, ob er weint, weil er sie hasst, liebt oder vermisst. Für ihn gibt es keine Worte mehr, um dieses Gefühl zu beschreiben.

Sie wusste so viel, kleine und große Dinge, und er weiß überhaupt nichts.

Sie wusste, dass ein Seestern Nahrung aufnimmt, indem er seinen Magensack durch seinen Mund nach außen stülpt, dass der am weitesten verbreitete Name der Welt Mohammed ist, dass alle Uhren in Pulp Fiction auf zwanzig nach vier stehen und dass die meisten Menschen im Lauf ihres Lebens im Schlaf achteinhalb Spinnen schlucken. Sie wusste, dass Pulverkaffee nach Katzenpisse riecht, aber nur in dem kurzen Augenblick, da kochendes Wasser auf das Pulver trifft.

Sie hat ihn zum Lachen gebracht.

Einmal, als er sie zu Hause besucht hat, saß sie im Bad mit der Trockenhaube ihrer Mutter auf dem Kopf und einer elektrischen Zahnbürste im Mund. Abgesehen von dem engen Cobain-Oberteil mit dem Schriftzug *I HATE MYSELF AND I WANT TO DIE* war sie splitternackt.

Øystein hat sie geliebt, und sie hat ihn wiedergeliebt.

Aiman
Nynäsvägen

Stockholms südliche Vororte ziehen in Graustufen an ihrem Taxi vorüber, und Aiman Chernikova lehnt den Kopf an die kühle Fensterscheibe.

In ihrer Manteltasche liegt ein Geschenk für Jens Hurtig, und an ihrem rechten Mittelfinger steckt ein identischer schwarzer Ring.

Mein altes Leben ist vorbei, denkt sie. Jetzt beginnt ein neues.

Sie ist Mutter eines kleinen Jungen, der immer noch im Brutkasten liegt. Aber er wird überleben.

Sie und Vanja haben in den vergangenen Wochen lang und ausführlich über alles gesprochen, was passiert ist. Vanja hat erzählt, und Aiman hat zugehört. Viele kleine Momente der Vertraulichkeit, in denen sie zusammen gelacht und geweint haben.

Ebenso oft gab es Momente, in denen sie still dagesessen und die Einsamkeit geteilt haben – den Schmerz eines jeden Menschen, der etwas empfinden kann. Den Verlust all jener geteilt haben, die nicht mehr da waren.

Stunden in der Lilja in schweigsamer Arbeit. Vanja hat einen alten Menschen glücklich gemacht, indem sie ihm einen verloren geglaubten Kalender zurückgegeben hat – Notizen über das Wetter und den Lkw-Verkehr, neu in duldsames Leder mit einem hübschen goldgeprägten Muster gebunden.

Aiman hat von ihrem Bruder erzählt und von der kleinsten Matrjoschka-Puppe.

Dem Baby.

Nur Vanja weiß, was mit Dima passiert ist.

Aiman
Stockholm, vier Jahre zuvor ...

Aiman Chernikova weiß, dass ihre Eltern seit Langem tot sind, ermordet im Auftrag des letzten persischen Schahs, und sie lebt in dem Glauben, dass Dima, ihr Bruder, im Irakkrieg umkam.

Aufgrund dieser verhängnisvollen Gewissheit – dass sie ganz allein sei auf der Welt – zerspringt ihr Dasein schlagartig in tausend Stücke, als sie von der Arbeit nach Hause kommt und aus dem Treppenhaus in den dunklen Laubengang hinaustritt.

Das Augenpaar, dem sie dort begegnet, stammt aus ihrer Kindheit, und seit sie es zuletzt gesehen hat, hat sie zweihundertfünfundachtzig Millionen Atemzüge getan.

»Dima!«, ruft sie und wirft sich ihm an den Hals. »Du lebst ...«

Es ist mehr als dreißig Jahre her, seit sie sich zusammen hinter einem kleinen Stand auf einem Markt in Teheran postierten und Häkeltücher und Topflappen in den Farben ihres Familienklans verkauften. Rot, Schwarz und Grün.

Dima.

Verschollen in einer Zeit, da ihr Herz fünfhundertachtundachtzig Millionen Mal geschlagen hat.

Er hält sie fest, streicht ihr übers Haar, und sie spürt seine Tränen an ihrem Hals.

Sie löst sich aus seiner Umarmung und bemerkt erst jetzt, wie krank er aussieht. Er hat eingefallene Wangen, seine Gesichtshaut ist fahl und schlaff.

Aus der Nachbarwohnung schallt laute Musik, und ihr schwant, dass die beiden schwarz gekleideten Jungs, die vor Kurzem dort eingezogen sind, mal wieder eine Party feiern. Sie hat sich vorgenommen, bei Gelegenheit zu klopfen und sich vorzustellen. Sie glaubt nicht, dass sie so gefährlich sind, wie sie gern wirken möchten, aber alles in allem werden vier Jahre vergehen, bis sie mit einem von ihnen sprechen wird.

Sie zieht Dima in ihre Wohnung. Er hinkt, und sein Körper zittert bei jedem Schritt vor Anstrengung.

Sie gehen in die Küche, und sie kocht Tee.

»Du bist krank«, sagt sie.

In den Bartstoppeln auf seiner Wange sitzen immer noch ein paar Tränen, und sie reicht ihm ein Papiertaschentuch.

Sie erkennt seine Lippenbewegung wieder, als er über den Rand der Teetasse pustet und ein paar vorsichtige Schlucke nimmt. Doch seine Augen sind nicht mehr wie früher. Es sind leere Höhlen, die in die Ewigkeit gestarrt haben.

»Leukämie«, sagt er. »Diese Krankheit hat mir der Aral beschert.«

Sie reden lange, und Aiman erhält Antworten auf all die Fragen, die sich mit den Jahren in ihr angestaut haben. Dimas Reise war – wenn das überhaupt möglich ist – noch verschlungener als ihre eigene und hat ihn durch weite Teile Europas geführt, bis er schließlich in Södertälje strandete. Da war er bereits krank. Er erzählt ihr auch, wie er sie gefunden hat. Ein Bekannter hat sie in der Stadtbibliothek gesehen und das Klanmuster auf ihrem Hidschab wiedererkannt, und da brauchte Dima nur noch ins Internet zu gehen.

Sie nickt, und als sie nach dem Krebs fragt, stiert er auf die Tischplatte hinab. Seine Kiefermuskeln zucken, die Haut spannt über seinen Wangen.

»Schon als ich klein war, hat sich der Tod mir an die Fersen geheftet«, sagt er nach einer Weile. Aiman kennt diesen Ausdruck von ihrem Vater. »Wie ein Karren, beladen mit Steinen«, fährt er fort. »Von Zeit zu Zeit fallen ein paar Steine raus, und der Karren wird leichter, aber es kommen auch immer wieder neue Steine hinzu. Mittlerweile ist er so schwer, dass er mich bald erdrückt, und dann bist du die Einzige, die übrig ist.« Er nimmt noch einen Schluck Tee und sieht sie an. »Hast du Kinder?«

Aiman schüttelt den Kopf. »Nein«, antwortet sie. »Ich lebe allein, aber ich hab darüber nachgedacht, mir eine Katze anzuschaffen.«

Dima mustert sie für einen Augenblick. Dann sagt er, dass er als einziger Sohn es als seine Pflicht ansieht, dafür zu sorgen, dass die Familie nicht ausstirbt. »Ich kenne einen geeigneten Mann für dich. Er ist ebenfalls Kasache.«

»Dima, du verstehst nicht …«

Er schüttelt den Kopf und winkt ab. Ein goldener Siegelring blitzt auf. Sie erkennt ihn sofort wieder: ein Schmuckstück, das von Generation zu Generation an den männlichen Nachkommen vererbt wird.

»Es ist nicht deinetwegen«, sagt er schließlich. »Ich will das … aus Dankbarkeit für Vater und Mutter. Der Mann, den du heiraten wirst, wohnt in Södertälje, und ich will, dass du noch heute Abend mitkommst.«

Alles in ihr erstarrt. »Das geht nicht.«

Er sagt nichts mehr, aber seine Kiefergelenke mahlen, er stützt sich auf die Tischplatte und stemmt sich hoch.

Ihr bleibt keine Zeit zu reagieren, bevor der Schlag kommt.

Der Handrücken trifft ihr Gesicht, und sie spürt sofort, dass der Schlag sie nicht nur hart getroffen, sondern auch verletzt hat. Der Ring. Sie spürt, wie es um ihr Auge herum warm wird.

Sie sitzt in seinem Auto auf dem Beifahrersitz. Sie blutet nicht mehr, aber sowie sie das Auge aufmacht, schmerzt die gelbe Autobahnbeleuchtung wie Nadelstiche.

Er fährt langsamer. Sagt, er müsse mal austreten, und nimmt die Ausfahrt Salem, Rönninge. Kurz darauf hält er auf dem

Parkplatz vor der Kirche in Salem an. Hinter der Mauer liegt der Friedhof.

Er stellt den Motor ab und steigt aus, lässt aber die Scheinwerfer brennen. Hinkt auf ein Gebüsch zu, dreht sich im Scheinwerferlicht noch mal um und wirft ihr einen leeren Blick zu, ehe er die Hose aufmacht.

Ihre Schläfen pochen, und Aiman Chernikova denkt nicht nach. Sie handelt.

Sie rutscht auf den Fahrersitz, dreht den Zündschlüssel um und tritt das Gaspedal durch.

Er ist es, der ihr ins Auto läuft, nicht sie, die ihn überfährt.

Sein Körper wird vom linken Reifenpaar überrollt, der Wagen schlingert, und sie bremst.

Legt den Rückwärtsgang ein.

Diesmal hebt sich die rechte Seite des Wagens, und der Unterboden schlägt nach dem zweiten Stoß heftig auf. Als sie erneut bremst, liegt Dima reglos vor ihr.

Vanja
Knivsöder

Still fallen die Flocken zwischen der Lilja und Knivsöder. Ein Dompfaff pickt fahrig an dem Talgknödel, den Edith außen vors Küchenfenster gehängt hat.

Vanja hat gerade ihr Frühstück beendet. Sie denkt an ihre leibliche Familie. Die nie ihre richtige gewesen ist.

Mutter Marit – seit einem halben Jahr tot – hat sie bereits als Säugling weggegeben, um sie vor Øystein zu schützen.

Øystein starb, nachdem er einen Giftcocktail zu sich genommen hatte.

Und auch Isaak und ihr Vater Holger sind tot.

Als Edith nach Vanja suchte, war sie auch bei Holger zu Hause und hat dort an die Tür geklopft, aber es hat ihr niemand aufgemacht. Das muss ungefähr zur selben Zeit gewesen sein, als Isaak mit der Axt Holgers Kopf gespalten hat.

Ihre leibliche Familie ist demnach ebenso ausgelöscht wie die von Aiman. Es ist gut, dass sie einander haben, und Aiman hat versprochen, Vanja dabei zu helfen, mehr über Marit herauszufinden.

Wenn sie noch Verwandte oben in Norwegen haben sollte, würde sie sie gern kennenlernen.

Paul kommt in die Küche. Er schenkt sich einen Kaffee ein, wirft ihr einen Blick zu und stellt fest, wie hübsch sie ist.

Eine Weile sitzen sie schweigend beisammen. »Entschuldige«, sagt er dann.

Sie lächelt ihn an, ohne etwas zu sagen. Denkt an den Tag nach dem Vorfall unter der Liljeholmsbron.

Sie war gerade aus dem Krankenhaus entlassen worden und hatte noch eine Halskrause um. Stand im Wohnzimmer im Türrahmen und sah zu, wie Paul die Bar leerte. Hin und her, von Wohnzimmer zu Küchenspüle. Armvoll um Armvoll Flaschen.

Seither hat er keinen Tropfen mehr angerührt. Stattdessen hat er seine Artikelserie abgeschlossen. Sie hat ihm dabei geholfen, und sie ist stolz darauf.

»Wie geht's deinem Hals?«

»Fast wieder gut«, antwortet sie und befühlt ihren Nacken. Die Verletzung durch das Seil ist inzwischen verheilt, und sie muss wieder daran denken, wie knapp es gewesen ist.

Aber sie hat es geschafft.

Ihr Blick wandert wieder zum Fenster. Der Dompfaff ist mittlerweile davongeflogen, und der Schnee fällt nicht mehr gar so dicht. Sie kann fast bis zu der Stelle sehen, wo sie beinahe ihr Leben gelassen hätte.

Ivo
Waldfriedhof

Die Winterkälte geht einem durch Mark und Bein, und der trockene, pudrige Neuschnee über dem Magelungensee funkelt und glitzert in der blassen Sonne.

Ivo Andrić wirft noch einen Blick auf das Thermometer, ehe er hinaus zu seinem Auto geht. Minus dreiundzwanzig Grad, der bislang kälteste Tag des Jahres und in seiner Aggressivität beinahe norrländisch. Als er die Windschutzscheibe freikratzt, läuft ihm die Nase, und er hat kein Gefühl mehr in den Wangen.

Er lässt seinen Blick über den See schweifen. Ein paar tapfere Skiläufer trotzen der Kälte und schieben sich vorwärts, auf die vierstöckigen Häuserblöcke in Farstastrand zu. Sie nehmen ihn überhaupt nicht wahr, und er weiß, dass ihr Leben weitergeht, ganz unabhängig von seinem eigenen. Sie haben ihr Päckchen zu tragen, und er hat seines.

Er lässt den Motor an und dreht die Heizung auf, ehe er rückwärts ausparkt und langsam in Richtung Stadt fährt. Seit dem ersten Schneesturm vor einem Monat ist immer mehr Schnee gekommen, und an manchen Tagen war es schier lebensgefährlich, sich auf die nicht geräumten Straßen zu begeben.

Als er die Landstraße entlangfährt, fühlt er sich wieder daran erinnert, warum er hierhergezogen ist.

Hier liegt im Umkreis von nur wenigen Kilometern ein quasi komprimiertes Schweden mit bewaldeten Klippen, Flüssen und Seen, Wiesen und Feldern. Er wohnt seit fast zwei Jahren hier draußen und schätzt die Abgeschiedenheit.

Zur Linken der Golfclub Ågesta. Auf einer der weißen Flächen kann er einen Sprung Rehe ausmachen.

Ivo Andrić kommt an Larsboda vorbei und biegt in den Nynäsvägen ein. Lässt Farsta, Hökarängen und Sköndal hinter sich. Er versucht, an etwas anderes zu denken, und stellt das Radio an.

Während er sich die tristen Berichte über die Opfer des Winterverkehrs anhört, taucht zu seiner Rechten ein parkähnliches Gelände auf.

Dunkle, schneebeladene Bäume zwischen schnurgeraden Spazierwegen. Ein paar Angestellte streuen Sand.

Dahinter öffnet sich die Landschaft zu einem offenen Feld mit weißen Hügeln.

Kleine Baumgruppen vor einem bleichen Himmel und ein blank geschliffenes Kreuz aus schwarzem Stein.

Ivo Andrić sitzt links in einer Bankreihe.

Die Heiligkreuzkapelle auf dem Waldfriedhof ist bis auf den letzten Platz gefüllt, weiße Hemden und blaue Polizeimützen beherrschen das Bild.

Nach der Zeremonie in der Kapelle soll Jens Hurtigs Asche nach Kvikkjokk überführt und über dem Miertekjaure verstreut werden.

Andrić fällt auf, dass Hurtig nicht besonders viele Freunde jenseits des Korps gehabt haben kann, aber in der vordersten Reihe sitzen die Angehörigen. Zwölf gesenkte Köpfe; zwei davon sind die Eltern.

Sie sind jetzt kinderlos.

Ivo weiß, wie sich das anfühlt. Er hat seine beiden Kinder in Bosnien verloren, im Krieg. Damals verlor er auch den Glauben daran, dass es einen Gott gibt.

Niemand sagt etwas, man hört nur leises Schluchzen, unterbrochen vom stillen Echo quietschender Schuhsohlen.

Als die Orgel einsetzt, weint auch er.

Es ist Jan Johanssons Klavierversion des »Lieds von Utanmyra«.

So klingt Schweden.

Der Sarg wird von sechs uniformierten Polizeibeamten hereingetragen. Dennis Billing und Jeanette Kihlberg gehen vorneweg. Tränen stehen in ihren geröteten Augen. Hinter ihnen kommen Schwarz und Åhlund; beide weinen.

Am Ende der Bankreihen stehen die Fahnenträger: mit der schwedischen, der UN-Flagge und der Standarte der Polizei. Der Sarg wurde am Vormittag von Polizeimotorrädern aus Sollentuna eskortiert, wo Jens Hurtig einst seinen Dienst angetreten hatte.

Es wird kein Gottesdienst stattfinden; Ivo ist eine konfessionslose Bestattung ohnehin lieber.

Kein Gott, auf den man sich berufen kann. Im Mittelpunkt steht einzig und allein der Verstorbene. Die Bestattung eines Atheisten ist unmittelbarer, nüchterner und unendlich viel trauriger.

Er denkt über Jens Hurtig nach. Ungeachtet dessen, was der Offiziant über dessen Kindheit, Interessen und Charaktereigenschaften sagt, ist Ivo immer nur mit ihm zusammengetroffen, wenn es um den Tod ging.

Schwierig, unter solchen Voraussetzungen einen Menschen richtig kennenzulernen.

Er sieht zu Jeanette Kihlberg hinuber, die einige Bankreihen vor ihm Platz genommen hat, und fragt sich, wie gut sie ihren nächsten Kollegen gekannt haben mag. Soweit er weiß, hatten sie privat kaum Kontakt, aber er ist sich sicher, dass Jens ihr viel bedeutet hat.

So was spürt man. Man hat es ihrer Zusammenarbeit angemerkt, und man sieht es auch jetzt.

Rechts neben ihr sitzt Aiman Chernikova. Sie trägt einen weißen Schleier.

Sie kannte Isaak Swärd. Er ist ebenfalls tot. Im Krankenwagen gestorben, zur selben Zeit, als sein Bruder den Folgen einer Vergiftung erlag.

Folie à deux, denkt Ivo Andrić.

Vanja sitzt in derselben Bankreihe – das Mädchen, das innerhalb von vierundzwanzig Stunden seinen leiblichen Vater und beide Brüder verlor. Links und rechts neben ihr sitzen die Adoptiveltern Edith und Paul.

Als der Offiziant ankündigt, einer von Jens Hurtigs Kollegen werde nun ein bekanntes Stück vortragen, wird es still in der Kapelle.

Polizeimeister Schwarz erhebt sich. Er ist fahl im Gesicht, als er sich vorn vor den Mittelgang stellt und sich die Trageriemen seines Akkordeons über die Schultern schiebt. Er atmet tief ein und beginnt zu spielen.

»Boeves Psalm« von Lars Hollmer. Der stämmige Polizist schenkt mit seinen spröden Tönen den Trauernden einen Moment in dunkelstem Moll.

Du sollst deinen Nächsten lieben
wie dich selbst.

3. Mose 19:18

Erik Axl Sund

ist das Pseudonym des schwedischen Autorenduos Jerker Eriksson und Håkan Axlander Sundquist. Håkan ist Tontechniker, Musiker und Künstler. Jerker ist der Producer von Håkans Elektropunkband »iloveyoubaby!« und arbeitete als Bibliothekar in einem Gefängnis. Zusammen haben sie die Victoria-Bergman-Trilogie geschrieben, ein Bestsellererfolg, für den sie mit dem Special Award der Schwedischen Krimiakademie ausgezeichnet wurden. »Scherbenseele« ist ihr neuester Psychothriller.

Auch als HÖRBUCH

Gelesen von Thomas M. Meinhardt

1 mp3-CD: ISBN 978-3-8445-1944-0
Download: 978-3-8445-2003-3